Ex Libris Bibliothecæ quam
Illustrissimus Ecclesiæ Princeps
D. PETRUS DANIEL HUETIUS
Episcopus Abrincensis Domui Professæ
Paris. PP. Soc. Jesu integram vivens donavit
Anno 1692

à garder.

D. de O.14

C.

# VOYAGES

## DE MONSIEUR
## LE CHEVALIER CHARDIN,

# EN PERSE,

## ET AUTRES LIEUX

# DE L'ORIENT.

### *TOME TROISIÉME,*

Contenant une Deſcription particuliere de la Ville d'*Iſpahan*, Capitale de *Perſe*, &
la Relátion de deux Voyages de l'Auteur d'*Iſpahan* à *Bandar-Abaſſi.*

Enrichi d'un grand nombre de belles Figures en Taille-douce, repréſentant les Antiquitez
& les Choſes remarquables du Païs.

LIBERTAS SINE SCIENTIA LICENTIA EST

G. v. Gouwen fecit

### *A AMSTERDAM,*

Chez JEAN LOUIS DE L'ORME.

## M. DCC XI.

# VOYAGES
## DE MONSIEUR
# LE CHEVALIER CHARDIN,
### *Contenant*
# Une Defcription de la Ville d'Ifpahan, Capitale de Perfe.

L A Ville d'*Ifpahan.*, en y comprenant les Faux-bourgs, eft une des plus grandes villes du monde, & n'a pas moins de douze lieuës, ou vint-quatre miles de tour. Les *Perfans* difent, pour exalter fa grandeur, *Sefahon nifpe gehon*, c'eft-à-dire, *Ifpahan eft la moitié du monde* : Mot qui fait bien voir qu'ils ne connoiffent gueres le refte du monde, où il fe trouve plus d'une ville de qui cela fe pourroit dire avec encore plus de fondement. Plufieurs gens font monter le

nombre de fes *habitans* à onze cens mille ames. Ceux qui en mettent le moins, affurent qu'il y en a fix cens mille. Les mémoires qu'on m'avoit donnez étoient fort differens fur cela ; mais ils étoient affez femblables fur le nombre des *Edifices*, qu'ils faifoient monter à trente-huit mille deux à trois cens ; favoir vint-neuf mille quatre cens foixante neuf, dans l'enceinte de la ville, & huit mille fept cens quatre-vint, au dehors, tout compris, les *Palais*, les *Mofquées*, les *Bains*, les *Bazars*, les *Caravanferais*, & les *Boutiques* : car les *Boutiques*, fur tout les grandes, & bien fournies, font au cœur de la ville,

fepa-

feparées des *Maifons* où l'on demeure. Il ne faut pas faire la preuve de ces comptes par nos manieres de proportions *Europeanes*, en comptant le nombre des *Maifons* par l'étenduë du terrain, ni celui du *Peuple* par le nombre des maifons; on s'y méprendroit fort : car d'un côté les *Bazars*, qui font des ruës couvertes qui traverfent la ville d'un bout à l'autre en divers endroits, ne contiennent que des *Boutiques*, lefquelles font vuides durant la nuit, fans que perfonne y habite, ni y faffe de garde, ce qui change beaucoup les chofes. Après tout, je crois *Ispahan* autant peuplée que *Londres*, qui eft la ville la plus peuplée de l'*Europe*. On y trouve toûjours une telle foule dans les *Bazars*, que les gens qui vont à cheval, font marcher devant eux des valets de pied, pour fendre la preffe, & fe faire faire paffage, parce qu'en cent endroits on y eft les uns fur les autres. Il eft vrai que ce n'eft qu'en ces lieux-là qu'il fe trouve une fi grande affluence de peuple, & qu'on va fort à l'aife dans les autres endroits de la ville. Cependant, fi l'on fait refléxion fur deux chofes fingulieres, l'une que les femmes en *Perfe*, hors celles des pauvres gens, font recluses, & ne fortent que pour affaires ; on trouvera que cette ville doit être effectivement des plus peuplées.

Elle eft bâtie le long du fleuve de *Zenderoud*, fur lequel il y a trois beaux *Ponts*, dont je ferai la defcription ci-deffous, l'un qui répond au milieu de la ville, & les deux autres aux deux bouts, à droite, & à gauche. Ce fleuve de *Zenderoud* prend fa fource dans les Montagnes de *Jayabat*, à trois journées de la Ville, du côté du *Nord*, & c'eft un petit fleuve de foi-même : mais *Abas le Grand* y a fait entrer un autre fleuve beaucoup plus gros, en perçant, avec une dépenfe incroiable, des Montagnes qui font à trente lieuës d'*Ispahan*, qu'on prétend être les monts *Acrocerontes* ; de maniere que le fleuve de *Zenderoud* eft auffi gros à *Ispahan* durant le printems, que la *Seine* l'eft à *Paris* durant l'hiver. Mais ce n'eft qu'au printems feulement que cela arrive, parce qu'alors ce fleuve groffit par les neiges qui fondent, au lieu que dans les faifons fuivantes, on le faigne de toutes parts, pour lui faire arrofer par des rigoles les Jardins & les Terres. Ce fleuve fe jette fous terre entre *Ispahan*, & la ville de *Kirman*, où il reparoit & d'où il va fe rendre dans la *Mer des Indes* : L'eau en eft fort legere & fort douce par tout ; & cependant, on ne fe donne pas la peine à *Ispahan*

d'en aller quérir, quoique tout le monde, généralement parlant, ne boive que de l'eau pure, parce que chacun boit l'eau de fon puits, qui eft également douce & legere. Affurément, on n'en fauroit boire nulle part de plus excellente.

Le Fleuve qu'on a fait entrer dans celui de *Zenderoud* s'apelle *Mahmoud Ker*. Les montagnes dont il fort font de roche vive, affez égales & affez unies, entr'ouvertes çà & là par des ventoufes, ou foupiraux, pour donner paffage aux vents, comme l'on en voit aux murs des Baftions en quelques Païs. L'eau en plufieurs endroits coule au travers des montagnes, entr'autres, l'on voit une ouverture de la groffeur de quatre tonneaux en rond, par où elle fort comme par un tuyau, tombant dans un grand baffin, & fort profond, fait dans le roc, foit par la chute de l'eau même, foit par artifice, d'où elle fe répand dans la plaine, & fe rend dans le lieu qui la conduit à celui de *Zenderoud*. En montant au-deffus de la montagne, à l'endroit de cette grande ouverture, on voit par un foupirail qu'a formé la nature, l'eau dans le fein de la montagne, femblable à un Lac dormant, qui n'a point de fonds ; car en jettant des pierres dedans, on entend le retentiffement du fon répercuté dans les concavitez avec un fort grand bruit. L'eau en fait auffi un fort grand en tombant le long du rocher, pour fe rendre dans fon Canal, & c'eft d'où eft venu le nom de ce fleuve, qui fignifie *Mahmoud le fourd*, parce que l'on ne s'entend pas auprès de cette fortie & chute d'eau. On tient que ce n'eft pas eau de fource, mais eau de neige, qui en fondant diftille à travers les rochers dans ce lac enfermé, & l'on le juge ainfi, parce qu'en mettant de cette eau fur la langue, on y trouve de l'acrimonie, & que l'on n'en eft pas defalteré quand on en boit : mais elle perd cette qualité en fe mêlant dans le fleuve de *Zenderoud*.

Il y a deux autres fleuves affez proches, nommez l'un & l'autre *Abcorreng*. Le premier beaucoup plus gros & plus égal en tout tems, lequel on a tâché diverfes fois de faire entrer auffi dans le fleuve de *Zenderoud*, parce que l'on en tireroit un bien infini. Le Roi *Tahmas* y travailla dans le feiziéme fiécle, & fon deffein étoit de percer au pied les montagnes qui feparent ces fleuves : Mais les vapeurs fulphurées & minerales qui en fortoient, étouffoient les travailleurs ; en forte qu'il fallut laiffer là l'entreprife, après y avoir perdu bien du monde & de la dépenfe.

penfe. *Abar le Grand* fit un autre projet. C'étoit de couper la montagne, pour donner paffage à l'eau au travers; mais fon entreprife échoua de même, quoi qu'elle eût été fort avancée, par la raifon du grand froid qu'il fait en ces lieux-là, & à caufe des neiges lefquelles combloient tellement les travaux, que l'on étoit contraint de difcontinuer plufieurs mois de l'année. *Abas fecond* y fit travailler enfuite à deux diverfes fois, mais auffi inutilement. La première fois, fon Préfident de Juftice, nommé *Ogourloubec*, un des principaux Officiers de la Couronne, lequel avoit beaucoup de terres en ces quartiers-là, fit travailler à la jonction des fleuves par le moien de digues, avec lefquelles il prétendoit faire remonter les eaux: La feconde fois, fon premier Miniftre *Mahamed bec*, homme qui aimoit les Mechaniques, fe mit en tête, fur les promeffes d'un *François*, nommé du *Chénai*, qui étoit une manière d'*Ingenieur*, que par des mines, on feroit fauter les montagnes qui s'oppofoient à cette jonction : Mais cela ne réüffit pas mieux, & depuis on a laiffé la chofe comme impoffible. Ce fleuve d'*Abcorreng* arrofe une partie de la *Chaldée*, & fe rend enfuite dans l'*Euphrate*.

Les *Murs* de la ville d'*Ifpahan* ont environ vint mille pas de tour. Ils font de terre, affez mal entretenus; & ils font tellement couverts par les Maifons, & par les Jardins, qui y touchent, tant au dedans, qu'au dehors, qu'il faut en plufieurs endroits les chercher pour les apercevoir. C'eft la même chofe dans les autres villes du Roiaume; & c'eft à mon avis, ce qui a trompé ces *Voiageurs Européans*, qui ont raporté que la plûpart des villes de *Perfe* n'ont point de *Murailles*; car c'eft tout le contraire, y en aiant peu qui n'ajent de ces fortes de *Murailles*. Celle que je décris a de plus un *Foffé*, & un *Château*. La beauté d'*Ifpahan* confifte particulierement dans un grand nombre de *Palais* magnifiques, de *Maifons* gaies & riantes, de *Caravanferais* fpacieux, de fort beaux *Bazars*, & de *Canaux* & de *Ruès*, dont les côtez font couverts de hauts platanes : mais les autres ruès font généralement parlant, étroites, mal-unies, & tortuces ; tellement que bien loin de voir d'un bout à l'autre, on ne fauroit du milieu en voir les bouts, ni deux cens pas devant foi. Ces *Ruès* font auffi entrecoupées par des *Bazars*, ou marchez couverts. Le pis eft qu'elles ne font point pavées, non plus que les *Ruès* des autres villes de *Perfe*. Mais

comme d'un côté l'air y eft fec, & que de l'autre chacun arrofe devant chez foi, matin & foir, il n'y a ni tant de crote, ni tant de pouffiere qu'en nos Païs: mais il y a trois autres incommoditez affez confiderables. L'une que les *Ruès* étant voutées, ou creufes, à caufe des *Canaux* foûterrains, qui paffent par tous les endroits de la ville, il y arrive quelquefois des éboulemens, où les gens qui vont à cheval courent rifque de fe rompre le cou. L'autre qu'il y a dans les *Ruès* des *Puits*, à fleur de terre, où l'on court le même rifque, fi l'on ne regarde bien devant foi. La 3. incommodité, qui eft fort defagréable, c'eft que les *Egouts* des *Maifons* font tous dans les *Ruès* fous le mur de l'Edifice, dans de grands trous, où l'on jette toutes les ordures du logis, & qui quelquefois fervent de lieux communs. Cependant, les *Ruès* n'en font point empuanties, comme il femble qu'il devroit arriver, foit que la fecherreffe de l'air l'empêche, foit à caufe que ces *Egouts* font nettoiez tous les jours, par les Païfans qui aportent les fruits & les autres denrées à la ville, & qui chargent leurs bêtes de ces ordures-là en s'en retournant, pour en fumer leurs Jardins.

Je n'ai point pris de *Plan* de la ville, mais je remarquerai feulement que fa conftruction eft fort irreguliere. Je n'en ai point pris de *Vûe* non plus, autre que celle que l'on voit dans la *Vignette*, qui eft à la tête de cette *Defcription*, parce que de quelque côté qu'on regarde la ville, elle paroît comme un bois, où l'on ne peut difcerner que quelques *Dômes*, avec de petites *Tours* fort hautes, qui y font attachées, & qui fervent de *Clochers* aux *Mahometans*; mais j'ai pris les figures des plus beaux *Edifices* du lieu, & j'en ai fait une Defcription fort exacte, que j'ai mêlée de plufieurs recits que j'ai cru curieux, & de defcriptions particulieres, qui pourront être agréables au Lecteur.

Mais avant que d'entrer dans ce détail, il faut que je donne un avis que je crois néceffaire, pour empêcher de juger peu équitablement de cette *Defcription*, fur ce que tout y eft particularifé & mis en détail, au deffus de ce qu'il femble qu'un *Voyageur* ait pû le faire. Je ne dirai pas pour cet effet, que durant dix ans j'ai paffé la plûpart du tems à *Ifpahan*, & qu'il n'y avoit guere de maifon confiderable où je n'euffe quelque habitude, foit parce que je parlois bien la langue, foit par le moien de mon Commerce, qui me donnoit l'accès libre chez les Grands, de même que je l'avois à là Cour, en qualité de Marchand du Roi; mais voici la maniere dont je fuis parvenu à la connoiffance de tout ce détail. Je contractai à *Ifpaban*, l'an 1666. une amitié particuliere, avec le *Chef du Commerce* des *Hollandois*, qui étoit un très favant homme, nommé *Herbert Diager*. Il me fuffira de dire, pour donner une idée de fon merite, que *Golius*, ce fameux Profeffeur des Langues Orientales, le jugeoit le plus digne de tous fes Difciples de remplir fa Chaire, & de lui fucceder. Une paffion commune de connoître la *Perfe*, & d'en faire de plus exactes & plus amples Relations, qu'on n'avoit encore fait, nous lia d'abord d'amitié, & nous convinmes l'année fuivante de faire auffi à fraix & à foins communs, une *Defcription* de la ville capitale, où rien ne fût omis de ce qui feroit digne d'être fû. Nous commençames par faire travailler fur nôtre projet deux *Molla*, (On appelle ainfi les *Prêtres & Docteurs Mahometans*,) & à intereffer tous nos amis dans nôtre deffein. Ces *Molla* nous écrivoient le nom des *Quartiers*, des *Rues*, des *Eglifes*, des *Bâtimens publics*, des *Palais*, & principaux *Edifices*, avec le nom & les emplois de ceux qui les avoient conftruits, & qui y demeuroient, les *Antiquitez* & les *Fondations*, la *Police des Tribunaux*, l'*Ordre* qu'on tient dans les *Regiftres*, & dans les *Comptes de l'Etat*. Nous mettions jour par jour les rolles en *Latin*, pour nous les communiquer; & quand nous vimes nos *Docteurs* épuifez, nous nous mimes à examiner leurs mémoires fur les lieux, & à en compofer une *Relation*, chacun en particulier. Nous allâmes enfuite courir les dehors de la ville, dix lieües à la ronde. La fin de l'automne aiant prévenu celle de nôtre ouvrage, nous ne pûmes travailler à le communiquer achevé, parce que nous fumes obligez de nous feparer; mais nous le fîmes deux ans après. La *Relation* de mon Illuftre Ami étoit de quatorze mains de papier, & cependant elle étoit abregée en tant d'endroits, que c'étoit une piéce informe. La mienne étoit groffe comme ce volume. Enfin, l'an 1676. me trouvant de loifir à *Ifpaban*, je reduifis cette longue *Relation* à une jufte mefure, après l'avoir revûe fur les lieux; & la voici prefque au même état où je la mis dès lors.

La Ville d'*Ifpaban* eft divifée en deux quartiers, l'un nommé *Joubaré Neamet Olabi*, qui regarde l'*Orient*, & l'autre nommé *Deredechte Heideri*, qui regarde l'*Occident*. Elle a huit *Portes*, mais qui ne fe ferment jamais, quoi que les battans qui font tous couverts de lames de fer, en foient toûjours bien entre-

tenus. Elle en avoit autrefois douze. Diverfes fuperftitions en ont fait fermer & murer quatre, comme nous l'obferverons. De ces huit *Portes*, quatre regardent l'*Orient* & le *Midi*, favoir celle de *Haffen Abad*, celle de *Joubaré*, qu'on nomme auffi la *Porte d'Abas*, celle de *Kherron*, celle de *Seidahmedion*; & quatre font face à l'*Occident* & au *Septentrion*, la *Porte Imperiale*, ou *Dervaze Deulet*, comme ils parlent, la *Porte de Lombon*, la *Porte de Tokchi*, & la *Porte de Deredechte*. Il y a encore fix fauffes *Portes*, ou ouvertures, dont la plûpart n'ont point de nom. Ces deux quartiers, entre lefquels je dis que la Ville eft divifée, font proprement comme deux Factions, qui engagent avec elles les Fauxbourgs & le territoire de la Ville. Le quartier de *Joubaré* renferme tout ce qu'il y a du côté *Oriental* de la *Porte de Tokchi*. Le quartier de *Deredechte* renferme le refte. On dit que les noms de *Heider*, & *Neamet olabi*, que portent les deux moitiés d'*Ifpaban*, font les noms des deux Princes qui mirent autrefois tout le peuple *Perfan* en deux Partis. En effet, toutes les villes de *Perfe* fe trouvent ainfi divifées. D'autres *Chorographes* difent que l'origine de ces factions-là vient de ce qu'avant la fondation de cette Ville, c'étoit deux villages, vis à vis l'un de l'autre, & ennemis, parce que l'un tenoit pour la fecte des *Sunnis*, qui font les *Turcs*, & l'autre pour celle des *Perfans*, celui là nommé *Deredechte*, dont un *Heider* étoit le Chef, ou Prevôt; & l'autre *Joubaré*, dont le Prevôt étoit un *Neamet Olabi*, terme qui veut dire *prefent*, ou *Don de Dieu*, & qu'ils affurent être ce même *Olabi*, dont le Tombeau eft proche de *Kirman*, reveré & vifité de tout le Païs. Ces Auteurs ajoûtent que ces deux Villages s'étant joints à force de s'étendre, & étant devenus enfin la ville d'*Ifpaban*, ils conferverent toûjours leur haine reciproque, telle qu'elle paroît encore aujourd'hui. Il eft vrai que ces deux moitiés d'*Ifpaban* entretiennent fi fortement cette antipathie, que dans toutes les Solemnitez, aux Fêtes, & en toutes fortes d'affemblées de peuple, une partie fe bat contre l'autre, fous prétexte du pas & de la préféance; & aux jours ordinaires, les Luiteurs & autres Braves de la ville, fe font des défis; & quelquefois il fe livre de vrais combats entr'eux à la vieille Place, où l'on voit des centaines de gens engagez de chaque côté. Cela fe paffe toûjours entre le menu peuple; & quoi qu'il ne fe batte qu'à coups de Pierre ou de bâton, il ne laiffe pas de demeurer toûjours quelqu'un fur la place, &
d'y

d'y avoir bien des bleffez, fur tout lors que le Roi est hors de la ville ; parce qu'alors le Grand Prevôt n'empêche pas affez ces rencontres, par la raison du profit qui en revient à son Bureau.

Les *Persans* appellent les *Portes* de ville *Dervazé*, mot compofé de *Der*, qui veut dire *porte*, & de *Vaze*, qui veut dire *Ouvert*. Celle de *Haffen abad* est la plus ancienne de toutes, & elle a été ainsi nommée parce qu'elle menoit au Palais du Roi *Haffen*, il y a quelque quatre cens cinquante ans. D'autres gens difent que c'est parce qu'il fit faire cette *Porte*; mais la raison du nom qui fignifie *habitation*, ou *quartier de Haffen*, convient mieux avec le premier fentiment. Cette *Porte* est à l'extremité d'un grand & long *Bazar*, & à l'entrée d'un autre, après lequel l'on en trouve d'autres de fuite jufqu'au bout de la ville, fi contigu, qu'on peut dire que ce n'est qu'un *Bazar* qui la traverfe de bout en bout, en finiffant à la porte de *Tokchi*; & c'est là la longueur de la ville. J'ai déja fait obferver que le mot de *Bazar* fignifie *marché*, & qu'on appelle ainfi de grandes *Rües* couvertes, où il n'y a que des *Boutiques*. Les plus fpacieux font larges de quatorze à quinze pas. Il y en a de très-beaux. La plûpart font bâtis de brique, couverts en voute. Quelques uns font couverts de *Domes*. Le jour y entre par de grands foupiraux, qui font à la couverture, & par les *Rües* de traverfe. On peut ainfi en tout tems traverfer *Ifpahan* d'un bout à l'autre à pié fec, & à couvert. Ce qu'il y a d'incommode, c'est que dans le grand nombre de ces *Bazars*, on en rencontre de fi étroits, que l'on a bien de la peine à y paffer, à caufe de la foule des gens qui s'y trouvent toûjours.

J'entrerai dans la *Defcription* de la ville par les quatre *Portes* qui font face à l'*Orient*, en raportant ce qu'il y a de remarquable entre ces *Portes* & la grande *Place Royale*; & je commencerai par la *Porte de Haffen abad*, en tournant premierement de l'*Occident* à l'*Orient*, & puis de l'*Occident* au *Septentrion*.

A vint pas de cette *Porte*, on trouve deux *Rües*, qui aboutiffent à un grand *College*, dont l'une est appellée la *Rüe du Mouchi el Memalek*, comme qui diroit *la Rüe du Secretaire d'Etat*, parce qu'un côté entier de cette rüe a été bâti par un Seigneur qui avoit cette charge-là, nommé *Mirza Rezi*. C'étoit un grand *Cimetiere*, il n'y a que cinquante ans; mais le Peuple fe multipliant à *Ifpahan*, le Roi le donna à ce Seigneur, avec permiffion d'y bâtir. Il y a fait conftruire entr'autres, un

*Bazar*, un *Caravanferai*, une *Mofquée*, un *Bain*, & un *Caffé Khone*, qui est juftement ce qu'on appelle en Angleterre *Coffe-houfe*. Dès que les gens ont un peu de bien en *Perfe*, ils ne manquent jamais à fe bâtir un *Hôtel* : c'est par où ils commencent à joüir de leur bien; & puis ils en mettent une partie à la conftruction de ces fortes d'*Edifices* que je viens de nommer, afin de fe fonder un revenu affuré, les faifant bâtir d'ordinaire autour de leur *Logis*, s'ils ont affez de terrain; car il faut obferver que les *Perfans* ont une forte repugnance à loger dans la *Maifon* où leur pere est mort, difant que d'un côté cela est inhumain & que de l'autre cela est de mauvais augure. D'ailleurs, comme les fortunes font fort changeantes parmi les *Orientaux*, & qu'ils font de leur naturel extraordinairement ardens après les plaifirs de la vie, ils en veulent joüir à l'aife. Or il fe trouve toûjours, difent-ils, que la maifon du Pere est trop grande, ou trop petite, pour fon fils. Chacun donc en fait bâtir une, ou en acquiert une qu'il racommode à fa fantaifie. Cette coûtume a fait faire cette belle réflexion à un de leurs *Poëtes* :

*Quiconque vient au monde, s'eleve un édifice nouveau.*
*Il s'en va, & laiffe l'édifice à un autre.*
*Cet autre fe met à rebâtir cet édifice fous une forme nouvelle.*
*Et il ne fe trouve perfonne qui y mette la derniere main.*

Quand les *Perfans* ont bâti un *Logis* pour eux, ils fe mettent enfuite, comme je viens de le dire, à bâtir un *Marché*, dont ils loüent les *Boutiques*, un *Bain*, & un *Cabaret à Caffé*, qu'ils loüent auffi, un *Caravanferai* pour les Étrangers, qu'il arrive quelquefois que l'on fonde pour le public, au lieu de le donner à rente, & puis on fait bâtir une petite *Mofquée*, pour attirer la bénédiction de *Dieu* fur le tout. C'est-là le génie des *Perfans*; & fi leurs biens font fi vaftes, qu'ils puiffent s'étendre à des *Fondations* plus Publiques, ils font bâtir des *Ponts*, des *Chauffées*, & des *Caravanferais* fur les grands chemins, pour la commodité des Paffans; & c'est comme a fait ce Seigneur *Mirza Rezi*. Le titre de *Mouchi el Memalec* qu'il porte, fignifie *Ecrivain des Roiaumes*. Les *Perfans* appellent ainfi cet Officier de l'Etat, qui a la charge de coucher par écrit les *Lettres patentes*, les *Déclarations*, & les *Ordonnances* qui font fcellées

lées de l'un des grands fceaux. J'en ai traité ci-deſſus, & j'ai obſervé que ces fortes d'expeditions ſe font en grand papier, & s'écrivent en lettres d'or, rouges, bleues, & noires, dont les grandes queües & les paraphes ſont des figures qui ont beaucoup d'ordre & de deſſein, & qui ſont ſi bien peintes qu'on diroit qu'elles ſont faites au pinceau. *Mirza Rezi* eſt ſavant & curieux, homme d'honneur, & bienfaiſant, de qui la converſation eſt fort utile à ceux qui recherchent la connoiſſance du *Gouvernement* & de la *Politique* de *Perſe*. Il eſt originaire des plus anciennes familles du Roiaume, deſcendant en ligne maſculine du ſavant & célèbre *Coja Neſſireddin*, fameux pour ſes Ouvrages d'*Aſtronomie*, & pour avoir porté les *Tartares* à la guerre qu'ils firent en *Aſie* dans le dixiéme & onziéme ſiécle. La cauſe en eſt trop remarquable, & trop peu connuë parmi nous, pour la paſſer ſous ſilence. C'étoit au tems que les *Califes* de *Bagdad* avoient la domination de la plus grande partie de l'*Aſie*, & celui qui régnoit en ce tems-là ſe nommoit *Moſteazem*. *Coja Neſſir* lui aïant preſenté un Livre de *Mathematique*, qui par malheur ne lui plut pas, il le déchira en préſence de l'Auteur, & lui en jetta les morceaux au viſage. Ce ſavant homme outré d'un affront ſi rude, & ſi éclatant, ſe retira auprès de *Halacoucan*, Prince des *Tartares*, & étant entré dans ſa confidence, il lui fit vuïr la conquête de *Babylone*, & de tout l'Empire, dont cette ſuperbe Ville étoit la capitale, ſi aiſée, que ce Prince l'entreprit & en vint à bout comme on ſait, en faiſant mourir ce *Calife*-là & ſes enfans mâles.

Ce que j'ai rapporté ſur le ſujet du fameux ayeul de *Mirza Rezi* me conduit à remarquer, que l'*ancienneté de la race* eſt un avantage rare en *Perſe*, & dont auſſi on y fait peu de compte. On n'y garde gueres de *Généalogies*, & il n'y a pas dix perſonnes à la Cour qui ſachent l'extraction de leur Biſayeul. L'Hôtel de *Mirza Rezi* eſt aſſez petit, mais il eſt fort propre & fort égayé de *Peintures* & d'*Inſcriptions*. Ce que j'y remarquai de particulier, fût que quelques-unes des ſalles étoient revêtuës de carreaux de fayance peints de *figures* qui n'avoient qu'*un Oeil*. C'eſt afin qu'on y puiſſe faire ſes devotions ſans ſcrupule. Pour entendre cela, il faut obſerver que les *Mahometans* abhorrent les *Figures*, juſque-là que quelques uns ſoûtiennent qu'on ne peut ſans pécher s'arrêter dans le lieu où il y en a, & que tous croïent que les prieres qu'on

a faites ſont vaines, & de nul effet auprès de Dieu; ce qu'ils appuient ſur le danger qu'il y a, diſent-ils, de concevoir quelque idée corporelle durant l'adoration & la priere. Pour éviter ce danger, ils ne manquent gueres, lors qu'on les loge en quelque lieu où il y a des *Portraits*, de gâter l'œil gauche avec une pointe de Canif : Mais *Mirza Rezi* a crû l'entendre mieux en commandant à l'ouvrier de ne faire qu'*un œil* à toutes les *Figures*. Les Eccleſiaſtiques ſoutiennent qu'en cet état-là, l'uſage n'en eſt point criminel, parce que les *Figures* deviennent par cette mutilation, des *Groteſques* qui ne repréſentent rien, & qui ne doivent paſſer que pour des fantaiſies de *Peintre*. Je remarquai entre les *Peintures* de cette maiſon-là, l'apoſtaſie de *Cheik Neſſaoum*, qui eſt une hiſtoire fort commune parmi les *Mahometans*, pour faire abhorrer le vin. Ils diſent que cet homme, qui vivoit il y a quelques huit cens ans, & qui étoit des plus éminens de leur Religion, ſe laiſſa débaucher par les *Chrétiens* avec leur vin, & avec leurs méts défendus. Vous le voïez-là dans ſes habits de *Derviche*, comme vont habillez les dévots, aiant du cochon devant lui, & le verre à la main, entouré d'hommes & de femmes vêtus à l'*Europeane*, qui l'excitent à la débauche, au-deſſous il y a un diſtique qui ſignifie.

*Je n'ai plus ſur le viſage aucun trait d'homme fidelle.*
*Un chien de la Chrétienté eſt moins vilain que je ne ſuis.*

Les *Mahometans* abhorrent les *Chiens* comme des animaux impurs, & dont l'attouchement rend ſouillé. Ils abhorrent les *Chrétiens* de même, & quand ils veulent dire le comble de l'exécration ils diſent c'eſt le chien d'un Chrétien. Entre les *Inſcriptions* qui ſont dans cette belle maiſon, j'en trouvai une de huit vers, écrits en lettres d'or ſur deux cartouches, à la louange de l'humilité : En voici les paroles.

*Une goûte d'eau tomba de la nüe dans la mer,*
*Elle demeura toute étourdie en conſiderant l'immenſité de la mer.*
*Helas ! dit-elle, en comparaiſon de la mer, que ſuis je ?*
*Sûrement où la mer eſt, je ne ſuis qu'un vrai rien.*
*Pendant qu'elle ſe conſideroit ainſi en ſon neant,*

*Une*

*Une huître la reçût dans son sein, & l'y éleva.*

*Le Ciel avança la chose, & la porta à ce point,*

*Qu'elle devint la Perle fameuse de la Couronne du Roi.*

Au bout de la *ruë* du *Mouchi el Memalek*, est l'Hôtel de *Mirza Moumen Nazir teharpa*, c'est-à-dire, *Intendant du pied fourché*, qui est celui qui reçoit le droit de toutes les bêtes à cornes, lesquelles se consument dans les villes du Roiaume ; droit qui n'est pas considerable, ni même égal par tout.

Delà, on entre dans une de ces grandes *ruës* couvertes, qu'on appelle *Bazar*, qui mene droit à la *Place Roiale* en allant de l'*Occident* à l'*Orient*. Vous trouvez à moitié chemin, sur la gauche, un large *Palais*, qu'on appelle en son nom propre le *Palais de Saroutaki*, qui étoit premier Ministre de *Perse* sur la fin du régne de *Sefi premier*, & au commencement du régne *d'Abas second*. Ce Palais fut commencé par *Atembek*, & continué par son fils *Talebkan*, tous deux aussi premiers Ministres du regne de *Sefi premier*. *Saroutaki* l'aiant eu en don du Roi, le fit achever avec tant de dépense & de soin, que c'étoit un des beaux bâtimens de *Perse*, il y a soixante ans. Comme la fortune de ce Seigneur, & sa catastrophe est un aussi éclatant exemple de la vanité des choses humaines, qu'on puisse en lire dans aucune histoire, je crois qu'on ne trouvera pas mauvais que j'interrompe cette *Description*, pour en conter l'évenement.

Saroutaki étoit fils d'un Boulanger de *Tauris* capitale de la *Medie*, qui n'aiant pas moien de le pousser, l'envoia à *Ispahan* chercher fortune. Il y alla, & se fit soldat, pensant de ne pouvoir mieux se placer, pour faire paroître l'excellence de ses talens naturels. Ses premiers Camarades se trouverent, pour son malheur, être de jeunes débauchez adonnez à l'horrible crime de la Sodomie, qui l'en infecterent si étrangement, qu'il ne se contentoit pas de tomber avec eux dans cet abominable desordre, mais qu'il en vint jusqu'à la fureur d'enlever les beaux garçons qu'il rencontroit à l'écart. Il arriva au bout de deux ans, qu'un Officier du Roi l'aiant reconnu capable de quelque chose de plus que de porter le Mousquet, le prit pour son secretaire ; mais il n'eut pas été là trois mois, qu'un enfant du quartier qui avoit été perdu huit jours durant, fut trouvé dans sa chambre dans l'é-

*Tome III.*

tat des gens qu'on enleve violemment. Les parens de l'enfant outrez du traitement qu'il lui avoit fait, s'allerent jetter aux pieds du Roi comme il étoit à la promenade, en lui demandant justice de cet horrible excès. Le Roi, qui se trouva gai, & de bonne humeur, leur dit en souriant, *allez le châtrer*. Ces gens emportez de fureur n'entendirent point raillerie : ils coururent à son Logis, & l'aiant rencontré comme il en sortoit à cheval, avec un Laquais seulement, ils le renverserent à terre, ils lui déchirerent ses habits, & ils exécuterent dans un instant l'ordre du Roi, avec la rage qu'on peut s'imaginer en des gens irritez comme ils l'étoient ; car c'est ainsi que souvent en *Perse* chacun vange de ses propres mains les torts qu'on lui a faits, dès que la justice l'ordonne, ou le permet.

Le Maître de *Saroutaki* étoit proche du Roi lors que la plainte fut faite, & la punition ordonnée ; & comme il vit que le Prince se mit à parler assez gayement de l'arrêt qu'il venoit de donner, & en sourioit en le regardant, il prit la liberté de lui dire aussi en riant : En verité, Sire, c'est dommage que ce malheureux garçon meure, car il a infiniment d'esprit, & il pourroit rendre un jour d'importans services à V. M. Le Roi répondit, *hé bien, qu'on le sauve, s'il est encore tems, ou qu'on le fasse panser*. Le pardon du Roi arriva trop tard : sa sentence avoit déja été exécutée, mais elle l'avoit été si heureusement, que le Criminel n'en mourut pas, comme on en court le risque, dès qu'on a dixhuit ans passez. Cependant, comme l'operation avoit été faite avec un gros couteau, & par des gens acharnez, qui ne se soucioient pas de la bien faire, il ne fut jamais bien gueri : son eau lui couloit le long des Cuisses, ce qui l'obligea toute sa vie à porter des bottines, qui lui venoient jusqu'à l'endroit des parties qu'on lui avoit coupées. Le supplice de *Saroutaki* l'aiant rendu incapable de débauche, il s'attacha aux affaires, & dans dix ans de tems il se rendit si habile dans les finances, qu'on le fit Controlleur général du Vizir, ou Intendant de *Mazenderan*, qui est l'*Hyrcanie*, lequel étant venu à mourir, *Saroutaki* fut mis à sa place. Il fut fait ensuite Gouverneur de *Guilan*, qui est une Province voisine, & fut employé en qualité de Général, & de Commissaire général en plusieurs emplois très-importans. Il parvint delà à la qualité de *Nazir*, on appelle ainsi le Surintendant général, ou Maître de la maison du Roi, & de tout son Domaine, & enfin à celle de premier Ministre d'Etat.

B

L'His-

L'Hiſtoire & les gens de ſon tems aſſurent, qu'il n'y en a jamais eu de ſi éclairé dans l'exercice de cette charge ſupreme. Il ſavoit juſqu'à un denier le revenu de l'Etat, & celui du Roi, car en *Perſe* le revenu du Roi, & le revenu de l'Etat, ſont diſtinguez & ſeparez comme je l'ai rapporté, & il ſavoit de même le revenu de tous les Grands du Roiaume, ce qu'ils pilloient ſur le Peuple, & même ce qu'ils dépenſoient, & ce qu'ils amaſſoient. Le zele de ce Miniſtre étoit incomparable, tant pour le bien Public, que pour celui de ſon Maître. Il haïſſoit tous ces préſens dont l'uſage eſt univerſel en *Orient* pour obtenir les graces & les emplois, & il ne manquoit point de faire entrer dans les cofres du Roi tous ceux qu'il apprenoit que les Miniſtres recevoient, ou ſe faiſoient donner à cette fin. *Seſi premier*, qui régnoit alors, laiſſoit faire ce ſage & integre *Vizir*, étant ravi d'avoir un *Grand Vizir* de cette probité, mais comme il ne vouloit pas avoir part à la haine que ce Miniſtre s'attiroit par ſa ſeverité, il en railloit ſouvent lui-même en preſence de la Cour, diſant entre les autres choſes: *On parle tant d'Omar*, (c'eſt le ſecond Succeſſeur de *Mahamed*, un homme que les *Perſans* deteſtent parfaitement, le tenant pour Hereſiarque, & pour Tyran.) *On l'appelle Chien, cruel, & maudit; le voila reſſuſcité en la perſonne de mon Vizir.* En effet, il étoit étrangement haï par les Grands de l'Etat, qui l'immolerent enfin à leur fureur.

La choſe arriva l'an 1645. qui étoit le troiſiéme du regne d'*Abas ſecond*, & voici comment. Un Gouverneur de *Guilan*, nommé *Daoud can*, avoit fait plus de deux millions d'extorſions, durant la premiere année du regne de ce Prince; lequel étant venu jeune à la Couronne, les Gouverneurs & les Intendans s'imaginoient qu'on pouvoit tout faire impunément. *Saroutaki* fit appeller *Daoud can* à la Cour, & le preſſoit de rendre compte de ſa conduite. *Daoud can* s'en excuſoit, ſur ce qu'on n'a pas accoûtumé de faire venir des Gouverneurs de Province à compte. *Janikan*, General des *Courtcbis*, qui eſt le plus puiſſant Corps de troupes qu'ait la *Perſe*, proche parent de ce *Daoud can*, le défendoit tout ſon pouvoir; mais voïant qu'il ne gagnoit rien auprès du premier Miniſtre, & que ſon parent alloit être pouſſé à bout, il en porta ſes plaintes au Roi, tant en particulier, qu'en public, le ſuppliant de mettre à couvert le Gouverneur de *Guilan* des recherches du premier Miniſtre. Le Roi, qui étoit jeune, écou-

toit tout, & répondoit à tout favorablement, mais ſa Mere retenoit ſa facilité; & l'empêchoit de rien accorder qui allât contre le bien de l'Etat. Le crédit des Meres des Rois de *Perſe* eſt grand, tandis qu'ils ſont en bas âge, & la Mere d'*Abas ſecond* en avoit auſſi un fort grand, & qui étoit des plus abſolus. Elle étoit en étroite confidence avec le premier Miniſtre, & ils s'entr'aidoient tous deux mutuellement. *Janikan* ne voïant, à cauſe de cela, aucun moïen de ſauver ſon parent, rompit ouvertement avec le premier Miniſtre, & ſe déclara hautement ſon ennemi; mais le Miniſtre ſe contentoit de pouſſer ſa pointe. Il arriva au mois d'Octobre, que dans une audience d'Ambaſſadeurs, *Janikan* trouvant le Roi chagrin contre le premier Miniſtre ſur un ſujet qu'on raconte diverſement, il commença à l'accuſer de pluſieurs choſes, les unes vraies, & les autres fauſſes, que le Prince écouta des plus aigrement. L'Audience finie, le Roi voulut monter à cheval, & par malheur pour le premier Miniſtre, il ſortit par le grand portail du Palais, par où il paſſe fort rarement, parce qu'il eſt le plus éloigné du Serrail. Le Prince trouva le cheval du premier Miniſtre tout contre le ſien. On le lui menoit toûjours le plus proche qu'il ſe pouvoit du lieu où étoit le Roi, à cauſe de ſon grand Age, & de ſes infirmitez, & afin qu'il eût moins de pas à faire. Le Roi voïant ainſi un autre cheval près du ſien, demanda à qui il appartenoit. *Janikan*, qui étoit aux côtez du Roi, trouvant cette belle occaſion de donner un coup de dent au premier Miniſtre, répondit: *Eh! qui pourroit, Sire, avoir l'inſolence de faire cela, que ce vieux chien de Grand Vizir: il ne ſe contente pas de maltraitter les ſerviteurs, il perd encore le reſpect pour le Maître. Je le ſçais bien, Janikan*, repartit le Roi, *il y faut pourvoir*. Il n'eſt pas certain ſi c'eſt là tout ce que le Roi lui dit, car on le raconte diverſement; mais quoi qu'il en ſoit, *Janikan* prit la reponſe du Roi pour un Ordre de faire mourir le premier Miniſtre, & il reſolut de l'exécuter le lendemain matin.

Ce jour-là, il fut de bonne heure au Palais, & tirant à part ce qu'il y trouva de gens, qu'il ſavoit être ennemis du Grand Vizir, entre leſquels le plus conſiderable étoit le Grand Maître de l'Artillerie, il leur dit qu'il avoit ordre du Roi d'aller prendre la tête du premier Miniſtre, & les pria de l'accompagner. Ils prirent encore avec eux d'autres gens de leur cabale qu'ils rencontrerent, ſur le chemin, ſans leur dire pourtant autre choſe, ſinon qu'ils qu'ils alloient porter à ce Ministre un Ordre du Roi de la derniere importance. Ce vieux Seigneur étoit dans le Serrail quand ils arriverent, & en aiant été averti, il fortit en robe de chambre, & entrant par une porte de derriere dans la falle où il les avoit fait mener, il leur dit qu'il les prioit de s'affeoir, jufqu'à ce qu'il fût habillé, & qu'il les alloit venir retrouver. *Janikan* s'aprochant là-deffus, avec fa troupe, & l'entourant, lui dit: *Chien maudit, nous ne fommes pas venus ici pour nous affeoir, mais pour te couper cette vieille méchante Tête, qui a rempli la Perfe de malheurs, & a fait perir tant de Grands Seigneurs, infiniment plus gens de bien que toi*; & en difant cela, il cria au Grand Maître de l'Artillerie, *Vour*, c'eft-à-dire, *Frape*. Celui-ci en même tems lui enfonça le poignard dans le corps, & d'un coup de genouil le jetta à bas, fur le bord d'un grand rond d'eau, à bords de jafpe, qui tient le milieu de la falle. Le coup ne l'avoit pas tué; il leur dit d'une voix baffe, *Que vous ai-je fait, mes Princes, & que me faites-vous fur mes vieux jours?* *Janikan* entendant fa voix, cria au Grand Maître, *acheve ce chien*, & en même tems tira l'épée lui même, & s'avança pour fe jetter deffus. Le Grand Maître le prévint, & abatit la tête de cet infortuné, qui tomba aux pieds de *Janikan*, & d'un autre coup lui coupa le corps prefque en deux. *Janikan* prit la tête par la mouftache, & s'avançant fur le bord du rond d'eau, pour y laver fa main, qui étoit enfanglantée, il la porta enfuite trois ou quatre fois pleine d'eau à la bouche, en difant: *A prefent voila ma foif appaifée.*

Il mit enfuite une garnifon de fes gens dans le Palais du *Vizir*, comme s'il eût eu un ordre fort précis de le faire, & remonta à cheval, tenant la tête d'une main, & fon épée nuë de l'autre, prenant le chemin du Palais. Sa fuite fe trouva en un inftant groffie de plufieurs Grands Seigneurs, avec qui il alla fe prefenter au Roi, & lui dit felon les complimens du Païs: *Sire, que vôtre tête foit toûjours glorieufe & faine. Voici celle de ce vieux chien, qui perdoit le refpeçt pour V. M. & qui étoit devenu traitre, tant à fa perfonne, qu'à fon Etat, lequel il ruinoit par fon audace, & par fa Tyrannie: Il tramoit une revolte qui eût couté la vie à V. M. & c'eft ce qui m'a obligé de lui ôter la fienne, par l'amour que j'ai pour la vôtre.* Le Roi, fort effraié, & confterné du fpectacle, ne perdit pourtant pas le jugement, mais lui répondit, fort prudemment pour un jeune

Prince, quoi qu'en tremblant: *Janikan que ta main foit exaltée; tu as fort bien fait. Que ne m'avertiffois-tu de la perfidie de ce méchant: Il y a long-tems que j'aurois fait faire ce que tu as fait aujourd'hui. Je te donne fa charge, & ce que tu voudras de fes biens.*

*Saroutaki* étoit alors dans la treiziéme année de fon Miniftere, & dans la quatre-vintiéme de fa vie.

On fera fans doute bien aife d'aprendre la vengeance qui fut faite de la mort de ce vieux Miniftre, & je la raconterai d'autant plus volontiers, qu'elle n'eft pas moins tragique ni moins exemplaire, & qu'on peut bien affurer qu'il n'a été jamais parlé de grande fortune fi tôt faite, & fi tôt détruite. *Janikan* aplaudi du Roi exterieurement, comme je viens de le dire, & de toute la Cour, qui l'alloit feliciter de fon lâche affaffinat, comme d'un rare exploit de guerre, crût qu'il étoit monté au haut de la roüe; & il y étoit effectivement monté, mais c'étoit pour rendre fa chûte plus éclatante & plus terrible, que la fortune l'avoit comme guindé fi haut. Tout le monde s'empreffa d'abord à le fuivre, & le jour même de cette vilaine action, il revint du Palais fuivi de trois cens perfonnes à cheval. Deux jours après il fut fait Généraliffime de la *Perfe*, ce qui mettoit trente mille hommes fous fon commandement, qu'il pouvoit affembler dans vint quatre heures; & dans les cinq jours de tems que dura feulement fa faveur, on lui fit la valeur de vint mille Loüis d'or de prefens, pour avoir feulement fes bonnes graces ou fa recommandation.

J'ai touché un mot ci-deffus du pouvoir que la Reine Mere avoit fur l'efprit du Roi, & combien d'ailleurs elle étoit unie d'amitié & d'interêt avec le premier Miniftre; & j'ai dit auffi la confternation du Roi quand les affaffins de ce Seigneur lui prefenterent fa tête. La Reine le voïant revenu au Serrail avec cette confternation fur le vifage, aprehenda que le *Vizir* n'en fût en partie caufe, & en aprochant tendrement de fa perfonne, elle lui dit: *Mon cher Prince, pourquoi êtes-vous troublé comme je vous vois? Ce vieux Miniftre, qui vous fert de Pere, feroit-il jamais affez malheureux pour avoir merité vôtre indignation. Soixante années de bons fervices rendus à V. M. & à fes Predeceffeurs, & fon extrême vieilleffe, valent bien qu'on lui pardonne quelque faute; toutefois s'il en a fait de telle nature qu'elle exige punition, ôtez lui fa charge, & laiffez à la mort, qui eft fi proche de lui, à lui ôter la vie.* Le Roi lui répondit, *ana Kanum, Ducheffe, Ma Mere,*

*re,*

re, *fon affaire eft faite, il vient de mourir.*

Les femmes dans tout l'*Orient*, fur tout celles de qualité, ne s'étudient point à reprimer les paffions, ce qui fait qu'elles en font toûjours agitées avec fureur. *Saroutaki* étoit l'agent & le fidele de la Mere du Roi. Il lui amaffoit des biens immenfes, elle gouvernoit la *Perfe* à fon gré par fon miniftere: On peut penfer là-deffus à quel excès elle fut irritée. Elle envoia fur le foir un des Principaux Eunuques à *Janikan* lui demander pour quel fujet il avoit été affaffiner fi cruellement le premier Miniftre, que fes fervices fi longs & fi importans devoient rendre facré à tous les *Perfans*. *Janikan*, éblouï de fa fortune, & emporté de la haine qu'il avoit pour la Reine Mere, à caufe du défunt, répondit fierement à l'Eunuque: *Sarqutaki étoit un chien, & un voleur, qu'il y a long-tems qu'on devoit faire mourir. Dites cela à la grande Ducheffe,* ( c'eft le titre qu'on donne à la Mere du Roi ) *& que c'étoit un franc Larron. Julfa* ( c'eft un Fauxbourg d'*Ifpahan*, peuplé d'*Armeniens*,) *ne doit payer que vint-deux mille cinq cent livres de taille, & je prouverai qu'en cinq mois ce chien maudit en a arraché deux cens mille livres.* Il difoit cela pour piquer davantage la Reine mere, parce que le revenu de ce Fauxbourg eft dans l'apanage des Meres du Roi, & qu'on n'y peut lever un fol fans leur ordre.

La Princeffe, pouffée à bout par ces nouveaux outrages, anima toute cette nuit-là le Roi à la vengeance. Il y étoit bien réfolu, mais il ne favoit comment s'y prendre. La Princeffe defefperée de ce qu'il ne fervoit pas fa fureur fur le champ, conjura le lendemain avec une perfonne de qualité, qu'elle favoit dans fes interets, pour faire affaffiner *Janikan*; mais celui-ci, qui avoit déja femé d'efpions la Cour & la ville, découvrit la conjuration avant qu'elle fût formée. Il la communiqua à fon Parti, qui ne crut pas pouvoir fe fauver qu'en faifant une conjuration oppofée, qui étoit d'aller arracher la Reine mere du milieu du Serrail, & de la faire mourir. Si ce que je raporte n'étoit d'une notorieté publique en *Perfe*, je ne l'aurois jamais pû croire, parce que les Serrails font des lieux fi facrez pour les *Perfans*, particulierement celui du Roi, que c'eft une impudence puniffable de tourner feulement les yeux vers la porte.

Le *Chirachi bachi*, qui eft le Chef de la fommelerie du Roi, étoit un des conjurez de *Janikan*. Il étoit à la verité un des grands Ennemis du mort, mais faifant refléxion fur le crime & fur le danger de l'entreprife, dont il étoit mo-

ralement impoffible d'éviter la punition tôt ou tard, il réfolut de la découvrir au Roi, ne voïant point d'autre voïe de fe tirer du mauvais pas où il s'étoit engagé. Il va fur le foir au Palais, s'adreffe au Capitaine de la porte du Serrail, lui conte la Conjuration avec les particularitez qu'il en favoit, & que le jour fuivant étoit deftiné à l'executer. On avoit peine dans le Serrail à croire le raport de ce Conjuré; toutefois comme la chofe étoit trop importante pour négliger l'avis, & que la Reine & les Eunuques, que la Conjuration regardoit, croioient à tout moment qu'on les venoit mettre en piéces: le Roi fe laiffa pouffer à faire mourir le lendemain matin tout ce nombre d'affaffins, fans autre forme de procès. Ce jour là donc, qui étoit le cinquiéme de l'affaffinat du premier Miniftre, le Roi, vêtu tout de rouge, felon la maniere du Païs qui fait que le Roi s'habille de cette façon, lorfqu'il doit faire mourir quelque grand Seigneur; le Roi, dis-je, fe rendit le matin à la falle où tous les Grands Seigneurs étoient affis à l'ordinaire, & s'adreffant à *Janikan*, S. M. lui dit: *Perfide, Rebelle, de quelle autorité avez vous tué mon Vizir?* Il voulut répondre, mais le Roi ne lui en donna pas le loifir. Il fe leva en difant tout haut *frapez*, & fe retira dans un Cabinet qui n'étoit feparé de la falle que par des Vitres de Criftal. Auffi-tôt des Gardes apoftés fe jetterent fur les Profcrits, & à coups de hache les mirent en piéces fur les beaux tapis d'or & de foie dont la falle étoit couverte, aux yeux du Prince & de toute la Cour. Dans le même tems, d'autres Gardes, avec deux des principaux Eunuques, coururent executer de même maniere les autres Profcrits, qui étoient les uns dans le bain, les autres dans leurs maifons. Le nombre des Grands Seigneurs qu'on mit en piéces étoit quatre Gouverneurs de Province, le Grand maître de l'Artillerie, & trois autres. Au bout de deux heures, on jetta les corps ainfi coupez en piéces au milieu de la place Royale, vis à vis le Grand Portail du Palais, où les crocheteurs les dépouillerent jufqu'à la chemife. On les y laiffa trois jours en cet état, ( grand exemple de la juftice celefte, & des miferes humaines, ) & après on les porta dans un cimetiere hors de la ville, où ils furent enterrez pêle-mêle dans une même foffe.

La Mere du Roi fe voïant défaite de fes principaux Ennemis, étendit fa vengeance fur la maifon de *Daoud can*, comme l'Auteur de toute cette longue, & cruelle Tragedie

gedie. On ne se contenta pas de confisquer ses biens comme aux autres. On ne laissa pas un sol à tous ses parens, jusqu'au troisiéme degré. Ses filles furent vendues publiquement. Ses fils furent faits Eunuques, & donnez en qualité d'Esclaves à un Seigneur qui avoit autrefois servi leur Pere.

Le *Palais* de *Saroutaki* a été un des beaux de la *Perse*, mais il s'est fort ruiné depuis sa mort. C'est à présent le *Logement* des *Daroga*, ou Gouverneurs de la ville, à qui le Roi l'a affecté. Le Gouverneur d'à présent, qui se nomme *Scander Mirza*, ou le *Prince Alexandre*, qui est fils de *Chanavas can*, Viceroi Hereditaire de la *Georgie*, a fait bâtir à côté un *appartement* fort propre, & un grand *Bain* sur un fond particulier qu'il a achetté. Ce n'est pas que ce *Palais* manque de *Bains* ni de terrain pour en bâtir plusieurs autres; mais c'est que les *Mahometans* tiennent que les Prieres, les Purifications, & toute la devotion en un mot, que leur Religion commande, est vaine & desagreable à Dieu quand elle est faite dans un lieu acquis par fraude ou par violence. Or ils pretendent que la confiscation des biens n'est jamais bien légitime, parce que les biens appartiennent aux familles, & non pas aux personnes, & qu'ainsi quand le Roi s'empare des biens d'un grand Seigneur pour quelque cause que ce soit, c'est toûjours avec injustice, & que s'il les donne, ou les prête, il dispose d'un bien qui ne lui appartient pas entierement.

Joignant le *Palais* de *Saroutaki*, il y a une petite *Mosquée*, que ce Ministre avoit fait bâtir, & de l'autre côté de la rue un peu plus haut, il y a le *Tombeau* de *Cha Ahmed*, un des fils d'*Iman Mouza cazem*, qui est un des douze premiers *Califes*, qui pouvoient succeder légitimement à *Mahomed*, selon l'opinion des *Persans*. Ce *Tombeau* est dans une *Chapelle* couverte d'un dôme, bâtie depuis plus de trois cens ans, à ce qu'on dit. Il est quarré, élevé de quatre pieds de terre: On le voit de dedans la rue par une fenêtre couverte d'une grosse grille que les Passans baisent par dévotion, & où l'on trouve toûjours des femmes arrêtées marmottant leur chapellet; car s'il y en a au monde de superstitieuses, ce sont assurément celles d'*Ispahan*. Au delà de ce *Tombeau*, on trouve un grand *College*, qui a quarante chambres, que le peuple appelle par derision *le College des Anes*, parce qu'il n'y demeure & qu'il n'y va que des *Arabes*, lesquels font les plus stupides & les plus ignorans de tous ceux qui font profession de science en

*Perse*, quoique la langue *Arabesque* soit l'Idiome de la science en *Orient*, comme le *Latin* en *Europe*. Il est arrivé aux *Arabes* la même chose qu'aux *Grecs*. Les uns & les autres ont été dans leurs tems les maîtres & plus grands Docteurs des sciences, ceux qui les enseignoient aux autres nations, & chez qui on alloit les aprendre de toutes parts; mais ce sont à présent des Peuples très-ignorans. Les *Persans* ont succedé dans la science aux *Arabes*, comme les *Chrétiens* de l'Europe sont succedé aux *Grecs*; ce qui étant arrivé après les conquêtes des *Turcs*, il ne faut pas douter que la cause de leur extrême ignorance ne soit la perte de leur liberté. Il est vrai que les *Arabes* n'ont pas tous perdu la liberté; mais ceux qui la conservent encore, sont obligez pour cela de se priver de tout commerce, en se tenant enfermez dans les deserts. J'oubliois à dire que sur le frontispice de ce *College*, dont je viens de parler, on lit ces mots en gros caractéres. *La science apprise durant la jeunesse est stable & dure comme une inscription dans du marbre.*

Tirant de-là, vers la *Place Roiale*, on trouve sur la gauche un des beaux *Caravanserais* d'*Ispahan*. C'est un grand bâtiment quarré à double étage, chacun de quelque vingt pieds de haut, & de quelque soixante dix toises de diametre. On y entre par un *Portique* assez long, sous lequel il y a des *Boutiques* d'un & d'autre côté. Chaque face a vint quatre logemens en bas, & autant en haut, comme un dortoir de Couvent, au milieu desquels il y en a un plus grand que les autres, bâti sous un haut *Portique* semblable à celui où est l'entrée, lequel est fait en demi-dôme, plat sur le devant, orné de Mosaïque. Les *chambres* d'en bas sont le long d'une *Gallerie*, ou *Relais*, ou *Parapet*, comme on voudra l'appeller, haut de terre d'environ cinq pieds, & profonds de dix huit à vint pieds, larges de quinze à seize, & élevées de deux doigts sur la Gallerie. Les *Persans* appellent ces *Galleries*, ou rebords de pierre, qui régnent autour des *Caravanserais*, maatab, c'est-à-dire *place à la Lune*, parce que c'est où on couche environ huit mois de l'année, pour être plus fraichement, & où on prend le frais à l'ombre durant le jour. Chaque *chambre* a de plus une place sur le devant, de la largeur de la *chambre* même, profonde de la moitié, & couverte d'une *arcade*. Les *Chambres* d'en haut ont chacune une *Antichambre*, & un Balcon, & c'est d'ordinaire où les marchands logent avec leurs femmes, lorsqu'ils en mei-

nent

nent , le bas étage leur fervant communément de *Boutique*, ou de *Magazin* : Sur le derriere du *Caravanferai*, il y a encore de grands *Magazins*. Au milieu de la Cour , qui eſt fort bien pavée, il y a un grand *Baſſin* d'eau, avec un jet , & des *Puits* aux coins. C'eſt-là à peu près la ſtructure & la forme de tous les grands *Caravanſerais d'Iſpahan*, qui ſont bâtis de pierre ou de brique , ſi ce n'eſt que les uns ont un grand *Relais* quarré de quatre à cinq pieds de hauteur au milieu de la Cour , au lieu de *Baſſin* d'eau. Les *Logemens*, qui ſont ſéparez l'un de l'autre par un mur de deux à trois pieds d'épaiſſeur, conſiſtent en une *antichambre* de quelque huit pieds de profondeur , toute ouverte par devant , avec une *cheminée* à côté pratiquée dans le mur de la ſeparation , & en une *Chambre* qui eſt de moitié, ou d'une fois plus profonde que *l'antichambre*, dont la *cheminée* eſt au fonds, ou à côté. Les *chambres* ont toutes leurs *Portes*, quoi qu'aſſez foibles , mais elles n'ont point de *Fenêtres*, recevant le jour par la *Porte* & non autrement , ce qui rend le logement incommode. Derriere le *Caravanſerai*, & tout autour , ſont des *Ecuries* & dans quelques-uns , il y a un côté des *Ecuries* accommodé en *Arcades*, de quatre pieds de hauteur , avec des *Cheminées* d'eſpace en eſpace, pour placer commodément les Pallefreniers , & les autres valets, & pour faire la Cuiſine. Il ne demeure d'ordinaire dans ces grands *Caravanſerais* que des marchands en magazin. Celui dont je viens de faire la deſcription rend ſeize mille livres par an au Proprietaire, qui étoit de mon tems une couſine du feu Roi. On nomme ce *Caravanſerai Mac ſoud aſſar*, c'eſt-à-dire , *le Caravanſerai de Mac ſoud l'huillier*, parce qu'il a été bâti du tems d'*Abas le Grand*, par un Epicier qui avoit fait ſa *Boutique* vis-à-vis, laquelle ſubſiſte encore. Lorſque ce Grand Roi vint établir ſa Cour à *Iſpahan*, & qu'il conçut le deſſein de rendre cette ville auſſi magnifique qu'elle l'eſt devenuë , il engageoit non ſeulement tous les Grands Seigneurs, mais encore tous les Particuliers qu'il ſavoit être gens riches, à conſtruire quelque *Edifice public* pour l'ornement & pour la commodité de la ville. Il aprit que cet Epicier étoit des plus à l'aiſe. Il l'alla voir un jour à ſa *Boutique*, avec la familiarité qui étoit naturelle à ce grand Prince, & il lui dit , *il y a long-tems que je vous connois de réputation pour homme de bien & pour homme riche. C'eſt ſans doute à cauſe de vôtre probité que Dieu vous a beni ſi abondamment: Je ſerois bien aiſe qu'un ſi vertueux*

*vieillard m'adoptât. Je vous tiens pour mon pere ; vos fils ſont mes freres , faites moi vôtre héritier avec eux , je ferai en ſorte qu'ils n'y perdent rien, ou bien , ſi vous l'aimez mieux , faites bâtir de vôtre vivant quelque édifice pour la commodité & pour l'embelliſſement de la ville.* Abas le Grand avoit des manieres engageantes, qui le faiſoient venir à bout de tout. L'Epicier lui dit qu'il conſentoit à la demande de S. M. & qu'il ne manqueroit pas à ce qu'il ſouhaitoit de lui. Il fit bâtir ce *Caravanſerai*, qui lui coûta trois mille tomans, qui ſont quarante cinq mille écus , & enſuite le donna au Roi qui en fut fort ſatisfait, & en récompenſa bien ſes enfans.

On raconte une choſe admirable d'une *Mule* que cet Epicier avoit, (car les gens de cette condition en *Perſe* montent la plûpart des *mules*, comme les *Docteurs de la Loi* montent des *Anes*.) Cette *Mule* étoit ſi fidelle à ſon maître , qu'il la laiſſoit toûjours ſeule dans la *Place Roïale*, au coin qui donnoit vers ſa *Boutique*. Elle ne bougeoit du lieu où il mettoit pied à terre , & ſi quelqu'un penſoit d'en aprocher , elle lui lançoit de ſi rudes coups de pied, qu'il étoit contraint de ſe retirer bien vîte. Il arriva la derniere fois que l'Epicier fut allité, que ſa pauvre bête devint auſſi malade, & elle ſe démena & ſe tourmenta ſi furieuſement juſqu'au jour de ſa mort, qu'elle mourut auſſi au même inſtant. Je ne dois pas ſupprimer entierement d'ingenieuſes *ſentences* qu'on lit au *frontiſpice* de ce beau *Caravanſerai* ſur les carreaux de faïence qui le revêtent. En voici quelques-unes.

*Il ne faut principalement à un voiageur que deux choſes une bonne bourſe & une bonne épée ; celle-là pour lui fournir ſes beſoins ; celle-ci pour le garentir de toutes inſultes.*

*La marche que de nuit après ce que tu veux atteindre.*

*Le ſoleil eſt un conte nouvelles : la nuit eſt une guide fidelle.* Alluſion à la coutume des païs chauds de ne marcher que de nuit, à cauſe de la chaleur.

*Les jours ſont tous enfans ſortis d'un même pere & toutes les nuits ſont ſœurs.*

*Ne requerez point de ce jour & de cette nuit autre choſe que ce que l'on en a eu auparavant.*

Proche de ce *Caravanſerai*, il y en a un autre apellé d'abord *Caravanſerai des gens de Nachchivan*, qui eſt une ville d'*Armenie*, & depuis le *Caravanſerai des vendeurs de Ris*, parce qu'on y en vendoit en gros. A préſent c'eſt un magaſin de cotton. Le cotton ſe tranſporte dans de fort groſſes balles , qui ſ

fon<sup>e</sup>

font en attachant le fac à trois groffes cordes qui le tiennent en l'air à demi pied de terre, & un homme fe met dedans , qui foule & preffe le cotton à mefure qu'on le jette dans le fac.

Prenant de-là à gauche , on arrive aux rues qui font derriere la grande *Mofquée*, & l'on trouve en chemin , le *Palais* de *Mirza-chefi*, Chef des Aftrologues: celui du *Nazir* à préfent en charge : celui du Chef des Cuifi-nes. C'eft ainfi qu'ils appellent le premier Maître d'hôtel du Roi, parce qu'il eft prepo-fé principalement fur la Cuifine, & celui de *Mahamed Alybec*, qui étoit Grand Maître d'hô-tel fous les Rois *Abas premier*, *Sefi premier*, & *Abas fecond*; ce qu'on remarque comme un bonheur extraordinaire, parce que la fortune eft plus changeante en *Perfe* que dans un au-tre Païs. Après , on entre dans une grande *Place* apellée *Embargoulemon* , c'eft-à dire *le Magazin des Efclaves*, par la raifon que c'eft le magazin des denrées comeftibles & com-buftibles , qu'on débite aux ouvriers, & aux Officiers du Roi, qui ont penfion & bouche à Cour. Plus loin il y a une grande *Place* qu'on appelle *le marché de Lelebec* , du nom d'un feigneur, qui ayant été marchand longues années, devint Surintendant des bâtimens. Il en a fait conftruire plufieurs pour le Roi à *Ifpahan*, en *Hyrcanie*, & en d'autres lieux.

Le *Serrail* eft à main gauche, & quand on a fait mille pas le long de fes murs, on par-vient à la *Porte*, qui eft la plus frequentée de toutes celles de ce *Palais*, qu'on appelle la *Porte des Cuifines*, parce que les *Cuifines* font de l'autre côté, un peu plus bas.

Joignant cette *Porte*, il y a un *Bain* fort grand, & fort beau, qu'on appelle *le Bain Roial*. Le *Grand Abas* le fit bâtir, & il or-donna que le public s'en ferviroit certains jours de la femaine. Les Eunuques , les Huiffiers & les Gardes du *Serrail*, y vont tous , & il y a une *Porte* qui y méne de de-dans le *Palais*.

Vis-à-vis , eft *le Gebbé Khané*, ou *Maifon des Armes*. Le Roi de *Perfe* entretient un grand nombre de Maîtres de toute forte de métiers , comme je l'ai raporté au livre pré-cedent. Chaque métier a fon attellier parti-culier & propre, dont les ouvriers dépendent, & où ils ont chacun leur *Boutique* pour tra-vailler, à moins que par faveur on n'obtienne la permiffion de travailler à part chez foi, ou ailleurs. Ces lieux s'appellent *Karkane* en *Perfan*, c'eft-à-dire *Maifon d'Ouvrage*, & cha-cune a fon nom particulier pris du métier

qu'on y exerce; comme par exemple la mai-fon dont je parle , qui eft appellée *Maifon des Armes*, parce que les armuriers gagez du Roi y ont leurs *Boutiques*. Chacune de ces mai-fons d'ouvrage eft fous la direction d'un In-tendant qu'on appelle chef du métier qui s'y fait; d'un Syndic , qui eft le plus ancien ou-vrier de la maifon ; d'un Intendant , qu'on-appelle *Mochref*, ou *Ecrivain*, parce qu'il tient compte des ouvriers & des ouvrages, donnant les matieres par compte, & les rece-vant de même, & d'un Huiffier.

Le Roi a trente deux *Maifons d'Ouvrages*, ou *Atteliers* , en chacun defquels il y a bien-cent cinquante artifans ; toutefois aux unes plus, & aux autres moins. Les *Peintres*, par exemple, n'étoient de mon tems que foixan-te douze, & les *Tailleurs* étoient cent quatre vint. Autrefois, il y avoit encore plus d'At-teliers. On a retranché entr'autres , les *Tein-turiers*, & les *Ouvriers en foie*. On donne la toille à teindre & à peindre à la ville , & l'on en paie la façon. On donne de même la foie & le fil trait pour toute forte d'étoffes , de brocard, & de tapis , & l'on en paie auffi la façon à un taux toûjours égal. On fait faire les tapis à la campagne par des ouvriers , qui ont des terres du Roi, dont ils paient la ren-te de la façon des tapis. Un Officier, qu'on appelle *Erbab tahvil* , comme qui diroit *Sei-gneur de la mife*, ou *de l'emplette* , eft le Di-recteur Général de toutes ces *Maifons d'ou-vrage*, & des Intendans de ce qui fe fait pour le Roi en ville, & à la campagne, comme je viens de le dire, & le *Nazir*, qui eft le Chef fuprême de tous les biens du Roi, en eft le Surintendant. Il en fait la revûë une fois l'année, & d'ordinaire c'eft l'Eté , enfuite il fait dreffer l'expedition pour le paiement des Ouvriers. On ne peut dire au vrai la dépen-fe de ces trente deux *Maifons*. Je l'ai recher-chée avec grand foin: ce que j'en ai pû trou-ver de plus fûr , eft que cela va à cinq mil-lions. Quoiqu'il en foit, cette dépenfe eft tout à fait Roiale, & digne d'un Grand Mo-narque. Il y a des ouvriers qui ont huit cens écus de gages, & leur nourriture. Il y en a d'autres qui n'ont que foixante & dix , & qua-tre vint francs, fans nourriture. C'eft la cou-tume qu'on hauffe les gages , ou qu'on faffe un préfent aux ouvriers tous les trois ans, ce qui dépend pourtant de la générofité du Prin-ce, du naturel du premier Miniftre, & de la bonne intention du *Nazir*, ou Surintendant général ; car il faut que tout cela y concou-re, & ce préfent vaut toûjours autant qu'une année

année de gages. On accorde la même grace à tous ceux qui ont fait quelque ouvrage pour le Roi, qu'on trouve bien fait ou dont il est content, & à ceux qui font un préfent au Roi de quelque piéce excellente de leur art. La nourriture fe donne, ou par plat, ou par demi-plat, ou par quart de plat, & s'appelle *giré*, c'eſt-à-dire *un ordinaire*. C'eſt un tant de chaque chofe néceſſaire à la vie. Un plat peut nourrir aifément fix à fept perfonnes, & vaut, quand les vivres font chers, huit à neuf cens livres par an. On a la liberté de prendre les denrées en nature ou la valeur en argent. Chaque ouvrier reçoit en entrant en fervice un acte ou brevet, enregiſtré dans toutes les chambres des Comptes, & authentiqué du fceau du Roi, & de ceux de fes Miniſtres, & particulierement du Grand Maître. On lui paie fes gages du jour de fon entrée au fervice, juſqu'au jour que l'année recommence à fon attelier, & après on le paie d'an en an avec fes Camarades. Ce qu'il y a de magnifique & de très-loüable dans cet établiſſement, c'eſt que ces ouvriers font entretenus toute leur vie fans qu'on les caſſe jamais, & que quand la maladie, ou quelqu'autre accident en reduit quelqu'un à ne pouvoir travailler, non feulement on ne lui diminuë rien de fes appointemens; mais même, par une merveilleufe humanité, le *Nazir*, ou grand Maître, fur la moindre Requête qu'on lui prefente en faveur du malade, le recommande au *Medecin* & à l'*Apotiquaire* de la Cour, avec quoi il eſt traité fans qu'il lui en coûte rien. On preſſe fi peu d'ordinaire au travail les ouvriers du Roi, qu'ils peuvent faire toûjours quatre fois plus d'ouvrage pour eux-mêmes. Ils travaillent tous auſſi pour quiconque les emploie. J'ai vû des *Orfevres* du Roi trois & quatre années de fuite fans ouvrage de commande pour le Prince. Ces corps d'ouvriers font obligez de fuivre la Cour; & pour cela, lorfqu'elle eſt en voiage, on fournit à chaque attelier tant de Chameaux pour leur fervice. On donne auſſi des Chevaux aux ouvriers qui en demandent, & à plufieurs on donne pareillement l'entretien des Chevaux foit en argent, foit en orge, & en paille. Ceux qui aiment mieux demeurer chez eux que de fuivre la Cour, en obtiennent aifément la permiſſion, fur tout les ouvriers étrangers; & pour ceux qu'on oblige de la fuivre, ils obtiennent congé au bout de fix mois, ou d'un an au plus, d'en aller paſſer autant dans leur maifon. Les fils des ouvriers

font reçûs en fervice, quelquefois de l'âge de douze ou quinze ans, & quand le Pere meurt, on donne fes appointemens à fon fils, s'il eſt de même métier.

Les *Horlogers Europeans* n'ont point d'attelier particulier : Ils font du Corps des *Armuriers*; mais comme ils font un bon nombre, on en a mis une partie dans une *Place*, qui eſt joignant le derriere du *Palais Roial*, nommée *Tcharbaous*, c'eſt-à-dire *quatre Baſſins*.

A cent pas de-là, on entre dans la *Place Roiale*, ou *maidan chae*, comme les *Perfans* l'appellent. C'eſt une des plus belles *Places* du monde, comme on le peut voir dans les figures qu'on en a mifes ici à côté, qui font tirées fort exactement.

Le corps de la *Place* eſt un quarré long de quatre cens quarante pas, fur cent foixante de large, enfermé par un *Canal* bâti de brique, enduite d'un plâtre, dont j'ai raporté la compofition dans le premier livre, qu'ils appellent *abac fia*, ou *chaux noire*, qui eſt plus dur que la pierre. Ce *Canal* eſt large de fix pieds, avec des rebords de pierre noire reluifante, élevez d'un pied fur le rez de chauſſée, &, fi larges que quatre hommes de front s'y peuvent aifément promener. Entre ce *Canal* & les *Maifons* dont la *Place* eſt environnée, il y a un efpace de vint pas de largeur, terminé par un rebord de pierre de la hauteur du *Canal*, mais pas fi large, qui marque le pied des *maifons*. Le tour de la *Place* en contient deux cens, toutes au niveau, & toutes de même ſtructure, comme on le peut voir dans les figures, en forte qu'il n'y a rien de plus régulier. Chaque *Maifon*, qui a de face feize pieds de Roi, eſt double. Le bas contient deux *Boutiques*, dont l'une ouvre fur la *Place* en dedans, & l'autre fur le *Bazar*, qui régne tout autour de cette place en dehors, & qui eſt un des plus larges d'*Ifpahan*. Le haut contient quatre petites *Chambres*, deux fur la *Place*, & deux fur le derriere. Celles de la *Place* ont chacune un petit *Balcon*, dont le *Baluſtre* eſt de brique à jour, enduit de plâtre, le tout peint de rouge & de vert, & fort agréable à la vûë. Ces *Maifons* font couvertes en *terraſſe* au niveau de la couverture du *Bazar*. Durant l'Eté, on prend le frais fur ces *terraſſes*, chacun devant fa *Maifon*.

Ce tour de *Maifons* de la *Place* eſt entrecoupé par les grands *Edifices* qu'on voit dans le plan, qui font le *Portail du Palais Royal*, & la *Porte du Serrail* à l'*Occident* : la *Mofquée du Cedre*, vis à vis, & un *Pavillon* de machines, qu'on appelle l'*Horlogerie* : la *Mofquée*

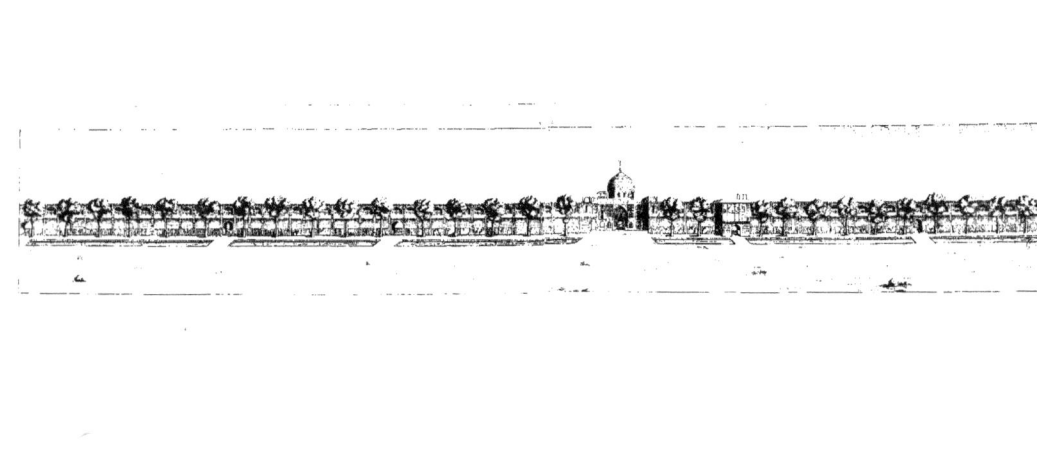

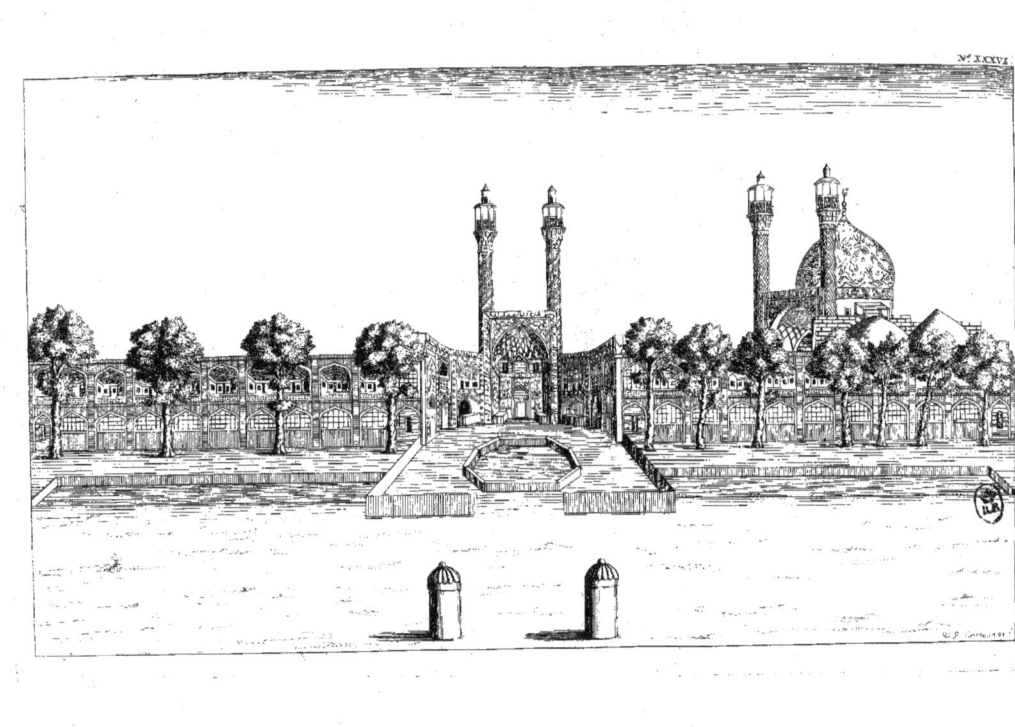

quée *Royale* au bout *Meridional* de la *Place*, & le *Marché Imperial* à l'autre bout. Je ferai la description de ces grands *Edifices*, après avoir achevé celle de la *Place*. Elle a douze *Entrées* principales, & plusieurs petites: Le centre en est marqué par un grand *Mât*, haut de quelques six vints pieds, qui sert à *tirer à la tasse*, comme cela se fait ordinairement dans des solemnités. Aux bouts de la *Place*, à trente cinq pas du *Canal*, il y a deux grosses *Colonnes* de marbre de huit pieds de hauteur, distantes de quinze pas, qui servent de *passe* pour l'exercice du *Mail à Cheval*, dequoi j'ai fait la description cidessus, où j'ai observé aussi que tous les exercices des *Persans* se font à cheval, comme ceux des *Parthes* leurs Ancêtres, & que tout le monde parmi eux va à cheval, aussi bien les femmes que les hommes; ce qui fait voir qu'en *Orient*, les tems, ni la Religion, n'apportent point de changement dans les principales habitudes & les inclinations naturelles.

La *Mosquée Royale*, & le *Marché Imperial*, qui marquent les bouts de la *Place*, forment une grande *Demi-Lune*, de la maniere qu'on peut le voir dans le plan, aïant au devant un *Bassin* d'eau, de soixante & dix pas de tour, & de dix pieds de profondeur, fait à Angles, dont les rebords sont de Pierre de Porphyre. Comme la fraicheur est la plus douce volupté des païs chauds, on y conduit & on y entretient l'eau par tout tant qu'on peut. Il y a autour de ces magnifiques *Edifices* des échafaudages de *Perches* minces, qui montent jusqu'au haut, & qui sont faits pour porter de petites *Lampes* de terre, dont on fait les illuminations dans les réjouissances publiques. Les *Maisons* de la *Place* en sont toutes couvertes sur le devant, depuis le premier étage jusqu'à la *Terrasse*. Il y en a bien six vint à chaque arcade. Ces *Lampes* sont toutes si petites, qu'on ne s'en aperçoit pas à moins que d'y prendre bien garde; mais quand elles sont allumées c'est la plus belle illumination du monde; car ces *Lampes* montent toutes ensemble à quelques cinquante mille. *Abas le Grand* aimoit fort & pompeux spectacle, & il s'en donnoit souvent le plaisir, comme on le peut voir dans *Pietro delle Valle*. Son successeur, *Sefi premier* s'en soucioit beaucoup moins, & les deux Rois derniers moins encore, *Abas second* & *Soliman quatre* n'ont gueres fait faire de ces illuminations que pour en régaler de grands Ambassadeurs, comme je l'ai vû arriver entr'autres dans la province d'*Hyrcanie* pour l'Ambassadeur des *Indes*.

*Tome III.*

Le long du *Portail du Palais*, à cent-dix pas de chaque côté, régne une *Balustrade* de bois peint, qui enferme cent-dix piéces de *Canon* de fonte verte, la plûpart étant de petites piéces de campagne, excepté les deux piéces les plus proches du *Portail*, qui sont de fort gros mortiers. Les *Persans* les appellent des *Chameaux*. Ces piéces, qui sont toutes bien montées sur leurs affuts, sont marquées aux armes d'*Espagne*, & ce sont des dépouilles de la Forteresse d'*Ormus*, où les *Persans* trouverent tant d'artillerie, qu'ils en ont transporté dans toutes les parties de leur Empire. Au coin de la Porte du *Serrail*, il y a deux *bazes de colomnes*, faites de marbre, d'Ouvrage excellent & fort antique, qui sont des piéces tirées des ruines de *Persepolis*; & au côté du *Marché Imperial*, il y a tout en haut deux grandes *Galleries* couvertes, qu'on appelle *nakare Khone*, c'est-à-dire, *Maison des Instrumens de Musique*, où vers la brune & à minuit, on fait retentir de longues trompettes, & de grosses timbales, qui ont trois fois plus de diametre que les nôtres, & qui font un furieux bruit.

J'oubliois à dire que le tour de la Place, entre le *Canal* & les *Maisons*, est garni de *Platanes*, qui est un arbre qui jette ses branches fort haut, ce qui fait que les *Maisons* en sont couvertes comme d'un parasol, sans en être cachées. Cela augmente considerablement la beauté de la *Place*, laquelle en été, & sur tout quand il n'y a rien d'étalé, qu'elle est arrosée, & que l'eau court dans le canal jusqu'aux bords, est, à ce que je crois, la plus belle *Place* du monde, & où la promenade est la plus agréable; car il y a toûjours quelque endroit où l'on se peut retirer à l'ombre. Cette grande *Place* se vuide dans les fêtes & dans les solemnitez, comme aux audiences des Ambassadeurs, mais en d'autres tems elle est pleine de Quincaliers, de Fripiers, de revendeurs, de petits artisans, en un mot d'une infinité de petites *Boutiques*, où l'on trouve les denrées les plus communes & les plus nécessaires. Ces Marchands étalent à terre sur une nate, ou sur un tapis, se couvrant d'un parasol de natte, ou de laine, qui piroüette à leur gré sur un haut pivot. Ils n'emportent jamais leur marchandise de la *Place*, mais ils l'emferment la nuit dans des coffres qu'ils attachent l'un à l'autre, ou bien ils en font des ballots legerement attachez ensemble par une grosse corde, qui passe à l'entour, & ils laissent tomber dessus leur petit pavillon, & s'en vont sans laisser personne à la garde. Cependant il n'en

C arrive

arrive jamais d'accident, par la fevere juftice qu'on fait des voleurs en ce païs-là. Les Gardes du Chevalier du guet y paffent de tems en tems durant la nuit, & comme leur Maître eft caution de tout ce qui fe perd la nuit, c'eft proprement à eux d'en répondre, parce que c'eft à eux qu'il s'en prend. Le foir on voit dans cette *Place* des *Charlatans*, des *Marionnettes*, des *Joüeurs de Gobelets*, des *Conteurs de Romances*, en vers & en profe, des *Predicateurs* même, & enfin des tentes pleines de femmes débauchées, où l'on va en choifir à fon gré. *Abas fecond* avoit défendu toutes ces *Boutiques* quatre ans avant fa mort, fur ce que l'envie lui aïant pris un jour de paffer au travers de la *Place*, fans en avoir averti la veille, il y trouva une telle foule & un tel embarras, caufé par tout cet étalage, que fes Gardes & fon train ne lui pouvoient faire faire place; mais étant parti peu après pour l'*Hyrcanie*, il donna permiffion d'en faire un marché comme auparavant, à caufe du profit qu'on en tire; car cette place rend par jour environ cent Francs, qu'on leve fur tous ceux qui y étalent, quoi qu'il y ait des *Boutiques* qui ne donnent qu'un fol par jour. Cette rente appartient à l'Eglife. On la leve journellement, ou tout au plus par femaine, parce qu'on ne fe fie pas à tout ce menu peuple qui y fait fon trafic. Chaque forte d'art & chaque forte de denrée y a fon quartier à part, & les gens du païs favent où y trouver chaque chofe, comme dans les autres lieux de la ville. On dit que du tems d'*Abas le grand*, & de fon fucceffeur, la *Place* donnoit de rente cinquante Ecus par jour.

Je croi qu'il ne fera pas mal à propos d'entrer un peu plus dans le détail de ce grand *Marché*, qui eft le plus univerfel que j'aie vû, & une vraie foire. *Abas le grand* marqua l'endroit où fe vendroit chaque denrée. D'abord on trouve près de la *Mofquée Royale*, le *Marché* aux *Anes*, & au *Gros bétail*, & à côté celui aux *Chevaux*, aux *Chameaux* & aux *Mulles*. Ce *Marché* ne fe tient que le matin; l'après midi ce font les *Menuifiers*, & les *Charpentiers*, qui étalent à la même place. Ils vendent entr'autres chofes tout ce qu'il faut de charpenterie & de menuiferie pour une Maifon, des portes, des fenêtres, des goutieres, des ferrures de bois, avec dès clefs de bois ou de fer. Après, on trouve une *Poullaillerie*; enfuite les Vendeurs de *Fruits Secs*, dont il y a de beaucoup de fortes en *Perfe*; puis les Vendeurs de *Cotton Filé*; après des *Quincaliers*, & des *Cordiers*, qui débitent des licols & des

harnois de revente; après fe trouvent les vendeurs de *bonnets fourrez*; les vendeurs de *gros feutres*, pour couvrir les Chevaux, & les autres montures; les vendeurs de *harnois* neufs; les *Fourreurs*, qui font feparez en deux quartiers, celui des *Mahometans*, & celui des *Chrétiens*: c'eft parce que les *Perfans* tiennent dans leur Religion que la laine entre toutes les autres chofes contracte de l'impureté en paffant par la main des *Infidéles*, parce qu'elle s'imbibe à la maniere d'une éponge de ce qui tranfpire continuellement du corps; ainfi il ne faut pas que les *Mahometans* puiffent fe méprendre en achetant de ces marchandifes-là de la main des *Chrétiens* fans le favoir. Enfuite on trouve les *Marchés* de *gros cuir*, & ceux de *cuir fin*; les *Fripiers* de groffes hardes; les vendeurs de *groffes toilles*; les *batteurs de cotton*, pour la doublure des habits; les *chaudronniers*, les *changeurs*, lefquels font fur de petits établis de trois à quatre pieds en quarré, aïant de petits coffres de fer à côté d'eux, & un cuir au devant pour compter; les *Medecins*, qui ont leur étalage fur de petits échafauts femblables. Le bout de la *Place* eft occupé par des vendeurs de *fruits* & de *legumes*, par des *bouchers*, & par des *cuifiniers* à jufte prix. Il y en a qui portent vendre fe manger, & des *fruitiers* auffi qui portent vendre le melon en piéces, & en donnent pour ce qu'on veut, jufqu'à un denier. Enfin, il y a parmi tout cela des *revendeurs*, chargés de toute forte de nippes, qu'ils offrent à tous les Paffans. Il faut obferver encore qu'entre le *Canal*, & les *Galleries*, il y a des artifans étalez, qui font & qui racommodent les mêmes Ouvrages qui fe vendent dans la *Place*, à l'oppofite de leurs *Boutiques*.

Voilà l'afpect du dedans de la *Place*. Il faut préfentement décrire les grands *Edifices* qui font bâtis deffus, comme je l'ai dit, & qui en font le plus bel ornement, favoir la *Mofquée Roiale*, & la *Mofquée du grand Pontife*, le *Pavillon de l'horloge*, & le *Marché Imperial*; car pour le *Pavillon* qui eft fur le grand *Portail du Palais Roial*, il entrera dans la Defcription de ce *Palais*.

La *Mofquée Roiale* eft fituée au *Midi*, aïant au devant un *Parvis* en polygone, avec un *Baffin* au milieu auffi en polygone. La face de l'édifice eft pentagone, & vous y voïez des deux côtez un *Baluftre* de pierre polie, à hauteur d'appui, qui s'étend jufques vis-à-vis de l'entrée. Les deux premieres *Faces* font ouvertes en Arcade, qui donnent fous les *Bazars*, & elles font traverfées d'une chaîne, pour empêcher les chevaux d'y paffer. Les

deux

deux autres au-deſſus ſont de grandes *Bouti-*
*ques* d'Apotiquaires & de Medecins ; car à
préſent en *Orient*, comme autrefois en *Gre-*
*ce*, la plûpart des Medecins ſont auſſi Apo-
ticaires & Droguiſtes , & vendent les Drogues, comme je l'ai obſervé. Les étages ſu-
perieurs, qui ſont à quelque vint pieds du bas,
ont des *Galleries* , qui reſſemblent à des bal-
çons. La *Face* interieure, qui forme le *Por-*
*tail*, eſt en demi Lune, enfoncée de treize
pieds environ , fort élevée , & toute revêtuë
de jaſpe du rez de chauſſée à dix pieds en haut,
avec des *Perrons* de même ouvrage. L'ornement en eſt merveilleux & inconnu dans nôtre *Architecture Europeane*. Ce ſont des *Ni-*
*ches* de mille figures, où l'or & l'azur ſe trouvent en abondance, avec de la *Parquetterie*
faite de carreaux d'émail , & une *Friſe* plate
autour, de même matiére, qui porte des paſſages de l'*Alcoran*, en lettres proportionnées à
la hauteur de l'édifice. Ce *Portail* eſt orné
d'une *Gallerie* comme celle des côtez. Les
*Linteaux* ſont de jaſpe. La *Porte* eſt de quelque douze pieds de large, fermée de deux val-
ves , ou battans , revêtus de lames d'argent
maſſif, couvertes de larges piéces de rapport
à jour , cizelé & doré , fort maſſives. Joignant le *Portail*, en dedans, il y a deux hautes *Eguilles*, ou *Tourelles*, avec des *Loges* ou
*Galleries*, couvertes au-deſſus des chapiteaux,
le tout de même ouvrage que le contour du
*Portail*.

En entrant par ce beau *Portail*, on détourne tant ſoit peu vers l'*Occident* , & aiant fait
quinze pas, on trouve au milieu un beau *Baſ-*
*ſin* de jaſpe, à godrons, de ſix pieds de diametre, ſoutenu ſur un pié d'eſtail de même
matiére, de huit pieds de haut, avec des marches. C'eſt pour donner à boire aux Paſſans ;
car dans les païs où l'on eſt ſouvent alteré,
& où l'on ne boit que de l'eau, c'eſt une des
charitez les plus ordinaires, & qu'on croit les
plus meritoires , que de donner à boire aux
Paſſans ; & c'eſt pour cela , que dans toutes
les bonnes villes, on trouve , non-ſeulement
de grandes urnes de terre pleines d'eau, à divers coins de ruë , mais qu'auſſi il y a des
hommes gagez , qu'ils appellent *Sacab*, ou
*Porteurs d'eau*, qui vont dans les ruës , ſur
tout en été, un gros outre plein d'eau ſur le
dos, & une taſſe à la main, préſentant à boire à tous les Paſſans.

En tirant de ce *Baſſin*, vers le corps de la
*Moſquée*, par une allée découverte, qui va en
élargiſſant, & qui eſt formée de quatre grands
*Portiques* de chaque côté en arcades, on entre dans une ſpacieuſe *cour* , de quatre-vingt-
quatorze pas de profondeur, & de ſoixante &
dix-huit de largeur , qui a au milieu un *Baſ-*
*ſin* à bords de jaſpe de vingt-ſix pas en quarré, & qui eſt terminée par cinq grands *Por-*
*tiques* en arcades, couverts chacun d'un comble rond ſupporté par de gros pilaſtres ; le
*Portique* du milieu étant de vingt ſix pas de
large, ceux des côtez de quinze pas chacun,
& les deux autres de dix chacun. Le *Portique*
du milieu eſt profond de ſoixante pas. Son
dôme, ſurmonté d'un croiſſant doré, en eſt
des beaux morceaux de l'architecture moderne des *Perſans*. Il eſt ſi haut, qu'on le voit
de quatre grandes lieuës , en venant de *Ca-*
*chan*. Ce vaſte *Portique*, qui eſt comme le
chœur du *Temple* , eſt ſeparé en deux parties
inégales , l'une de quarante pas , l'autre de
ſeize, par un mur de dix pieds de haut, qui
cependant ne paroît pas plus haut qu'un *Ba-*
*luſtre*, à cauſe de la hauteur du *Portique*. Il
y a au milieu de ce mur une large *Porte*, qui
meine dans l'interieur du *Portique*. La partie
anterieure, qui a quarante quatre pas de profondeur, comme je l'ai dit, & qui eſt élevée
de deux marches au-deſſus de l'autre, eſt revêtuë de marbre aux côtez. Le fonds du *Por-*
*tique* eſt marqué par un entablement de jaſpe,
en forme de porte, incruſté dans le mur, de
dix pieds de haut, & de trois de large. Cela
s'appelle le *Mahrab* ; & c'eſt une eſpece de
*Jubé*. Il ſert aux *Mahometans* à marquer où
il faut tourner le viſage & les regards , pour
être juſtement dans le cercle vertical de *la*
*Mecque* , vers laquelle , ſelon la doctrine
des *Mahometans*, il faut être tourné en faiſant
ſa priere, ſans quoi la priere eſt vaine & de
nul effet, à moins qu'il ne ſoit impoſſible de
ſe tourner ou remuer. Il y a de ces *Jubé* dans
toutes les principales *Moſquées*. Les gens dévots ont toûjours ſur eux pour plus de précau-
tion un cadran , & des tables, pour leur faire
connoître plus préciſément en tous lieux le meridien de *la Mecque*. *Mahomed* laiſſoit du commencement ſes Diſciples ſe tourner vers *Jeru-*
*ſalem* en faiſant leurs prieres, comme ils faiſoient
avant ſon apparition ; mais dans la ſuite,
voulant les ſeparer davantage d'avec les *Juifs*
qui ſe tournoient de ce côté-là , & d'avec les
*Chrétiens* qui ſe tournoient à l'*Orient* il leur
annonça ces paroles , qui ſont un verſet de
l'*Alcoran*: *Tourne ta face vers le S. Temple en*
*faiſant tes prieres*. C'eſt le côté du midi. C'eſt
ce qu'on appelle communément *Keblak* , c'eſt-
à-dire l'*aſpect* , ou l'*object local du culte*. Ce
n'eſt pas que les *Mahometans* ne croient comme

me nous faifons, que *Dieu* eſt également proche & préſent en tous lieux, mais c'eſt parce
que leur Legiſlateur leur a commandé d'avoir
toûjours les yeux du côté de *la Mecque* en s'a-
dreſſant à *Dieu*, afin de ſe mieux ſouvenir
que c'eſt la premiere maiſon qui ait été bâtie
à ſon honneur. Contre le *Pilaſtre* gauche
du *Portique*, il y a une *Chaire* de porphyre,
élevée de quatorze marches faite en maniere de *Thrône*, dont la quatorziéme marche
eſt plus large que la treiziéme, parce qu'elle
ſert de ſiége. C'eſt où l'on prêche en hyver,
ou dans les mauvais tems, car il y a une autre Chaire à l'entrée du *Portique*, où l'on
prêche quand l'air, ou le ſoleil le permettent,
parce que là on eſt à découvert. On y fait
des *Prones*, ou *Sermons*, les jours de culte
public, comme le jour du repos, qui eſt le
Vendredi, & les *Fêtes*, & c'eſt d'ordinaire
après la priere de Midi, dans les grandes
*Moſquées*. Il s'en fait auſſi ailleurs, mais perſonne ne ſe fait un devoir capital d'y aſſiſter,
comme parmi les *Chrétiens*. *Mahomed*, &
ſes premiers Succeſſeurs, faiſoient réguliere-
ment ces prones, & c'étoit leur droit de regale incommunicable, c'eſt qu'ils s'arrogeoient
les deux glaives, le ſpirituel, & le temporel.
Ils faiſoient premierement la priere, & puis
ils montoient en chaire pour faire le *Prone*,
où ils annonçoient au peuple ce qu'ils trou-
voient convenable. Les *Califes* de *Bagded*
continuerent la même fonction, & juſqu'à la
fin de leur regne, on faiſoit auſſi ce jour-là,
dans tout leur Empire, une priere pour eux nom-
mément, & pour leur preſomptif heritier, ou
ſucceſſeur deſigné; mais quand ce regne eut
pris fin, par les conquêtes des Tartares, cette pratique s'abolit, peu à peu. Les Princes
regnans n'étoient pas proneurs, & la fonction
de prêcher devint particuliere & propre aux
gens d'Egliſe, comme cela ſe pratique aujourdhui dans tous les Etats *Mahometans*. Au-
deſſus du *Mahrab*, ou *Jubé*, il y a une *Armoire* faite dans le mur, de trois pieds de haut,
& de deux de large, de bois d'aloës, ornée
de lames d'or, & garnie d'or maſſif juſqu'aux
pentures, fermée d'un cadenas d'or. C'eſt où
l'on garde deux *Reliques* fort précieuſes au
peuple *Perſan*, l'*Alcoran* écrit de la main d'*Iman
Reza*, il y a plus de mille ans, & la *Chemiſe
d'Iman Haſſein*, teinte du ſang des bleſſures
dont il mourut. On ne montre jamais cette
*relique*, & on ne la doit tirer dehors, qu'en
cas d'invaſion, telle que le Roiaume en ſoit
en danger; car alors les *Perſans* aſſurent que
mettant cette chemiſe au bout d'une pique, &

la faiſant voir à l'Ennemi, la ſeule expoſition
de cette relique le met ſûrement en déroute.

Les côtez de la *Cour* conſiſtent chacun en
neuf *Portiques*, celui du milieu plus large &
plus haut que les autres; & joignant cette
*Cour*, il y en a une autre de ſoixante quatorze pas de long, & de trente de large, qui a
auſſi un grand *Baſſin* de marbre au milieu, &
eſt auſſi entourée de beaux & profonds *Portiques*, élevés de terre de trois pieds & demi.
Les *Cours*, & tout le fonds de la *Moſquée*,
eſt conſtruit de grandes & maſſives pierres, &
tout l'Ouvrage eſt revêtu de briques verniſſées
d'un émail merveilleuſement beau & vif d'Ouvrage Moſaïque, qui contiennent des paſſages de l'*Alcoran* preſqu'en tous les endroits.

Je craindrois d'ennuïer en continuant de
faire une Deſcription réguliere de ce grand
*Temple*. Je me contenterai de dire encore qu'on
y voit des *Lieux ſouterrains*, pavez & lambriſ-
ſez, où l'on ſe retire, tant durant le froid,
que durant le chaud, pour reſpirer un air plus
doux: Que les plus petits *Portiques* ſont fermez par des chaſſis, & ſervent d'*Ecole*, où
l'on fait leçon de toute ſorte de ſciences:
qu'il y a beaucoup de *Logemens*, pratiquez en
haut entre les pilaſtres, & dans les Portiques,
qui ſervent de demeure à des *Mollas*, des Re-
gens, & des Diſciples, leſquels vivent de
penſions priſes du revenu de ce lieu ſacré:
que les *Baſſins*, qui ſervent pour les purifications ſont toûjours bien rafraichis de l'eau d'un
grand puits d'eau vive, qui eſt à un coin de
la *Moſquée*, que des bœufs tirent tout le long
du jour: qu'à côté du grand *Dôme*, il y a
deux *Tourelles*, comme au grand *Portail*; &
qu'enfin, outre la grande *Entrée*, il y en a
deux autres, l'une au derriere, l'autre au côté
de la *Moſquée*.

*Abas le Grand* fit conſtruire cette ſuperbe
*Moſquée* à la fin du ſeiziéme ſiecle, & c'eſt
delà qu'on l'appelle *la Moſquée Roïale*, &
auſſi *la Moſquée de la Convocation d'Abas*, pour
marquer qu'il l'avoit deſtinée à être la *Moſquée Cathedrale*. Le fonds ſur lequel elle eſt
édifiée, étoit auparavant une meloniere, laquelle apartenoit à une vieille femme; qui
ne la voulut jamais vendre au Roi, qu'après
que les *Mollas*, à qui le Prince avoit dit ſon
deſſein, lui eurent fait un grand ſcrupule de
ſon refus. On raconte qu'*Abas*, n'aiant pas
aſſez tôt à ſon gré le marbre néceſſaire pour
le bâtiment; vouloit enlever celui de la *Moſquée* principale de la Ville, qu'on appelle à
préſent *la vieille Moſquée de la Congregation*,
ce qui auroit détruit ce *Temple*, qui eſt un-
des

des beaux du Roiaume, étant encore plus spacieux que la *Mosquée d'Abas*, & encore très-beau malgré son antiquité; mais les *Mollas* se jetterent à ses pieds, & l'en empêcherent, en lui disant pour raison : *V. M. a desfein sans doute de faire durer sa nouvelle Mosquée plusieurs siécles : Or quel exemple seroit-ce pour ses Successeurs, si afin de rendre son bâtiment plus magnifique, elle détruisoit les édifices de ses Ancêtres, qui peuvent durer encore des centaines d'années ?* Il arriva aussi en même tems qu'on manda du païs d'*Ardeston* qu'on y avoit découvert des carrieres de marbre, ce qui fit que le Roi laissa-là la vieille *Mosquée* sans en tirer de dépouilles. Le marbre de la nouvelle est blanc & rouge, avec beaucoup de veines vives, mais il est si mol, que le couteau l'entâme aisément.

J'ai encore quatre choses à dire de cette *Mosquée Cathedrale*. La premiere, que c'est *Sefi premier*, successeur d'*Abas*, qui en a fait couvrir les portes d'argent. La seconde, qu'il y a sur un *Portique* une *Inscription* à l'honneur de *Molla Abdul* de *Tauris*, & de *Molla Mahamed Reza Ennony*, son Disciple, qui porte que ces Docteurs, les deux plus célèbres Théologiens de leur tems, avoient choisi & ordonné les passages de l'*Alcoran* qui se lisent en tous les endroits de la *Mosquée*, comme je l'ai remarqué. La troisiéme, qu'encore que ces quatre grandes *Tourelles*, que l'on voit à la hauteur du *Dome*, soient faites pour convoquer le Peuple de dessus, néanmoins elles ne servent jamais à cét usage; mais il y a une hutte de bois sur un des petits Dômes, d'où les *Mollas* font la Convocation : la raison en est que ces Tourelles étant si hautes, les gens qui y monteroient pourroient voir dans le *Serrail* du Roi, & dans les autres *Serrails* ; or la jalousie des *Persans*, qui est inconceyable, ne respecte rien. La quatriéme Observation est que cette *Mosquée* jouit de soixante mille livres de revenu, dont le *Mouteveli*, terme qui signifie Administrateur, lequel est toûjours un des grands Seigneurs du Païs, prend mille écus pour sa part.

Voilà quelle est la grande *Mosquée d'Ispahan*. L'autre *Mosquée*, qui donne sur la Place, & qu'on appelle la *Mosquée du Grand Pontife*, & aussi *Fathé Alla*, comme qui diroit l'*Ouverture du Ciel*, n'est pas si grande à beaucoup près. L'entrée en est pourtant large de vint pas, & profonde de quinze, faite en demi-Lune, composée de *Portiques*, dont les deux premiers touchent le *Bazar* qui regne autour de la *Place*. Le bas de l'édifice à la hauteur de sept à huit pieds est revêtu de tables de jaspe, tant dedans, que dehors, le haut l'est de briques émaillées, comme la grande *Mosquée* : ce haut consiste en *Galleries*, en *Balcons*, en *Niches* de mille figures. On entre dans l'*Eglise* par un *Perron* haut de douze marches, & par une *Gallerie* voutée, qui conduit au corps de l'édifice, lequel est couvert d'un gros *Dome*. A l'entour sont des Cours, avec des *Bassins* & des *Urnes* d'eau pour les purifications. La *Chaire* en est portative. Le *Mahrab*, qu'on peut appeller en quelque sorte, l'*Autel Mahometan*, est de jaspe, supporté par des *Pilastres* d'émail vert, d'ordre Ionique. Du reste, cette *Mosquée* est sombre, & peu frequentée. Il y a un *Palais* qui y joint, lequel appartenoit au grand Pontife du tems d'*Abas premier* & de *Sefi premier*. J'y ai vû loger son frere, qui lui aiant succedé au Pontificat, fut fait *Grand Vizir d'Abas second*.

Le *Pavillon de l'horloge* est un bâtiment jetté hors d'œuvre, qui fut fait pour la recréation d'*Abas second* à son avenement à la Couronne, un vrai Jeu d'Enfant, ou d'homme qui n'a rien vû, comme sont les Rois de *Perse*, à leur avenement à la Couronne. C'est un mouvement d'*horloge* qui fait remuer beaucoup de grandes marionettes, des têtes, des bras, & des mains, qui sont attachées à des figures peintes contre le mur, & qui tiennent des Instrumens de Musique ; des Oiseaux & d'autres bêtes de bois peint, & qui carillone à chaque heure du jour. Les *Persans* regardent cette piéce avec bien plus d'admiration que nous ne regardons l'*horloge de Strasbourg*, ou d'*Anvers*, & comme un chef d'œuvre de forces mouvantes, quoique ce soit un méchant carillon, & que les figures soient des plus grossieres.

Le *Marché Imperial*, situé au *Nord* de la place, en fait la plus grande & plus belle entrée. J'ai dit qu'il a la forme d'une demie-Lune enfoncée, & c'est ce qu'on peut voir dans le Plan. Le *Portail* est un grand demi-Dome, fait de carreaux de porcelaine, peints de moresques de diverses couleurs, où aboutissent deux grands *Parapets*, ou rebors, qui régnent tout autour de l'édifice, élevez de trois à quatre pieds sur le rez de chaussée, & profonds de quinze à seize, lesquels sont revêtus de tables de jaspe & de porphyre, à quelques coudées de haut, aussi bien que le mur de l'édifice. Ce beau *Perron*, ou rebord, sert pour l'étalage des Joüalliers & des Orfevres qui vendent-là des

C 3 ouvra-

ouvrages d'or, des bijoux, des monnoies cu-
rieuses, & auffi pour des vendeurs de riches
hardes qui font toûjours fournis de quantité de fort beaux habits , & de fort beaux
harnois. Le *Portail* eft peint d'une bataille
donnée par *Abas le Grand* contre les *Yuz-*
*becs* , & il y a au deffus & au deffous des
repréfentations d'*Europeans* qui font à table
le verre à la main , hommes & femmes ,
en pofture de débauchez ; & tout cela fort
mal peint, felon le peu de capacité des *Per-*
*fans* dans cet art. Au haut , eft un gros
*Horloge* de trois pieds en quarré , lequel eft
à préfent démonté, foit faute d'horloger pour
l'entretenir , foit à caufe que toute forte de
fonnerie eft abominable aux Perfans; à qui
la Religion interdit le fon des cloches. Il y
en a pourtant une groffe élevée tout au haut
du *Portail*, & qui en fait la cime; mais elle
ne fonne jamais. Elle eft du poids d'environ
huit à neuf cens livres. Le bord a un lifton
de lettres moulées, contenant ces mots. *Sanc-*
*ta Maria*, *ora pro nobis mulieribus* : ce qui
donne lieu de croire que cette cloche étoit à
quelque Convent de Nonnes de la ville d'*Or-*
*mus*, d'où elle a été aportée. *Ormus* fut prife, peu après qu'on eut bâti cette place, &
*Abas le Grand*, qui étoit un fin politique, &
qui cherchoit à plaire à toutes les Nations, &
aux *Europeans* particulierement , à caufe de
leur induftrie , & de leur riche commerce,
lequel il vouloit attirer en fes Etats , ne fe
foucioit pas de choquer les devoirs de fa Religion, au prix de gagner le cœur des Peuples
qu'il croioit utiles à l'enrichiffement de fon
Etat.

Les *Perfans* appellent ce *Marché Kayferié*,
du mot de *Kayfer*, qui chez eux fignifie *Ce-*
*far*, foit qu'ils aient ainfi changé le nom de
*Cefar*, foit qu'ils aient pris des *Allemans* celui
de *Kayfer*. Leurs livres appellent *Cefarée*
*Kayferié*; & *Abas le Grand* donna ce nom à
ce *Portail*, parce, difoit-il, qu'il l'avoit fait
faire fur le modelle d'un portique de *Cefarée*.
Il meine dans le plus grand & le plus fomp-
tueux *Bazar d'Ifpahan* , & où l'on vend les
plus riches étoffes. Ce *Bazar* eft couvert en
voute. Le milieu, qui eft un grand rond,
couvert d'un dôme de morefque, fort élevé,
de même que la voute du *Bazar*, donne entrée du côté droit à la *Maifon de la Monnoie*,
& de l'autre à un magnifique *Caravanferai*,
appellé le *Caravanferai Roial*, parce qu'il eft
du Domaine du Roi. Il eft bâti à deux étages autour d'une fpacieufe cour, & contient
plus de cent quarante chambres. Ces deux

édifices ont de grands *Portails* de même ftruc-
ture que le *Portail du Marché Imperial*. Celui de *la Monnoie* eft peint d'une repréfenta-
tion d'*Aly*, fucceffeur de *Mahamed*, qui de-
livre une belle perfonne des griffes d'un Lion.
On reconnoit ce Heros des *Mahometans*, tant
à fon fabre à deux pointes, qu'au voile verd
qui lui couvre le vifage. Les *Perfans* couvrent ainfi de verd, le vifage d'*Aly*, mais ils
couvrent d'un voile blanc celui de tous leurs
Prophetes, & de leurs faints , pour dire que
le vifage des Saints eft incomparable, & qu'on
n'en peut repréfenter les traits merveilleux.
Faifant quelques pas plus outre, on fe trouve
entouré de cinq ou fix *Caravanferais*, les plus
grands, & les plus riches de la ville. On les
appelle le *Caravanferai de Mollaien bec*; le *Ca-*
*ravanferai de l'Ecurie*; le *Caravanferai de Ca-*
*chan*, qui eft une ville de la *Parthide*, le *Ca-*
*ravanferai du Peuple de Lar*, qui eft une partie de la *Caramanie deferte*, & ce *Caravanfe-*
*rai* ici eft rempli de Droguiftes en gros; & le
dernier s'apelle le *Caravanferai des Multaniens*.
Il eft fitué à côté d'un beau *Bazar*, qui porte
ce même nom de *Multaniens* , qui font les
*Indiens de Multan*, la premiere ville des *In-*
*des* du côté de la fortereffe de *Candahar*, qui
eft fur la frontiere de la *Perfe*, vers le *Nord*.
Tout le commerce des *Indes* en *Perfe* fe faifoit communément par-là, avant la Naviga-
tion des *Europeans* au *Sein Perfique*.

Après la defcription de tout le dedans de la
*Place*, & du *Marché Imperial*, je viens à celle des *Bazars* qui l'environnent tout à l'entour, où on vend de toute forte de denrées,
comme on fait dans la *Place*, mais de plus fines, & de plus cheres. *Abas le Grand*, le fondateur de cette *Place Roiale* , avoit ordonné
les chofes de telle maniere pour la commodité du commerce, qu'on pût trouver dans la
*Place* même les chofes les plus communes,
& les plus rares dans les *Bazars* qui font à
l'entour, & que les ouvriers fuffent placez entre le *Marché* & les *Bazars*. Il avoit ordonné auffi que les marchands de mêmes denrées
fuffent tous enfemble à part & par canton.
J'ai déja obfervé plufieurs fois que les *Bazars*
font des *Galleries* couvertes. Celles-ci font
de huit à neuf pas de largeur , fort hautes,
couvertes en voute, avec un double rang de
*Boutiques*. Les *Boutiques* les plus proches de
la *Mofquée Roiale* , après les falles de *Caffé*,
font les *fahefon* , qui font des relieurs de livres, qui vendent en ce Païs-là ancre, ca-
nifs, plumes, papier, écritoires. Ils ont cette
coutume parmi eux, de tirer au fort le Jeudi

au

au foir, qui d'eux tous étallera le Vendredi, qui eft le jour du repos chez les *Mahometans*. Il n'y a que l'heureux qui ouvre *Boutique* ce jour-là, parce qu'il eft Fête, & il vend plus en ce jour confacré, qu'en un mois d'autres, à caufe du concours du Peuple à la *Mof-quée*.

Enfuite, en prenant à gauche vers le *Palais Roial*, on paffe le Canton des bahutiers qui va jufqu'au coin, où on trouve deux très-grands Caravanferais, qu'on appelle *la cuifine*, parce que l'un contient les cuifines du Roi, l'autre la boucherie, où l'on égorge les bêtes, & où fe tient la poullaillerie pour la Maifon du Roi, & pour tous ceux à qui le Roi donne des ordinaires. En tirant à droite au fortir de la *Mofquée*, on trouve le Quartier des Selliers qui vendent & qui accommodent tous les gros & les menus harnois, qui font fort bien travaillez en *Perfe*; ce Quartier-là tire jufqu'au coin de la *Place*, où eft le beau *Caravanferai de Macfoud Affar*, dont j'ai parlé.

Proche de ce *Caravanferai*, il y en a un autre, qu'on appelle *des vendeurs de ris*, où les Etrangers de *Babylone* ont accoutumé de fe loger; & de-là on paffe la *Gallerie des Cordiers*, qui eft terminée par un *Caravanferai*, la *Gallerie des Tourneurs*, qui aboutit au *Pavillon de l'Horloge*, celle des *Batteurs de Cotton*, qui finit à la *Mofquée du Cedre*. On voit à côté de cette *Mofquée* les entrées de deux grands *Caravanferais* nommez de *Gulpegon*, ville de la *Parthide*, & des *Cardeurs de cotton*, & au bout il y a un *Poids Roial* pour le *Cotton*, fondé par *Abas le Grand*, en faveur des Païfans qui l'aportent vendre: Joignant la *Mofquée*, eft le *Portail du Palais de Mahamed Megdy*, premier Miniftre, & du *Cheic el iflam* fon frere. Le même Portail fert pour les deux *Palais*, & plus avant il y a un grand *College*, qui porte le même nom que la *Mofquée*, aiant été bâti en même tems & par le même fondateur, on lit au frontifpice, & au dedans, en divers endroits, de fort graves *Maximes*. En voici quelques-unes.

*La pierre brûtte de Badacham devient rubi quand le foleil s'eft mis à la purifier.*

*Aprenez autant que vous pouvez, car il vaut mieux ne favoir que la moitié de la chofe que d'en ignorer le tout.*

*Hâte-toi d'arracher du terroir de ton cœur l'arbre de malignité jufqu'à la racine. C'eft l'ouvrage des premiers ans, ne le remets point aux derniers: fi tu dis que le mal eft bien grand pour en pouvoir tirer promptement les racines.*

*Je repons, comment le pourras-tu donc quand le mal fera devenu encore plus grand?*

On laiffe à côté du *College* un paffage fous terre qui meine vers la *Forterffe*, par de petites ruës fales, dans lefquelles il y a cinq ou fix *Caravanferais*, qui, comme les *maifons* d'alentour, ne font habitez que par des femmes débauchées qui fervent pour le plus commun peuple. Puis on entre dans le *Canton des Marchands de fouliers* plats & fans talon. Les fouliers des hommes & des femmes font tout femblables en *Perfe*: il n'y a aucune difference. Au bout, on trouve les entrées d'un *Bain*, & d'un *Caravanferai*, qui font fur le derriere, car les *Galleries* ne font interrompues d'aucun Edifice. Après, il y a une *Gallerie de Revendeurs*, & enfuite un *Portail* qui meine à trois *Caravanferais* l'un contre l'autre, qui portent le nom d'*Aly coulikan*. C'eft où fe tiennent les plus riches *Indiens*, qui font les *Banquiers* & les *Changeurs* de la *Perfe*. Après, on paffe le *Quartier des Faifeurs de Dentelles*, & de *Boutons d'or & d'argent*, lequel finit à une des grandes avenues de la *Place Roiale*; celle par où l'on va au quartier où eft le *Bureau de la Compagnie Hollandoife*, & l'*Hofpice des Capucins*. Le Palais du fameux *Iman couli can* en eft proche, qui étoit le Généraliffime des Armées de *Perfe* fous *Abas le Grand*; le principal inftrument de fes Conquêtes, & fon plus ancien compagnon de guerre.

En continuant d'aller le long de ces *Galleries*, on trouve celle où d'un côté font des *Epiciers*, des *Confituriers*, & des *Droguiftes*, & de l'autre des *Revendeurs de riches nipes*. Leurs *Boutiques* aboutiffent à un *College*, qu'on appelle de *Abdalla*, au delà duquel la *Gallerie* eft occupée par des *Cuifiniers* qui vendent maigre tous les jours pour qui en veut. L'abftinence eft fort connuë & fort pratiquée parmi les *Mahometans*, comme un remede, mais non pas comme une mortification. Leur *Carême* & leurs *Jeûnes*, fe gardent en ne mangeant ni ne beuvant rien du tout, depuis le point du jour jufqu'au foleil couché: il en eft de même parmi les *Gentils*; & pour ce qui eft des *Chrétiens Orientaux*, ils ne connoiffent point la difference qu'on met parmi nous entre abftinence & *Jeûne*. Lors qu'ils s'abftiennent de viande, c'eft qu'il eft jour de jeûne, & ce jour-là ils ne mangent, ni ne boivent qu'à vêpre, & ils ne mangent rien en général qui ait eu vie, ni qui forte d'Animal vivant, comme

oeufs

oeufs, beurre, fromage, & lait. Après ces *Cuifiniers*, on trouve des *Libraires*, & enfuite des *Fondeurs*, au milieu defquels eft l'entrée d'un beau *Caravanferai*, conftruit aux dépens de *Sefi Mirza*, fils ainé d'*Abas le grand*, celui que ce Prince fit mourir. Il y en a un autre tout proche qui meine au *Bazar*, où l'on imprime d'or, & d'argent, ou de couleurs, les étoffes de foie, de même que la toile. Cela fe fait en *Perfe* fort proprement, & fi épais, qu'on le prend pour du tiffu ou de la broderie. Après on trouve les *Vendeurs de Pipes* à la *Perfane*, dont le canton aboutit proche le *Marché Imperial*, à fon endroit où il y a les plus beaux & les plus fpacieux *Coffeboufe*, de toute la ville. Ce font de grands fallons, haut élevez, ouverts de haut en bas, avec des échaffauds au dedans, faits comme les établis des tailleurs, où l'on eft affis, & apuïé à l'aife. On trouve enfuite, *le Canton des Bonnetiers de pe aux de Mouton frifées*, & de *Martre*, lequel tire jufqu'au coin de la *Gallerie*, ou à fon carrefour, comme parlent les *Perfans*, qui appellent les coins de ruës *carrefours*; & allant plus outre, on paffe devant les *Droguiftes*, puis par devant les *Vendeurs d'Arcs & de Fleches*, après quoi on rencontre l'entrée du *Caravanferai Geddé*, du nom de la mere de *Sefi premier*, qui le fit bâtir: C'eft un fort grand bâtiment & fort rempli. Il y a à fes côtez quatre autres *Caravanferais* plus petits, qui portent le même nom. On les appelle tous cinq auffi *Londra frouch*, c'eft à dire *Vendeurs de Londres*, parce que ce font les Magazins des principaux *Marchands de Drap*, qu'on appelle *Londres*, à caufe que c'eft des *Anglois* que les *Perfans* ont eu le premier Drap, & qu'ils continuent de le tirer. Ces *Caravanferais* font remplis d'*Armeniens*, qui font ce négoce de drap plus que les autres, & qui le faifoient feuls jufqu'au Régne de *Soliman*. Il n'y a prefque pas un marchand de cette nation, qui n'ait-là fon Magazin. Les *Vendeurs de Bas* fe tiennent autour du *Portail* qui fert d'entrée à ces *Caravanferais*. Les *Bas* font de drap en *Perfe*: On n'y en porte point d'autres, comme je l'ai obfervé. Après on trouve la *Gallerie des Fourbiffeurs*, enfuite celle des *Vendeurs de fouliers de chagrin*, & à haut talon, dont les Boutiques s'étendent jufqu'au grand *Portail* du *Palais Roïal*, autour duquel vous voiez nombre de *Mollas*, chacun fur un petit tapis, avec un petit pupitre, leur papier & leur écritoire à côté. C'eft pour le fervice des Païfans, & de tous ceux qui ne favent pas écrire, qui

font faire-là leurs comptes, leurs lettres, leurs requêtes. Entre ce *Portail* & la *Porte du Serrail*, fe tiennent des *Orfevres*, & des *Lapidaires*, & au delà des *Miroitiers*, des *Quincailliers*, & des *Merciers*, qui s'étendent jufqu'au coin d'où nous avions commencé à faire le tour de ces belles *Galleries*.

Je vais faire ici de fuite la Defcription du *Palais Roïal*. C'eft fans doute un des plus grands *Palais* qui fe voie dans une ville Capitale; car il n'a gueres moins d'une lieuë & demie de tour. Le *Grand Portail* donne, comme je l'ai dit, fur la *Place Royale*. On l'appelle *Aly capi*, c'eft-à-dire *la Porte haute*, ou *la Porte Sacrée*, & non pas la *Porte d'Aly*, comme quelques uns penfent, trompez par la conformité du mot. Elle eft toute de porphyre, & fort exhauffée. Le *Seüil* eft auffi de porphyre de couleur verte, haut de cinq à fix pouces, fait en demi rond. Les *Perfans* le reverent comme facré, & qui marcheroit deffus feroit puni: Il faut donc enjamber par deffus. Toute la *Porte* même eft Sacrée. Les gens qui ont reçu quelque grace du Roi vont la baifer en pompe & en ceremonie, en mettant pied à terre, & fe tenant debout contre, ils prient Dieu à haute voix pour la profperité du Prince. Le Roi par refpect ne la paffe jamais à Cheval. Au devant, à cinq ou fix pas du *Portail*, font deux grandes *Sales*, en l'une defquelles *le Prefident du Divan* adminiftre la juftice, & expedie les requêtes prefentées au Roi, & dans l'autre *le grand Maître d'Hotel*, qu'on appelle en *Perfe Chef des Maîtres de la Porte*, tient fon *Bureau* public. A côté, il y a deux autres *Sales* plus petites, qu'on appelle *Sales des Gardes*, parce qu'elles ont été faites pour un corps de Gardes, mais la Perfonne du Souverain eft fi facrée en *Perfe*, qu'on néglige cette garde; de forte qu'il n'y a jamais-là perfonne durant le jour, & ceux qu'on y met en faction la nuit y dorment dans leurs lits comme dans leur propre Maifon, fans fermer non plus le grand *Portail*, par où chacun entre & fort comme il veut, fans qu'on crie *qui va-là*, ni qu'ame vivante y foit au guet. Ce *Portail* eft un azile facré & inviolable, & dont il n'y a que le Souverain en perfonne qui puiffe tirer un homme. Tous les Banqueroutiers, & les Malfaiteurs, s'y retirent pendant qu'on accommode leurs affaires, les hommes & les femmes à part, dans deux grands *Jardins* feparez, qui ont chacun un *Pavillon* contenant une *Sale* & plufieurs petites *Chambres* & *Cabinets* autour. Les *Mofquées* ne font point des aziles en *Perfe*, ni ni les autres lieux facrez. On n'y connoît d'autre azile que les Tombeaux des grands Saints, cette *Porte Imperiale*, les Cuifines, & les Ecuries du Roi; & ces derniers lieux ici fontdes aziles par tout, foit à la ville, foit à la Campagne. Le Roi feul en peut tirer, comme je le viens de dire, ou fon ordre fpecial, mais quand le Roi donne cet ordre, ce n'eft pas directement, mais en défendant de porter à manger au fugi-tif dans le lieu où il eft, ce qui le reduit enfin à en fortir. Les *Sofis*, qui ont la garde de la *Porte Imperiale*, ont l'intendance de l'azile, & ils favent bien en tirer du profit. Les *Sofis* font les Gardes du corps du Roi, lors qu'il fort du *Palais*, à moins qu'il ne forte avec fes femmes; car alors, ce font les *Eunuques* feu-lement qui gardent fa perfonne, de même qu'ils font dans tout le *Palais*, foit aux lieux où les hommes entrent, foit en ceux où ils n'entrent pas. C'eft par une ancienne confti-tution que les *Sofis* font les Gardes de la per-fonne du Roi, & du dehors de fon *Palais*, fans qu'il puiffe entrer aucun dans leur corps, que de leur fang ou de leur race. Ces *Sofis* ont leurs *Logemens* en la grande Allée où con-duit le *Portail*. Ils y ont auffi une petite *Mof-quée* dans laquelle ils s'affemblent tous les Ven-dredis, qu'on appelle *Taous cané*, comme qui diroit *maifon de culte, ou d'obeïffance*. Vis-à-vis de ces *Jardins*, à main gauche, eft le *Pa-villon* qu'on appelle *Talear tavileh*, c'eft-à-di-re le *Salon de l'Ecurie*, qui eft bâti au milieu d'un *Jardin* dont les allées font couvertes de Platanes des plus hauts & des plus gros qu'on puiffe voir. Il y a dans celle du milieu, qui fait face au *Salon*; il y a, dis-je, de chaque côté neuf mangeoires de Chevaux, auxquelles les jours des folemnitez, comme à des Audiences d'Ambaffadeurs, on attache avec des chaines d'or autant de chevaux des plus beaux de l'E-curie du Roi, couverts & harnachez de Pierre-ries, & l'on met auprès tous les uftanciles d'écurie, qui font auffi d'or fin, jufqu'aux clouds & aux marteaux. C'eft par cette *allée* qu'on fait paffer les Ambaffadeurs pour aller à l'au-diance, & les autres Etrangers de qualité auffi, afin qu'ils voient cette pompe merveilleufe. Ce *Salon de l'Ecurie* a cent quatre pas de face, vint fix de profondeur, & vint-cinq pieds de hauteur: il eft couvert d'un plat fonds de Mo-faïque, affis fur des Colomnes de bois peint & doré; & il eft feparé en trois Sales, dont cel-le du milieu eft élevée de neuf pieds du rez de chauffée, & celles des côtez de trois pieds feu-lement: les feparations font faites de chaffis de Criftal de Venife de toutes couleurs, &

Tome III.

D

le *Salon* entier eft garni de courtines tout à l'en-tour, doublées des plus fines Indiennes, qu'on étend du côté du foleil jufqu'à huit pieds de terre feulement, fans que cela empêche la vûë. Un grand *Baffin* de marbre, avec des jets d'eau à l'entour, & au centre, occupe le milieu de la grande *Sale*. C'eft celle où le fucceffeur d'*Abas fecond* a été couronné. J'en ai fait la Defcription plus amplement dans la *Relation du Couronnement de Soliman*.

Quand on paffe droit, par l'allée où conduit le *Portail*, on parvient à un grand *Perron*, au haut duquel on trouve de grands corps de logis de tous côtez, qui font de ces *Magazins du Roi*, ou *Galleries*, qu'on appelle *Karkhone*, c'eft-à-dire *Maifon d'Ouvrage*, parce qu'on y travaille pour le Roi & pour fa maifon, ainfi que je l'ai expliqué ci-devant. Celui qui eft à droite renferme la *Bibliotheque*, & les *Relieurs de Livres*. Un nommé *Mirza Mughim* étoit alors *Bibliothecaire*, qui eft celui qu'*Abas fecond* envoia Ambaffadeur au Roi de *Coleonde* l'an 1657. La *Sale* de la *Bibliotheque* eft bien peti-te pour un tel ufage, car elle n'a que vint-deux pas de long, fur douze de large. Les Murs de bas en haut font percez de *Niches* de quinze à feize pouces de profondeur, qui fer-vent d'ais. Les *Livres* y font couchez à plat, les uns fur les autres, en pile, felon leur gran-deur, ou leur volume, fans aucune diftinction des matieres qu'ils traitent, comme on l'ob-ferve fi bien dans nos Bibliotheques. Les *Noms des Auteurs* font écrits pour la plûpart fur la tranche du *Livre*. De grands rideaux doubles, attachez au plat fonds, couvrent toutes ces *Ni-ches*, en forte qu'on ne voit pas un *Livre* en entrant dans la *Sale*, mais feulement ces ri-deaux, & un double rang de *Coffres*, hauts de quatre pieds, le long des murs, qui font auffi pleins de *Livres*. Ceux de cette *Biblio-theque Roïale* font *Perfans, Arabes, Turquef-ques*, & *Cophtes*.

Je fuplîai le *Bibliothecaire* de me faire voir les *Livres* en *Langue occidentale*. Il me fit réponfe qu'il y en avoit *deux Coffres*, conte-nant chacun cinquante à foixante *Volumes*, & il m'en fit voir fes plus grands. C'étoient des *Rituels Romains*, & des *Livres d'Hiftoire* & de *Mathematique*; les premiers pris aparem-ment au Sac d'*Ormus*, & les autres ramaffez du pillage de la maifon de l'Ambaffadeur de *Holftein*, il y a foixante dix à quatre-vingts ans, où *Olearius*, qui en étoit le Secretaire, avoit une *Bibliotheque* d'excellens *Livres*.

A côté de ces *Magazins des Livres* & des *Relieurs*, eft le *Magazin* qu'on appelle *la gran-*
de

*de garderobe*, parce qu'on y renferme ces *habits*, ou *calaat*, comme on les appelle, que le Roi donne pour faire honneur. Elle consiste en plusieurs grandes *Sales*, les unes où l'on fait les *habits*, les autres où on les garde; & en celles-ci chaque espece de *vêtement* & celle de chaque prix à sa *chambre* à part. Le Roi donne tous les ans plus de huit mille *Calaat*, & on assure que la dépense en va à plus d'un million d'écus. Tout proche est le *Magazin des Coffres*, & celui qu'on appelle *la petite garderobe*, où l'on ne travaille que pour la personne du Roi. Ensuite, on trouve le *Magazin du Caffé*, le *Magazin des Pipes*, celui des *Flambeaux*, qu'on appelle *la Maison du Suif*, parce que la plus commune lumiere dont les *Persans* se servent dans leurs maisons, est faite avec des *Lampes* nourries de *Suif* rafiné, lequel est blanc & ferme comme la cire vierge; & puis suit le *Magazin du Vin*. Comme les *Magazins*, sont presque tous fait d'une même symmetrie, je ferai la description de celui-ci, pour donner une idée de tous les autres. C'est une maniere de *Salon* haut de six-à-sept toises, élevé de deux pieds sur le rez-de-chaussée, construit au milieu d'un *Jardin*, dont l'entrée est étroite, & cachée par un petit mur bâti au devant, à deux pas de distance, afin qu'on ne puisse pas voir ce qui se fait au dedans. Quand on y est entré, on trouve à la gauche du *Salon*, des *Offices*, ou *Magazins*, & à droite une grande *Sale*. Le *Salon*, qui est couvert en voute, a la forme d'un quarré long ou d'une croix grecque, au moien de deux *Portiques*, ou *Arcades*, profondes de seize pieds qui sont aux côtez. Le milieu de la *Sale* est orné d'un grand *Bassin* d'eau, à bords de porphyre. Les *Murailles* sont revêtuës de Tables de jaspe tout à l'entour, à huit pieds de hauteur; & au-dessus, jusqu'au centre de la voûte on ne voit de toutes parts que *Niches* de mille sortes de figures qui sont remplies de *Vases* de toutes les façons & de toutes les matieres qu'on sauroit s'imagine. Voici le plan figuré de ce beau *Salon* dont le plancher est couvert de riches *Tapis* d'or & de soie. Il n'y a rien de plus riant & de plus gai que cette infinité de *Vases*, de *Coupes*, de *Bouteilles* de toutes sortes de formes, de façons & de matieres, comme de cristal, de cornaline, d'agathe, d'onyces, de jaspe, d'ambre, de corail, de porcelaine, de pierres fines, d'or, d'argent, d'émail, &c. mêlez l'un parmi l'autre, qui semblent incrustez le long des *Murs*, & qui tiennent si peu qu'on diroit qu'ils vont tomber de la voûte. Les *Offices*, ou *Magazins*, qu'il y a à côté de cette magnifique *Sale*, sont

remplis de *Caisses de Vin*, hautes de quatre pieds, & larges de deux. Le *Vin* y est la plûpart, ou en gros *flacons* de quinze à seize pintes, ou en *Bouteilles* de deux à trois pintes, à long cou, ainsi que vous en voyez dans le plan, au sommet de la voûte. Ces *Bouteilles* sont de cristal de *Venise*, de diverses façons, à pointe de diamant, à godrons, à raiseau. Comme les bons *Vins* de l'*Asie* sont de la plus vive couleur, on aime à les voir dans la *Bouteille*. Ces *Vins* sont, les uns de *Georgie*, les autres de *Caramanie*, & les autres de *Chiras*. Les *Bouteilles* sont bouchées de cire, avec un tafetas rouge par dessus, cachetées sur un cordon de soie du cachet du Gouverneur du lieu, en sorte qu'on ne les presente jamais que cachetées. Entre les sentences appliquées çà & là sur les diverses faces du *Salon*, je remarquerai celle-ci:

*La vie est une yvresse successive: le plaisir passe, le mal de tête demeure.*

Proche de ces *Magasins* est le plus grand & le plus somptueux Corps de logis de tout le *Palais Roial*. On l'appelle *Tchehel-seton*, c'està-dire *le quarante-piliers*, quoi qu'il ne soit supporté que sur dixhuit; mais c'est la phrase *Persane* de mettre le nombre de quarante pour un grand nombre: ainsi ils appellent nos Lustres *quarante Lampes*, parce qu'ils ont beaucoup de branches, & le vieux Temple de *Persepolis quarante colomnes*, quoi qu'il n'y en ait à présent que la moitié. Ce Corps de Logis, qui est bâti au milieu d'un *Jardin*, comme les autres, est un *Pavillon* qui consiste en une *Sale* élevée de cinq pieds sur le *Jardin*, large de cinquante deux pas de face, & de huit de profondeur, à trois étages hauts de deux pieds, l'un sur l'autre, dont le *Platfonds* fait d'Ouvrage Mosaïque, est porté sur dixhuit piliers ou colomnes, comme je l'ai dit, de trente pieds de haut, tournées & dorées. Il consiste de plus en deux *Chambres* qui sont à côté, & grandes à proportion, & en une autre *Sale*, au dos de la grande, de trente pas de face, & de quinze pas de profondeur, lambrissée de même que la grande, avec de petits *Cabinets* aux coins. Les *Murs* sont revêtus de marbre blanc, peint & doré, jusqu'à moitié de la hauteur, & le reste est fait de chassis de cristal, de toutes couleurs. Au milieu du *Salon*, il y a trois *Bassins* de marbre blanc l'un sur l'autre, qui vont en apetissant, le premier étant fait en quarré de dix pieds de diametres, & les autres étant de figure octogone. Le *Trône* du Roi est sur une quatriéme estrade, longue de douze pas, & large de huit.

huit. Il y a quatre cheminées dans le *Salon*, deux à droite, & deux à gauche, au-deſſus deſquelles il y a de grandes peintures qui tiennent tous les côtez, dont l'une repréſente une bataille d'*Abas le Grand* contre les *Tuſbecs*, & les trois autres des *Fêtes Roiales*. Les autres endroits ſont peints, ou de figures dont la plûpart ſont laſcives, ou de Moreſques d'or & d'azur, appliqués fort épais. On n'y voit nul vuide, tout eſt couvert de cette maniere-là. Au haut du *Salon* tout à l'entour ſont attachez des rideaux de fin couti, doublés de brocard d'or à fleurs, qu'on tire du côté du ſoleil en les étendant juſqu'à huit pieds de terre comme une tente, ce qui rend le Salon très-frais. On ne ſauroit voir de plus pompeuſe audience que celle que le Roi de *Perſe* donne dans ce *Salon*. Le *Thrône* du Roi, qui eſt comme un petit lit de repos, eſt garni de quatre gros *Couſſins* brodez de perles & de pierreries. De petits *Eunuques blancs*, merveilleuſement beaux, font un demi cercle autour de lui, & quatre ou cinq autres plus grans *Eunuques* ſont derriere, tenant ſes armes, tout-à-fait riches & brillantes. Les plus grands Seigneurs de l'Etat ſont ſur les côtés de l'*Eſtrade* où eſt le *Trône*. Les Seigneurs inferieurs ſont ſur la ſeconde Eſtrade. La jeune Nobleſſe, & tous ceux qui n'ont pas droit de ſeance, ſont debout au bas *Placitre* avec la Muſique; & les Officiers ſervans ſont debout dans le *Jardin*, à quelques pas du *Placitre*, ſous les yeux du Roi.

Dans le même enclos, où eſt ce ſuperbe *Salon*, il y en a deux autres, l'un compoſé de cinq étages octogones, ouverts l'un ſur l'autre en Perſpective, & en étreciſſant, chacun ſoûtenu ſur quatre pilliers, tournez & dorez, & orné d'un *Baſſin* au milieu. L'autre Salon eſt fait en quarré avec pluſieurs *Chambres* & *Cabinets* à côté.

Il y a encore deux autres grands *Appartemens* pareils dans le *Palais* du Roi, qui ſont chacun dans un *Jardin* ſeparé: l'un eſt preſque fait comme les précedens: l'autre eſt à deux étages, dont le premier eſt diviſé en *Sales*, & le ſecond en *Chambres*, en *Galleries*, en *Cabinets*, en *Balcons*, avec des *Baſſins* & des *Jets d'eau* dans toutes les Chambres. Ce ſont les *Apartemens du Palais* où le Roi tient ſes Aſſemblées. Chacun eſt, comme je l'ai dit, ou au milieu d'un *Jardin*, ou ouvert ſur un *Jardin*. Les *Murs*, dont les *Jardins* ſont enfermez, ſont faits de terre, la plûpart de la hauteur accoûtumée de 10. à 12. pieds, couverts de haut en bas de petites Lampes in-

cruſtées pour les illuminations, & ſurmontez d'un *Corridor* dont le Roi ſeul a l'uſage, & par lequel il va par tout ſans être aperçû.

Le reſte du *Palais Roial* contient des *Magaſins*, des *Galleries* d'ouvrage, & le *Quartier des Femmes*, que nous appellons le *Serrail*, & que les *Perſans* appellent *Haram*, ou *lieu ſacré*. Ce *Serrail* contient près d'une lieuë de tour. Je n'en ſaurois faire une Deſcription bien exacte, ne l'aiant pas tout vû, mais j'en ai vû aſſez pour faire comprendre ce que c'eſt. On n'entre dans ces ſortes de lieux que par une très-grande faveur, & encore faut-il que ce ſoit en ſe déguiſant en homme de métier, & par occaſion, comme lors qu'il y faut faire quelque réparation; car alors on fait paſſer tout le monde d'une partie du *Serrail* dans l'autre, & les ouvriers entrent dans celle qui eſt vuide, & y travaillent, étant conduits & gardez par des *Eunuques*, qui ne permettent pas qu'on regarde autre part que devant ſoi. Outre ce que j'ai vû du *Serrail d'Iſpahan*, j'en ai apris pluſieurs fois des nouvelles par des *Eunuques du Palais*, & par des femmes; car les femmes y entrent pour vendre des Nipes, & pour d'autres occaſions.

Tout le *Serrail* eſt enfermé de *Murs* ſi hauts, qu'il n'y a aucun Monaſtere en Europe qui en ait de ſemblables. Il a trois grandes avenuës, une dans la *Place Roiale*; comme je l'ai dit, une autre vis-à-vis le *petit Arſenal*; la troiſiéme, qui eſt la principale, qu'on appelle *la Porte des Cuiſines*, & il y en a une autre à demi-lieuë delà, par laquelle il n'y a que le Roi ſeul qui puiſſe paſſer. La premiere avenuë eſt fermée d'un haut *Portail*, contre lequel il y a trois grandes *Sales*, chacune avec deux *Cabinets*, qui ſont des manieres de corps de garde. Les Officiers de l'Etat, & ceux qui ont affaire au Roi, peuvent entrer dans les deux premieres *Sales*; mais les ſeuls *Eunuques* entrent dans la troiſiéme. Le *Portail* eſt caché dans un détour, à côté d'une grande & haute tour; de maniere qu'on ne le ſauroit voir qu'en mettant le pied deſſus. Il eſt large & haut, fait en voûte, revêtu à dix pieds de terre de tables de marbre peint & doré, avec un *Perron* tout autour, ſur lequel les *Eunuques* de garde ſe tiennent aſſis, pour recevoir les meſſages des *Eunuques* de dehors, & les porter au dedans; car les *Eunuques* ne vont pas tous indifféremment dans l'interieur du Serrail. Les jeunes y vont rarement; & s'ils ſont blancs, ils n'y vont point du tout, à moins que d'être mandez expreſſément pour le Roi. Ces *Eunuques* qui ſervent

dans

dans le *Serrail* ont leurs logemens fur les dehors, & loin des femmes, & il n'y a que les
*Ennuques* vieux & noirs qui les frequentent,
& qui les fervent à faire leurs meffages. Quand
on a paffé le *Portail*, on découvre des *Jardins* à perte de vûë, couverts d'Arbres de
haute futaye, & quand on a fait environ fix
vints pas de chemin, on trouve quatre grands
corps de Logis, qui ne font point entourez
de *Murs*, parce qu'ils font à cent cinquante
pas de diftance l'un de l'autre. L'un s'appelle
*Mëheemancané*, c'eft-à-dire, *le Palais des Hôtes*, parce que c'eft où on reçoit, & où on
loge les Hoteffes, comme les femmes de qualité qui rendent vifite, les Princeffes du fang
Roïal qui font mariées, & les femmes & les
filles qu'on fait voir au Roi pour leur beauté.
Un autre s'appelle *Amarath Ferdous*, comme
qui diroit *le Paradis*, le troifiéme *Divan Hai-
né*, *la Salle des Miroirs*, parce que le *Sallon*
de ce troifiéme corps de Logis eft tout revêtu de miroirs, & même la voûte. Le quatriéme fe nomme *Amarath deria cha*, *la Mer
Roiale*, parce qu'il eft bâti au devant d'un
étang de vingt pieds de diametre. Les *Perfans*
appellent *Mer Roiale* les étangs & les baffins
d'eau, qui font d'une grandeur extraordinaire, comme eft celui-ci, qu'on voit couvert
de toute forte d'oifeaux de riviere, & au milieu duquel on voit un *Parterre* vert d'environ trente pieds de diametre, à fix pouces feulement au-deffus de l'eau, entouré d'un *Baluftre* doré. Les bords de l'étang, à la largeur de quatre toifes tout autour, font couverts de grands carreaux de marbre. On y voit
un petit *Bateau* attaché, qui eft garni d'écar-
lates en dedans, pour fe promener fur l'étang,
& pour aller au *Parterre*. Les quatre Rois,
qui ont régné avant le dernier, ont fait bâtir
chacun de ces *Palais*, ou corps de Logis. Ils
font à deux étages, le bas confiftant en *Sal-
lons* avec des *Chambres* & des *Cabinets* autour, & le haut en *Chambres*, qui font plus
petites, en *Cabinets*, en *Galleries*, en *Niches*
de cent fortes de figures & de grandeurs, avec
de petits degrez çà & là dans les murs. Ce
font de vrais *Labyrinthes* que ces fortes d'é-
difices. J'en ai vû un tout garni; les meubles
en paroiffoient les plus voluptueux qu'on puiffe imaginer. Les *Lits* étoient à terre fur de
riches Tapis, étendus fur de gros feutres, qu'on
met par-deffus le plancher pour les conferver;
& ces *Lits* occupoient toute la largeur de
l'endroit où ils étoient étendus. Les *Matelats* étoient faits d'ouattes & les couvertures
auffi. Ces *Palais* font peints, dorez & azurez

par tout, excepté où les *Platfonds* font de
rapport, & où la boiferie eft de fenteur. Les
vers & les fentences qu'on remarque deçà &
delà dans des cartouches d'or & d'azur, font
auffi fur differens fujets, les uns parlant d'a-
mour, les autres traitant de morale. On voit
dans l'un de ces *Palais* un *Salon* à trois étages, foûtenu fur des colomnes de bois doré,
qu'on pourroit appeller une *Grotte*; car l'eau
y eft par tout, coulant autour des étages dans un
canal étroit qui la fait tomber en forme de
nape ou cafcade, de maniere qu'en quelque
endroit du Salon que l'on fe trouve, on voit
& on fent l'eau tout autour de foi. On fait
aller l'eau là par une machine qui en eft proche & y communique par un tuyau. Au delà
de ces grands corps de Logis, on trouve en
face un long *Edifice* qui contient un grand
*Apartement*, au milieu de trente autres plus petits, tous fur une ligne, & à double étage,
confiftant chacun en deux *Chambres*, & un
*Cabinet*, avec un *Perron* fur le devant de dix
pieds de profondeur, & de quatre pieds de hauteur. Ces *Logis* font doubles, ouverts derriere & devant, fur des *Jardins*, l'un expofé au
*Nord*, l'autre au *Midi* pour les diferentes
faifons de l'année. C'eft-là où loge le Roi
avec la femme Favorite, & vint autres plus
confiderées. Les *Logemens* du commun
font le long du *Mur* de cet enclos. Ce font
des longues *Galleries* comme les dortoirs des
Couvents. Le bas étage eft pour les femmes,
le haut pour les *Eunuques*. Il y a bien cent
cinquante à cent quatre vingt *Apartemens*, où
habitent huit à neuf cens perfonnes. A cent
pas de là font les *Offices*, les *Cuifines*, les *Bains*,
divers *Magazins*, & tout ce qui eft néceffaire
pour les befoins de la vie. C'eft en quoi confifte le premier enclos. Il y en a encore trois,
l'un plus grand que l'autre, dont le plus proche eft un lieu enchanté & fait pour la volupté feulement. Ce ne font que *Jardins* embel-
lis de *ruiffeaux*, de *baffins* d'eaux, & de volieres, avec des *Pavillons* çà & là, ornez &
meublez le plus fomptueufement du monde.
Le fecond enclos eft pour les enfans du Roi,
ou régnant, ou décédé, qui font trop grands
pour converfer fans danger avec les femmes.
Le troifiéme, qui eft le plus vafte, eft pour
le féjour des vieilles femmes, des femmes
difgraciées, & des femmes des Rois défunts.

Il ne me refte plus qu'à parler des *Entrées*
du *Palais Royal*. Il y en a cinq principales. La
premiere, & la plus éminente, eft celle qu'on
appelle *la porte haute*, ou *glorieufe*, qui eft ce
grand *Portail* que l'on voit dans le Plan de la
*Place*,

*Place*, au-deſſus duquel eſt le magnifique *Pavillon*, dont voici à côté un *Plan*, ou deſſein particulier ; *Pavillon* qui eſt ſi haut élevé, qu'en regardant de-là dans la *Place*, on ne reconnoît pas les gens qui paſſent, & ils ne paroiſſent pas grands de deux pieds. Ce beau *Pavillon* eſt ſoûtenu ſur trois rangs de hautes colomnes, & eſt orné au milieu d'un *Baſſin* de jaſpe, à trois jets d'eau. Des Bœufs y font monter l'eau par trois machines, qui ſont élevées l'une ſur l'autre par étages. On n'eſt pas peu ſurpris de voir des jets d'eau dans un lieu ſi élevé. Je ne dis rien du riche *Platfonds*, ni du beau *Baluſtre*, ni de la carelure de ce merveilleux *Sallon*, parce que le plan en donne l'idée. La ſeconde entrée du *Palais Royal* eſt celle qui meine à la *Porte du Serrail*. La troiſiéme eſt au *Nord*, appellée *la Porte des quatre Baſſins*. La quatriéme eſt à l'*Occident* vers la *Porte de la ville*, qu'on appelle *Imperiale*. La cinquiéme eſt vis-à-vis le *petit Arſenal*, qu'on appelle *la porte de la Cuiſine*, parce que les *Cuiſines* du Roi en ſont proches. La *Boullangerie* en eſt proche auſſi, qui eſt diviſée en quatre *Magazins* differens pour les differentes ſortes de *Pain*. Le *Pain en feuille*, qui eſt mince comme du parchemin ; le *Pain cuit ſur les cailloux*, qui eſt grand comme un grand baſſin d'argent, & eſt très-blanc & très-bon ; le *petit Pain*, qui eſt au lait & aux œufs, & le *Pain ordinaire*, qui, comme les autres, n'eſt pas ſi épais que le petit doigt. Il y a encore du côté de cette *Porte de la Cuiſine*, divers *Magazins* du Roi, celui des *Napes* où l'on garde tout le ſervice de table, celui des *Proviſions de bouche*, celui de la *Porcelaine*, où l'on comprend toute la vaiſſelle qui n'eſt pas d'or, parce que la *Vaiſſelle d'or* a ſon *Office* particulier, & celui qu'on appelle *le Magazin des valets de pied*, parce qu'on y diſtribue la ration aux petits *Officiers du Palais*.

De ce même côté-là, il y a encore pluſieurs *Offices*, ou *Magazins*, comme les *Perſans* les appellent, ſituez autour d'une cour ſi ſpacieuſe, qu'elle a plus de ſept cens pas de long, & cent cinquante de large. On y voit entr'autres le *Magazin des Eſclaves*, qui eſt l'*Office*, où tous les gens d'épée, leſquels ſont à la païe du Roi, ſans charge, ni emploi particulier, logent, ou paſſent une partie du jour : le *Magazin des Fruits* : l'*Office des Sorbets* : celui des *Drogues* : le *Magazin du Bois* : les *Galleries des ouvriers en broderie d'or*, & des *Taillandiers* du Roi. Ces ouvriers non ſeulement travaillent ſans ceſſe toute ſorte de

vaiſſelle de cuivre pour l'uſage du *Palais*, mais ils fondent & ils forgent auſſi ces grands *Plats*, ces grands *Baſſins*, & ces autres *Uſtencilles* d'or & d'argent qui peſent des ſoixante & quatre vint marcs la piéce.

Il faut preſentement parcourir la *Ville*, en commençant par le *Bazar*, ou *Marché Imperial*. J'avois oublié de dire qu'il eſt fermé la nuit, & auſſi le jour du vendredi, & les grandes fêtes, comme tous les autres grands *Bazars* de la ville, de ſorte qu'on n'y peut entrer que par des guichets. Ce *Marché*-là aboutit à celui *du Bois & du Charbon*, où les vendredis, le peuple de la campagne aporte à vendre de la groſſe toile. Tout joignant eſt l'*Hôpital* qu'on appelle *Darelchafa*, l'habitation de la ſanté, qui ne reſſemble en rien à nos *Hôpitaux* ; car c'eſt un *cloître*, autour d'un *Jardin*, compoſé de petites *Chambres* baſſes, à deux étages, aſſez jolies, au nombre d'environ quatre vint en tout. Je n'y ai jamais vû de malades, mais ſeulement ſept ou huit foux enragez, qu'on enchaîne par les bras, par le corps, & par le cou, entre quatre murailles ſans le moindre meuble. L'*Hôpital* eſt fort pauvrement fondé, n'aiant pas deux mille Ecus de rente pour la nourriture des malades, & même mal aſſignés : outre dix-huit cens écus pour les gages des Officiers, dont le fonds eſt plus ſolide, car c'eſt le revenu d'un fort grand *Caravanſerai*, qui eſt tout joignant, qu'on appelle *le Caravanſerai des Potiers de Cuivre*, parce qu'il s'y vend toute ſorte de *Chaudronnerie*. *Abas le Grand* fit bâtir l'*Hôpital* & le *Caravanſerai* tout à la fois, afin que le revenu du *Caravanſerai*, entretînt les *Officiers* de l'*Hôpital*. Ils conſiſtent en un *Medecin*, un *Droguiſte*, un *Prêtre* ou *Molla*, un *Cuiſinier*, un *Portier*, un *Balayeur*. On trouvera étrange qu'il n'y ait point de *Chirurgien* parmi ces *Officiers*, mais la *Chirurgie* n'eſt pas une profeſſion particuliere en *Orient*, & même elle y eſt peu connuë. Les *Barbiers* ſont ceux qui ſaignent, & quant aux autres operations de *Chirurgie* on s'en paſſe en *Orient*. La bonne conſtitution du climat güerit les plaïes, qui n'étant d'ordinaire que des coups de Sabre & de Lance, il ſuffit de les tenir nettes, & d'y mettre un emplâtre ſans autre façon. On ne ſait point dans ces Païs-là ce que c'eſt que trepaner, couper des bras & des jambes, ſcier des membres, tailler de la pierre, faire des inciſions dans les chairs, & toutes ces autres Operations à quoi nôtre humeur bouillante, auſſi bien que la mauvaiſe conſtitution de nôtre climat, nous rend ſujets. Le

*Me-*

*Medecin* de l'*Hôpital* se tient à la porte depuis huit heures jusqu'à midi, sur un petit échaffaut portatif de trente-cinq à quarante pouces de diametre, & y donne ses avis & ses ordonnances *gratis* à qui le vient consulter. Les Drogues & la Nourriture des malades sont païées des deniers leguez; mais il y a toûjours-là si peu de malades, comme je l'ai dit, que ce qu'on se fait païer pour eux est autant d'argent volé. Les raisons sont premierement qu'on ne voit pas à beaucoup près en ce païs-là tant de sortes de maladies que dans les nôtres, ni de si longues, & enracinées, à cause de la bonté de l'air; secondement qu'on n'a pas dans cét *Hôpital* la charité qu'il seroit à souhaiter. Les foux & les malades y sont extremement mal entretenus, & perissent de misere : ce qui fait dire aux *Persans* par ironie, en parlant des *Hôpitaux*, qu'on appelle *habitation de santé*, *l'habitation de la santé est l'habitation de la mort*: La troisiéme raison est qu'on n'accoquinne pas les gueux en *Orient* par les aumônes, comme nous faisons en *Occident*. Comme le corps n'y est pas sujet à tant de besoins, il n'y a pas tant de nécessiteux, & par consequent les hommes ne sont pas tant émus à compassion, de sorte qu'on attrape bien peu de chose en gueusant. Je me souviens qu'allant un jour par la ville avec un Seigneur fort honnête homme & de bon esprit, un gueux nous demanda l'aumône; surquoi je lui dis, *comment est-ce, Seigneur, que vous autres Persans, qui avez tant d'humanité, & qui êtes si Hospitaliers, n'avez point d'hôpital pour retirer les pauvres mendians?* C'est, me répondit-il, *qu'il n'y a point de pauvres dans nôtre Empire, reduits veritablement à mendier; & ce chien, qui crie après nous, est un coquin qui gueuse par lâcheté: regardez le, il creve de manger.* Sur ce même sujet on raporte *d'Aureng-zeib* le Grand *Mogol*, encore à present régnant, que quelqu'un lui aiant representé qu'il devoit fonder des *Hôpitaux* dans son Empire; non, dit-il, *il n'en est pas de besoin, car je rendrai mon Empire si heureux qu'il ne s'y verra point de Mendians.* Les Gueux de *Perse* sont fort pathetiques en demandant l'aumône. Le comble des vœux qu'ils font, c'est, *dague fersend nebini, puissiez-vous ne voir jamais d'ennui dans vos enfans*; & *Corban olim*, que je sois la victime expiatoire de vos péchez. Il y a un autre *Hôpital* à *Ispahan*, qui n'est pas plus grand, ni mieux entretenu que celui-ci, & c'est tout ce qu'il y en a. Je n'en ai vû qu'un aussi dans les plus grandes villes de *Perse*, & il n'y en a point dans les autres.

En avançant plus loin, on entre dans un *Bazar* fort large & fort haut, qui est le plus long de toute la ville, car il a bien six-cens pas Géometriques. La premiere partie est tenuë par les *ahengueron*, qui sont des taillandiers. La partie suivante l'est par des *tchelongueron*, c'est-à-dire *des faiseurs d'Ouvrages blancs*. On appelle ainsi ceux qui font tous les outils de l'Agriculture, & des autres Arts Mécaniques, les Chaines les grandes Platines sur lesquelles l'on fait cuire le Pain en feüille, & les *Fours de Campagne*. C'est le plus effroyable bruit du monde que celui de tous ces ouvriers ensemble. J'en fus si étourdi la premiere fois, que je ne voulois jamais repasser par ce *Bazar*, hors les fêtes, me détournant plûtôt d'un quart de lieüe. Cependant à la moitié du *Bazar*, on n'entend plus ce bruit, tant il est long, & parce aussi que le bruit se perd dans la voûte, qui est fort haute. La partie la plus éloignée de ce *Bazar* est occupée par les *Teinturiers*. On trouve au bout une des belles *Hôtelleries* de la ville, qu'on appelle *le Caravanserai des Corasoniens*, parce que les voiageurs & les Marchands de *Corasson* y viennent loger. Les *Caravanserais* & les *Bazars* dans les grandes villes des *Perse* sont destinez chacun pour les gens d'une profession particuliere, ou pour les gens d'un même endroit. Quand on cherche quelque homme d'un Païs éloigné, on n'a qu'à aller au *Caravanserai* qui porte le nom de sa ville, ou de son Païs, on l'y trouve sûrement, ou bien on aprend où il se peut trouver; car il est toûjours libre à chacun de loger où il veut. Il en est de même à l'égard de toutes les choses qui servent aux besoins de la Vie, & qui entrent dans le commerce. Il y a des *Bazars* de tous métiers & de toutes marchandises: il y a *Caravanserai* pour toutes choses, & pour toutes les nations du monde qui frequentent la *Perse*. Proche du *Caravanserai des Corasoniens*, est un *Palais* appartenant à *Macsud bec*, qui étoit Grand Maître de la maison du Roi dans les tems de mes Voyages, aïant cette charge de pere en fils depuis près de cent ans. A quelques deux-cens pas, en tirant vers la Porte qu'on appelle *Imperiale*, on trouve une grande *Place* quarrée, laquelle est au devant du *Palais* du *Cedre Mokoufat*, qui est le *Pontife* général, ou le Surintendant de tous les biens d'Eglise dans tout le Roiaume, lesquels ne sont pas de fondation Royale. J'ai observé dans le Livre précedent qu'il y a deux *Cedres*, ou *Pontifes*, celui-là, & un autre qu'on appelle *Pon-*

*Pontife particulier*, parce qu'il n'a l'adminif-
tration que des biens legués par les Rois, qui
font pourtant auffi confiderables que les autres.
Ce *Palais* eft le plus vafte de tout *Ifpahan*,
contenant des cours très-fpacieufes, de grands
*Jardins*, des *Sales* de quatre-vint pieds de face, & beaucoup d'*Offices*. C'eft un *Bâtiment*
moderne. Un Gouverneur de *Coraffon*, qui eft
l'ancienne *Baétriane*, nommé *Ruftan can* l'a
fait bâtir, & fon frere nommé *Aly couli can*,
Généraliffime des Armées de *Perfe*, qui l'eût
après lui, étant mort fans enfans, le Roi en
herita, & le donna au *Pontife* univerfel qui venoit d'époufer une Princeffe Roiale. On voit
dans la plûpart des Sales des cartouches d'Azur
de mille fortes de figures, fur lefquels on lit des
vers & des fentences pleines d'efprit. On
y voit entr'autres les fuivantes.

*L'homme eft plus excellent que les Bêtes par*
*le talent de la Parole, mais s'il parle mal*
*il eft pire.*
*Par la repentance on fe fauve des mains de*
*Dieu, mais jamais de la langue des hom-*
*mes.*
*Le Ruby & le Caillou font tous deux des*
*pierres, mais il y a grande difference en-*
*tr'elles.*
*Quand j'étois à marier, les gens mariez étoient*
*muets:*
*A préfent que je fuis marié, les gens à marier*
*font fourds.*

*Vivez en ce monde auffi long tems que vous vou-*
*drez: accumulez des richeffes, de la reputation,*
*& de la gloire autant qu'il vous plaira, la fin*
*des jours eft enfin coupée, la durée de la vie aboutit*
*à la mort.*
En rentrant dans ce long *Bazar des Tein-*
*turiers*, on trouve au milieu un grand *Carre-*
*four*, dont je n'ai point parlé. Il eft couvert
d'un haut *Dôme*, dont le centre eft un large
foupirail pour donner du jour. Tous les *Ba-*
*zars* font éclairez ainfi par des foupiraux aux
voûtes. Ce *Carrefour*, meine, en prenant à
droite, dans une *Place*, qui eft auffi grande
que la *Place Royale* à Paris, mais qui n'a rien
de beau d'ailleurs. On l'appelle *Maidonneu*,
c'eft à dire la place nouvelle, & auffi *maidan*
*nakche guion*, place des Vitres peintes, parce
que pour la faire, on abatit un grand *Palais*,
qu'on appelloit le *Palais des Vitres peintes*, parce que les Vitres en étoient de criftal peint.
D'autres écrivent *Nakchegeon*, & non pas *Nak-*
*che guion*, qui veut dire *Portrait du Monde*, à
caufe de la beauté du *Palais*. *Abas fecond* avoit

fait faire cette *Place* pour y retirer tous les
boutiquiers & marchands de la *Place Royale*, lors
qu'il les en fit fortir, comme je l'ai obfervé.
Un des côtez de cette *Place* nouvelle eft terminé par le plus grand *Caravanferai d'Ifpahan*,
que ce même *Abas fecond* a fait auffi bâtir.
On l'appelle *le Caravanferai halal*, c'eft-à-dire, *permis ou licite*, & pour entendre la raifon de ce nom, il faut expliquer ici un grand
point de fuperftition parmi les *Mahometans*
rigides ou Bigots. Ils enfeignent que fi l'on
fe nourrit & s'entretient de bien mal acquis
de quelque maniere que ce foit (je me fers
de leurs termes) cet ufage caufe inévitable-
ment la damnation par des fuites & des con-
fequences néceffaires. *L'aliment que vous pre-*
*nez*, difent-ils, *tourne en vôtre fubftance: Or*
*fi cet aliment eft achetté d'un bien mal acquis,*
*qu'on ait pris par fraude, ou par violence, il ne*
*vous apartient pas, c'eft un aliment qu'il ne*
*vous eft pas licite de manger; & fi vous le fai-*
*tes, vôtre fubftance corporelle participe comme*
*par infection, & par mélange, à cette mauvai-*
*fe qualité-là. Et qu'arrive-t-il alors?* ajoûtent-
ils, *c'eft que quand vous vous préfentez devant*
*Dieu pour faire vos purifications, ou vos prie-*
*res, vous lui préfentez une fubftance odieufe,*
*un corps produit d'une matiere maudite & in-*
*terdite*, (car c'eft la force du terme joufve haram, dont ils fe fervent,) *qui au lieu d'atti-*
*rer la benediction de Dieu crie vengeance, &*
*excite fa Juftice contre vous. Ainfi, vos dévo-*
*tions au lieu d'être exaucées, d'être Moufte ja-*
*beldavé*, c'eft-à-dire, *des prieres d'imperatra-*
*tion infaillible, elles font rejettées & punies.* Or les
*Perfans* affurent que le bien mal acquis fait
cet effet jufqu'à la huitiéme generation, c'eft-
à-dire, que les Defcendans, jufqu'à ce terme, participent à l'iniquité de l'acquifition
d'un tel bien, comme ceux-là même qui l'ont
acquis. Les *Mahometans* font fort fuperftitieux fur cét article, & quand ils en parlent
ils difent, *que ce qui fait que les Saints obte-*
*noient tout de Dieu, & jufqu'aux miracles,*
*c'eft entr'autres, qu'ils avoient une connoiffan-*
*ce particuliere, par quelle voie étoient acquis les*
*alimens & les vêtemens dont ils fe fervoient, &*
*qu'il n'y en avoit jamais qui ne fût legitimement*
*acquis.* C'eft dans cette opinion-là que plufieurs Grands Seigneurs veulent gagner eux-
mêmes l'argent dont ils achettent leur nourriture, comme le *Grand Mogol* entr'autres.
Ce grand Prince & grand Conquerant, qui eft
bien l'homme du monde le plus fuperftitieux
dans fa dévotion, apprehendant qu'il n'y eût
pas un fou de bien licite dans tant de millions

lion't qu'il a de revenu, & qui ne fût taché d'extorfion ou de fraude, s'eft mis à écrire des *Alcorans*, qu'il fait vendre par la Ville, & fort en fecret, afin qu'on ne fache pas qui en eft l'Ecrivain, parce qu'on pourroit en donner davantage par curiofité ou par égard pour fa fuperftition; & il ne mange que ce qu'il en tire. *Abas fecond* prit une voie moins laborieufe, ce fut de faire bâtir ce *Caravanferai*, nommé *Halal*, pour faire entendre que le revenu qu'on en tire eft le bien le plus legitimement acquis. Ce revenu monte à quelques deux mille écus, qui eft tout autant qu'il falloit pour fa bouche; car il faut obferver que cette fuperftition-là s'arrête à la nourriture perfonnelle: ces bons dévots ne fe foucient pas de quelle maniere la depenfe de leur maifon eft acquife, ni ce qui fe fert à leurs tables, pourvû qu'ils fauvent ce qui entre dans leur eftomach. J'ai obfervé diverfes fois dans les Livres precedens, qu'on mange chacun feparement en *Orient*, de même que l'on fait dans les Monafteres: ainfi il eft aifé de concevoir comment le maître du Logis peut avoir fon pot à part.

Les *Logemens* de ce *Caravanferai*, *Halal* ou *licite*, font à un prix fort modique, de peur que fi le loyer étoit trop haut, ce ne fût plus du bien licite; cependant comme la rente en étoit fort diminuée l'an 1669. par manque d'hôtes, on y fit aller loger des marchands *Indiens*, afin que les Marchandifes des Indes y abordaffent, & que cela fit hauffer le revenu; car chaque balle paie quatre francs de droit en entrant dans le *Caravanferai*, fans examiner ce qu'elle contient.

Au fortir de la *Place nouvelle*, en tirant vers le *Palais Roïal*, l'on paffe entre deux grands corps de Logis qui ont de beaux Jardins derriere, dont l'un s'appelle *Amarat Mahamed Mehdy*, qui eft le nom de celui qui étoit premier Miniftre à la mort d'*Abas fecond*: l'autre *Amarat cha Tahmas*, qui étoit Roi de Perfe avant *Abas le Grand* fon fils. *Amarat* fignifie proprement *Maifon de plaifance*, & c'eft ce que les *Italiens* appellent *Villa*. Ces maifons font préfentement changées en deux *Atteliers* ou *Galleries* pour les Manufactures du Roi, l'une à faire les tentes & pavillons, l'autre pour les orfévres & les Joüailliers. On y voit dans un appartement feparé les *Moulins* d'un *Diamantaire Europaean*, qu'*Abas fecond* avoit fait venir à l'inftigation des Joüailliers *Armeniens*, pour tailler un Diamant de plus de deux cens mille écus; car quoi que les Orientaux aïent les mines des Diamans

dans leur Païs, ils n'ont pas l'art de les tailler au degré que nous l'avons. Leurs *Diamantaires* tiennent leurs pierres à la main fur la roüe, comme les pierres tendres; ce qui rend leur ouvrage fort défectueux & imparfait; auffi tout ce qui eft taillé en *Orient* eft taillé de nouveau chez nous, lors qu'il y arrive.

En avançant vers le *Palais Roïal*, on paffe fous un grand *Portique*, qui tient toute la rüe, & qui eft couvert d'un *Pavillon*, lequel on apele *la maifon de Criftal*, parce que tous les chaffis font faits de grands carreaux de Criftal de roche, parfaitement beaux. Enfuite, on traverfe *la Place des quatre Baffins*, qui eft une grande place quarrée, entourée d'arbres, où il y avoit autrefois quatre *Baffins* d'eau, qui font à préfent comblez. On laiffe à droite la *Porte du Palais Royal*, qu'on appelle *la Porte des quatre Baffins*, qui eft celle qui meine à ce grand *Sallon* nommé les *Quarante colomnes*, que j'ai décrit ci-deffus, & à gauche un édifice imparfait, qu'on appelle *l'Attelier de la miniere*, parce qu'il avoit été commencé par les ordres de *Mahamed bec* premier Miniftre du Roi *Abas fecond*, homme d'un efprit vafte & ingenieux, qui s'étoit mis en tête de tirer de l'or & de l'argent des mineraux de *Perfe*, où il y a en effet de l'or & de l'argent; mais la dépenfe qu'il faut faire pour les tirer excéde le profit. La mort de ce Miniftre, arrivée peu après, fut caufe qu'on laiffa-là l'édifice & le deffein. A quelques pas au delà, on voit un grand *Palais*, où loge préfentement *Manout cher can* Gouverneur du Païs *des Lours*, qui eft une grande Province frontiere de la *Parthide*.

Voilà tout le côté gauche de la *Place Royale*, je vais parler de ce qui eft à droite en commençant par l'*Hôpital*, comme j'ai fait en décrivant l'autre côté. On entre d'abord dans un beau & riche *Bazar*, qui porte le nom de *Lelebec*, celui qui l'a fondé lequel étoit Grand Surintendant du tems d'*Abas premier*. Il y a fur le côté de ce *Bazar* deux *Caravanferais*, auffi grands qu'aucun autre dont j'aie parlé. L'un s'appelle le *Caravanferai du Roi*, parce qu'il eft de fondation Roïale, de même qu'un *Bain*, qui eft tout joignant. On y vend de la *Porcelaine de Kirman* & de *Metehed*, deux grandes Villes de *Perfe*, où l'on fait de la *Porcelaine* fi fine, qu'elle peut paffer pour être du *Japon* & de la *Chine*; car la matiere en eft d'émail dedans comme dehors: auffi les *Hollandois*, à ce qu'on affure, la mélent & la font paffer

avec

avec de la *Porcelaine de la Chine*, qu'ils débitent en *Europe*. L'autre *Caravanferai* eſt ſurnommé de *Lelebek*, comme le *Bazar*, & il eſt rempli d'*Indiens* & de riches marchandiſes des *Indes*. Le *Bazar* en eſt auſſi rempli. On n'y voit que brocards & qu'habits de brocard & de broderie. Le *Bazar* aboutit à la *Maiſon de la Compagnie Angloiſe*; qui eſt un grand & ſpacieux *Palais*, aiant trois corps de Logis, avec un beau *Jardin* & de beaux *Baſſins* d'eau; mais, à dire le vrai, tout cela tombe en ruïne, la *Compagnie* n'aiant plus à préſent à beaucoup près, ni le même négoce, ni le même monde à *Iſpahan*, que lors que ce *Palais* lui fut donné, il y a quatre-vint-dix ans. Depuis environ trente ans, ce beau *Logis* ne ſert plus à la *Compagnie* que de *Maiſon de Campagne*, où quelques Facteurs viennent paſſer quatre ou cinq mois de l'année tout au plus, & puis ils s'en retournent à *Gombron*, ſur le *Golphe Perſique*, à un mois de chemin d'*Iſpahan* où eſt leur négoce. C'eſt dommage de la ruïne de ce *Palais*, car les Plat-fonds, la Dorure, & la Peinture en étoient admirables. Il fut bâti par un *Yartchi bachi*, c'eſt-à-dire, *Chef des crieurs publics*, qui eſt une charge conſidérable; lequel étant tombé dans la diſgrace d'*Abas le Grand*, à la fin du 16ᵉ ſiécle, ſes biens furent confiſquez à la maniere *Orientale*; & comme la *Compagnie Angloiſe* envoia peu de tems après des Députez à la Cour, & demanda un établiſſement dans la Ville capitale dans un des *Palais du Roi*, on leur donna à choiſir entre pluſieurs, & la *Compagnie* choiſit celui-ci, parce qu'il étoit dans le lieu le plus marchand de la Ville, & le plus proche de la Cour.

Le Roi a une infinité de *Palais* dans ſon Empire. Ceux d'*Iſpahan* étoient au nombre de cent trente-ſept, quand je faiſois cette *Relation*, & le nombre en croît toûjours. Ils proviennent des confiſcations; car quand quelque Grand Seigneur a offenſé le Roi juſqu'à être mis à mort, tout ſon bien eſt confiſqué, comme je l'ai diverſes fois obſervé. Le Roi ne tire pas un grand profit de ces *Palais*; on y loge les Ambaſſadeurs, & quand il en arrive quelqu'un, l'Introducteur qu'on appelle *Meehmandar bachi*, c'eſt-à-dire, *le gardien des hôtes*, promene l'Intendant ou le Secretaire de l'Ambaſſadeur par tous ces *Palais* dont il lui donne le choix. On m'en offrit un lors que je demandai permiſſion de prendre maiſon à la Ville. Le grand Surintendant me dit de choiſir; mais à quoi m'auroit ſervi un *Palais*, n'aiant que cinq ou ſix Domeſtiques? Ces

*Tome III.*

*Palais* ſont à charge au Roi, plûtôt que de tourner à ſon avantage, parce qu'il les faut entretenir & qu'ils ſont toûjours vuides, hors les rencontres dont j'ai parlé, qui ſont aſſez rares; auſſi la plûpart tombent en ruïne. *Mahamed Bec*, premier Miniſtre du tems d'*Abas ſecond* vouloit les vendre tous à la fois, mais il reconnut qu'il ne trouveroit pas d'acheteurs, les *Perſans* croïant, comme je l'ai obſervé, qu'il eſt de mauvaiſe augure de s'établir dans la maiſon d'un homme mort. Ils penſent que la maiſon de tout homme doit finir avec lui, & la plûpart ne voudroient pas pour quoi que ce fût s'établir dans un *Palais*, dont le Roi a fait mourir le maître, penſant que ce ſeroit le préſage d'un pareil ſort. Le Roi a par même voie de confiſcation un nombre encore plus grand de *Bazars* en cette Ville d'*Iſpahan*. Il montoit à deux cens quarante un la derniere fois que j'étois à *Iſpahan*.

Traverſant le *Caravanſerai de Lelebec*, on entre dans un *Bazar*, où il y a un *Caravanſerai*, auſſi grand que les précedens. L'un & l'autre eſt ſurnommé *des vendeurs de Grenades*, parce que durant neuf mois de l'année, on y en aporte de divers endroits de la *Perſe* une prodigieuſe quantité. On conſerve ce fruit dans le Cotton, & on le tranſporte dans des Caiſſes de quatre pieds de haut, & de deux pieds de large: c'eſt un des plus excellens fruits du païs. Nous ne le connoiſſons preſque point en *Europe*, les *Grenades* que nous avons n'approchant point de celles de *Perſe*, ſoit pour la groſſeur, ſoit pour la beauté, & la bonté. J'entens par la beauté des *Grenades* la vive couleur du grain, qui eſt du plus beau rouge qu'on puiſſe voir. Les grains en ſont gros & moëlleux, n'aiant qu'un pepin fort petit & tendre, qu'on ne ſent preſque pas à la bouche. Au bout de ce *Bazar*, en tirant à gauche, vers la Place qu'on appelle *la tour de cornes*, dont je parlerai dans la ſuite, on paſſe le *Collège de Geddé*, ainſi nommé d'une femme du *Roi Sefi*, laquelle le fonda il y a quatre-vingt ans; puis on ſe trouve dans un long *Bazar*, appelé *le Bazar de Saroutaki*, qui eſt ce premier Miniſtre Eunuque, dont j'ai recité l'aventure ſi au long. Il y a en ce *Bazar* un *Bain* d'un côté, & un *Caravanſerai* de l'autre, qui portent le même nom, parce que ce Miniſtre les fit tous deux conſtruire. Le *Caravanſerai* eſt plus grand que tous ceux dont j'ai fait mention, & cependant il n'eſt pas encore ſi grand qu'il devoit l'être, parce que *Saroutaki* aiant été aſſaſſiné durant

E                   qu'on

qu'on le bâtiſſoit , l'édifice demeura imparfait. Il n'y a que le bas d'entier , qui eſt fort beau & bien habité. On trouve à la ſortie de ce *Bazar* la *petite Ecurie* du Roi , appellée *Javile Khaſſé* , *Ecurie particuliere* , pour la diſtinguer de la grande , qui eſt dans l'enceinte du *Palais Royal.*

C'eſt-là ce qu'il y a de remarquable du côté de la *Porte de Haſſen abad* , en tirant de l'*Occident* vers l'*Orient* ; il faut voir de ſuite ce qui merite d'être remarqué de ce même côté , en tirant de l'*Occident* au *Septentrion.* On y trouve d'abord les *Palais de Mirza Echref* , qui eſt le Medecin le plus fameux du Païs ; & quand on les a paſſez , on ſe trouve au détour de deux longues ruës , dont celle qui tire à gauche , meine au Château d'*Iſpahan* , qu'on appelle le *Château de la benediction* , & celle qui tire à droite , aboutit après un long chemin à la *Place Royale.* Paſſant outre , on trouve deux autres *Palais* , dont l'un apartient à *Dilent chi can* , Grand Seigneur qui a fait bâtir une belle *Moſquée* tout contre , & l'autre apartient au Roi. J'y vis loger l'an 1664. une vieille Princeſſe *Indienne* , nommée *Saheb Koudchet* , c'eſt-à-dire , *petit Seigneur*. Le mot de *Saheb* , qui eſt le titre le plus relevé qu'on donne aux *Indes* eſt à genre commun , & ſe donne aux femmes comme aux hommes ; j'entens à celles qui ſont de grande naiſſance. Cette Princeſſe étoit ſœur du dernier Roi de *Decan* , dont le *Grand Mogol* conquit les Etats , il y a environ ſoixante ans. Comme elle alloit par Mer à *la Mecque* l'an 1663. elle fut priſe & pillée par un Corſaire *Hollandois* , ce qui lui aiant fait perdre la *Moſſom* , ou le tems propre pour entrer dans la *Mer rouge* , elle aborda en *Perſe* , penſant continuer ſon voyage par terre ; mais *Abas le Grand* la retint. Son fils gagné par ſes prieres , & par de grands préſens , lui donna permiſſion de continuer ſon Voyage l'an 1668.

Sur la main gauche de ce *Palais* , il y a un autre grand chemin en ligne collaterale , par des ruës aſſez belles , qui ſont entrecoupées de *Bazars*. On y paſſe le *Caravanſerai* ſurnommé *du Général des Courtches* , qui eſt le plus ancien corps de milices de *Perſe* ; celui qui eſt nommé *Aberganié* , & le *Palais de Siahouch Kan* , autrefois *Koullar agaſi* , ou *Général des Eſclaves* , qui eſt un corps de Troupes eſtimé en *Perſe* , comme celui des *Janiſſaires* en *Turquie*.

Ces deux chemins ſe rencontrent à la *Place Royale* , & en continuant ſa route on entre dans une belle ruë , qu'on appelle la ruë de *Gueda alybec* , qui étoit Prevôt de la Chambre des comptes. Son *Palais* eſt au milieu & tout joignant eſt celui d'un Gouverneur de Province , nommé *Ruſtan Kan* , avec un *Bain* & une *Moſquée* qui en dépendent. Delà on paſſe un *Bazar* , qui aboutit à une grande *Maiſon* , bâtie par un riche marchand des *Indes* , nommé *Mirza Moain* , joignant laquelle il y a auſſi une *Moſquée* , où on voit dans l'enclos un *arbre* tout uſé de vieilleſſe , ſous lequel les gens dévots prennent plaiſir de prier Dieu , & de méditer , plûtôt que dans la *Moſquée*. Les *Mahometans* reverent dévotement les *arbres* qui paroiſſent avoir duré pluſieurs ſiécles , diſant qu'il faut croire pieuſement , que des S*ᵗˢ.* hommes venoient faire leurs prieres deſſous , & s'y retiroient à l'ombre pour mediter. Cette *Moſquée* eſt près d'un *Carrefour* , d'où tournant à l'*Orient* on rencontre d'abord une *Maiſon* fameuſe , qu'on appelle la *Maiſon de la Douze Tomans* , comme qui diroit la *cinquante louis d'or* , *Toman* étant un évaluation de monnoïe de quinze écus. *La Douze Tomans* étoit une *Courtiſane* , à qui on avoit donné ce nom , parce qu'elle prenoit cette ſomme la premiere fois qu'on venoit chez elle. A mon premier Voyage , l'an 1666. c'étoit une fort fameuſe *Courtiſane* , tant pour ſa beauté , que pour ſes richeſſes. Son *Logis* , qui n'eſt pas grand , mais qui eſt un vrai bijou , conſiſte en une grande *Chambre* , deux *Sales* , & trois petits *Pavillons* , chacun avec deux degrés , en *Cabinets* , & en *Niches* , tout cela de differentes figures , un endroit étant quarré , l'autre triangulaire , un autre fait en croix , l'autre hexagone. Tous les *Plat-fonds* ſont auſſi d'ouvrage différent. Il n'y a point d'endroit qui ne ſoit peint d'or & d'azur , & orné d'une maniere à exciter aux plaiſirs de l'amour. Je parle de ce *Logis* comme bien inſtruit , l'aiant tenu l'an 1675. & 1676. par permiſſion du Roi ; car les *Chrétiens* ne ſauroient loger dans la Ville d'*Iſpahan* ſans cette permiſſion. On les a releguez dans un fauxbourg au delà de la riviere , à cauſe du continuel deſordre que cauſoit leur mélange avec les *Mahometans*. On les ſurprenoit avec des *Mahometanes* , ce qui attire la mort après ſoi , ou le changement de Religion : Les *Mahometans* alloient boire & s'enyvrer chez eux , ce qui eſt encore défendu , & faiſoit répandre du ſang. Tous les *Chrétiens* furent donc mis hors de la Ville , à la reſerve des *Miſſionnaires* & des gens des *Compagnies d'Europe* , qui étant en quelque façon , per-

personnes publiques, sont sous la protection immediate du Roi.

L'envie que j'avois d'étudier la Langue & les Sciences, m'avoit toûjours porté à demeurer à la ville parmi le monde *Persan*. J'avois logé deux fois chez les *Capucins*, & deux fois chez les *Carmes*, mais comme j'avois peur de les incommoder, à cause que je voiois trop de monde, je fus contraint de prendre une maison. J'en demandai permission à la Cour l'an 1675. qui ordonna au Gouverneur d'*Ispahan* de m'en faire donner une, en tel endroit que je voudrois, en qualité de Marchand du Roi. Le Gouverneur & les Magistrats d'*Ispahan*, avec qui j'étois tous les jours, le firent volontiers, & je choisis ce logis-là n'en trouvant point de plus commode, à cause de sa situation qui est proche du *Palais Royal* & de la *Place Royale*, proche des *Anglois*, & des *Hollandois*, des *Capucins*, & des *Carmes*. C'étoit la premiere fois qu'un *European* particulier avoit logé en *Maison* à lui dans *Ispahan*: Celle-ci étoit, comme je l'ai observé, un fort agréable séjour. Des Seigneurs, qui me venoient voir, me disoient souvent: *ah! si vous aviez vû comme nous ce logis-ci dans le tems qu'il étoit meublé si voluptueusement, & qu'il y avoit cinq ou six jeunes filles admirablement belles, & leur maîtresse encore plus belle, vous l'auriez trouvé bien plus charmant qu'il ne vous paroît.* La *Porte* du logis étoit couverte de grosses lames de fer, parce qu'une nuit de jeunes Seigneurs, y aïant voulu entrer malgré la Dame, & n'en pouvant venir à bout, ils firent aporter un tas de bois devant la porte, & y mirent le feu, ce qui obligea la maîtresse de faire faire une porte de fer. On disoit que c'étoit aussi pour servir d'enseigne. Cette Femme eut un sort digne de son métier. Après avoir gagné beaucoup d'argent, elle fit *Taubé*, comme on parle en *Perse*, c'est-à-dire elle fit penitence & changement de vie, & ne s'abandonna plus: Elle alla en Pelerinage *à la Mecque*, d'où étant de retour, elle prit des filles qu'elle prostituoit chez elle; car la fornication n'est pas un peché dans la *Religion Mahometane*, quoi qu'elle ne laisse pas d'être tenuë pour deshonnête, & même infame, aussi bien que le sont les lieux publics; mais comme cette femme étoit toûjours belle, quoi qu'agée, il arriva qu'on en voulut jouir à toute force. C'étoient des petits-Maitres passionnez que rien ne pouvoit retenir. Elle prit un poignard, & en porta un coup au premier qui la voulut toucher; eux tirerent les leurs, & la tuerent sur la place.

Tout joignant cette *Maison*, il y en a une autre presque semblable qui avoit été bâtie pour le même sujet. Je me souviens que du tems que je demeurois-là, la maîtresse du logis étant venuë à mourir, les filles qu'elle tenoit qui étoient des Esclaves *Georgiennes*, fort belles & fort bien faites, en menerent le deuil le plus lamentable qui se puisse imaginer. C'étoient des cris & des gemissemens jour & nuit qui fendoient l'air. Elles se battoient, se déchiroient, & faisoient un bruit furieux, en criant *ana, ana,* mere, mere, *où es tu allée? Pourquoi nous abandonner? Qu'avons-nous fait? Nous serons plus sages & plus obeissantes que ci-devant,* & cent sots discours semblables. Au bout de deux jours, le corps aïant été emporté, je crûs que les cris cesseroient, ou qu'ils diminueroient du moins; mais point du tout, cela dura huit jours, & ne fit alors que se ralentir, car de tems en tems ce deüil épouvantable recommençoit avec la même fureur. Je voulus voir qui étoient ces crieuses, & si c'étoit tout de bon qu'elles étoient affligées. Ma terrasse donnoit sur le *logis*. Je me guindai un soir sur le Mur de separation, & je vis trois jeunes filles, qui me parurent très-belles, toutes découvertes par devant jusqu'à la ceinture, échevelées, assises à terre, qui versoient des larmes & se démenoient comme des Possedées. Le Deuil dura vint-un jour de cette force, & puis chacune tira païs; car la defunte leur avoit donné la liberté en mourant. La coutume & la bien-seance ont le pouvoir de produire de si étranges effets sur l'esprit des Orientaux.

A cent-cinquante pas de ces *Maisons*, est le *Palais de Soliman Kan*; & tout joignant est celui de la *Compagnie Hollandoise*, qui est aussi un beau *Logis*, avec un grand *Jardin* orné de *Pavillons* & de *Bassins* & de Canaux d'eau courante. Le *Portail* en est grand & élevé, surmonté des armes & de la devise de la *Compagnie*. Il apartenoit anciennement à un nommé *Aly mirza bek*, contre qui *Abas le Grand* s'étant mis en colere, il le tua de sa propre main, & confisqua ses biens, dont il donna cette maison à la *Compagnie Hollandoise*, qui avoit envoié alors un Deputé à *Ispahan* nommé *Hubert Visnic*, pour demander la liberté du trafic. Le Hollandois avoit grande envie d'achetter cette maison pour lui-même, mais il n'y eût pas moien; *Abas le Grand* faisant gloire de donner des Logemens aux Etrangers qu'il appelloit *ses chers Hôtes*. Après sa mort, *Visnic* excita un Eunuque du *Palais*, nommé

*Aga Yousouf*, ou *Joseph*, de demander cette maison en don avec permission de la vendre. *Yousouf* le fit, & obtint le *Palais*, avec permission expresse de le vendre aux *Hollandois*. *Visnic* l'achetta donc en son nom, & durant plusieurs années il en faisoit paier le loüage à ses Maîtres. Cependant, aïant mal fait ses affaires par ses débauches, & par son étourderie, la *Compagnie Hollandoise* envoia un Commissaire pour se saisir de sa personne, & de ses effets. Il en eut le vent, & prit là fuite vers *Babylone*, où il fut tué par des voleurs. Le Commissaire trouva dans ses papiers le contract d'Acquisition de ce *Palais*.

Cette *Maison* étoit presque une fois plus grande, quand ce Député *Hollandois* l'achetta, ses successeurs en ont vendu depuis quelques années près de la moitié, au *Cheic-el-islam*, frere de *Mahamed Mehdy*, Grand Vizir, dequoi ils se repentent fort à present, tant parce qu'ils en auroient le double de prix, que parce que leur *Palais* est défiguré par ce retranchement.

En passant derriere ces *Palais*, on trouve un *College* qu'on appelle *Medrezé Sephivie*, c'est-à-dire *College de pureté*. Il est pourtant à l'entrée du plus infame quartier d'*Ispahan*, consistant en trois ruës, & sept grands *Caravanserais*, nommez les *Caravanserais des Decouvertes*. On appelle ainsi les femmes prostituées. Tout ce quartier est rempli des filles communes, & c'est comme l'égout de cet infame métier. Les honnêtes gens ne passent gueres par cet endroit, parce qu'il faut essuier les sales plaisanteries que ces femmes adressent à ceux qui refusent d'entrer chez elles. Il y a douze-mille femmes publiques dans *Ispahan* couchées sur l'Etat, c'est-à-dire qui paient tribut, sans compter celles qui s'en font exempter pour être plus particulieres. Celles-là paient huit-mille *Tomans* de tribut, ce qui fait quelques trois-cens soixante mille livres. Au sortir de ce sale canton, on passe sous une grande voûte qui porte la belle *Mosquée de Phatahalla*, qu'on appelle aussi *la Mosquée du Cedre*, ou *Grand Pontife*, parce que le *Grand Pontife* du tems de *Sefi premier* vint demeurer dans un *Palais* qui est tout joignant. C'est un des plus grands de la ville, aussi a-t-il été bâti par le plus grand Seigneur qu'il y ait eu en *Perse* dans ces derniers siécles, savoir *Iman coulican*, Gouverneur de la Province de *Perse* & des païs contigus, jusqu'au fleuve Indus, & Generalissime de l'Empire. J'ai vû demeurer dans ce *Palais* le premier Minis-

tre du Roiaume, & son frere, qui étoit *Cheic-el-Islam*, ou premier Magistrat de la Loi Civile.

Il faut retourner au *Carrefour de Mirza Mouin*, pour voir ce qui à l'*Occident*. On trouve d'abord le *Bazar de Toktikan*, fils du grand Prevôt d'*Ispahan* du tems d'*Abas le Grand*. C'étoit un tems où chacun avoit l'esprit cavalier ou enjoüé, & ce grand Prevôt l'avoit entr'autres. Ses fils étoient nommez l'un *Poktekan* l'autre *Soktekan*, l'autre *Toktekan*: c'est-à-dire *Seigneur Bouilly*, *Seigneur Rôty*, *Seigneur Grillé*. Au bout de ce *Bazar*, on rencontre plusieurs grandes *Maisons*, entr'autres, celle de *Mirza Maassoum*, fils du premier Ministre du tems d'*Abas second*, celle d'un grand Marchand de *Turquie*, nommé *Ghelebi Stamboly*, ou le *Gentilhomme de Constantinople*, celle du *Zindar bachi*, qui est l'Intendant sur tous les Equipages des Chevaux, & celle des *Lours*, qui est le nom du peuple qui habite à l'*Occident* de la *Parthide*. Entre ces *Maisons*, on remarque le *Caravanserai de Emirbec*, qui est proche du *Château*. On laisse à gauche, en avançant plus loin, un vieux *Cimetiere*, à un coin duquel on voit un gros *Orme*, tout courbé de vieillesse, sous lequel on assure qu'est la sepulture de *Seljouge*, un ancien Roi de Perse. Les *Persans* disent que Dieu conserve-là cet arbre, depuis tant de siécles, pour orner ou pour marquer la sepulture de ce bon Roi. En allant encore plus loin, on passe devant les *Palais d'Ismaël Bek*, & devant celui de l'*Azab bachi*, c'est-à-dire le chef des Esclaves du Roi qui ne sont pas encore mariés. On donne ce titre aux jeunes gens qui sont ou envoiez & donnez au Roi en qualité d'Esclaves, ou qui sont enfans de ces sortes de gens-là, lesquels sont couchez sur l'état & tirent la paie dès leur bas Age. Plus avant, on trouve le *Bazar du Grand maitre de l'Artillerie*, contigu à un autre qui porte le nom de *Mahamed Emin*; & à trente pas de-là, est la *Maison des Capucins*, assez spacieuse, avec un grand *Jardin* qui donne sur un Cimetiere qu'on nomme *Cheik-Sulton Mahamed*, du nom d'un Seigneur qui y est enterré sous un tombeau de pierre. Cette maison n'est pas une maison du Roi, comme celle des *Augustins* & des *Carmes*, elle apartient aux *Capucins* en propre, aïant été bâtie & le fonds achetté de leurs deniers. Ils vinrent en *Perse* au commencement du regne de *Sefi premier*, il y a environ quatre-vingt ans, & ils y furent reçus à la recommandation du Roi de *France*. C'étoit durant le Ministere du *Cardinal de Richelieu*. Le fameux

Pere

Pere *Joseph*, Capucin, obtint cette recommandation en faveur de son ordre, qui fit les frais de l'établissement. Le Roi de *Perse* leur offrit une maison, mais ils crurent qu'il leur seroit plus avantageux de faire dans une *Maison* qui leur apartint, la dépense d'accommoder une *Eglise* & des *Logemens* à leurs manieres.

De la *Maison des Capucins*, tirant au *Midi*, on ne trouve que de petits *Bazars*, beaucoup de *Maisons* bourgeoises, & des *Tuyleries*, qui aboutissent au fossé du *Château*, du côté des champs. Mais si on tire du côté du *Nord*, on y trouve un *College* qui porte le nom d'un grand *Eunuque du Serrail*, nommé *Aga Kafour*, qui le fit bâtir. Cet *Eunuque* étoit Tresorier du *Serrail*, & le Gardien par consequent des pierreries & de tout le *Tresor Royal*. C'étoit un vieux & horrible visage, qui faisoit peur à voir, & dont la voix écorchoit les oreilles, qui accabloit les gens d'injures, & qui commençoit toûjours par-là, sur tout avec les *Chrétiens*. Il me traita de même la premiere fois que j'eûs occasion de parler d'affaire avec lui, ce qui arriva à mon second Voyage; lui pensant peut-être aussi que je n'entendois pas la Langue; Mais comme je n'étois pas accoutumé à tel traitement, je lui dis en bon *Persan*, *Seigneur, si vous me dites encore des injures, j'irai faire requête au Roi de ne m'envoier jamais à vous. Ah!* me repondit-il, *tu parles Persan, sois le bien venu*; & depuis il me traita toûjours fort bien, mais je voiois souvent qu'il traitoit de haut en bas les plus grands Seigneurs, à la moindre occasion. *Abas second* se fioit beaucoup, non seulement à la fidelité de cet *Eunuque*, mais aussi en son bon sens.

Les *Eunuques* tiennent le haut bout en crédit & en respect dans les *Palais de Perse*, particulierement chez le Roi, parce qu'ils entrent dans le Serrail avec lui, & c'est-là qu'ils lui font prendre souvent les résolutions dont on se doute le moins.

Ce que l'on trouve de remarquable au-delà de ce *College*, est le *Palais du Tuz bachi*, ou Capitaine des cent Gardes, qu'on nomme *Agellou*, c'est-à-dire Montagnards, pour donner à entendre qu'ils sont fiers & intrepides; le *Palais de Mirza Rezy*, Intendant d'*Ispahan*, celui d'*Aga cherif esti fatchi*, qui aboutit à un *Bazar* où est un *Hopital* ruiné; & puis on rencontre deux grandes *Galleries*, vis-à-vis desquelles est une *Maison* que les *Europeans* appellent par dérision l'*Evêché*, parce qu'elle a apartenu ces années passées à un *Evêque de Ba-*

bylone, suffragant à l'*Evêché d'Ispahan*, qui y a demeuré quelque tems. C'étoit un *Carmé François*, nommé *Monseigneur Bernard*, qui après avoir demeuré quelque tems en cette ville sans trouver dequoi occuper un *Evêque*, se retira & retourna en *France*, laissant la *Maison* en bon état, l'*Eglise*, la *Bibliotheque*, les *Ornemens*, & l'*Argenterie*. Etant à *Paris*, il vendit tout cela à un Orfevre, qui le fit revendre par les *Hollandois* l'an 1669. On vendit la *Maison* cinq-mille francs, l'*Argenterie* deux-mille, le reste fut partie renvoié, partie dissipé.

Ce que nous venons de décrire, depuis la *Maison de la Douze Tomans*, est dans le quartier, qu'on nomme de *Kerron*, ou des *Sourds*. Celui qui en est le plus proche, porte le nom d'*Ahmed abad*, & il s'appelloit autrefois *bague Toout*, c'est-à-dire, *Jardin de Meures*, parce que c'étoient plusieurs *Jardins de meuriers*. On trouve en ce quartier la rue de *Paetchenar*, les *Bains de Cogé seif Eldin*, & de *Mirza roub alla*, une petite *Mosquée*, couverte en terrasse: un petit *College*, nommé *Turbet nezour el Moulk*, terme qui signifie *le Tombeau de l'Intelligence de l'Empire*. On appelloit ainsi le Grand Vizir de ce Roi *Hassen*, le fondateur de la partie d'*Ispahan* qui porte son nom, lequel est enterré en ce *College*. Il est traversé par un grand *Canal* d'eau: On voit tout proche l'*Hôtel* d'un Seigneur, nommé *Hakim Mahamed*, avec un *Bazar*, un *Bain*, & un *Caravanserai* de même nom. On y voit aussi une belle *Mosquée* neuve, qu'on bâtissoit de mon tems sur les ruines d'une autre, qui a pourtant conservé son nom; car la Neuve, comme la vieille, s'appelle *la Mosquée de Cogé seif eldin*. Un nommé *Mirza Cazem*, Medecin & Astrologue du Roi, & qui fut fait de mon tems chef des Doüanes de *Perse*, la faisoit rebâtir. J'observerai en passant au sujet des differens emplois de ce *Mirza Cazem*, que les *Persans* ressemblent en cela aux *Romains*, qu'ils sont propres pour toute sortes d'emplois, & qu'ils passent d'une fonction à une autre, quelque peu de rapport qu'il y ait entr'elles. On entre de-là au *Quartier de Yesd*, comme ils le surnomment, où ce que l'on voit de plus remarquable, est le *Palais du gendre de Calife Sulton*, Grand Vizir; le Logis de *Hakim add-Alla*, celebre Médecin; la *Mosquée de Houloucan*; le Cimetiere *d'Iman zade Ismael*, où il y a un grand & vieux *Platane* tout herissé de cloulds & de pointes, où les *Dervichs* qui sont des mendians de professions, comme les Moines de l'Eglise Latine, viennent faire leurs dé-

dévotions, & pendre des guenilles par vœu. De ce quartier on entre dans la ruë de *Mehvadion*, où on voit la maison de *Janikan*, Général des *Courtches*, qui étoit le chef de la Conjuration contre le Grand Vizir *Saroutaki*, dont j'ai fait l'histoire. Proche de cette ruë est le *Palais de Taimuras can*, dernier Roi de *Georgie*. J'ai observé dans mon *Voyage de Paris à Ispahan*, en faisant l'Histoire de ce païs-là, que cet infortuné Prince envoia ses fils en Otage à *Abas le Grand*, qui les fit faire *Eunuques*, & les fit rendre *Mahometans* par un excès de rage contre le Pere. J'en vis encore deux l'an 1667. qui étoient fort vieux. Il n'y avoit pas de plus superstitieux bigots, ni de plus échauffez pour leur Religion. Ils auroient crû commettre un crime, tout fils de *Chrétiens* qu'ils étoient, de toucher seulement un *Chrétien*, mais cela est fort ordinaire aux *Renegats*, en tous païs, & dans toutes les Religions. De-là, tirant vers la *Place Royale*, on trouve le *Palais de Mechel dar bachi*, ou *chef des porte-flambeaux*, qui est une charge considerable. Il y a un *Bain*, & un *Caravanserai* joignant, qui porte le même nom. *Abas second* logea dans ce *Palais* un Ambassadeur de la *Compagnie Hollandoise* nommé *Jean Cuneus*, qui vint en *Perse* l'an 1652. Plus avant, on trouve le *Palais de Mirza Saihid Naini*, qui est des plus spacieux, & des plus beaux de la ville; le Bain du *Cheic el islam*, & un peu au dessous le *Palais de Coja Maharram Eunuque*, qui étoit Mehter, ou Chambelan du Roi *Sefi*, & de plus son grand favori. Le *Palais* est beau & bien entretenu, situé à la droite d'une grande & belle *Mosquée*, qui porte le nom de *Macsoud bec*, & qui est fondée sur les ruines d'une autre *Mosquée* fort ancienne, où il y avoit un *Tombeau* reveré par une vieille tradition, quoi qu'on ne puisse dire pour qui il avoit été fait. On conserve ce tombeau dans la *Mosquée* nouvelle, proche de laquelle il y a un *Cloître*, pour recevoir ces sortes de gens, que les *Mahometans* appellent *Derviches*, qui sont à peu près comme les *Moines* ou comme nos *Pelerins* de l'Eglise de Rome; car ils prétendent quitter le monde par principe de dévotion, & professer une pauvreté & une mendicité volontaire. Je ne dois pas oublier que proche le *Palais de Coja Maharram*, dont je viens de parler, il y a un *College*, & un *Caravanserai*, qui portent aussi son nom, parce qu'il les a fait bâtir, & le *Caravanserai* a été construit afin que du loüage des *Chambres* on entretient les Ecoliers de ce *College*. Comme la proprieté est fort mal assurée en *Orient*,

sur tout pour les gens de Cour, à qui le Souverain ôte les biens & la vie à son gré, & souvent sur le plus leger sujet, on prend cette voie-là pour faire des fondations plus assurées; c'est à-dire qu'on bâtit des *Bains*, des *Caravanserais*, dont on affecte par contract le revenu à l'entretien de la *Mosquée*, ou du *College*, qu'on a fondé, ce qui n'est pas de fort longue durée; parce que lors que le *Caravanserai*, ou le *Bazar* deviennent si vieux qu'on n'y veut plus habiter, & que par consequent il ne rend plus de profit, la *Mosquée* n'est plus entretenuë, ou le *College* se deserte, & l'on en va chercher quelqu'autre de plus nouvelle fondation. Continuant de tirer vers la *Place Royale*, on trouve tout proche un *Caravanserai*, nommé *Pere Compagnon*, & le *Palais de Sephy Mirza*, au devant duquel est une place quarrée. *Sephy Mirza* étoit l'aîné de trois fils qu'avoit *Abas le Grand*, & celui qui lui devoit succeder; mais *Abas* aïant conçu du dépit, ou du soupçon, contre lui, il le fit tuer, dequoi s'étant bien-tôt repenti, & en aïant eû une grande douleur jusqu'à la mort, il établit pour son successeur le fils de ce *Sephy Mirza*, aussi nommé *Sephy*, qui a été le Roi *Sephy premier*, faisant aveugler ses deux autres fils, de peur qu'ils ne contestassent la Couronne à leur Neveu. Il y a encore dans ces *Palais* des fils & des petits-fils de ce *Sephy Mirza* avec des filles, lesquels ont tous été aveuglez selon la politique *Persane*, qui ne permet pas qu'on laisse la vûë à aucun Enfant mâle du Sang Royal, excepté aux deux ou trois plus proches successeurs; mais ordonne qu'on l'ôte à tous les autres, tant garçons, que filles, jusqu'à la seconde, & souvent jusqu'à la troisiéme generation, soit par la branche masculine, soit par la feminine.

Je décrirai présentement le quartier de *Darbetic*, qui est vers le bout de la ville, & un des plus peuplés & des plus connus. On le nomme aussi *maidoné mir*, ou *Place du Prince*, parce qu'il y a au milieu une grande *Place*, qui porte ce nom. On y entre par une ruë nommée *gulchende*, & d'abord on y trouve une haute & ancienne *Tour*, appellée la *Tour de Vinaigre*, proche de laquelle est le *Palais d'Atembec*, qui étoit grand Prevôt d'*Ispahan*, durant le regne précédent, homme celebre pour sa grande application à maintenir la tranquilité de la ville, & à en chasser les gens inutiles & les vagabonds. On rencontre au de-là, la *Mosquée de Mirza Ismaël* avec un *Bain* & un *Cimetiere* du même nom, puis deux autres *Bains*, nommez l'un le *Bain de la*

*Prin-*

*Princeſſe*, l'autre *le Bain du Prevôt*. Ce dernier eſt contigu à un grand *Tombeau* ſous lequel eſt enterrée une fille du Roi *Haſſen*, nommée *Bibi beg Nogon*. Après, on rencontre le *College* nommé *Japherié*, qui bien que fort ancien, eſt toûjours encore fort beau, les principaux endroits étant revêtus les uns de marbre, les autres de tuilles verniſſées : *le Palais de Haſſen le Cuiſinier*, ainſi dit, pour avoir été bâti par un homme qui n'étoit que *Cuiſinier* au commencement de ſa fortune, & la *Moſquée* parochiale, qu'on appelle *la moſquée de Darbetik*, du nom du quartier. Il y a tout proche un *Bain*, & un *College*, qu'on nomme *Medreze gulguez*, c'eſt-à-dire *College de la fleur longue d'une aune*. On va de ce *College* en deſcendant par la ruë appellée *neuve*, aux *Glacieres*, qui portent le nom *d'Ahmed abad*, parce qu'elles ſont joignant le quartier ainſi nommé.

De là, revenant ſur ſes pas, en tirant du *Septentrion* à l'*Occident*, on paſſe par devant la *Maiſon des Carmes*. C'eſt un grand *Hôtel* appartenant au Roi, qui leur a été donné pour y habiter en qualité d'*Hôtes du Roi*, qui eſt le nom qu'on donne en *Perſe* à tous les Etrangers de conſideration. C'étoit le *Palais* d'un grand Maître de l'Artillerie qu'*Abas le Grand* détruiſit avec toute ſa famille, au commencement du ſiécle paſſé, pour le ſujet que je vais dire. Ce Grand Maître étoit un homme jaloux juſqu'à la fureur, car dès que quelqu'un du voiſinage paroiſſoit le ſoir ſur la *Terraſſe* de ſon logis, comme c'eſt la coutume durant les jours chauds, les Eunuques de cet Officier-là qui ſembloient être à l'affût en tous les endroits du *Jardin* tuoient ces gens-là à coups d'*Arquebuſe*, ſous prétexte qu'ils pouvoient de leurs terraſſes voir dans le Serrail du Grand Maître. On en fit des plaintes au Roi, qui lui dit de prendre garde à ce qu'il faiſoit, & de tenir ſes femmes enfermées dans les chambres, la nuit comme le jour, s'il craignoit que les yeux des voiſins les découvriſſent. L'avis ne ſervit de rien. Un Officier du Roi, logé malheureuſement près de ce jaloux furieux, ſe tenant aſſis la nuit ſur le bord de ſa *Terraſſe*, fut tué d'une arquebuſade, dequoi la famille étant allée en grand nombre demander Juſtice à *Abas*, en criant qu'il y avoit des témoins à la *Porte* de ſon *Palais*, pour prouver que plus de vint perſonnes du voiſinage avoient été tuez de même maniere, le Roi entra dans une extrême Colere. *Qu'on aille*, s'écria-t-il, *tuer ce Chien enragé, lui, ſes Femmes, ſes Enfans, ſes Domeſtiques, qu'il*

ne reſte pas une ame de cette maudite engeance. Cela fut ainſi exécuté. On tua tout ſur le champ, & on enterra les corps dans une foſſe pêle-mêle au coin du *Jardin*. Je n'ajoute pas que le Roi confiſqua ſes biens, parce que je croi avoir déja dit plus d'une fois, que la confiſcation des biens ſuit preſque toûjours la perte de la vie, quand on la perd par l'ordre du Souverain. Les *Carmes* étant venus peu après à *Iſpahan* avec le tître d'*Ambaſſadeurs de Clement VIII.* ils demanderent un *Logis*, penſant qu'ils en feroient bien plus en ſûreté. Le Roi leur dit d'en choiſir un où ils voudroient, & ils choiſirent celui-ci qu'on leur donna, après avoir retranché du *Jardin* par un mur la foſſe de ces miſerables. C'étoit par reverence pour la *Religion*, comme étant *Mahometans*, afin que leur ſepulture ne pût pas être profanée, étant en la poſſeſſion des *Chrétiens*.

Ce fut l'an 1604. que *Clement huit*, Pape habile & dont le regne fut long & heureux, envoya les *Carmes* en *Perſe* comme ſes Ambaſſadeurs, ainſi qu'on le peut voir par leurs Lettres de créance, dont voici la copie, & la traduction.

*Clemens VIII. Papa Illuſtri & Potentiſſimo, Scia Abbas, Regi Perſarum.*

Potentiſſime Rex, atque Illuſtriſſime, Salutem Dominicæ Gratiæ. Tuæ Celſitudinis bellica virtus uno omnium ore, publicè privatimque ita celebratur, ut quamquam tibi, non minus quam nobis, hoſtis infenſus Turca, omnes aditus intercluſerit, ea tamen ipſa in omnium Principum Chriſtianorum verſetur ſermone, omniumque prædicatione circumferatur. Dei dona hæc ſunt, tuæ Celſitudini ab Authore omnium, occultâ ratione, tributa; exiſtimaturque te, & publici & magni alicujus commodi cauſâ, orbi Terrarum eſſe datum, cum tantâ virtute; ut reſtituatur in priſtinum tui potentiſſimi Regni dignitas atque amplitudo. Nos certè, licèt à te ſimus locorum intervallo disjuncti, pro eo tamen, qui tuæ inclytæ debeatur virtuti, honore, ſumus in te animo amico & benevolo; optamuſque tibi eos belli eventus, qui tuam gloriam, cognitam jam teſtatamque apud omnes homines, memoriæ commendent ſempiternæ. Noſtræ hujus in te voluntatis propenſæ cum vellemus teſtes eſſe apud te; probatos viros, & fide dignos ſelegimus ex ordine Carmelitano, pios, doctoſque ſacerdotes tres, quos ad te mittimus, unà cum eorum ſociis nempe Paulum Simonem, Joannem Thaddæum, & P. Vincentium. *Noſtras*

*tras has litteras hi tuæ reddent Celsitudini; tibique noſtro nomine gratulabuntur de Regiâ tuâ Civitate recuperatâ, de tot ac tantis victoriis, de famâ illuſtri, quæ te, totum per orbem Terrarum, vehit, omnium applauſu atque admiratione. Noſtræ hujus benevolæ in tuam Celſitudinem voluntatis ſignificatio ſi tibi, ut ſperamus, erit grata, ex iiſdem noſtris hominibus cognoſces alia quoque, quæ tibi in dies erunt gratiora. Ut tu eis fidem habeas in omnibus, quæ mandato noſtro tibi exponent, à te petimus majorem in modum: & tuæ Celſitudini precamur ea, qua tibi & tuis Populis utilia ſunt ac ſalutaria. Datum apud Sanctum Petrum, ſub annulo Piſcatoris, die 30. Junii 1604. Pontificatus noſtri 13.*

*Clement VIII. Pape au Très-Illuſtre & très-puiſſant Prince, Scia Abbas, Roi de Perſe.*

TRès-puiſſant, & très-Illuſtre Roi. Le ſalut vous ſoit donné par la grace de Dieu.

Les vertus heroïques de vôtre Hauteſſe reſonnent tellement dans la bouche de tout le monde, tant en public, qu'en particulier, qu'encore que le Turc, qui n'eſt pas moins vôtre cruel ennemi, que le nôtre, ait fermé tous les paſſages, il n'y a point de Prince Chrétien, qui ne les connoiſſe, & qui ne leur donne les éloges qu'elles méritent. Ce ſont-là des faveurs du Ciel, que l'Auteur de toutes choſes a verſées ſur vôtre Hauteſſe par des raiſons ſecrettes, & l'on ne peut douter que Dieu n'ait donné au monde un Prince orné de tant de vertus, en vûe de quelque grand & Public avantage, comme entr'autres afin que vôtre puiſſant Roiaume ſoit rétabli dans tout ſon éclat & dans ſon ancienne grandeur. Pour Nous, quelque diſtance de lieux qui Nous ſepare l'un de l'autre, Nous ne laiſſons pas, en rendant juſtice à vos grandes qualitez, d'entrer dans vos intérêts par une forte & ardente inclination, & de Vous ſouhaitter dans la guerre des ſuccès ſi favorables, qu'ils portent vôtre gloire juſqu'à la derniere poſterité, comme elle eſt preſentement ſemée & répandue par toute la terre. C'eſt afin que cette affection ſincere, que Nous vous portons ait auprès de Vous des témoins ſans reproche, & dignes de foi, que Nous avons fait choix de trois Prêtres de l'ordre des Carmes, pleins de pieté & de ſavoir; Paul Simon, Jean Thaddée, & P. Vincent, leſquels nous envoions vers Vous avec leurs Compagnons. Ils ſont chargez de rendre nos lettres à V. H. & de lui marquer la joie que nous reſſentons de l'heureux éve-

nement, qui Vous rend la ville Capitale de vôtre Empire, de ce grand nombre de belles victoires que Vous avez remportées, & de cette glorieuſe renommée qui Vous fait l'objet des applaudiſſemens & de l'admiration de tous les hommes du monde. Si ces marques de nôtre bienveillance ne ſont pas deſagréables à V.H., comme Nous l'eſperons, les mêmes perſonnes Vous feront connoître d'autres choſes, qui vous donneront de jour en jour de plus grands ſujets de ſatisfaction. Nous Vous demandons inſtamment que Vous leur ajoûtiez foi dans toutes celles qu'ils ont à Vous expoſer par nôtre ordre, & Nous ſouhaittons à V.H. tout ce qui peut être utile & ſalutaire & à Elle, & à ſes Peuples.

Donné à St. Pierre, ſous l'anneau du Pêcheur, le 30. de Juin 1604., & de nôtre Pontificat le 13.

Abas le Grand, qui avoit de vaſtes deſſeins, & qui étoit engagé dans de grandes guerres, ſans avoir aucun Allié, ni aucun ſecours, accueuilloit admirablement bien tous ceux qui recherchoient ſon amitié, particulierement les Ennemis de ſon grand Ennemi le Turc, tels qu'il ſavoit que les Europeans étoient. Il conſideroit le Pape entre tous ceux-là, comme aiant le plus d'interêt à la ruine de ce Puiſſant Etat Ottoman, ou du moins à empêcher ſon agrandiſſement. Cela fit qu'il reçut fort bien ſes Envoiez. Il les logea & les nourrit pluſieurs années, ſelon la maniere du Païs, & il s'en ſervit depuis toute ſa vie à les députer aux Princes Chrétiens, pour les exhorter à la guerre contre le Turc, ſelon les promeſſes qu'ils lui en donnoient continuellement, depuis le commencement de ſes conquêtes.

Pour revenir à la Deſcription de la Ville, on trouve proche de la Maiſon des Carmes, un grand Palais bien doré au dedans par tout, & bien entretenu, où loge Mirza Cheſi, celebre Hiſtoriographe, de qui je parlerai plus amplement dans mon Abregé de l'Hiſtoire de Perſe, & de-là en retournant au Quartier de Derbetic, on trouve une belle Maiſon, & un College qui porte le nom de Mirza can, qui étoit un Gouverneur de Province du tems d'Abas le Grand, lequel pour des vexations extraordinaires, & diverſes fois réiterées, fut attaché vif au mats qui eſt au milieu de la Place royale où on le perça de coups de fleches, ſon corps y aiant été laiſſé juſqu'à ce que le ſoleil l'eût tout à fait deſſeiché & comme reduit à rien: car c'étoit dans les plus grands jours d'Eté. Allant plus loin, on deſcend dans un fonds qu'on appelle la valée de mac

foud-

N.° XI.

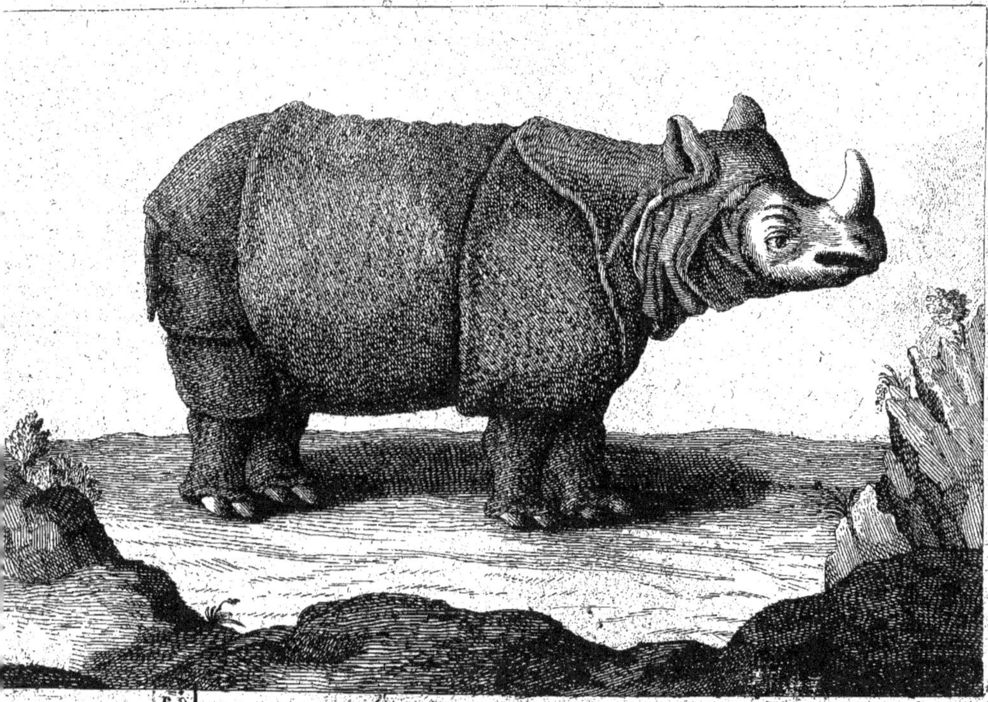

*foudbec*, qui aboutit à la ruë de *Sulton Zen-guin*, où il y a un cimetiere du même nom, à l'entrée duquel on voit deux *Tours* de pier-re. Il y a quatre autres ruës aſſez grandes proche de celles-là, *la ruë des Diſtilleurs*, *la ruë des Chaudroniers*, *la ruë du Sel*, & celle *des deux Freres*. Il y a divers *Bains* dans toutes ces ruës-là dont les principaux ſont le *Bain blanc*, & le *Bain du Paradis*, & au delà on trouve, le *Palais du Chef des Architectes*, le *Bazar de l'Oye*, & divers *Bains*, dont le plus fameux eſt celui de *Coſé alem*, mot qui ſigni-fie *le vieux ſavant*, à cauſe de ſon fondateur qui paſſa parmi les gens doctes du Païs pour le plus ſavant homme de ſon ſiécle. Deux *Caravanſerais* & deux *Colleges* ſont proches, l'un nommé *Guech conion*, l'autre *Macſoud aſſar*, & un *Bain* qu'on appelle le *Bain de Jeudi*, parce que ce jour-là qui eſt la veille du jour du repos chez les *Mahometans*, on y trouve toûjours un grand concours de mon-de, qui ſe prépare par la purification à la cé-lébration de la Fête.

Il y a près de ce Quartier une autre *Vallée* qui porte le nom de *Leutfer*, laquelle eſt de grande réputation, parce que c'eſt une gran-de *Poullaillerie*, & un grand paſſage. On y trouve toûjours une ſorte de filoux, qu'on appelle *Keſterbaze*, c'eſt-à-dire *Voleurs des Pigeons*, qui vendent & qui achettent des *Pigeons*, ſeulement pour tromper; car ceux qu'ils vendent ſont élevez à retourner au pi-geonier, en emmenant ceux avec qui ils ont été mis, & ils aprennent ceux qu'ils achet-tent à aller querir de même ceux avec qui ils étoient auparavant. C'eſt un vol de Pigeons perpetuel, qui cauſe quelquefois de groſſes émeutes, car tout un pigeonier ſe trouvera tout d'un coup abandonné, & la vollée arrê-tée au colombier d'un de ces filoux. Au bas de cette *Vallée*, on voit entr'autres édifices remarquables deux hautes *Tours*, à quoi per-ſonne ne manque de prendre garde; car on diroit toûjours qu'elles vont tomber ſur la tête, étant inclinées de vieilleſſe ſix ou ſept degrez ſur l'horiſon. Je les ai vû pancher de cette maniere durant pluſieurs années. Delà on entre en la ruë des *Arabes* qui en eſt tout proche. Elle aboutit à la vieille *Kaiſſerie*, ou le vieux marché *Imperial*, & à un haut & vieux *Pavillon* où on jouoit des inſtrumens au ſoir & à minuit avant *Abas le Grand*, ou, pour mieux dire, avant qu'il eût fait bâtir la *Place royale*, où on les a tranſportez. Ce Quar-tier a divers *Colleges*, & divers *Caravanſerais*, dont le principal eſt celui *du Peuple d'Ardeſ-*

*Tome III.* F

*ton*. Il y a encore une ruë nommée la ruë des *Juifs*, où eſt leur principale *Synagogue*. Les *Juifs* ſont en petit nombre dans cette ville, & tous pauvres, comme ils le ſont generale-ment par tout ce Roïaume; cependant, ils y ont trois *Synagogues*, celle-ci & deux autres, mais qui ne ſont proprement que de petites chapelles. Au delà de cette ruë, on trouve un *Cimetiere*, que le Peuple d'*Iſpahan* vene-re fort, à cauſe de la ſepulture d'*Iſmaël Ke-mal*, qui eſt un de leurs *Saints* les plus reverez. La *Legende Perſanne* porte qu'il vivoit du tems de *Tamerlan*, & qu'il en étoit connu & re-veré pour ſes miracles. Ce Conquerant prit deux fois *Iſpahan*, en allant, & en revenant; & toutes les deux fois, il paſſa les habitans au fil de l'Epée, parce qu'ils ne voulurent pas ſe rendre. Il fit publier par tout ſon camp, à la ſeconde fois, d'épargner *Iſmaël Kemal*. Là-deſſus chacun ſe voulant ſauver ſous ce nom, il arriva qu'un Officier *Tartare* donna trois hommes en garde ſous ce prétexte; & comme le vrai *Iſmaël Kemal* eût été pris par ce même Officier, il s'écria *ne me tuez point, je ſuis l'ami de l'Empereur: je m'appelle Iſmaël Kemal*. Mais cét Officier ſe mettant en cole-re. *Je penſe*, dit il, *qu'il y a dix mille Iſmaël Kemal dans cette méchante Ville; je n'en épar-gnerai pourtant pas un davantage*; & en diſant cela, il lui abâtit la tête d'un coup de ſabre. En même tems, à ce que porte la *Legende*, le Saint prit ſa tête, & la porta dans un puits, qui étoit à l'endroit où eſt ſon Tombeau, & puis diſparut. Quelques pas au delà de ce *Cimetiere*, on trouve un autre *Tombeau* cele-bre d'un nommé *Dioutat Byaboui*, un heros du *Mahometiſme*, dans le quatriéme ſiécle de leur Epoque, qui par zele couroit ſur les *Sunnys*, qui ſont les Ennemis de la Secte des *Perſans*, & les tuoit ſans quartier, avec une maſſue qui eſt proche le tombeau à demi en-terrée. C'eſt une veritable poutre que nul hom-me ne pourroit ſeulement ſoûlever. Proche de ce *Tombeau*, on voit une *Tour* renom-mée, & fort haute, appellée *la Tour du Chamelier*.

Je décrirai à preſent *le Quartier de Seid ahme-dion*, dont j'ai dit que la *Porte* regarde le Le-vant, avec celles de *Haſſen abad*, & de *Kher-ron*. Tout joignant cette *Porte*, il y a un *Logis* dont le maître étoit encore fort fa-meux, lors que j'arrivai à *Iſpahan*. Il ſe nom-moit *Molla Kaſem*, & paſſoit pour Prophete, par les prédictions qu'il faiſoit, & auſſi pour *Saint*, parce qu'il étoit irreprochable ſur l'ob-ſervance exterieure de la *Loi Mahometane*, & un parfait exemple de détachement & de més

pris

pris du monde. Après avoir bien gagné crean-
ce par fa feinte fainteté, & s'être vû fuivi &
reveré de tout le Peuple, il fe mit à parler
contre les mœurs du Roi *Abas fecond*, alors
régnant, & enfin il en vint jufqu'à dire nettement, *que ce Prince s'enivrant fans cesse, il
étoit par confequent Infidéle, & n'étoit point
l'oint de Dieu; qu'ainfi il le falloit tuer, & mettre en fa place un des fils du Cheik El iflam*, qui
eft un des Principaux Juges Civils, né d'une
fille d'*Abas le Grand*. Le Roi aiant été long-
tems irrité de ces difcours, & apprehendant
qu'ils ne fiffent à la fin trop d'effet, fit prendre cet hypocrite, & fous prétexte de le rele-
guer à *Chiras*, il le fit précipiter du haut d'u-
ne montagne qui eft fur le chemin. Le premier *Edifice* public qu'on remarque au quartier de *Seid ahmedion*, eft la *Tour de Coja
alem*, qui porte le nom de *Gulbar*, c'eft-à-dire chargé de fleurs, à caufe de fa beauté.
C'eft une *Tour* ancienne, & recommandable,
pour fon *Architecture*, qui paroît meilleure
que la *Gothique*. On dit que l'ouvrage fut
conduit par un apprentif maçon qui y fit un
double degré de bas en haut à l'infu de fon
Maître, duquel degré on ne s'aperçoit point
à moins qu'on ne vous le montre. Le maître
*Architecte* étoit alors occupé à la fabrique
d'une autre *Tour*, nommée *Haram velaiet*,
qui eft dans ce même quartier; & un jour
étant venu voir ce que faifoit fon apprentif,
il monta avec lui au haut de la *Tour* en lui
donnant fes avis, & après avoir tout confideré il lui dit de continuer, ce que l'apprentif
fit fe mettant à maffonner. Mais dès qu'il l'eut
vû defcendre cinq ou fix marches, il fe jetta
promtement dans l'efcalier fecret, & defcen-
dant vîte il fe mit la truelle à la main à travailler à la porte de la *Tour*, par où il falloit
que fon maître fortît. Le maître fut fort furpris de voir-là fon apprentif qu'il avoit laiffé
en haut; & aiant fû la chofe, il fut ravi d'a-
voir été fi finement trompé. Le Peuple d'Ifpahan dit, qu'il y a un grand trefor fous cette *Tour*, gardé par un enchantement épou-
ventable d'un *Serpent* gros comme un mouton, qui paroît de tems en tems. Les *Perfans* appellent l'enchantement *Telifme*, d'où
nous avons fait le mot de *Talifman*. Proche de
cette *Tour*, il y a un *Jardin*, qu'on appelle
*le jardin de l'Architecte*, parce qu'il a été fait par
ce maître apprentif, dont je viens de parler.

En fuite, on trouve la *Mofquée du Quartier*, laquelle auffi en porte le nom: elle eft
celebre dans le Païs, bâtie depuis fept ou
huit cents ans. La *Tour* de la *Mofquée* s'appelle *la Tour à fonds de Leton*, parce qu'elle
étoit couverte de faux or en plufieurs endroits.
Les femmes fteriles, & les nouvelles mariées,
ont une grande devotion à cette *Mofquée*; &
y pratiquent une fuperftition fort ridicule; c'eft
que les parentes de la femme fterile la meinent de fon Logis à la *Mofquée* par une bride
de cheval qu'on lui a mife à la tête, par-deffus
fon voile, avec quoi elle eft bridée & menée.
Elle porte entre fes bras un balai neuf, & un
pot de terre neuf plein de noix. On la fait
monter ainfi au haut de la *Tour*, & en montant elle caffe fur chaque degré une noix, la
met dans le pot, & en jette la coquille fur
les montées. En redefcendant, elle balaie le
degré, & puis elle porte le pot & le balai au
chœur de la *Mofquée*, & met les noix au coin
de fon voile, avec des petits raifins fecs. Elle
reprend enfuite le chemin de fon logis, &
prefente aux hommes qu'elle rencontre, &
qui lui plaifent, un peu de ces noix, & de ces
raifins, les priant de les manger. Les *Perfans*
croient que cela guerit la fterilité, & qu'ils
appellent en leur langue *dénoüer le calleçon*,
comme nous difons en *François*, *dénoüer l'é-
guillette*, figure prife de ce que les femmes en
Orient portent des Calleçons, comme je l'ai
obfervé. Je me fouviens que la premiere fois
que j'arrivai à *Ifpahan*, une femme de belle
taille & de grande apparence, fuivie de trois
ou quatre femmes toutes voilées, s'étant arrêtée pour me regarder, j'en fis de même, &
j'arrêtai mon cheval. Elle s'approcha, & prenant le coin de fon voile, où il y avoit des
noix & du raifin, elle m'en préfenta, me difant de le prendre: pour moi j'étois fort furpris,
parce que je n'entendois pas encore beaucoup
de *Perfan*, & ne favois ce que cela vouloit
dire. La riche robe de la Dame, que j'avois
entrevûe, quand elle prit le coin de fon voile, me donnoit lieu de croire que c'étoit quelque femme de marque, & cependant il me
fembloit à ce procedé dont la raifon m'étoit
encore inconnue, que c'étoit quelque Courti-
fane d'importance; qui m'invitoit de la fuivre.
Je paffai outre, mais quand j'eus conté mon
aventure, & fû ce que c'étoit, je me trouvai
bien honteux, & je fus fort fâché de n'avoir
pas entendu le Myftere, particulierement par
ce qu'on me dît que la Dame ne manqueroit
pas d'être fort affligée de mon refus; parce
que quand on refufe de prendre ce que les
femmes qui font dans cette devotion vous pré-
fentent, elles s'imaginent que leur fterilité n'eft
pas à fon terme.

Dans

Dans ce Quartier, il y a trois autres petites *Mosquées*, dont l'une renferme le *Tombeau* de *Seid ahmed zemchi*, l'autre celui de *Emin yeddy Haffen* Grand Vizir du fameux *Sulton Melek cha*, Roi de *Perfe*, & l'autre celui du *Preux Babylonien*. Le mot de *Preux* en *Perfan*, est *Divoné*, & en *Turc*, *Dely*: mots Synonymes, qui fignifient également *fou*, & *brave*: Ils donnent auffi ce nom aux Volontaires. Le *Preux Babylonien* eft célébre dans la *Legende des Imans* pour les grands faits d'armes qu'il exploitta contre les Ennemis de ces *Imans*, ou fucceffeurs de *Mahamed*. L'Arme dont la *Legende* porte qu'il fe fervoit, étoit une *Boule de fer* heriffée, & attachée à une chaine, qu'il manioit comme un fleau. C'eft-là, comme je crois, une des premieres fortes d'armes dont le monde fe foit fervi, car tous les Cavaliers des bas reliefs de *Perfepolis*, qui eft affurément le plus ancien monument de l'Univers, en ont qui pendent fur la croupe de leurs chevaux. Les principales ruës du quartier font *la ruë d'Emyn yeddi haffen*, *la ruë de Harom velaied*, *la ruë de Gulbar*, *la ruë de Nakchion*, & *la ruë de Takga*, & les principaux *Bains* font *le Bain des Safraniers*, & *le Bain des Tailleurs de Pierre*. La ruë de *Takga*, meine à une Place qui porte le même nom de *Takga*, ou *Taktga*, c'eft-à-dire, lieu de thrône, qui eft un endroit des plus fameux de la Ville. Il y a une infinité de *Cabarets à Caffé* & à *Kokenaer*, qui eft une infufion de *Pavot*, dont l'on boit pour s'échauffer & fe recréer, comme nous beuvons le vin, & qui enyvre de même que le vin, fi l'on en prend par excès. Il y a toûjours-là une prodigieufe affluence de monde à boire, à difcourir, à prendre le frais, ou bien qui va en dévotion au Sepulchre de *Haram velaied*, qui eft proche de là, & qui eft un des Pelerinages des *Perfans*, où l'on prétend qu'il fe fait des miracles & où le monde, & fur tout les femmes, vont en foule. C'eft un grand *Maufolée* fort bien bâti, felon l'*Architecture Perfane*. Il fert de *Mofquée*, aiant des *Tourelles* à côté, comme les grandes *Mofquées* en ont. *Haram velaied* fignifie *corps Saint*, où, comme d'autres l'interprêtent, *le St. du Pais*. Il n'a point de nom particulier, parce qu'on ne fait point precifément qui étoit ce pretendu St. Les *Turcs*, qui font des *Mahometans Hérétiques*, les *Juifs*, & les *Chrétiens* de quelque Secte qu'ils foient, difent tous qu'il étoit de leur Religion. Les *Armeniens* ont une autre tradition touchant ce lieu-là, c'eft que les *Mahometans*, lors qu'ils envahirent la *Perfe*, y jet-

terent dans un Puits toutes les reliques des *Eglifes Chrétiennes* de cette Ville, ce qui l'aiant rendu venerable aux *Chrétiens* reftés dans le Païs, ils mirent des pierres deffus en monceau pour fervir d'enfeigne. Les *Mahometans*, à leur exemple, fe mirent à reverer cét endroit; & enfin ils y bâtirent des *Maufoldes*. C'eft ce que la commune tradition rapporte de ce sepulchre. Des *Mollas* m'ont affuré qu'on trouvoit dans leur *Hiftoire Ecclefiaftique* qu'un des fils *d'Iman Mouffa*, qui eft l'un des douze *Imans*, ou premiers fucceffeurs de *Mahomed*, y avoit été enterré. C'eft un *Maçon* qui fit conftruire le bel édifice dont je parle, & voici comme les *Perfans*, en font l'hiftoire. Il s'appelloit *Cheik hoffein*, & étoit bon maître; cependant il n'avoit jamais de befogne, parce que les autres *Maçons* le décréditoient, & l'empêchoient d'être emploïé. Un jour qu'il fut appellé à un endroit, il y trouva fi peu à faire qu'il ne gagna qu'un fol, de quoi étant au defefpoir il acheta avec ce fou-là une petite chandelle qu'il aporta & qu'on offrit à ce tombeau, & fe mettant à genoux pria le Saint en ces termes: *J'ai ouï dire à mes parens que malgré la négligence que le peuple a pour toi, & le mépris auquel ton Sepulchre eft abandonné, tu es pourtant un grand Saint; moi de même, quoi que je fois habile de mon métier, je fuis pourtant laiffé & rebuté à l'extrême. C'eft cette conformité de traitement qui me fait adreffer à toi, en te preferant à tous ces autres Saints que ce Peuple ici revere avec tant de zele. Si tu es tel que je te crois, tire moi de ma déplorable mifere; & fi tu le fais, fois fûr que je tirerai tes cendres de la leur, & te bâtirai le plus beau Maufolée du Païs.* Sa priere ainfi faite il retourna au Village, où il habitoit, qui eft à trois lieües d'*Ifpahan*, nommé *Rhemon*. Il fe paffa bien du tems que le pauvre *Maçon* croioit n'avoir été entendu de perfonne; car il s'imaginoit que le fuccès de fa priere paroîtroit en ce qu'on l'emploieroit davantage; mais il fe trompoit fort, cela fe devoit faire par une toute autre voie. Il arriva un jour que le Roi *Ifmaël*, autrement dit le *Roi Sulton Katai*, étant allé à la chaffe avec fes femmes, comme il fe retiroit de nuit, un gros Orage le furprit & fa troupe qui fe fepara & fe perdit. La Reine Epoufe & Favorite, égarée avec deux *Eunuques*, tomba au Village de Rhemon: perfonne ne la vouloit recevoir, parce qu'en Perfe c'eft un crime aux hommes capital & irremiffible de fe rencontrer fur le chemin des femmes du Roi, & d'en être feulement à cinquante pas près. Enfin s'é-

tant

tant arrêtée devant le Logis du Maçon, ses cris & ses supplications (car l'orage continuoit toûjours) l'émûrent si tendrement, qu'il ouvrit la porte, pensant que quand la coûtume prévaudroit sur la raison, & qu'on le feroit mourir, il ne perdroit qu'une vie miserable. Il nettoia le logis, y alluma du feu, y servit ce qu'il pouvoit avoir, & puis sortit dehors, laissant sa femme & ses filles pour servir la Reine. Ce fut-là sa fortune. La Reine conta la chose si favorablement au Roi, qu'il l'envoia querir, & aïant sû qu'il étoit *Maçon*, il le fit Surintendant des bâtimens. Comme il savoit bien lire & écrire, & qu'il avoit du genie, le Grand Vizir, nommé *Dourmich kan*, l'apuia & le fit enfin parvenir, avec le credit de la Reine, à la charge de premier Vizir, qui étoit la seconde de l'Etat. Alors, il pensa aussi à avancer son *S. Harom Velayed* à la puissance duquel il attribuoit toute sa fortune. Il lui fit bâtir ce magnifique *Tombeau*, avec la *Mosquée*, qui y joint, le *College*, qui en est proche, & une haute *Tour*. Un distique, qui est sur le *Frontispice*, porte que tout cela est aussi par reconnoissance pour le Patron ; En voici les termes.

> *Par la bonne fortune de Dourmich Can, à qui tout est possible.*
> *Que ce monument demeure en mémoire de la reconnoissance de Hassein le Maçon.*

L'histoire ajoûte, que comme si le S. eût voulu contester sur la gratitude avec ce *Vizir Maçon*, il le fit parvenir à être *Grand Vizir*, peu de tems après qu'il eut si magnifiquement rempli son vœu. Il y a au haut de cette *Tour* deux meules de moulin à bras, qui sont comme scellées contre le mur. Un danseur de corde les y porta sur la corde, l'une après l'autre, & aussi la grosse perche où elles sont penduës, qu'il passa dans les crenaux de la *Tour*.

Tout auprès, il y a deux *Puits* remarquables, le premier à cause qu'il sert de sepulture à un brave, nommé *Hatem*, qui étoit un des robustes, & des plus forts hommes de son tems. S'étant mis un jour à s'exercer contre un Lutteur, qui tenoit le haut du pavé par sa dexterité & par sa force, ils s'échauffèrent tous deux, & *Hatem* écrasa le Lutteur. Ni le crédit de son Pere, qui étoit maître des monoies de *Perse*, ni ses offres ne le purent sauver. Il fut abandonné à la fureur des parties qui l'égorgerent, car c'est-là la *Loy Mahometane*, comme je l'ai rappor-

té. On livre le condamné aux Parens du mort, pour en faire ce qui leur plaît. Il y eut grand débat pour son corps entre les deux factions d'*Ispahan*, *Joubaré*, & *Neamet Olahi*. L'une le pretendoit, parce qu'il étoit natif de son quartier. L'autre, parce qu'il avoit été mis à mort dans le sien. On le jetta dans ce Puits, qu'on combla à demi, & qui depuis est à sec. L'autre *Puits* est grand & fort beau. On l'appelle le *Puits de Heyder Indi*, du nom de celui qui l'a fait faire, lequel étoit un grand Marchand des *Indes*, qui étant dans une dangereuse tempête fit vœu au *Saint d'Haram Velayed*, que s'il le faisoit échaper, il bâtiroit un *Puits* large & profond, proche de sa *Mosquée*, où un homme seroit entretenu pour donner à boire aux Passans ; & à côté une *Estrade* de pierre, haute, entourée de balustres, pour la commodité de ceux qui viennent-là, soit par devotion, soit par divertissement.

En tirant de *Taktga* vers la *Place Royale*, par une grande ruë, qui s'appelle *la ruë du Trône*, on trouve sur sa route le *Palais du petit Prince*. C'étoit le grand Pontife du tems d'*Abas second*, & le frere de *Kalifé Sultan*, premier Ministre. On rencontre encore le *Palais du Gelaudar bachi*, qui est le Grand Ecuyer. C'est un des plus beaux, & des plus spacieux *Palais* de la ville. Après, on passe les ruës de *Fereidon Medecin*, & de *Mehter Dachtemour*, ainsi nommées parce que ces Seigneurs y avoient des *Hôtels*. On laisse à gauche celui du *Moustophy el memalek*, qui est le premier Secretaire d'Etat, & le *Caravanserai des Peuples de Dergezin*, & ensuite on trouve des *Ecuries Royales*, qu'on appelle *les écuries du maître des tems*, parce que le Roi les a leguées au douziéme & dernier *Iman*, ou vrai *Calife*, successeur de *Mahamed*, nommé *Mahamed Mehdy*, que les *Persans* appellent *maître des tems*, pour dire qu'il n'est pas mort, & n'a pas cedé au tems, comme les autres hommes. Ils croyent en effet qu'il n'est pas mort, mais gardé dans quelque endroit inconnu, d'où il reviendra un jour faire la guerre aux Ennemis de la *Loi* ; & pour cet effet, on tient toûjours-là nuit & jour de beaux chevaux sellez & richement harnachez, dont il y en a toûjours deux de bridez, afin que le *Calife* monte dessus au moment qu'il paroîtra. J'ai parlé plus amplement ailleurs de ce point de la *Religion Persane*. Après on passe la ruë de *Mir Ismaël*, où il a un *Hôtel*, & un *Caravanserai* de ce nom, & un *Bazar*, au bout qui joint le *Ba-*

*zar*

zar du *Mhordar Kochon*, le Garde des fceaux de la guerre, lequel *Bazar* fe rend au *Caravanferai* nommé *Begum*, ou de *la Reine*, parce qu'il a été fondé par la mere de *Sephy premier*. On voit tout proche un autre *Caravanferai*, & un *Bain*, qui portent tous deux le nom de *Payder*.

Dans les *Ecuries Royales* dont je viens de parler, il y avoit la premiere fois que j'arrivai à Ifpahan un *Rhinoceros*, que j'allai voir plufieurs fois, pour en mieux prendre l'idée, & que je fis tirer par mon Peintre fort exactement à diverfes reprifes. En voici la Figure à côté : C'étoit un animal grand comme un *Bœuf* de grandeur ordinaire. Sa peau eft d'un gris brun tirant fur le noir, comme celle des *Elephans*, mais plus rude, & plus épaiffe. Je n'ai point vû d'animal qui en ait une femblable, & cela fe peut juger de ce qu'on ne voit point au *Rhinoceros*, comme aux autres animaux, les articulations, ni les apophyfes ou éminences des os. Cette peau eft couverte par tout, hormis au cou & à la tête, de petits nœuds ou durillons, fi fort femblables à ceux des écailles de *Tortues*, tant pour la forme, que pour la couleur, qu'à la premiere vûe on croiroit que cet animal eft couvert d'une telle écaille fur le corps. Cette peau fait cinq plis gros & épais, outre celui qui eft le long du cou au deffous des oreilles, reffemblant à une fraife qui pendroit tout autour : un pli couvre toutes les Epaules jufqu'au ventre : un autre couvre le ventre & le dos entier : & trois autres couvrent les cuiffes ; mais pliffés en long, au lieu que les autres font en travers, comme on le voit dans le deffein. La corne de cet animal, qui en eft la partie la plus admirable, eft prefque de la figure & de la groffeur d'un pain de fucre de deux livres. Sa couleur eft de gris brun de même que la peau de la tête au-deffus des Narines : Son mufeau eft rond, tourné comme un bec d'Aigle, & cependant la levre au-deffus de la bouche eft plate & large. Il n'a que quatre dents, deux en haut & deux en bas, placées aux extremitez des machoires. Sa langue eft courte & épaiffe. Ses yeux font placés fort bas, prefque contre les levres. Sa quëue n'a pas un pied de long. Elle eft menuë, formant huit ou dix nœuds, reffemblant à un chapelet. Ses pieds font courts & épais, faits de trois fourchons, ou argots de corne fur le devant, & de durillon fur le derriere. On entretenoit fi miferablement ce pauvre animal quand je le vis, (fon gardien fouftraïant fa nourriture,) que malgré l'épaiffeur de fa peau, on lui vòioit

les côtes au-travers. J'en obfervai huit, attachées aux vertebres, qui compofent fon épine de dos. Les *Perfans* appellent cet animal *El kerkedon*, c'eft-à-dire *le porte-corne*, ou aiant corne. La *Relation Hollandoife*, qui a pour titre l'*Ambaffade de la Chine*, fait une defcription de cet animal tout en tout ce qu'elle porte que c'eft un des principaux ennemis de l'Elephant : car ce *Rhinoceros*-ci étoit dans une même écurie avec deux *Elephans*, & je les ai vû diverfes fois tous trois l'un près de l'autre dans la *Place Royale*, fans fe marquer la moindre antipathie. Un Ambaffadeur d'*Ethiopie* avoit amené cet animal en préfent. C'eft le païs où il y en a davantage, & je n'ai pas pû découvrir qu'il y en ait aux *Indes*. Les *Abiffins*, ou *Abechi*, comme les *Perfans* les appellent, les apprivoifent, & élevent au travail, comme on fait les *Elephans*. On pretend qu'aux *Indes* les Rois & Princes fe fervent de cornes de *Rhinoceros* à boire, à caufe de l'antipathie qu'elle a avec le poifon, lequel fe reconoit en ce que la corne fue au moindre poifon qu'il y a dedans. Je vous affure que la premiere partie du conte eft fabuleufe, je ne faurois rien dire de l'autre, n'en aïant pas vû d'épreuve.

Quand on a paffé ce Quartier-là on entre dans celui de *Nimaourde*, qui eft un des plus fameux & des plus peuplés d'*Ifpahan*. Ce qu'il y a de remarquable eft la *Rue choumalou* : La *Mofquée* de *Zoulfogar*, qui eft le nom du *Sabre d'Aly* : un *Bain* & un *Hôtel*, qui porte le nom de *Kaffé-trache*, c'eft-à-dire *le Barbier du corps*, qui eft celui qui fait le poil au Roi, ce qui eft un office confiderable : le Logis de *Cheib Mirza* Vizir du Païs de *Karaolous* : la *Rue Neuve*, où eft une maniere de *Convent* pour les *Derviches* de la fecte des *Souphis*. On l'appelle *le Repofoir des Derviches Soufis* : le *Bain Lavandié* : la *Rue des Juifs*, où on montre une de leurs Synagogues : le *Bazar d'Aramend*, & le *Caravanferai d'Abas* : c'eft le Prince premier du nom, qui le fit conftruire, & c'eft un des beaux *Caravanferais* de la ville. On fait obferver à l'entrée la *Pierre* fur laquelle ce Monarque fit mettre en piéces un fameux fcelerat qui enlevoit les garçons pour les proftituer : Il fe tenoit-là le long du jour, & quand il en appercevoit quelqu'un qui lui plaifoit il l'enlevoit adroitement; & l'aïant gardé toute la nuit, il le remenoit au point du jour en quelque endroit écarté, afin qu'on ne pût favoir où il avoit été. *Abas le Grand* aïant appris la chofe, & que les avis & les menaces du voifinage n'y avoient

pû

pû remedier, il envoia mettre en piéces cet homme infame sur la pierre même où il guettoit sa proie.

Au milieu de ce Quartier de *Nimaourde*, il y a une affez grande *Vallée*, qui en porte le nom, au delà de laquelle on trouve le *Caravanserai de l'Elephant* : la ruë de *Moutabon*, où est la *Mosquée* dite *de la violence* : le *Palais* & le *College de Mirza Cazy*, qui étoit *Cheic El iftam* : le *Palais d'Ibrahim Sulton*, grand Panetier, & après on vient à la *Mosquée de Hakim Daoud*, qui est une des plus belles & des plus fpacieufes d'*Ispahan*, occupant près de quatre arpens de terre, & aïant coûté plus de cent-cinquante mille écus. C'est aussi la derniere grande *Mosquée* qui ait été bâtie dans cette ville. Le fonds étoit auparavant un grand *Cimetiere*. Ce *Hakim Daoud*, ou *Medecin David*, étoit premier Medecin de *Sephy premier*; mais étant tombé dans la disgrace du Roi, à caufe de quelques intrigues, & craignant quelque chofe de pis, il s'enfuit aux *Indes*, où il reuffit fi bien, qu'il y devint Grand Seigneur, & fort confiderable. Il eût grande part à la guerre d'*Aureng-Zeb* contre fes freres, fous le nom d'*Areb Can*, comme on le peut voir dans la belle *Relation* qu'en a donné feu mon Illustre & ancien ami, le celebre Monsieur *Bernier*. Dès que ce Seigneur fut bien établi, il envoia beaucoup de bien à fa famille à *Ispahan*, & foit pour faire parler de lui, ou par amour pour fa Patrie, il y envoia dequoi faire bâtir cette Magnifique *Mosquée*. Le Ciel ne lui fut pas pour cela plus favorable, car aïant continué dans fes intrigues, elles lui devinrent funeftes à la fin, comme elles l'avoient été auparavant, & il perit aux *Indes* miferablement.

De cette *Mosquée*, on entre dans la *Ruë de Baba Haffein*, & ensuite dans celle de *Baba Kemalou*, où il y a de fort belles maifons, & qu'on peut appeller des *Palais*, comme celle de *Hakim Maffenat*, celle de *Mirza Gelal*, Gendre d'*Abas le Grand*, & trois autres, qui portent chacune le nom de *Mahamed Baguer*, qui font trois grands hommes de lettres chacun dans leur Science, tous trois appellés *Mahamed Baguer*. Le premier, furnommé le *Coraffonien*, est le principal du *College d'Abdala*, le plus grand & le plus riche *College d'Ispahan*. Ce *Mahamed Baguer* paffe pour le plus favant homme de fon fiécle, fur tout pour la *Theologie*, & être digne de la qualité de *Mouchtehed*, ou *Vicaire d'Iman*. Le fecond *Mahamed Baguer* est furnommé *Yezdy*, du lieu de fa naiffance : C'est un autre favant qu'on efti-

me le plus habile *Mathematicien* du Rôiaume. Le troifiéme est furnommé l'*Astrologue* ; & il est le Chef des *Astrologues* du Roi. Le *Palais* de ce dernier *Mahamed Baguer* joint le *Jardin de Baba Haffein le Savetier*, duquel on fait cette histoire. Sa femme lavant fon linge à un canal proche de fa boutique, elle aperçut que tout d'un coup l'eau s'arrêtoit & devenoit épaiffe. Elle crût qu'il s'étoit fait quelque éboulement de terre dans le canal, car ces fortes de canaux ne font que de terre. Sur cela elle fit appeller fon Mari afin qu'il l'aidât à faire couler l'eau. Le Savetier entre dans le canal, & fut bien furpris, en penfant repouffer la terre, de fentir des piéces d'or. Il y en avoit quatre grandes *Urnes*, qui venoient de fondre dans cet endroit. Le Savetier & fa femme s'en chargerent à diverfes reprifes, & tant qu'ils en voulurent, & ils fe mirent auffi-tôt à s'en fervir largement, & entre les autres chofes, ils achetterent ce *Jardin*. L'abondance aïant troublé le bon commerce conjugal, l'homme & la femme fe quererelent, & puis en vinrent aux coups. La femme n'aïant pas été la plus forte, elle alla de rage dire tout au Grand Prevôt, qui fit mettre mari & femme en Prifon, où après les avoir tenus long-tems comme des voleurs du bien du Roi, à qui les trefors trouvés appartiennent, & auffi pour leur faire confeffer tout, & leur faire rendre ce qu'ils avoient de refte ; il les renvoia enfin faire le mêtier de Savetier pour gagner leur vie comme auparavant. Proche le *Jardin*, à l'occafion duquel j'ai rapporté cette petite hiftoire, il y en a un autre, nommé *Mezbare*, à caufe du *Tombeau de Sulton melek cha*, qui est au milieu dans une chapelle couverte d'un beau Dôme, & de cet endroit à la *Place Royale*, il n'y a que peu de chemin, & rien de confiderable.

De la *Porte de Lombon* à cette *Place*, qui est une autre ligne de nôtre grande circonference, on trouve ceci à confiderer : Premierement, l'*Edifice* joignant la Porte, qui est le *Palais d'Ougourlibec*, *Divan bequi*, ou Prefident du Tribunal civil & Criminel : le *Bain des Juifs*, & l'*Hôtel*, qu'on appelle le *Grand Cheni*, parce que c'est pour loger les *Chiens* du Roi & tous ceux qui en ont la charge. Enfuite, on fe trouve aux entrées de plufieurs ruës, dont les principales font *la ruë des Potiers*, *la ruë des Poivriers*, celle des *Papetiers*, celle des *Gardes-Sceau de la Guerre*, & celle des *Fermiers* & *du Bandeau Royal de la Loi*, ainfi nommée du premier Medecin de *Sultan Meleccha*, qui y fit bâtir un *Palais*, aïant

aiant été élevé à une haute fortune par la faveur de son maître, sur qui il avoit fait une cure merveilleuse. On en fait ainsi le conte. Le *Sultan* avoit un os dans le gosier qu'on ne pouvoit ni tirer dehors, ni pousser dedans. Il en souffroit d'extrêmes douleurs, & en devoit mourir, s'il n'eût été promtement délivré. Tous les Maîtres de l'art, aussi bien que son premier Medecin, s'y étoient épuisés, & ne sachant plus qu'y faire, celui ci eut recours à un Artifice. Le *Sultan* étoit à la Campagne, sous des Tentes, aïant son fils avec lui, separé seulement d'un rideau. Le Medecin entre au point du jour sous la Tente du Roi, l'épée à la Main, tout en fureur, & court à son Fils qui le voïant venir en cet état jetta un grand cri. Le Medecin se jette dessus, & passe adroitement son épée dans un boyau plein de sang, qu'il tenoit caché de l'autre main, dont il s'ensanglanta tout, & le jeune garçon. Le Pere étant accouru au bruit, & voïant le sang couler crut son enfant tué, & fit un si grand cri que l'effort lui fit sortir l'os du gosier. Outre ces *Maisons*, il y a encore celle de *Cojé Emin eldin*, premier Ministre du Roi *Tahmas* : celle du *Chef des Jurés crieurs*: celle de *Molla Azar*, qui étoit aussi dans la même charge sous le regne de *Melekaly Sulton*, il y a environ trois cens ans. Cette ruë aboutit à une *Mosquée*, qu'on appelle la *Mosquée d'Aly bekrek*, où est le *Tombeau* d'un *Saint*, appelé *Afed ben youné*, qui étoit un soldat déterminé du parti des *Imans*, lequel se jettoit de nuit sur les Sectateurs du *Calife Yezid*, leur ennemi, & tout autant qu'il en tuoit, il les trainoit dans un puits; aïant été pris par ses Ennemis, il fut mis à mort : les *Imanistes* aïant recouvré son corps, l'enterrerent dans ce lieu-là, sous un figuier. Il arriva que le fils d'*Aly bekrek*, aïant un enfant malade à la mort, eût une vision qui lui ordonnoit de donner des figues de cet arbre à cet enfant, ce qu'il fit; & sur le champ, il fut gueri. *Aly bekrek* en reconnoissance fonda la *Mosquée*, avec un revenu pour nourrir les Pauvres Passans. Cette fondation subsiste toûjours, & on donne à manger trois fois la semaine à presque tous les pauvres qui se presentent.

Quand on a passé cette *Mosquée*, on entre dans la ruë dite *Baba Kasem*, à cause du *Tombeau* d'un *Saint* de ce nom, qui y est construit. Il est renommé pour un des plus ardents suppôts du *Mahometisme*. Les *Persans* assurent que si on meine un faux témoin sur la fosse, & qu'il y fasse un faux serment en présen-

ce du Magistrat, il crêve subitement, & ses entrailles lui sortent du corps. On entre de cette *ruë* dans une autre appellée la *ruë de Moumen Kazy*, où on voit au bout une grande *Mosquée*, nommée la *Mosquée verte*. C'est le dernier édifice considerable de cette moitié de Ville qui porte le nom de *Joubaré*.

Je viens présentement à la Description du Quartier de *Deredechte*. Je la commencerai par celle d'une vieille & remarquable *Tour*, qu'on appelle la *Tour de Cornes*, dont voici la representation à côté. Elle est située au milieu d'une *Place* entourée de *Boutiques*, hautes de trois pieds de terre. La grosseur de la *Tour* n'est que de vint pieds, à prendre sa mesure au-dessus du pied d'estal, & sa hauteur d'environ soixante. Le corps est construit de tuilles de mortier, & elle est revêtuë par tout de haut en bas de *Cranes* de bêtes fauves avec leurs *Cornes*. Il y a une *Gallerie*, aux trois quarts de la *Tour*, qui fait comme un *Chapiteau*, & où ces *Cornes* sont comme un *Balustre*. On dit que cette *Tour* fut ainsi bâtie pour conserver la Memoire d'une grande chasse qu'un *Roi de Perse*, de ces derniers siécles, (les uns disent que c'étoit *Ismaël*, les autres *Tahmas*,) fit durant une fête qu'il donnoit à grand nombre d'Ambassadeurs qui étoient venus à sa Cour. La Chasse se fit dans une plaine près d'*Ispahan*, qu'on appelle *Azarderré*, où l'on avoit relancé les bêtes de plus de vint lieuës loin, à ce qu'on assure, & l'on y tua tant de *Bêtes à Corne* qu'il prit envie au Roi d'en faire faire une *Tour* pour la memoire. L'histoire porte qu'elle fût bâtie durant le festin, c'est-à-dire dans l'espace de sept à huit heures, & que l'Architecte étant venu dire au Roi que la *Tour* étoit élevée, & toutes les *Têtes* emploïées, mais qu'il manquoit la *Tête* de quelque grosse bête, pour faire le couronnement : le Roi, échauffé de la débauche, lui répondit: *Où veux tu que nous allions chercher à l'heure qu'il est une tête comme tu la demandes? On ne pourroit trouver de plus grosse Bête que toi. Il faut mettre-là ta tête*; & en même tems le Roi lui fit couper, & la fit mettre sur le haut de la *Tour*.

Là proche, est un *Tombeau*, haut de trois pieds, revêtu de pierre, appellé le *Tombeau de la Gazelle*, parce qu'il couvre la fosse d'un *Cheval* fameux qu'avoit *Abas le Grand*, lequel, à cause de son extrême vitesse, on appelloit la *Gazelle*, qui est une sorte de *Chevreuil*. C'étoit un *Cheval Arabe*, un Animal incomparable, à ce qu'on dit, lequel apartenoit au *Grand Seigneur*. *Abas*, qui souvent

en

en avoit ouï dire des merveilles, comme entre les autres qu'il avoit le crin doux & fin comme la laine; & qu'il couroit si vîte qu'on ne lui voioit pas mettre les pieds à terre, se mit si fort en tête d'avoir ce *Cheval*, qu'il en vint à bout de la maniere suivante. Il avoit pardonné deux ou trois fois à un fameux Filou, nommé *Melec ali de Kom*. Il l'envoia querir, & lui dit qu'il falloit qu'il lui amenât ce *Cheval*, ou qu'il mourût dans la peine. Le *Grand Seigneur* étoit alors à *Constantinople*. Le Filou s'y en alla, où après avoir joué cent s rtes de personnages, il devint Palefrenier de *la Gazelle*, qu'il emmena en un beau jour, & qu'il conduisit par des routes si détournées, qu'enfin il arriva heureusement en *Perse*, & présenta ce *Cheval* au Roi.

Tirant de-là vers la vieille *Place d'Ispahan*, on trouve le *Palais* & le *Bain de Mirza Sedre Gehoon*, qui étoit *Mouſtophy el memelek*, c'est à dire *le Secretaire de l'Empire*. *Sedre Gehoon*, qui étoit son nom, signifie *le Pontife de l'U-nivers*. Les *Mahometans Orientaux*, & les *Perſans* sur tout, portent des noms & des surnoms pompeux, qui étant pour la plûpart tirés de leur Langue, ou de l'*Arabesque*, representent à leur imagination les grandes choses à quoi ils doivent aspirer. La coutume leur en est venuë des *Hebreux*, & ils sont en cela plus heureux que nous autres *Occidentaux*, qui avons des noms & des surnoms, qui pour la plûpart ne signifient rien. On trouve ensuite le *Palais du Mechel dar-bachi*, c'est-à-dire le *Chef des porte-flambeaux*, avec la *Mosquée* & le *Bazar*, qui portent son nom : le *Palais de Vely yart chi bachi*, le Chef des crieurs publics, qui est une charge importante en *Perse*: le *Caravanserai du Peuple de Dergezin*, qui est une ville & un Païs sur les confins de la *Georgie* : le *Palais de Mirza Koudchek*, ou du *petit Prince*, qui est le Pontife des biens legués par les Rois, avec un *Bain* & un *marché*, qui portent son nom: le *Bain du Grand Ecuier*, & le *Palais d'Abas couli bec Moordar*, ou Garde des Sceaux. Ce *Palais* fait le coin d'un *Carrefour*, où l'on trouve deux *ruës* en face, l'une appellée *la ruë de Zulfagar*, qui est le nom du *Sabre d'Aly*, comme je l'ai dit, & l'autre *la ruë du Medecin Fereidon*. Ces autres *ruës* principales de ce quartier sont, *la ruë du grand Chambellan Dechteour*, celle de *Naschion*, celle de *Mirza Feſſich*, & en chacune desquelles il y a un *Bain* de même nom, & puis la *ruë des Bonetiers*, où on visite le *Cloître*, ou l'*hospice de Neamed alla*, qui est au milieu d'un *Jar-*

din, dont les murs sont de brique, posées à jour, en sorte que de dehors on peut voir aisément ce qui se passe au dedans, de même que si on y étoit. La plûpart des *Cloitres Mahometans* sont faits ainsi, ce qui paroît beaucoup plus convenable à la profession d'*Hermite*, ou *Solitaire*, que les *Cloîtres d'Europe*, dont les murs sont hauts & solides comme des murs de Châteaux. Les *Perſans* appellent les *Cloîtres* ou *Monasteres*, *Tekie Dervichan*, c'est-à-dire *repoſoir des Derviches*, qui sont ces gens détachez du monde, qui courent le païs sans but, & sans interêt, demandant l'aumône, & étant du reste libres & maîtres d'eux-mêmes, & sans obligation de continuer leur maniere de vie. Le mot de *Tekie*, que j'ai traduit par *repoſoir*, signifie proprement *Oreiller*. Les *Perſans* veulent dire par-là que les hommes Solitaires, & qui ont quitté le monde, ne doivent avoir qu'un chevet, un lieu à mettre la tête, pour ainsi dire, & non pas de grandes & massives habitations. Proche de cet *hospice*, il y a le *Caravanserai de Mirza Ismaël Kavetchy*, ou Caffetier du Roi, celui de *Mirza Koudchec*, le Pontife dont j'ai parlé un peu plus haut, & quatre autres dont j'omets les noms parce qu'ils ne sont pas des plus considerables.

Dès qu'on a passez, on se trouve à un lieu célèbre, dit *le pied du Platane brûlé*. C'est un vieux tronc d'Arbre, joignant lequel il y a encore une *hotelerie de Derviches*, à peu près comme la précedente. On remarque tout proche un grand *Palais*, qui porte le nom de *Mir Ismaël*, un Canton qui porte celui de *Jardin des Peſches & des Pavis*, parce que ce n'étoit qu'un fort grand *Jardin* rempli de ces sortes de fruits, il y a soixante dix ans, lorsque la Ville étoit moins peuplée. Une partie de ce *Jardin* est devenuë une *Place*, sur un des bords de laquelle est le *Bain Lavendié*, & sur un autre *la Mosquée d'Iman couli can*. Plus outre, on passe *la valée des faiseurs de chagrin*, la *Mosquée de Molla Zamon*, *la ruë d'Aly Sulton Chef des Herauts*, ou *Crieurs Publics*, celle de *Molla Haſſen chater*, ou valet de pié du Roi, & celle des *Chebbaze*, ou *Coureurs de nuit* ; ce qui revient à nôtre terme de *Filou*.

Continuant de parcourir le Quartier de *Deredechte*, on entre dans la *ruë Bagraion* tirant vers *Takga*, & *Harom velaied*, ces lieux fameux dont j'ai parlé dans la description de l'autre partie de Ville. On trouve ensuite le Carrefour dit *Gulbar*, ou *Gulbahar*, c'est-à-dire, *fleur de prim-*

*printems*. Ce Quartier-là a de remarquable le *Palais de Calife Sulton*, gendre d'*Abas le Grand* & premier Miniſtre d'Etat, & le *Caravanſe-rai* joignant, qui porte le même nom, auſſi bien qu'un *Bazar*, auſſi joignant, & un Cabaret de *Coquenar*, qui eſt une décoction de Pavot, que le Peuple, & ſur tout les gens qui ſont ſur le retour, viennent boire pour ſe mettre en belle humeur, & quelquefois en d'a-gréables rêveries, comme des gens endormis. L'effet de cette drogue eſt ſelon la doze qu'on en prend, comme je l'ai obſervé. On aper-çoit delà la *vieille Place d'Iſpahan*, & l'on y ar-rive en paſſant par devant le *Bain* dit *le Bain du trône*, & par devant un vieux *Palais*, qui eſt fort grand & fort ancien, appellé *la Mai-ſon des Chiens*, parce qu'il apartenoit à un Grand Veneur. Il eſt tout de brique, bâti à l'*Europeane*, en ce qu'il a de groſſes *Tours* aux quatre coins. *Abas le Grand* y logea plu-ſieurs années durant, & juſqu'à ce que ſon *Palais* fût bâti. Proche de cette *Maiſon des Chiens*, on voit le *Caravanſerai d'Aly l'épi-cier*, & celui des *Kaulys*, qui eſt une vilaine race de gens qui ſont mal au cœur, la plus ſalle canaille du monde, croupiſſant dans l'or-dure & dans l'oiſiveté, qui vont couverts de lambeaux, & qui ſont à peu près ſemblables à ces *Bohemiens*, qui courent nos Païs. Ils ſont un corps de mille, ou environ, hommes & femmes, étant répandus deçà & delà, dans les lieux les plus écartez des fauxbourgs, éten-dus tout le long du jour le ventre au ſoleil, ſans jamais rien faire; mais dès le ſoir, & toute la nuit, ils vont à la picorée, leurs femmes ſeulement ſont des Tamis, & quel-ques gros ouvrages de crin. Du reſte, ils ſont, tant hommes que femmes, ſans Reli-gion, ſans culte, & ſe joignant enſemble ſans diſtinction de parenté, de vraies brutes en un mot; car quand on les queſtionne, ou que la juſtice les interroge, ils ne ſavent rendre rai-ſon de rien. On dit qu'ils ſe ſont perpetuez ainſi de tems immémorial, & qu'il faut rap-porter leur origine au tems d'*Abraham*. Les *Molla Perſans* en ſont ainſi le conte. *Abra-ham* aiant refuſé d'adorer le feu, le Roi *Nem-broth* le voulut ſacrifier au feu par punition. On le mit ſur le bucher, mais le feu n'y vou-lut jamais prendre, de quoi *Nembroth* étant tout conſterné, & en demandant la raiſon à ſes Prêtres, ils lui dirent, *il y a un Ange au haut du bucher qui empêche qu'il ne s'enflame. Que faut-il faire*, repartit *Nembroth*, *pour le chaſſer delà? Il faut*, repliquerent ces faux Prêtres, *faire commettre à ſa vûe une action*

Tome III. G

*execrable, cela le fera fuir.* L'action fut de fai-re commettre un inceſte par un frere avec ſa ſœur. L'homme ſe nommoit *Kau*, la ſœur *Ly*; & de cet accouplement ſortit la ſouche de cette race abominable, qu'on nomma *Kau-ly*, comme je l'ai dit; nom, qui dans l'uſage veut dire *tout [homme execrable*, & particulie-rement, *un inceſtueux*. On les appelle auſſi *Korbetis*, & *Kobbalis:* termes qui dans leur étymologie, ſignifient ce crime contre natu-re, qui eſt encore plus déteſtable.

Le long de la *vieille Place*, on voit plu-ſieurs *Cabarets de Pavot*, une vieille *Tour*, qui porte le nom de *Coja alem*, qui étoit joignant le *Palais Royal d'Iſpahan* lequel eſt à préſent ſi ruïné que les ruïnes mêmes ne ſe voïent preſ-que plus. On y rencontre après la vieille *Mai-ſon des inſtrumens de Muſique*, où l'on ſonnoit autrefois au coucher du ſoleil, & à minuit, comme j'ai dit que l'on faiſoit à préſent dans la *Place Royale*, un *Bain*, & un *Caravanſe-rai*, qu'on appelle *des Potiers de terre*: un *College* qui porte le nom du Roi *Tahmas*: la *Gallerie* des faiſeurs de *Maroquin*, lequel on fait-là de toutes couleurs plus vives & plus belles qu'en aucun lieu du monde: puis *la vieille Kaiſerié*, ou le vieux *Marché Imperial*, qui étoit le bel abord & le riche endroit de la Ville, avant qu'*Abas le Grand* eût bâti ſa nouvelle *Iſpahan*. Cet endroit eſt fort détruit: On en a fait de grandes *Etables* pour les Mu-lets du Roi, & il y en a toûjours ſix-vint, à cent cinquante. Audelà, on trouve un *Bain*, un *Caravanſerai*, & une *Moſquée*, qui por-tent le nom de *Kemarzerin*, & les ruës ſui-vantes, ſavoir, *la rue des deux freres*, qui eſt une des plus infames de la ville, n'étant ha-bitée que par des Femmes publiques: *la rue de Molla Moumen*, où eſt *la Moſquée de Molla Negmé*: la *Vallée des Souliers de toile*, ainſi dite de ce qu'il y demeure nombre de ces *Cor-donniers* qui font des *Souliers à ſemelle de toile*, dont les Païſans ſe ſervent: la *ſemelle* qui eſt faite de *vieilles guenilles* dure trois fois plus de tems qu'aucune ſemelle de cuir. Cette *rue* aboutit à la *Maiſon de l'Ahtas*, qui eſt le Che-valier du guet, à qui apartient la Garde & le Gouvernement de la ville durant la nuit. De là tirant aux portes de *Tokehi*, & de *Dere-dechte*, on paſſe les ruës ſuivantes, celle de *Hakim chafai*, c'eſt-à-dire, du *Medecin donne ſanté*, celle *des Confituriers*, où eſt le *Cara-vanſerai*, qui porte le nom des *Ardeſtoniens*, peuple de la *Parthide*, celle des *Herboriſtes*, & celle de *Mahmoud cha*, qui eſt la derniere. Ce Quartier eſt ce qu'on appelle la *vieille*

*ville*.

*ville.* Il n'y a rien de beau ni de fort remarquable. Les *Maifons* en font petites, baffes, entaffées l'une fur l'autre, n'y aiant point de *Jardins* comme aux autres quartiers de la ville ; les ruelles fombres & petites, l'air étouffé, le peuple pauvre, & de la plus baffe condition. C'eft auffi un vrai Labyrinthe, où on a befoin de Guides. Les villes de la Province de la *Parthide*, qui ont été bâties du tems de cette *vieille Ville d'Ifpahan*, font toutes de même maniere : c'eft parce que durant quatre à cinq ans le Païs étoit ravagé continuellement par divers ennemis, ce qui reduifoit le peuple à fuir dans les *Fortereffes*, à chaque allarme, en abandonnant leurs maifons. Celles de ce quartier fe rebâtiffent peu à peu, grandes & fpacieufes, comme aux autres quartiers de la Ville, & avec le tems il n'y aura plus de traces de cette *vieille Ville*.

Revenant de ces *Portes*, vers les autres quartiers de la Ville que nous n'avons pas encore parcourus, on trouve d'abord la *Fortereffe*, que les *Perfans* appellent *Cala Teberrouk, le Château de la bénédiction,* laquelle joint les *Murs* de la Ville à la partie *Septentrionale*. Cette *Fortereffe* eft de figure quarrée irréguliere, d'environ mille pas de Diametre, toute bâtie de terre, enduite de plâtre au dehors. Le *Mur* en eft fort haut à creneaux, muni d'un grand *Parapet*, flanqué de Tours rondes par efpaces, épais de douze à quatorze pieds, avec un *foffé* tout autour, bordé d'un *Rempart* de plus de trente pieds d'épaiffeur & de bonne défenfe, & d'un *avant-Mur*, beaucoup plus bas que l'autre. Cette *Fortereffe* a auffi une *Courtine* ; mais tout cela eft fi antique, & d'une *Architecture*, & d'une *Fortification*, fi differente de celle dont on fe fert dans nos Païs, que ce *Château de la bénédiction* nous paroît bien plus une *Prifon*, qu'une *Fortereffe*. Chaque *Tour* a fon nom particulier. Je ne rapporterai que le nom des quatre principales. Celle de l'entrée, laquelle eft la plus groffe, s'appelle *la maifon des chaifes*, & c'eft ainfi que les *Perfans* appellent une *Prifon* ; celle qui eft à l'*Occident*, s'appelle *Prince à venir de ferpent,* celle qui eft à l'*Orient* eft nommée *Arechlou*, & l'autre qui eft au *Midi*, s'appelle *la Tour des quarante filles,* parce qu'on croit qu'il y revient des efprits en forme de jeunes filles, à caufe de quoi cette *Tour* n'eft pas habitée comme les autres ; perfonne n'y ofe coucher. L'*entrée* de la *Fortereffe* eft à quinze pieds de terre faite en tallu, étroite & baffe entre deux *Tours* regardant le *Septentrion*. Le haut eft peint des

fignes du *Zodiaque* fous lefquels *Ifpahan* fut bâti. Il faut paffer deux autres Portes femblables, avant que d'être à droite. Cette *Fortereffe* renferme quelque trois cens feptante *Maifons*, avec la *Place d'Armes*, une *Mofquée*, un *Bain*, le *Logement du Vizir*, & le *Donjon*, qui en eft la principale Piece. Les *Maifons* font habitées par des Soldats *Perfans*, qui ont de paie depuis trois cens jufqu'à cinq-cens francs : il y en a mille d'entretenus dont la moitié doit toûjours être en garnifon. La *Place d'Armes* eft affez grande : on y compte au-deffus de quarante pieces d'Artillerie de bonne fonte, conquifes fur les *Turcs*, & fur les *Efpagnols*, dans le *Sein Perfique*. Le *Logement du Vizir*, ou Gouverneur de la Place, qui eft toûjours le Gouverneur de la Province, eft grand, mais on l'entretient mal depuis que le *Vizir* n'eft plus obligé à la réfidence. Ce fut *Sephi premier* qui le difpenfa de cette obligation : il y avoit auparavant habité de tout tems, depuis la conftruction de la place, fans ofer en découcher : ce qui fe faifoit, non pas tant pour la garde de la place même, que pour celle du *Trefor royal* qui eft au *Donjon* de ce *Château*, qu'on appelle, à caufe de cela, *Nazin Khoné*, ou *Magazin à garder*, comme ils parlent. On n'entre que très-rarement, & par grande faveur, dans ce *Donjon*, parce que les clefs en font en differentes mains. Le Grand Maître en a une, dont fon Vizir eft le gardien : le Vizir de *la Ville* en a une autre, & le Gouverneur du *petit Arfenal* une autre. Chacun y appofe fon Sceau, de plus, ce qui fait que fans eux trois enfemble, il n'y a pas moien de voir ce lieu. J'y fuis entré deux fois, & j'ai eu le moïen de confiderer le *Trefor*, fur tout la feconde fois, parce que c'étoit la veille que le Roi *Soliman* devoit le montrer à fes femmes. On en avoit étalé & arrangé les plus riches & les plus curieufes piéces. Ce *Trefor* eft donc diftribué en trois grands *Magazins* dont chacun comprend un *Salon* rond, couvert d'un *Dôme*, avec des *Parapets* quarrez autour, hauts de deux pieds, profonds de quinze, & quatre grands *Cabinets* aux quatre coins. Dans le premier *Magazin* je vis une infinité d'*Armes*, de grands tas d'*Epées*, d'autres de *Moufquets*, d'autres d'*Arcs*, d'autres de *Carquois* pleins de *Fleches*. Comme l'air en *Perfe* eft trop fec pour craindre la rouille, on ne trouve point d'inconvenient de garder de cette maniere les armes entaffées l'une fur l'autre. Parmi ces grands amas d'*Armes*, j'obfervai de très-jolies & très-curieufes *Piéces d'Artillerie* de fonte, montées fur leurs affuts,

futs, & rangées contre les Murs fur des échaf-faux. Les *Armes* les plus précieufes étoient dans de grands coffres, comme les Damaf-quinées, les cizelées, & garnies d'or & de pierreries, & les Armes entieres pour couvrir les hommes & les chevaux, parmi lefquelles on reconnoiffoit un nombre indicible de pié-ces d'*Europe* admirablement belles, dont on a fait des préfens aux Rois de *Perfe*, depuis deux cens ans. Je vis encore dans ce premier *Magazin* une infinité d'*Horloges* toutes riches & curieufes. Il y en avoit qui étoient hautes de fept pieds, & de plus de mille piftoles de valeur; un grand nombre de *Cabinets* & de *Tables*, des plus beaux ouvrages & des plus riches materiaux de l'Univers, aportez d'*Alle-magne*, & d'*Italie*, de *la Chine* & de tous les lieux où on fait les plus beaux ouvrages de cette forte: des *Spheres*, des *Globes*, des *Lu-nettes*, des *Tableaux*, qui font des préfens de Rois d'*Europe* ou de *Compagnies Europeanes*. Je vis entre les *Armes* des Moufquets la *Perfane*, avec leurs *fourchetes*, où tout eft couvert d'or, hors le Canon & le reffort, & d'autres tous couverts de rubis, & de turquoi-fes: des *Cottes*, & des *Boucliers* qu'on peut dire des chefs d'œuvre de l'Art. Je vis des *Armures* de cuir de buffle, tant la *Cotte*, que le *Bouclier*, brochez d'or trait, ou garni de clouds d'or, & quelques-unes toutes couver-tes d'or maffif: Ces *Armures* ne refiftent qu'à la fleche, mais en revanche elles font fort le-geres: c'eft de la maniere que l'on les portoit anciennement. Je ne dirai rien des *Sabres* pré-cieux, tout couverts d'or & de pierreries, manche & fourreau, ni d'autres *Sabres* à man-che de Corail, d'Ambre, de Cornaline, d'A-gathe, de Criftal, parce que tout cela n'eft rien au prix de ce que j'ai encore à dire. Je finirai donc le détail de ce premier *Magazin*, en obfervant que dans les quatre grands *Ca-binets* qui font aux coins, on voioit tout plein de *Turcoifes*. Les brutes étoient en terre, jet-tées comme le grain, les travaillées étoient dans de grands facs de cuir, chacun de qua-rante cinq à cinquante livres pefant. Il ne faut pas tant s'étonner que le Roi de *Perfe* ait un tel tréfor de *Turcoifes*, la Mine en étant dans fon Empire; mais ce qui me caufoit un extrê-me étonnement, eft qu'on laiffe confumer à la pouffiere tant de riches & de curieux ouvra-ges, & fe brifer & défaire, à force d'être en-taffez les uns fur les autres.

Les autres *Magazins* renferment, outre toute forte d'*Armes* les plus riches, de grands *Miroirs*, dont il y en a entr'autres qu'un hom-me ne fauroit porter, & qui font tout cou-verts d'or derriere & devant, & d'autres qui font de deux & trois pieds, tout couverts de pier-reries, & particulierement d'émeraudes, & de rubis: des *Vafes* de toute forte, & de toutes grandeurs: de grands *Cabinets* de toutes les parties du Monde, où je n'aurois jamais pû croire qu'il y eût tant de pierreries & tant de ri-cheffes, fi je n'en avois ouvert çà & là les grands tiroirs, que je trouvai tout remplis de chaines d'or, de précieux étuis, de braffelets, & d'au-tre forte de bijoux. Je vis une chambre tou-te pleine de *Vaiffelle d'or*. Il y avoit ou-tre les *Plats*, & les *Couvercles*, & telles à-tres piéces de *Vaiffelle* ordinaire, des *Seaux* d'or, & des *Marmittes* d'or, qu'un homme auroit de la peine à porter. Un des quatre *Cabinets* qui font aux coins du *Magazin* où eft renfermé cette grande quantité de *Vaiffelle d'or*, étoit plein auffi de *Vaiffelle d'or* émaillé, ou couvert de pierreries. Je vis dans les au-tres *Magazins* de grands *Coffres* tout pleins d'*Aigrettes* des plus riches *Pierreries*. Je croi qu'il y en avoit plus de fix-cens dans chacun. J'en vis encore plufieurs qui étoient pleins de *Poignards* de pareil prix. J'en vis où il y avoit, par maniere de dire, des monceaux de Turcoi-fes de prix, & choifies. J'étois fi tranfporté & fi ravi, que j'avois de la peine à pouvoir re-tenir tout ce que je voiois. Le Grand Maître, qui étoit-là donnant les ordres, & qui m'avoit mené, me dît: *fi tu pouvois voir cha-que coffre, l'un après l'autre, tu demeurerois immobile*: Je lui demandai à combien de mil-lions tout le *Trefor* étoit évalué? *Nous avons le compte de chaque piéce*, me dit-il, *mais on ne fe foucie pas de favoir à quoi le tout monte.* Pour moi, il me feroit impoffible d'en faire la fuputation: je dirai feulement qu'à mon avis, ce *Trefor* vaut bien des millions. Je me connois affez en *Or* & en *Pierreries*, pour n'a-voir pas pris le faux pour le fin. J'avoue que je ne vis aucune *Pierre* qui valût cinq-cens Piftoles; mais la quantité en eft innombrable. Le Grand Maître me dit, qu'outre ces quatre *Magazins*, il y avoit quatorze *chambres* pleine s d'armes; & il me fit entrer dans trois de ces chambres-là. Elles font autour d'un petit *Ja-din*, en maniere de *Cloître*, au milieu des qua-tre *Magazins* que j'ai décrits. Je remarquai parmi tant de richeffes plufieurs *Curiofitez*, & entre les autres des *Peaux de bêtes*. On me fit obferver une *Peau de ferpent*, qui devoit être haut de vint pieds, & gros de quatre. Je re-marquai un devant d'armoire, ou *Cadre* peint à la *Grecque*, comme ceux où les *Chrétiens Grecs*

G 2

*Grecs* gardent leurs belles *Images* dans les *Eglises*. On me dit que les *Chrétiens de Georgie* avoient gardé long-tems en ce Cadre, *la Chemise de Jesus-Christ*, qu'on en avoit ôtée, & qui étoit quelque part dans le *Tresor*, mais on ne me la fut montrer. Je remarquai auſſi les habits de *Tamerlan*, & de ſes premiers ſucceſſeurs, originaires de *Tartarie*. Les *Souliers* ſont à la *Tartare*, fort differens de ceux des *Perſans*. Ils ſont pourtant pointus tout de même, mais le talon en eſt bas & large, & ils ſont ſi ouverts au-deſſus, qu'il n'y a que les doigts des pieds de couverts. La ſemelle en eſt toute garnie de petites têtes de cloud.

J'euſſe bien voulu voir une piéce fort ſacrée & fort précieuſe chez les *Mahometans*, qui eſt l'*Enſeigne d'Iman Haſſein*. Je dis au *Nazir* que j'avois ouï dire qu'il y avoit une telle *Relique* dans le Treſor : Il me répondit: *voulez-vous devenir Fidele ?* Cela vouloit dire, *Il faut changer de Religion pour la voir*. On aſſure que c'eſt depuis le tems de *Cheic Seſi* qu'on amaſſe ce *Treſor*. D'autres diſent que c'eſt bien auparavant. On colle ſur chaque piéce une *étiquette* qui porte le lieu d'où elle vient, qui l'a donnée, en quel tems, & le prix, excepté aux piéces faites dans les *Galleries* du Roi, & par ſes ouvriers. Je ne puis m'empêcher de redire encore, que je ne croi pas qu'il y ait dans aucun endroit du Monde plus de richeſſes amaſſées enſemble. Les *Perſans* font *Sel-jouge*, ancien Roi de *Perſe*, qui vivoit l'an 1080. le fondateur de ce *Château*, & ils diſent qu'il n'a jamais été pris, quoi que *Tamerlan*, entre les autres, l'ait attaqué deux fois; ce qui eſt aſſez étrange, car aſſurément, il n'eſt point du tout imprenable. Il arriva l'an 1666. que trois Cavaliers, gens de qualité, & de la Cour ſe guinderent dans le *Donjon*, par une corde à nœuds, attachée à une groſſe pierre de taille, comme à une ancre, & entrerent dans une des chambres du *Treſor*, quoi qu'il ſemble à en voir les *Portes*, qui ſont petites, & de fer, & les *Fenêtres*, qui ſont hautes, & garnies dedans & dehors de barres, qu'il ſeroit impoſſible d'y faire ouverture autrement qu'avec le petard. Le vol qu'ils firent n'eût jamais été connu, ſi la dépenſe exceſſive de ces gens-là n'eût fait prendre garde à eux. Un des archers du Grand Prevôt eut ordre de reconnoître ſecretement d'où ils tiroient dequoi ſubvenir à une ſi grande profuſion. Il en découvrit un, portant dans ſon ſein un manche de Poignard, qui valoit environ trente mille écus, & qu'il offroit à un Joüaillier *Indien* pour huit mille. On prit

ce voleur, & étant preſenté à la Torture, il confeſſa tout. On prit ſes complices, & on retrouva tout, même le Roi y gagna; car ceux qui avoient acheté des piéces du vol perdirent l'argent qu'ils avoient donné, & furent mis à l'amande. Le Roi *Abas* aïant apris la choſe, condamna deux de ces voleurs ſeulement à la Priſon perpetuelle, dans la *Forterëſſe de Candahar*; & au bout de quinze mois, le troiſiéme, faute d'aſſez puiſſans amis, eut le ventre ouvert.

Je décrirai preſentement ce qu'il y a de remarquable en venant de la *Porte de Deredechte* au dedans de la ville. Le premier édifice eſt le *Bazar*, qu'on appelle *des Arabes*, accompagné d'un grand *College*, qui porte le même nom. Il y a enſuite un autre *Bazar*, avec un *Caravanſerai*, qui porte le nom de *Bouanotion*, où l'on vend les plus beaux fruits ſecs du Païs, & les meilleures eaux de fruits, comme des jus de Citron, & de Grenade. On ne trouve rien de conſiderable en deçà, juſqu'au Quartier de *Heuſſenie*, qui eſt l'un des plus fameux d'*Iſpahan*. C'eſt là qu'eſt la vieille *Moſquée*, qui étoit la grande & Cathedrale avant qu'*Abas le Grand* eût fait conſtruire la *Moſquée Royale*. On l'appelle *la vieille Moſquée de la Congregation*, qui eſt le terme dont les *Mahometans* appellent la principale *Moſquée* d'une ville. C'eſt la plus grande de la *Perſe*, & où il paroît plus de Majeſté. Le terrain qu'elle occupe eſt de plus de quatre arpens. Elle eſt de figure quarrée, conſiſtant en un grand *Dôme*, en deux autres plus petits à ſes côtez, qui regardent le *Midi* & le *Septentrion*, & en quatre *Domes* encore plus petits, dans les quatre coins. Ces *Domes* ſont bas & plats, en maniere de four, tous ſoutenus ſur quarante *Pilaſtres* : L'Ouvrage eſt revêtu dedans & dehors de carreaux d'émail, peints de moreſques vifs & luiſans, excepté le bas, à huit pieds de hauteur, qui eſt revêtu de belles tables de porphyre ondé & marbré, qui ſont celles qu'*Abas le Grand* vouloit faire enlever pour ſervir à la *Moſquée Royale*, comme je l'ai obſervé. Il y a par tout aux *Friſes*, aux *Corniches* & le long des *Murs* des verſets de l'*Alcoran* & des ſentences des *Imans*. Voici le ſens de quelques unes.

*Dans vos plus grandes affliĉions, réſignez vous à la volonté du Miſericordieux, & quand le danger vous menace le plus fort, rejettez vos affaires dans les mains du tout puiſſant : étant ainſi abandonnées elles ſont bien proche de bien aller.*

In-

*Inscription du Frontispice du Paradis; ni Avares, ni Hypocrites, n'entrent ici.*

*La confession de ses pechez est une nouvelle profession de foi. Cherchez les 4. fleuves du Paradis dans les sources de vos yeux car là haut on fait plus d'état de ces deux fontaines, que des 4. élements.*

Le Diametre du grand *Dôme* est de plus de cent pieds. Au devant de ce *Dôme*, qui fait comme le *Chœur* du *Temple*, il y a une fort spacieuse *Cour* entourée de *Cloitres*; dont le devant est en arcades, soutenues par des gros pilastres de même ouvrage que les *Dômes*. Des Gens d'Eglise, des Professeurs, & des Etudians en Théologie logent sous ces arcades-là qui sont fermées de chassis sur le devant. Cette *Mosquée* a deux *Tourelles* ou *Aiguilles* hautes & menuës de brique d'émail, & sept *Portes*. Chaque *Porte* principale de ce grand édifice a son nom particulier, comme les *Dômes* & les *Tours*; quelques uns étant pris du fondateur particulier, car cette *Mosquée* est l'ouvrage de plusieurs Princes. Le nom de chaque piéce est écrit en grosses lettres sur le *Frontispice*, & les noms des Architectes, & des principaux ouvriers, y sont aussi, pour récompense, comme je croi, de leur application, mais les Inscriptions en sont simples. Par exemple, l'inscription d'une des *Tours* est en ces mots seulement: *Ouvrage de Cheik Youffouf le Maçon.* Les *Persans* tiennent cet édifice fort ancien; car selon leur tradition, *Iman Reza*, un des douze *Imans*, qui vivoit dans le quatriéme siécle du *Mahometisme*, faisoit ses dévotions ordinairement sous le *Dôme* qui porte le nom *d'Oriental*. Les Antiquités d'*Ispahan* portent que c'est le Roi *Melekcha*, qui en est le fondateur, lequel vivoit l'an 400. de *l'Hegire*, mais il faut qu'il n'en ait été que le Restaurateur; car le *Dôme Septentrional* est inscrit du nom du Roi *Mansour*, & le *Dôme méridional* est du nom du *Roi Youffouf*, qui vivoient bien auparavant. *Cha Tahmas* y fit faire de grandes reparations, & *Abas second* en a fait faire aussi. L'*édifice* a sept *Portes* principales que les *Persans* disent être pareillement l'Ouvrage de sept Rois, chacune aiant son nom particulier, & les *fausses Portes* de même. Il y a un *Bassin* d'eau quarré au milieu de la cour, lequel est fort grand, & dans lequel on a bâti un *Jubé* ou *Placitre* de bois, à trois pieds de l'eau, où vint personnes peuvent tenir, & c'est où l'on va faire ses prieres après s'être purifié. Il y a encore un autre *Bassin* fort grand sous un des *Dômes*,

& quelques petits sur les côtez de l'édifice, & particulierement proche le *Goffel Khone*, c'est-à-dire le lieu où l'on administre aux Morts la Purification legale. Il y en avoit autrefois bien davantage, mais comme on a reconnu que tant de Canaux souterrains minoient l'édifice, on les a bouchez, & l'on a comblé les *Bassins*. Les deux principales *Portes* de la *Mosquée* sont élevées de quatre marches, & tiennent à des allées assez étroites qui introduisent dans la *Mosquée*. Celle qu'on appelle *des Libraires* est bordée de *chambres*, où l'on garde les piéces des convois funebres. L'une s'appelle *la maison des cercueils*, parce qu'on y garde quantité de *Cercueils* pour les Parroissiens décedez; car il faut observer qu'en *Perse*, comme dans le reste de l'*Orient*, on n'enterre point les corps enfermez dans des bieres, mais on les porte en terre dans une biere commune que la *Mosquée* fournit. On y met le Corps au moment qu'on le veut emporter, & quand le Convoi est arrivé à la fosse, on tire le corps de la biere & on l'enterre envelopé dans le drap mortuaire. Les *Persans* disent que la biere empêche le corps de se reduire assez tôt en poudre, selon que Dieu a ordonné qu'il y retournât. Une autre *Chambre*, contient les *Enseignes* & les *Etendarts* des *Imans*, qu'on porte aux Convois funebres. Une autre le *Siparé*, ou *Alcoran*, en trente volumes, qu'on y fait porter par trente Ecoliers ou Etudians. Une autre le *Tchar-chadour*, ou *quatre voiles*, qui sont de petites Tentes dont on environne la fosse lors qu'on enterre des femmes. Les *Sacristies*, où l'on garde les *Livres*, les *Lampes*, les *Tapis*, & les autres meubles de la *Mosquée*, sont du côté du *Couchant*, dans une *Sale à Dôme*, qu'on appelle la *Voûte suspendue*; & proche d'elle est une *Chapelle* souterraine, où l'on s'assemble & où l'on fait la priere publique durant l'hyver. La *Chaire* du Prédicateur, & l'*Oratoire*, sont sous le grand *Dôme*. On montre sous le *Dôme*, qui porte le nom de *Repofoir des Derviches*, le tombeau d'un *Mahamed taki*, qui étoit Curé de cette *Mosquée*, ou *Pich namas*, comme les *Mahometans* les appellent, c'est-à-dire, *Directeur de prieres*, durant le régne d'*Abas second*. Il passoit pour *Saint* pendant sa vie, qu'il acheva dans le plus grand détachement du monde. Le peuple le suivoit avec des acclamations comme un Prophete. Il prédit sa mort, à ce qu'on dit, trois mois devant qu'elle arrivât, & étant en parfaite santé; & même la maniere, le jour, & l'heure, & que sa Mu-

le

le mouroit le même jour, mais une heure devant lui, ce qui arriva exactement ainsi. Il ne faut pas que j'oublie le petit *Cimetiere* qui est à l'un des coins de cette *Mosquée*, qu'on appelle *Place droite & gauche*. On n'y enterre personne, mais on y dépose dans des *Niches* de massonnerie les corps qu'on doit transporter dans des païs éloignez, pour les enterrer auprès des *Saints* de la *Religion Mahometane*.

Le Quartier de *Hossenie*, où cette grande *Mosquée* est bâtie, est ainsi nommé d'une célébre famille qui se dit originaire de *Hossein*, fils d'*Aly*, & petit-fils de *Mahamed*, lequel le y demeure de tems immémorial. Les *Palais* qu'elle y a faits construire sont le plus bel endroit du quartier. Il y en a quatre aux coins d'une grande *Place*, dont celui qui est au coin *Septentrional* est à la verité desert, & presque tout ruïné, mais les trois autres sont beaux & bien entretenus. Le plus grand & le principal est possedé présentement par *Senger Mirza padcharez*, ou *issu du Sang Royal*, ce qui s'entend, parce que ce Seigneur se dit descendu de *Hossein*, qui en qualité d'*Iman* étoit Roi legitime de tout le Monde, selon la créance des *Persans*. Une petite *Place* quarrée se présente devant le *Palais*, dont le *Portail* élevé de sept marches, qui est un des plus grands & des plus apparens de la Ville, meine à une fort large cour de figure quarrée, où il y a un grand *Bassin* d'eau, & un *Tombeau* de pierre, haut de quatre pieds, sur une baze de dix-huit pouces. C'est le sepulcre d'un des hommes éminens de cette ancienne famille, qu'on appelloit *le Roi des Rois*, *Prince des Hossenites*, & qui en étoit le Chef du tems d'*Abas le Grand*. C'étoit le grand pere de ce *Senger Mirza* d'à present, & celui qui fit relever ce *Palais* aussi beau qu'il paroît aujourdhui. La Génealogie de la Maison porte que ce *Roi des Rois* étoit le quarantième en ligne droite masculine de *l'Iman Hossein*. Il étoit de son tems le *Mouchtehed Moussellemé*, c'est-à-dire, *le Docteur parfait*, auquel il est d'obligation de s'attacher comme au *Califе* & *Vicaire du Prophete* le mieux caractérisé. Tout le Monde le croïoit tel, & le reveroit en cette qualité; mais *Abas le Grand* empêchoit bien qu'il ne tirât aucun fruit de sa prétenduë sainteté. Il fût même un jour sur le point de l'envoïer mettre à mort. C'étoit à l'occasion de ce que ce Devot faisoit surnommer tous ses enfans *Cha*, ou *Roi*. *Hossein Cha*, *Mahamed Cha*, *Aly Cha*. Le Roi étant à table dans une Assemblée des Grands

de son Etat, entendant nommer les fils de ce Prince *Hossein*, se mit à dire, en branlant la tête: *Roi, Roi, Roi; Tant de Rois? Que veulent dire tous ces Rois? J'enverrai demain couper la tête à ce faiseur de Rois.* Cela s'étant tout aussitôt répandu, les plus considerables *Mollas* vinrent attendre le Roi à la sortie du festin, & tous se prosternant à ses pieds jettant leurs Turbans en l'air & de la terre sur leurs têtes, qui est le grand signe de la repentance la plus douloureuse, ils supplierent le Prince avec des cris & des larmes de ne pas tremper sa main dans le sang d'un homme si illustre par sa naissance, par son savoir, & par sa pieté. Ils appaiserent la colere du Roi; mais le Prince se mit à susciter des querelles à ce personnage sur ses biens propres, & sur les biens d'Eglise qu'il possedoit; ce qui commença la ruine de sa Maison, laquelle arriva quelques années après, sous *Sefi premier*. Elle s'est pourtant un peu relevée durant le regne suivant, parce que l'aîné de la famille épousa une Princesse du Serrail. On conte que ce grand *Mirza*, Prince des *Hossenites*, montoit un Ane qui étoit une des jolies bêtes qu'on pût voir, qui alloit si bien l'amble, qu'il faisoit par jour trois traites de Caravane, qui sont quinze lieuës *Allemande*, ou 45. milles. *Abas le Grand* en aïant beaucoup ouï parler, le lui envoïa demander, disant qu'il s'en vouloit servir. Il croïoit obliger le *Mirza*, mais le *Mirza* fit réponse *que le Roi n'étoit pas digne de monter son Ane*.

Les autres lieux considerables de ce Quartier sont *la Mosquée Sengerié*, où l'on voit une Inscription en lettres d'or au nom du Roi *Ismael le Grand*, ce qui fait croire qu'il a fondé cet édifice, aussi bien que le Logis des *Augustins*, qui sont une Mission de *Portugal*. C'est un grand *Palais Royal*, où il y a beaucoup de *Jardins*, avec des *Bassins* de marbre, & des logemens dorez & azurez, assez pour une Communauté de cent personnes. La plus grande partie de ce *Palais* est inhabité, à cause qu'il n'y a plus que trois ou quatre Religieux, avec sept ou huit Domestiques. Ils étoient en beaucoup plus grand nombre lors qu'ils allerent s'établir à *Ispahan*. C'étoit le tems que les *Portugais* regorgeoient de richesses, & l'on sait bien que chez cette Nation-là, les Couvents en possedent la plus grande partie.

Les *Augustins Portugais* sont les premiers *Moines de l'Europe*, qui se soient allez habituer à *Ispahan*. Dom *Alexis de Menesez*, Archevêque de *Goa*, qui étoit de l'Ordre des

*Au-*

Auguſtins, envoia l'an 1598. un Frere *Antoi-*
*ne de Govea*, auſſi *Auguſtin*, qui fut depuis
Archevêque de *Cyrene*, en qualité d'Ambaſſadeur au Roi *Abas le Grand*, avec des pre-
ſens fort riches, pour le prier de permettre
aux *Auguſtins* de s'établir à *Iſpahan*, & d'y
avoir une Maiſon, avec une Chapelle, au
nom du Roi d'*Eſpagne*. L'*Eſpagne* poſſedoit
alors la Couronne de *Portugal*, mais ſelon
les Actes de réünion de ces Roiaumes-là, il
n'y devoit avoir que des *Portugais* aux *Indes
Orientales*. Les *Eſpagnols* ne s'y pouvoient
mêler. *Abas*, qui étoit bien aiſe, comme je
l'ai dit ailleurs, d'attirer les *Europeans* dans
ſon Païs, accorda la demande de l'Ambaſſadeur, & donna ce *Palais* aux *Auguſtins*, qu'il
leur fit accommoder lui-même, allant ſouvent voir bâtir l'*Egliſe*; & donnant ſes ordres,
tant pour en hâter le travail, que pour en rendre les peintures & les dorures plus riches, &
plus curieuſes. Un frere *Simon de Moreis* fut
le premier Superieur de cette Miſſion-là, avec
titre d'*Agent du Roi d'Eſpagne*. On dit qu'*A-
bas* plaça les *Auguſtins* dans ce quartier-là,
tout exprès pour mortifier ce grand *Molla*,
Prince des *Hoſſenites*, dont je viens de parler; car le Roi étoit dès lors irrité contre lui.
Ce *Molla* preſenta requête, afin d'empêcher
qu'on ne lui donnât des Voiſins qu'il tenoit
pour Infideles; mais le Roi la rejetta en diſant, *je veux qu'ils y demeurent, & qu'ils le
faſſent enrager par le ſon de leurs cloches*; (Car
*Abas* croioit que le ſon des cloches étoit eſ-
ſentiel & inſeparable du culte des Chrétiens;)
& pour cela même, il empêcha toûjours ſous
main que les *Portugais* ne puſſent s'établir
ailleurs, comme ils en avoient grande envie,
parce que ce quartier, où le Roi les avoit
placez, étoit à une grande lieuë de la Cour,
& du quartier des *Chrétiens*. Ils le ſupplioient
ſans ceſſe de leur laiſſer prendre une Maiſon
ailleurs. Il le permettoit de bouche, mais
il l'empêchoit ſous main, dont les *Auguſtins*
étant informez & rebutez ils ſe mirent à accommoder ce *Palais* à leur maniere, en quoi
le Roi leur fit donner toute ſorte de ſecours.

En ſortant du Quartier de *Hoſſenié*, on
rencontre la *Maiſon de Mirza Jafer*, Juge, ou
Lieutenant civil. C'eſt un homme ſavant &
habile, qui vit retiré, aiant été dépoſé par la
haine & les intrigues d'un Eccleſiaſtique, Curé de la *Moſquée* Cathedrale de la ville nommée *Mahamed Mirza Taki*. Cet homme, qui
étoit un grand hypocrite, s'étant ſi bien con-
trefait, qu'il paſſoit pour ſaint dans l'eſprit du
Peuple, s'ingeroit ſouvent d'écrire ſon avis à
ce Juge ſur les principales cauſes qui ſe plai-
doient à ſon Tribunal, ce qu'il ne faiſoit que
par pur interêt & ſelon qu'il étoit gagné. Le
Juge y eût égard aſſez de tems, mais voiant
que le Curé en faiſoit métier, il ſe douta de
la fourberie, & n'eût plus d'égard aux billets
du Curé, qui devenant enragé de ne pouvoir
gouverner le Juge comme auparavant, dreſſa
une intrigue pour le faire dépoſer, laquelle
lui réüſſit. De cette *maiſon*-là, on paſſe devant le *College* nommé *Bazil*, & devant le
*Logis*, qu'on nomme du *Kelonter*, parce qu'un
*Kelonter*, qui eſt ce qu'on nomme chez nous
le *Prévôt des Marchands*, l'a fait bâtir. Après,
on trouve la *Moſquée d'Aga Nur Joula*, où
l'on montre au fonds du chœur, ou au *mahrab*,
comme parlent les *Mahometans*, c'eſt-à-dire
*l'endroit où il faut tourner ſes regards en faiſant
ſes prieres*, deux grandes pierres de marbre po-
lies, dont l'une eſt blanche & l'autre eſt jaſ-
pée, ſur leſquelles on prétend que les marques des pieds d'*Aly* ſont empreintes, & que
l'endroit a l'odeur de l'ambre; & ſi quelque
*Chrétien* leur dit qu'il ne le ſent pas, ils ré-
pondent hardiment, que c'eſt parce qu'il eſt
*infidelle*; mais que s'il veut embraſſer leur *Religion*, il ſentira cette odeur.

Cette *Moſquée d'Aganur Joula*, qui étoit
un pauvre *Tiſſeran Perſan*, que la miſere a-
voit reduit à fuir aux *Indes*, où il avoit fait
une grande fortune; cette *Moſquée*, dis-je,
eſt belle & ſomptueuſe, aiant deux portes qui
meinent l'une au *Palais de Mirza Taki*, Intendant des *Courtches*, qui ſont l'ancien corps
de milice de *Perſe*, & l'autre à la ruë d'*Iſmaël
Beck*, qui étoit Secretaire d'Etat. Il y a un
*Palais* au milieu qui porte le même nom, &
au bout le *Bain de Kel anajet*, qui étoit le
bouffon d'*Abas le Grand*, fameux pour ſon
eſprit & par ſes reparties. De-là on va à la
ruë des *Chartiers*, qui aboutit au *Bain de Molla Chams*, & au *Bain de Jugi*. On entre enſuite dans une ruë qu'on appelle la ruë des
*Juifs de Deredechte*, où l'on montre le *Logis*
d'un fameux Lutteur, que la force & ſon
adreſſe aiant rendu inſolent, & s'étant mis à
enfoncer les maiſons la nuit, *Abas ſecond* le
fit éventrer. Les autres ruës principales de
ce Quartier ſont *la ruë des Tailleurs d'Aneaux
d'Albâtre*, qui ſont ces anneaux qu'on met au
pouce, pour bander l'arc avec plus de force:
*la ruë du Bain du Vizir*: *la rue Chamalou*,
où il y a un *Tombeau* d'un ſaint dont on igno-
re le nom: *la rue de Chemzé Zeminé Alem*,
qui eſt le nom du plus riche habitant du Quartier.

tier. On y trouve une *Mosquée* & le *Logis* du *Mouphty*, qui est le Pontife de la *Loi Mahometane*. C'est chez les *Turcs* le premier Officier de la Justice civile ; mais chez les *Persans* il n'a gueres de rang , & encore moins d'autorité. On voit encore dans cette ruë la *maison* du Chevalier du Guet, avec sa *Prison* à l'entrée; car ce Magistrat en *Perse* a le Gouvernement de la ville durant la nuit , & Juge de tout ce qui arrive durant ce tems-là. Quand on est sorti de cette *ruë*, on entre en prenant à gauche dans la *rue d'Aga Chamablou* , où l'on trouve un grand *College*, dont le *Portail* est orné de deux hautes *Aiguilles* ou *Tourelles*, & un *Palais* fort beau , & des plus grands de la ville, qui porte le nom de *Zamoon braby*. On dit que dans cette *rue* logent les plus belles Courtisanes de la ville.

Il ne me reste plus qu'à parcourir deux *Cantons* du Quartier de *Deredechte*, pour en avoir achevé la description. Le premier est sur le chemin qui meine de la porte de *Deredechte* à celle d'*Abas* , qui est l'autre partie de la ville dite *Joubaré* , & le second est le Canton nommé *Casré boulagui*.

Les *rues* principales du premier *Canton*, sont *la rue Choura*, où il y a un *Bain* qui en porte le nom : *la rue des quarante filles* : la *rue Eternelle*: la *rue des Verriers*, celle de *Cheic bahedy Mahamed*, qui a composé ce fameux *abregé de la Theologie Pratique & Ceremonielle* , qu'on nomme *la Somme d'Abas*, lequel y avoit son *Palais*. Il y a deux *Bains* dans cette *rue*, dont le plus grand s'appelle le *Bain de Cheik* : Après, on voit *la rue d'Aga chir aly*, où il y a un *Bain*, une *Mosquée*, & un *College* qui porte même nom , & un autre College qu'on appelle le *College du Vizir des biens leguez* , qui sont les biens d'Eglise, & deux beaux *Caravanserais* , l'un des faiseurs de *Tapis*, & l'autre dit *malation*. Au delà de ces *ruës* l'on en traverse une autre fort longue, nommée *la queüe de la poele*, qui aboutit à un grand *Jardin* , qu'on appelle le *Jardin du Vizir*. Au delà, est la *rue neuve*, où il y a un beau *Palais*, bâti par un très-riche *Joüaillier* qu'on appelle *Agy phatah*, *vendeur de perles*. Il n'y a pas moins de magnificence, d'ordre, & de Domestiques dans cette maison-là que chez un Officier de l'Etat. De-là, à la porte d'*Abas* , on passe par diverses autres *rues* , où l'on trouve par tout des *Bains*, & des *Caravanserais*, comme dans tout le reste de la ville , & deux *Palais* dont le plus remarquable est celui d'*Aga Zamon*, *Vizir de Guilan*.

Le Canton de *Casré boulagui* est ainsi nommé d'un *Palais* de ce nom, qui est un grand Edifice, où le Roi met souvent loger des Ambassadeurs. Il y a tout proche un autre *Palais* fameux , qui porte le nom de *Mirza Hassib Mouchtehed* , c'est-à-dire *Lieutenant de l'Iman*, ou successeur de *Mahamed*. Les Théologiens enseignent en Perse qu'un *Mouch Tehed* doit avoir éminemment ces trois qualitez, la *science*, *l'austerité de vie*, *la douceur de mœurs*. Ce que l'on voit encore de considerable dans ce Quartier est la *rue des Tailleurs de pierre* , qui est longue & bien bâtie, la *Mosquée d'Iman Zadé Zeinel Abedin* qui est un des douze premiers *Imans*, laquelle a un grand *Jardin* dans son enclos , où il y a du couvert, comme dans le milieu d'un bois , & de grands *Bassins* d'eau, & enfin le *Cimetiere Chamalou*. C'est le plus grand qu'il y ait dans la ville, & il est fort ancien. On y trouva l'an 1645. comme on creusoit la terre au coin d'un vieux sepulcre , un marbre avec l'inscription de *Cheik Abou phoutouk*. Chacun s'imagina que c'étoit l'épitaphe du célebre *Cheik Abou phoutouk razi* , qui a fait la *Glose interlineaire* de *l'Alcoran* en *Persan*, lequel passe pour *Saint* ; & aussi-tôt on bâtit-là une *Mosquée* & un *Tombeau* au-dedans , à l'endroit de ce marbre, lequel le peuple orna à l'envi par ses offrandes & par d'autres dévotions. Mais toute cette dévotion fût bien-tôt passée; car en même tems un fameux *Molla* , que j'ai vû, qui se nomme *Mirlauchi*, un des plus suivis Predicateurs du païs, & qui prêche quelquefois en pleine *Place*, se mit à prouver par des passages *d'Histoire* & de *Tradition*, que le veritable *Cheik Aboul phoutouk razi*, avoit été enterré à *Reichériar* , petite ville de la *Parthide* , & que cet *Aboul phoutouk*-ci étoit un *Sunny* ou *Heretique Turc* grand ennemi des *Imans*. Il persuada si bien le Peuple, qu'un jour, après l'avoir entendu prêcher, ils s'allerent jetter au nombre de plus de mille sur la *Mosquée* & sur le *Tombeau*, les pillerent & les raserent. J'ai vu ce lieu-là même reduit en latrines.

C'est-là tout l'enclos d'*Ispahan*, il faut passer à la Description des *Fauxbourgs*, qui occupent encore plus de terrain que la *Ville*. Je commencerai par la grande *Allée*, qu'on peut appeller le *Cours d'Ispahan*, & qui est la plus belle que j'aie vûe, & dont j'aie jamais ouï parler. La figure qui est ici à côté, donne l'idée de sa forme & de son aspect. J'ajouterai ce qu'elle ne sauroit faire entendre ; premierement la longueur de l'*allée* , qui est de trois mille deux cens pas, & la largeur, qui est

eft de cent dix. Les rebords du *Canal*, qui coule au milieu, d'un bout à l'autre, & qui font faits de pierre de taille, font élevez de neuf pouces, & font fi larges, que deux hômmes à cheval peuvent fe promener deffus de chaque côté. Les rebords des *Baffins* font de même largeur, & pour ceux des côtez de l'*Allée*, que vous voyez dans la figure, entre les arbres & les murailles, ils ne font pas plus hauts, mais ils font plus larges. Les *Ailes* de cette charmante *Allée* font de beaux & fpacieux *Jardins*, dont chacun a deux *Pavillons*, l'un fort grand, fitué au milieu du *Jardin*, confiftant en une *Sale*, ouverte de tous côtez, & en des *Chambres*, & des *Cabinets* aux Angles; l'autre élevé fur le *Portail du Jardin*, ouvert au devant, & aux côtez, afin de voir plus aifément tous ceux qui vont & viennent dans l'*Allée*. Ces *Pavillons* font de differente conftruction & figure, mais ils font prefque tous d'égale grandeur, & tous peints & dorez fort materiellement, ce qui offre aux yeux l'afpect le plus éclatant & le plus agréable. Les *Murailles* de ces *Jardins* font pour la plûpart percées à jour, reffemblant à ces rangées de Mottes qu'on fait feicher; en forte que fans entrer dans les *Jardins*, on voit de dehors tous ceux qui y font, & ce qui s'y paffe. Les *Baffins* d'eau font differens auffi, & en grandeur, & en figure: Le plan ne les fait pas voir tous entierement, parce que l'*Allée* n'eft pas unie au cordeau. Au contraire, on diroit qu'elle eft en *Terraffes* de quelque deux cens pas de longueur, plus baffes l'une que l'autre d'environ trois pieds, en la partie de l'*Allée* qui eft en deçà de la *Riviere*, & qui font au contraire plus hautes l'une que l'autre par même proportion, en la partie qui eft au delà; ce qui fait que foit en allant, foit en venant, on a toûjours devant les yeux une perfpective, que ces *Jets d'eau*, avec les *Baffins*, & les *Chutes d'eau* qui font aux bords des *Terraffes*, embelliffent merveilleufement. Ce n'eft pas tout, à la moitié que la *Riviere* traverfe cette charmante *Allée*, elle eft plus longue au delà de l'eau qu'en deçà. Les *rues*, qui la traverfent auffi en plufieurs endroits, font de larges *Canaux* d'eau, plantez de hauts *Platanes* à double rang, l'un près des *Maifons*, l'autre fur le bord du *Canal*. L'allée finit à une *Maifon de Plaifance* du Roi, qui en occupe la largeur, & qui eft fi grande, qu'on la nomme *Mille Arpens*. J'en ferai la defcription ci-après. On voit d'abord en entrant dans cette admirable *Allée* un *Pavillon* quarré; *Tom. III.*

haut & grand, qui fait face à cette *Maifon de mille arpens*, que j'ai dit qui eft à l'autre bout. Il eft à trois étages, fans ouvertures fur le derriere, ni au côté gauche, parce que ce font les côtez qui donnent fur le *Serrail* du Roi, & aux deux autres faces il n'y a que des *Jaloufies* au lieu de *Vitres*. Elles font faites de plâtre, peintes & dorées d'une maniere fort agréable. Ce *Pavillon* a été conftruit de cette forte par *Abas le Grand*, afin que les Dames du *Serrail* y puffent voir les fpectacles, comme les Entrées d'Ambaffadeurs, & les Promenades de la Cour; mais depuis ce tems-là l'humeur jaloufe s'eft accruë de plus de moitié, car non feulement on ne s'eft pas contenté comme auparavant que les femmes ne fuffent plus vûes des hommes, mais on a voulu qu'elles n'en puffent voir aucun. Ce fut *Abas le Grand* lui même, qui retrancha jufqu'à cette liberté aux femmes de fon *Palais*, par l'avanture étrange qui lui arriva comme il étoit en *Hyrcanie*. Les Femmes du *Serrail* ne vont gueres que la nuit. On les mêne d'ordinaire dans des manieres de Cûnes ou de berceaux qu'on appelle *cajavé*, qui eft une machine large de deux pieds, & profonde de trois, avec une haute imperiale en arc, couverte de drap. Un Chameau porte deux de ces grands berceaux, un de châque côté. Les *Eunuques* aident aux *Dames* à monter dedans, & puis ils abattent les rideaux tout autour & donnent les Chameaux aux Conducteurs, qui les attachent à la queuë l'un de l'autre par files de fept, & tirent le premier par le licol. Il arriva durant une nuit obfcure qu'*Abas*, qui alloit avec le *Serrail*, voulut prendre les devans. Il trouva une file de Chameaux arrêtée un peu hors du chemin, & un berceau qui penchoit tout d'un côté. Il s'en approcha pour le redreffer, & il trouva le Chamelier dedans avec la Dame; de quoi étant également furpris & outré, il les fit enterrer tous deux tout vifs fur le champ.

Au devant de ce *Pavillon de Jaloufies*, il y a un *Baffin* d'eau quarré, de quinze pieds de face, & au coin eft la *Porte Imperiale*, dont j'ai parlé au commencement de cette *Defcription d'Ifpahan*, qui eft, comme on voit, une des *Portes*, de la *Ville*, & une des *Entrées* principales de cette merveilleufe *Allée*. A l'autre coin, il y a une autre *Entrée*, mais qui ne fert qu'aux femmes & aux Eunuques du *Palais* & au Roi, parce qu'elle donne dans le *Serrail*. Les *Baffins* d'eau, qui embelliffent la partie de l'*Allée* entre la *Riviere* & la *Ville* font fept en nombre, dont quatre font grands & à fonds

H                                    de

de Cuve, & les trois autres font plus petits. Le premier de ces *Baſſins* eſt quarré, de quinze pieds de face. Le ſecond qui eſt quarré auſſi eſt de cent vint pas de tour, aïant au milieu un *Echafaut* octogone, élevé d'un pied ſur l'eau, avec un beau *Baluſtre* autour où dix perſonnes peuvent être aſſiſes à l'aiſe pour prendre le frais. Les *Jardins* qui ſont à côté s'appellent le *Jardin octogone*, & le *Jardin de l'Ane*; & en ce dernier, il y a une grande *Place* pour les *Tournois*. Le troiſiéme *Baſſin* eſt à huit faces, & de cent vint huit pas de tour, aïant à ſes côtez *le Jardin du Trône*, & *le Jardin du Roſſignol*, dans lequel il y a un *Salon* charmant, dont je ferai la deſcription. Le quatriéme *Baſſin*, qui eſt à la *chûte de l'eau*, n'a que vint pas de tour. A ſa gauche l'on voit un grand *Portail*, fort peint & fort doré, qui mene au *Fauxbourg*; & l'on en voit un de même à droit qui mene vers le *Palais Royal*. Le cinquiéme *Baſſin*, qui eſt ſur le bord d'une ſemblable *chûte d'eau*, eſt auſſi petit que l'autre. Les *Jardins*, qui ſont aux côtez, s'appellent le *Jardin des Vignes*, & le *Jardin des Meuriers*. Le ſixiéme eſt quarré, long de cent vint huit pas de tour, & les *Jardins* qui ſont vis-à-vis, ſont nommez *l'Hôtellerie des Derviches de Heider*, & *l'Hôtellerie des Derviches de Neametolahy*, parce que ces *Jardins*, avec leurs Edifices ſont effectivement deſtinez aux gens retirez du Monde, dont toute la vie ſe paſſe à errer dans une grande nonchalance, ſans ſonger à faire de fortune, mandiant de tous côtez, beaucoup plus réellement que les *Moines d'Europe*; car ces *Derviches*, comme de vrais *Hermites*, ſont chacun pour ſoi, n'aïant rien en commun, non pas même le logement. Je m'attachois toûjours aux *Legendes*, quand j'y apercevois quelque choſe de ſenſé. Je trouvai ici le Quatrain ſuivant.

*Obſervez ce Molla, & ſon air mortifié,*
*Ecoutez les diſcours effraians qu'il fait du feu*
  *éternel.*
*Il ne boit pas par mortification dans de l'argent,*
*Mais il avale l'argent même quand il en peut*
  *attraper.*

Quelcun a mis à côté avec de l'encre,

*C'eſt comme les Cazys, (Juges civils) qui ſermoncent & qui verſent des larmes en volant*
  *l'orphelin.*

Le ſeptiéme *Baſſin* eſt de cent vint quatre pas de tour, ſervant de paſſage à l'eau des *Canaux*, qui coulent dans les *rues* qui ſont à côté. Entre ces deux derniers *Baſſins*, il y a une troiſiéme *Chûte d'eau*, à l'endroit de deux *rues*, dont l'une meine au *Jardin de Mirza Ibrahim*, Medecin *de Sefi premier*, dont le pere & la mere étoient tous deux Medecins *d'Abas le Grand*, la femme exerçant la Medecine dans le *Serrail* de ſon chef, & par ſa propre connoiſſance. On dit que le Mari étant parvenu à l'age de ſoixante-dix ans, on le faiſoit entrer dans le *Serrail* à l'occaſion de quelques Maladies difficiles & dangereuſes, comme n'y aïant plus rien à craindre d'un vieillard de cet âge, mais ſa femme remarquant qu'on ne vouloit plus recevoir que les ordonnances qu'il faiſoit, & qu'elle alloit perdre ſon crédit, dit un jour au Roi que ſon mari venoit d'engroſſer une jeune Eſclave de dix huit ans, ſur quoi il ne lui fut plus permis de voir les femmes du *Serrail*. Le *Pont* eſt au-delà de ce ſeptiéme *Baſſin*, & les *Jardins* qui terminent-là *l'Allée* ſont *la Volliere du Roi*, dont le fil eſt doré, & *la Maiſon des Lyons*, à l'autre coin; &-là il y a des *Chauſſées* pour deſcendre à la *Riviere* quand l'eau eſt baſſe. On trouve à droite & à gauche un long' *Quai*, qui s'étend juſqu'au bout des *Fauxbourgs*. Le *Quai* à droite eſt le plus beau. Il eſt bordé de *Palais* de Grands Seigneurs, avec de ſpacieux *Jardins*, de grandes Entrées, & de grands *Pavillons* le long du *Quai*. Il y a entr'autres *le Palais du Grand Veneur*, *le Palais du General des Mouſquetaires*, & *la Venerie*, où ſont les Oiſeaux de Proye. L'Eté, que la Riviere eſt baſſe, la Jeune Nobleſſe ſe rend-là tous les ſoirs, pour faire les Exercices, & tout le Monde y vient monter des Chevaux & des mules pour leur aprendre l'Amble. L'autre partie de *l'allée* eſt preſque ſemblable à celle-ci. Je ne m'arrêterai pas à nommer les maiſons & les *Jardins* des côtez, qui ſont au nombre de quatorze, ſept de chaque côté, & qui portent chacun le nom du Seigneur qui l'a fait conſtruire. Il fait admirablement beau s'y promener le ſoir, durant neuf mois de l'année, parce que durant ce tems on arroſe les *Parterres* & les *Chauſſées*, & l'on couvre de fleurs les *Baſſins* d'eau. Vous y voyez auſſi alors ſur des échaffaudages bas & tapiſſés, au devant de l'entrée des *Jardins*, beaucoup de gens qui prennent du Tabac, & beaucoup de beau Monde, qui va & qui vient à cheval. Cette *Allée* s'appelle *tchar-bag*, c'eſt-à-dire *quatre Jardins*, parce qu'autrefois c'étoit quatre vignobles. Elle a été faite par *Abas le Grand*; & comme le fonds eſt un
bien

bien d'Eglife, le Prince en prit un bail perpetuel à deux cens tomans de rente annuelle, qui font neuf mille francs. Ce Prince prenoit tant de plaifir à faire faire cette belle *Allée*, qu'il ne vouloit pas qu'on y plantât un arbre qu'en fa prefence. On affure qu'il mit fous chacun une piéce d'or de huit francs de valeur, & une piéce d'argent de dix-huit fols, marquées à fon coin. Les Principaux Seigneurs de fa Cour firent bâtir à leurs dépens la plûpart des *Jardins* qui font fur les côtez, avec les *Edifices* dont j'ai fait mention.

*Allaverdy Can*, qui étoit le Generaliffime des armées de ce grand Conquerant, fon grand ami & favori, prit pour fa tâche le bâtiment du *Pont*, qui eft une très-belle piéce d'*Architecture*. Vous le voyez dans la figure à côté, qui eft une *Perfpective* double reprefentant le *Pont* & le *deffous du Pont*. Ce beau *Pont* fe joint à l'*allée* par une *Chauffée* de quatre-vint pas à l'un & à l'autre bout faite en pente infenfible. Il a trois cens foixante pas de long, fur treize de large, étant bâti de pierre de taille hormis les *Murs* qui fervent de *Parapets* ou rebords, lefquels font de brique, & étant flanqué de quatre *Tours* rondes, de pierre de taille, de la hauteur des murs. Ces *Murs* font épais de fix pieds, & hauts de quatorze à quinze, percez d'un bout à l'autre dans toute leur longueur, & munis au-deffus d'un rebord, ou garde-foux, à jour, haut de trois pieds, fait de briques, difpofées comme les mottes des Taneurs; ce qui fait comme des *Galeries*, ou *Plate-formes*, où l'on monte par les *Tours* qui font aux coins. Ces *Murs*, de plus, font ouverts de neuf en neuf pas, en *fenêtres*, ou *Saillies*, de toute la hauteur du *Mur*, reffemblant à des *Arcades*, par lefquelles on a vûe fur la *Riviere*, & où l'on prend le frais. Il y a quarante de ces *Ouvertures* à châque côté, vingt grandes & vint petites. Tout au milieu du *Pont*, il y a deux petits *Cabinets*, bâtis en dehors du côté de l'eau, où l'on defcend par quatre marches, & d'où l'on peut puifer l'eau avec la main, quand elle eft bien haute. On leur a donné un nom fale, qui marque l'effet que produifent communément fur ceux qui y entrent, les Peintures impudiques dont ils font remplis. *Abas fecond* fut fi honteux d'y avoir mis le pied, qu'il en fit condamner l'entrée.

Ce que je viens de reprefenter n'eft proprement que le deffus de cét admirable *Pont*, lequel eft porté par trente-quatre *Arches* de belle pierre grifâtre plus dure que le marbre; mais pas fi polie, bâties fur un fondement de même pierre, lequel eft plus large que le *Pont*, & l'excede de dix pieds d'un & d'autre côté, avec des foupiraux aux bouts & au milieu; en forte que quand l'eau eft baffe, on peut fe promener à fec fur ce fondement-là, l'eau paffant toute par ces foupiraux ou ouvertures. Les *Arches* font percées dans l'épaiffeur d'un bout à l'autre, & il y a de deux en deux pas de groffes pierres quarrées, hautes de demi-toife, fur lefquelles on peut traverfer la riviere en fautant de l'une à l'autre. Il y a par-deffus tout cela une petite *Gallerie* pratiquée dans le fommet des *Arches* fur le bord: de maniere que huit perfonnes peuvent à la fois paffer ce merveilleux *Pont*, par differentes routes. On l'appelle communément *le Pont de Julfa*, parce qu'il joint la *Ville* au *Bourg de Julfa*, qui eft la demeure de tous les *Chrétiens*, & auffi *le Pont d'Allaverdy Can*, lequel en eft le Fondateur. J'oublios à dire qu'on defcend du deffus du *Pont* au deffous, à fleur d'eau, par des *Degrés* pratiqués dans les *Arches*.

Pour achever la defcription de la belle *Allée d'Ifpahan* il faut dire comment eft fait ce beau *Jardin*, qui eft au bout, appellé *mille Arpens*, non pas qu'il contienne en effet *mille Arpens*, mais pour faire entendre que fa grandeur eft extraordinaire. Il eft long d'un mille, & large prefqu'autant, fait en *Terraffes* foutenuës de murs de pierre. On y compte douze *Terraffes*, élevées de fix à fept pieds l'une fur l'autre, & qui vont de l'une à l'autre par des talus fort aifez à monter, & auffi par des degrez de pierre, qui joignent le *Canal*. Il y a quinze *Allées* dans ce *Jardin* autant que de *Terraffes*, dont douze font des *Allées* de traverfe, & de quatre en quatre de ces *Allées* vous trouvez un large *Canal* d'eau à fond de cuve, qui traverfe le *Jardin* parallelement, paffant fous des voûtes de brique à l'endroit des trois allées longues, afin de ne les pas interrompre. Ces *Allées* longues, qui font tirées au Niveau, meinent d'un bout à l'autre du *Jardin*. Celle du milieu eft ornée d'un *Canal* de pierre, profond de huit pouces, & large de trois pieds, avec des tuyaux de dix en dix pieds, qui jettent l'eau fort haut. Au bas de chaque *Terraffe* à l'endroit de la chûte du *Canal*, laquelle eft en talus & fait une Nape d'eau, il y a un *Baffin* de dix pieds de diametre, & au haut il y en a un autre fans comparaifon plus grand, profond de plus d'une toife, avec des jets d'eau au milieu, & autour. Ces *Baffins* font tous de differentes figures, ronds, quarrez, & à plufieurs angles. Celui de la troifiéme *Terraffe* eft dodecagone, de trois cens pas de tour. On voit proche de chaque *Baffin*

fur

fur les aîles deux grands *Pavillons* fort hauts, peints, dorez, & azurez de la même Architecture que ceux que j'ai décrits, & que j'ai fait graver ci-deſſus. Au milieu de la ſixiéme *Terraſſe*, il y a un *Pavillon* qui coupe l'*Allée*, lequel eſt à trois étages, & ſi grand & ſi ſpacieux, qu'il peut contenir deux cens perſonnes aſſiſes en rond. Il y a un autre *Pavillon* à l'entrée du *Jardin*, & un autre au bout, qui ſont ſemblables à la figure, & à l'ordonnance près. Quand les Eaux jouent dans ce beau *Jardin*, ce qui arrive fort ſouvent, on ne ſauroit rien voir de plus grand & de plus merveilleux, ſur tout au Printems, dans la ſaiſon des premieres fleurs, parce que ce *Jardin* en eſt couvert, particulierement le long du *Canal* & à l'entour des *Baſſins*. On eſt ſurpris de tant de *Jets-d'eau* qu'on voit de toutes parts à perte de vûë, & l'on eſt charmé, tant de la beauté des objets, que de la ſenteur des fleurs, & du ramage des Oiſeaux, qui ſont dans les volieres, & parmi les arbres.

En paſſant devant deux grands *Portails* de cette belle *Allée*, que je viens de décrire, j'ai obſervé qu'ils meinent, l'un au *Fauxbourg d'Abas Abad*, l'autre au *Palais du Roi*. Celui par où l'on va à ce *Fauxbourg* introduit dans une grande *rue*, qu'on appelle le *Jardin de la Mecque*, parce qu'autrefois c'étoit un ſpacieux *Jardin*, fondé pour les Pelerins de *la Mecque*. Le feu Roi le donna environ l'an cinquante du ſiécle paſſé à ſes deux premiers Médecins, qu'on appelle en Perſan *le grand Médecin*, & *le petit Médecin*, qui y bâtirent chacun un *Palais* fort beau, mais que j'ai vû depuis tous deux vuides & en décadence, par le releguement de leurs Maîtres à la Ville de *Com*. Le Roi *Soliman* les y envoia en éxil, après la mort du Roi ſon pere, ſelon la coûtume, pour n'avoir ſû guerir le Roi leur Seigneur. L'autre *Portail* donne entrée dans la ruë qu'on appelle de *Mahamed Bec*, du nom d'un Grand Vizir qui fut auſſi exilé à *Com* par *Abas ſecond*, & que ſon Succeſſeur prit en grace, & fit Gouverneur d'une des grandes Provinces de ſon Empire. Au bout de cette *rue*, on trouve à droite une petite Moſquée, & à gauche le *Palais du Cedre particulier*, comme les *Perſans* l'appellent, c'eſt-à-dire du Pontife qui adminiſtre tous les biens Eccleſiaſtiques legués par les Rois & par la famille Roïale. Ce Pontife particulier eſt l'oncle du Roi, par ſa femme, laquelle eſt ſœur d'*Abas ſecond*. J'ai vû bâtir ce *Palais*, dont je dirai ſeulement que la grande *Sale* a quatre vints pieds de long, & preſqu'autant de pro-

fondeur, mais elle eſt ſéparée en deux dans la longueur, non ſeulement par un *Balluſtre* de trois pieds de haut, d'ouvrage Moſaïque fort fin, mais auſſi parce que la partie interieure eſt élevée de deux pieds au-deſſus de l'autre. La *Salle* à trente pieds de hauteur, & eſt couverte d'un platfonds de Moſaïque tout d'une piéce : c'étoit une prodigieuſe maſſe, & qu'il fallut beaucoup d'art & de force pour mettre en ſa place, car après l'avoir conſtruite toute entiere on l'éleva ſur le comble avec pluſieurs machines faites d'une même façon, deſquelles j'ai donné le deſſein dans le ſecond Volume de cet Ouvrage. Cette *Salle* a des *Galleries*, à demi hauteur, aux côtez, & une qui traverſe au milieu à l'endroit où la *Salle* eſt coupée par le *Balluſtre*. A l'entour de cette grande *Salle* il y en a quatre plus petites, beaucoup de *Cabinets*, des *Chambres*, des *Niches*, des *Degrez* cachez, & mille commoditez, tout cela peint & doré avec beaucoup de magnificence, & meublé ſuperbement. Les liſtons de ces *Apartemens* ſuperbes contiennent avec tout cela la plus fine ſpiritualité; par exemple :

*L'attention & la preſence de Dieu eſt l'exercice particulier des fidéles en ce monde & la felicité des bienheureux en l'autre.*

*Rien n'eſt plus intime à l'homme que Dieu; & rien cependant qui lui ſoit moins connu : choſe étrange que Dieu ſoit ſi proche de l'homme, & que l'homme, ſoit ſi éloigné de Dieu!*

*Le marchepié du trone de Dieu, qui doit être l'objet de l'adoration des hommes, eſt auſſi leur azyle aſſuré contre les diſgraces & les calamitez de cette vie.*

*La volonté & le bon plaiſir de Dieu eſt la pierre de touche qui nous éprouve, afin que celui qui n'eſt pas de bon alloi faſſe paroitre la noirceur qu'il cache au dedans, comme la pierre de touche qui découvre la piece fauſſe.*

*Quiconque a attâché ſon cœur, & ſoumis ſon eſprit à Dieu, s'eſt delivré heureuſement de toutes les afflictions qui lui peuvent arriver en ce monde & en l'autre.*

*Qui ne vit que pour Dieu ne meurt jamais : heureux donc & mille fois heureux, l'homme qui n'eſt animé que de ſon eſprit.*

Ce beau *Bâtiment* eſt entouré de *Jardins*, à la maniere *Perſane*; & il a au devant un *Baſſin* d'eau, fait en quarré long, dont la face a ſoixante pieds. Il y a, outre ce grand

*Corps de Logis*, qui eſt le bel appartement, deux autres *Corps de Logis*, preſque ſemblables pour recevoir les hommes, & un *Serrail*, qui eſt fort ſpacieux, & non moins riche & magnifique, comme on le peut imaginer, ces dépenſes ſe faiſant de l'argent de la Femme, qui tient bien ſon rang avec un Epoux qu'elle crée par maniere de dire; car en *Perſe* quand on marie les filles de Roi ce n'eſt pas avec un grand Seigneur, ou avec quelque Gentilhomme de courage, on craindroit qu'une ſi haute alliance ne lui donnât envie d'attenter à la Couronne. On prend quelque *Molla*, ou Doêteur de la Loi, de bonne mine, & d'eſprit docile, & on le revêt de la charge de Pontife ou de quelqu'autre ſemblable. C'eſt une grande fortune que cet homme fait tout d'un coup, mais les épines d'une ſi belle roſe ſont bien piquantes; les plus dures ſont que tous leurs enfans mâles doivent être aveuglez, & ſouvent ils ſont mis à mort en venant au monde.

Près de ce *Palais*, il y en a un autre qu'on appelle *Khoné gau*, c'eſt-à-dire, *la Maiſon du bœuf*, à cauſe que le Roi y fit mettre un bœuf & une vache de ſept pieds de haut, que *Mahamed aly bec*, homme célebre, qui fut Grand Maître ſous trois Rois, amena de *la Mecque* par curioſité, comme des bêtes d'une extraordinaire grandeur dans leur eſpece; mais ces animaux ne vécurent pas long-tems. Le *Palais* eſt à préſent poſſedé par des *Gouloms Cha*, ou *Eſclaves du Roi*, qui ſont de jeunes gens qu'on met dès le plus bas âge au ſervice du Roi, & qui avec le tems ſont pouſſez aux plus grands emplois. Au delà, on trouve un *Palais* d'un Grand Maître de l'Artillerie, qui eſt tout contre les Murs de la Ville. On laiſſe-là à droite des *Ecuries du Roi* & le *Palais* de *Mirza Refia*; & pouſſant à gauche, on vient à une fauſſe porte de Ville, qu'on appelle *la porte des Cuiſines*, parce qu'elle joint les *Cuiſines du Roi*.

J'ai promis en faiſant mention des *Jardins*, qui ſont à côté de la belle *Allée d'Iſpahan*, de faire la deſcription d'un *Sallon* qui eſt dans un de ces *Jardins*, qu'on appelle *le Jardin du Roſſignol*. Pour mieux ſatisfaire à ma promeſſe, je donnerai à côté le deſſein de ce beau *Sallon*, qui eſt appellé *Amarat behecht*. J'ai déja obſervé qu'*Amarat* ſignifie *Maiſon de plaiſance*, ou *de parade*, & *behecht* veut dire *le dixiéme Ciel*; c'eſt comme qui diroit *la Salle du Paradis*. Ce *Sallon*, qui a près de ſoixante pas de diametre, a été conſtruit de figure irreguliere, à ſept angles ou faces, dont celle du fonds eſt beaucoup plus large que les autres. Le milieu eſt en *Dôme* écraſé, élevé de ſeize à dix-huit toiſes, ſoûtenu ſur des *Pilaſtres*, faits en *Arcades*, & en pareil nombre qu'il y a d'angles. Le tour eſt couvert d'un *Platfonds* de Moſaïque, d'un fort bel ouvrage. Les *Pilaſtres* ſont percez tout à l'entour à deux étages, en ſorte que les *Galleries* vont tout autour, & là on a pratiqué & ménagé cent petits endroits les plus délicieux du monde, qui n'ont tous qu'un faux jour, mais clair autant qu'il eſt néceſſaire pour les plaiſirs à quoi ces endroits ſont deſtinez. Il n'y en a pas un qui reſſemble à l'autre, ſoit pour la figure ſoit pour l'architeêture ou pour les ornemens, & les dimenſions. Par tout c'eſt quelque choſe de divers & de nouveau: aux uns il y a des *Cheminées*, à d'autres des *Baſſins* avec des jets d'eau, qu'on fait monter-là par des tuyaux enfermez dans les *Pilaſtres*. C'eſt un vrai Labyrinthe que ce merveilleux *Sallon*, car on ſe perd en haut preſque par tout, & les degrez ſont ſi cachez qu'on ne les reconnoît pas aiſément. Le bas, juſqu'à dix pieds de hauteur, eſt revêtu de jaſpe tout à l'entour; les *Balluſtres* ſont de bois doré. Les *Chaſſis* ſont d'argent, & les *Carreaux* de criſtal ou de verre fin de toutes couleurs. Pour ce qui eſt des *Ornemens*, on ne peut rien faire où il y ait plus de magnificence & de galanterie mêlées enſemble. Ce n'eſt par tout qu'or & azur. Les *Peintures* de cet édifice, parmi leſquelles on voit beaucoup de Jouïſſances & de Nuditez, ſont toutes d'une beauté & d'une gayeté ſurprenante, avec des *Miroirs* de Criſtal deçà & delà. Il y a de ces petits *Cabinets* qui ſont tout *Miroirs* aux murs, & à la voûte. Les *Meubles* de chaque endroit ſont les plus magnifiques du monde & les plus voluptueux. Il y a des reduits qui ne ſont qu'un *Lit* entier. On ſait que les *Lits* des *Orientaux* ſe mettent à terre, & ſont ſans rideaux. J'en vis un avec admiration dont la couverture ſeule coûtoit deux mille écus. Elle étoit de martre, & c'eſt pour être couverts chaudement & legerement. On m'a dit que le Roi a des matelats qui en ſont auſſi. Je ferois un Livre des *Ornemens* de ce grand *Sallon*, des petits *Portraits* qui y ſont, des *Mignatures*, des *Vaſes*, des *Inſcriptions*. Les unes expriment des penſées tendres & amoureuſes, d'autres des piéces de morale. Voici celles dont je chargeai mes tablettes. Au-deſſus d'un pot de fleurs:

*La Tulipe eſt mon emblême, j'ai le viſage en feu, & le cœur en charbon.* Le ſens eſt que com-

comme la *Tulipe* a d'ordinaire les feuilles rouges, mais le fonds tout noir, l'Amant a de même le cœur brulé & le visage enflamé

*Quelque haut qu'une beauté porte la tête, elle touche toûjours des pieds à terre.* Cela veut dire que le poids de leurs passions les ravale de l'élevation de leur esprit, de leur courage, & de leurs appas.

*Mon cœur s'est tourné cent fois à droite & à gauche sans se trouver engagé; Enfin il vous a apperçuë & il s'est fixé.*

*Je ne puis endurer plus long-tems la douleur de vôtre absence.*

*Ni demeurer davantage en un lieu où vous n'êtes pas.*

*Vous êtes la prunelle de mes yeux..*

*Je vous ai perduë, je ne sai qui regarder, je n'ai plus rien à faire qu'à mourir.*

*Le Roi est le Pasteur des pauvres,*
*Lorsqu'il y a en lui d'autre grace que son sceptre.*
*Les Brebis ne sont pas pour le Pasteur,*
*Mais le Pasteur est plûtôt pour les Brebis.*

*Si tu demandes quel mal tu fais à la fourmi en marchant sur elle?*
*Je répronant en te demands, quel mal te fait l'Elephant en marchant sur toi?*

Sur un manteau de cheminée,

*Ne vous souciez point de l'hyver, ce n'est que rafraichissement & que santé.*

Je ne puis m'empêcher de dire que quand on se promene dans cet endroit fait exprès pour les délices de l'amour, & qu'on passe par ces *Cabinets* & par toutes ces *Niches*, on a le cœur si attendri, que pour parler ingenument on sort toûjours de-là malgré soi. Le climat sans doute contribuë fort à mettre les gens dans cette disposition amoureuse, mais assurément ces lieux-là, quoi qu'à quelque égard ce ne soient que des châteaux de carte, sont pourtant plus rians & agréables que nos *Palais* les plus somptueux. C'est le Roi Soliman qui a fait construire ce *Sallon*, lequel a coûté cinquante mille écus à bâtir seulement pour la Structure, sans comprendre les meubles, ni rien de ce qui y est attaché.

Je viens à la description des *Fauxbourgs d'Ispahan*. Les deux plus grands sont aux côtez de la grande *Allée*, l'un à gauche, nommé *Cadjouc*; l'autre à droite, appellé la *Colonie d'Abas*. Le *Fauxbourg* de *Cadjouc* commence à la *Porte d'Hassein Abad*. On y trouve d'abord les *ruines* du *Palais du Roi Hassein*, parmi lesquelles il n'y a rien d'entier. Un *College*, qui porte son nom, & où l'on voit son *Tombeau*, qui n'est pas ruiné comme le *Palais*, mais entier & bien entretenu : une *Mosquée*, un *Bain*, & un *Hôpital de Derviches*, qu'on dit tous de la fondation du Roi *Hassein*, quoi qu'ils paroissent renouvellés depuis cent ou deux cens ans, & un *Bazar* qui porte aussi le même nom. Il y a sur ici-tez un gros *Platane* qu'on appelle semblablement le *Platane du Roi Hassein*, qu'on dit vieux de plus de mille ans, & qui est aussi tout noir de vieillesse. On l'a conservé dans le bâtiment, de sorte qu'on le voit tout entier contre le mur, sortant au-dessus de la voûte de ce *Bazar*, lequel est bâti de brique, & est long & large, fort haut & bien éclairé, & un des plus beaux de la ville. La raison qu'on a eu de conserver dans cet édifice ce vieux arbre-là, vient d'une superstition que les *Persans* ont pour les vieux arbres, de laquelle j'ai déja touché un mot. Ils les appellent *Dracte fasels*, c'est-à-dire des arbres excellens, & ils les reverent comme étant conservez de Dieu miraculeusement durant tant d'années, parce qu'ils ont donné l'ombre & le couvert à ses fideles serviteurs, comme les Derviches & les autres gens dévoüez à la Religion, & sevrez des affaires du monde, lesquels y venoient méditer ou faire leurs dévotions, ou s'y reposer.

Au de-là de ce *Bazar* de *Hassein Abad*, on trouve la *rue* la plus longue & la plus large qui soit à Ispahan. Sa largeur est de trente pas, & sa longueur d'un quart de lieuë. Elle meine à un endroit fameux nommé *Bavarouk*, & on y voit plusieurs grands *Hôtels* avec de beaux *Jardins* sur la gauche. On observe particulierement dans cette grande *rue* & à l'entour, le *College de Cheic yousouf benna*, ce celebre architecte dont un des *Fauxbourgs d'Ispahan* porte le nom: le *Bazar*, le *Bain*, le *Caravanserai d'Aytemour bec*; un *Jardin* spacieux, qui porte le nom de *mouraïd* : deux grands *Cimetieres*, à l'un desquels il y a quatre petites *Maisons* destinées à déposer les cercueils des morts, qu'on porte enterrer vers *Babylone*, ou dans la *Bactriane* aux sepulcres des *Imans*. On tient pour une grande indecence en ce païs-là de garder un mort dans la *Maison* où on loge, & un mort rend une maison comme pestiferée & sequestrée, parce que tout lieu où il y a un mort est impur, il faut se purifier si l'on y est entré, c'est pourquoi

quoi on enterre promptement les morts, si-non on les dépose en ces lieux-là où person-ne ne met le pied jusqu'à ce que tout soit prêt pour les transporter. On fait remarquer dans un coin du *Cimetiere* un vieux *Platane*, qui est un de ces arbres appellez *excellens* par les *Persans*, comme je l'ai observé. Le tronc est une petite caverne, où l'on voit toûjours quelque Hermite qui y fait ses dévotions, en reverant l'arbre pour son ancienneté. On re-marque encore dans ce Quartier-là, un *Palais* appellé *Kaylouc*, bâti par *Caliphé Sulton* pre-mier Ministre: un *Hermitage* fondé par *Mir-cassem bec*, Gouverneur d'*Ispahan*, avec un *Bain* tout joignant; & de-là en poussant plus outre, on arrive au Canton de *Chazeid*, ainsi nommé d'un fils de l'*Iman Hassein*, à l'hon-neur duquel il y a un *Hermitage* fondé & en-tretenu dans ce Canton.

Le *Fauxbourg* de *Cadjouc*, qu'on appelle aussi *la contrée de Hassein Abad*, s'étend à droi-te entre cette *Porte* & la belle *Allée d'Ispa-han*, regardant entre le *Septentrion* & l'*Orient*, contient onze cens onze *Maisons*, douze *Mos-quées*, tant grandes que petites, quinze *Cara-vanserais* tant grands que petits, huit *Colleges*, vint-un *Bains*, douze *Bazars*. Ce *Fauxbourg* se divise en *Grand* & en *Petit*; le *Petit* est le premier que l'on rencontre en sortant de la Porte. Les plus considerables *Edifices* qu'on trouve en y entrant sont, le *Palais de Cazi moheze*; le *Cazi* est le Juge Civil, & celui-ci vivoit du tems d'*Abas le Grand*, & étoit fa-meux pour son équité & pour son integrité: Le *Palais d'Aly bec*, fils d'*Aly Merdom Kan*, qui livra au Roi des Indes la forteresse de *Can-dahar*, dont il étoit Gouverneur. C'est un grand *Palais*, dont la partie qui est pour les hommes consiste en deux grands *Corps de lo-gis*, un au midi, l'autre au Nord, separez par un *Jardin*, qui est entre-deux. Le *Palais de Hava Begum*, c'est-à-dire la *Princesse Eve*, qu'on appelle presentement le *Palais de Mirza Rezi*. Cette *Princesse Eve* étoit fille d'*Abas le Grand*, qui fut mariée au *Cedre* ou Pon-tife: *Mirza Rezi*, qui tient ce *Palais* est le fils unique de cette Princesse par ce Pontife, lequel étant mort jeune, elle se remaria à un Ecclesiastique qu'on fit aussi Pontife en sa faveur. Elle eût d'autres Enfans, dont il y a deux fils logez dans ce même Faux-bourg. Tous ces trois fils sont aveugles, selon la coutume qu'ils ont en *Perse* d'ôter la vie, ou du moins la vûe, à tous les en-fans du sang Royal, de quelque côté qu'ils viennent, masculin ou feminin; car la des-cente par la branche des femmes est fort bonne chez eux, parce que c'est celle de *Mahamed* dont ils ne reconnoissent la suc-cession que par la branche de sa fille. *Mir-za Rezi* est fort riche & fait une grande dé-pense. C'est un Seigneur bien fait, de petite taille mais fort beau de visage, d'humeur gaïe, quoi qu'aveugle, non seulement privé de la vûe, mais aussi des yeux à la maniere de ce Païs-là, où l'on ôte toute la prunel-le, de peur que par quelque secret de l'art, ou par quelque effet de la nature, la vûe ne se recouvre; & de peur aussi que celui qui passeroit la lame ardente devant l'œil n'éteignit pas entierement la faculté visuel-le, comme cela arrivoit souvent au tems qu'on aveugloit avec des lames de cuivre rouge. Le *Palais* de ce Seigneur est ma-gnifique & bien entretenu: Le *Corps de Lo-gis* où il reçoit le monde, & où il le loge dans l'occasion, est un grand bâtiment quar-ré, consistant en quatre grandes *Salles* expo-sées aux quatre parties du Ciel, afin de joüir toûjours d'un air temperé, & en plu-sieurs *Chambres* & *Cabinets* à double étage entre ces *Salles*, dont les *Platfonds*, & tous les *Ornemens* de haut en bas reluisent d'or, & sont magnifiques. Les cartouches mêlez dans la Frise contiennent de fort beaux préceptes de morale; en voici quelques-uns.

*La plus grande misere de l'homme consiste à ne se connoître pas lui même : car tantôt il s'é-leve trop, tantôt il s'abaisse trop: & il s'avilit quelquefois de telle maniere qu'il se donne au plus bas prix: semblable à un pauvre Fou, qui cout des haillons à des habits de brocard, ou qui donne ceux-ci pour avoir ceux-là.*

*La Fortune est comme une échelle; autant d'échelons que vous y montez, autant il en faut descendre. Ne vous fiez donc pas à cette fausse trompeuse, qui ne vous fait monter en haut que pour vous faire descendre, & qui souvent vous laisse tomber du dernier échelon, & briser à la chute.*

*Le malheur est comme le feu d'un fusil, dont l'étincelle est fort aisée à éteindre, si l'on y met la main de bonne heure, mais qui autrement embrase tout sans pouvoir être arrêté.*

Un *Perron* de pierre haut de trois pieds, & profond de six, regne tout autour de ce grand bâtiment. Ces rebords sont faits & pour l'or-nement & pour la commodité; car le soir dans la grande chaleur, on les couvre de *Ta-*
*pis*

pis après les avoir bien arrofez une heure auparavant, & on y prend l'air : c'eſt auſſi afin de recevoir les gens du commun à qui l'on a à faire, ſans les faire entrer dans la *Salle*, ni les laiſſer aprocher de trop près. Ce *Bâtiment* eſt à l'entrée d'un fort grand *Jardin*, orné de *Baſſins*, de *Canaux*, & de *Jets-d'eau*. Les *Offices* ſont du côté du *Portail*, ſpacieux & commodes. Le *Haram*, ou la partie ſacrée, qui eſt le nom des Apartemens des femmes, eſt une fois plus grand & plus beau, que l'autre. Comme l'*apartement* des femmes eſt proprement la *Maiſon* ou demeure du Maître, c'eſt-à-dire l'endroit où il paſſe ſa vie avec ſa femme & ſes Enfans, c'eſt celui qu'on prend plus de plaiſir à orner ; tout le reſte d'un *Palais* n'eſt qu'une maniere d'*hôtellerie*, ou de *Bureau*, où le Maître ſe rend pour ſes affaires, ou pour recevoir les viſites, & pour entretenir commerce avec ſes amis ; c'eſt par cette raiſon que les *Turcs*, & les *Tartares*, appellent l'*apartement* des femmes *Serrail*, nom auquel nous avons attaché une idée de Luxure, mais qui ne ſignifie chés les *Orientaux* que *Palais*, ou *Hôtel*, comme pour dire que cét endroit-là eſt proprement le *logis* & l'*habitation* d'un Seigneur.

Ce *Haram* conſiſte en trois *Corps de Logis* magnifiques, dont je ferai la Deſcription, parce que c'eſt un des beaux *Serrails* que j'aye vûs. Ces *Corps de Logis* ſont chacun au milieu, ou à l'entrée, d'un grand & ſpacieux *Jardin* dont l'enclos eſt fermé de muruailles plus hautes que celles des *Monaſteres* les mieux murez, & chaque *Corps de Logis* eſt élevé de trois ou quatre pieds ſur le rez de chauſſée, avec une Terraſſe tout à l'entour, qui eſt au niveau, profonde ou large de ſix à ſept pieds. Le premier *Corps de Logis* eſt compoſé d'un grand *Sallon* rond, couvert d'un Dôme, de quatre *Salles* aux quatre coins, deux quarrées longues, & deux Ovales, & de huit *Chambres*, deux à chaque coin, dans les Angles. Les *Salles* des côtez ne ſont ſeparées de la grande que par des chaſſis. Chacune a ſon *Baſſin* avec un Jet d'eau. Celui du grand *Salon* eſt de vint deux pieds en quarré & l'eau paſſe de ce baſſin à ceux des côtez par des Canaux de marbre. L'*édifice* eſt couvert de cinq *Dômes*, celui du milieu plus haut que les autres, tous cinq admirablement bien peints, dorez, & azurés. Les grands *apartemens* de l'*Orient* ſont tous faits à peu près de cette maniere ; & ces *Salles* ſont ouvertes à differentes expoſitions, afin de pouvoir être toûjours ou au frais, ou au ſoleil, ſelon la ſaiſon. Le ſe-

cond *Corps de Logis* contient cinq *Sales*, trois de front, qui vont en étreciſſant en Perſpective ; & deux aux côtez quarrées-longues. Les trois premieres ſeparées l'une de l'autre, ſeulement par des *Chaſſis* de criſtal, & les deux autres par des *Murs*. Celle du fonds eſt couverte d'un *Dôme*, dont le tour eſt garni de grands *Miroirs*, de même que les *Murailles*, juſqu'à huit pieds du plancher, où elles ſont revêtues de Tables de jaſpe. Les quatre autres *Sales* ſont couvertes de *Platfonds* de Moſaïque, où l'ivoire, & les bois les plus précieux & de meilleure ſenteur ſont employez confuſement avec le jaſpe, & l'albâtre. Dans l'enclos de ce ſecond *Corps de logis* on voit un *deria cha*, ou *Mer Royale*, qui eſt le nom de ces grands *Baſſins d'eau* qui ont des ſix vints pas de diametre & plus ; & vis-à-vis de-là, aſſés loin, on voit de petits *apartemens* très-jolis, meublés galamment. Il n'y a rien de plus gai & de plus riant, ſur tout en été ; qui eſt le tems que je les vis l'an 1673. à l'occaſion d'une fête qu'on y préparoit pour le Roi. Le troiſiéme *Corps de Logis* eſt un grand *Salon* rond, en *Dôme* avec beaucoup de *Chambres* & de *Cabinets* autour. Le bas du *Salon*, à ſept pieds de terre, eſt revêtu de Carreaux émaillez, fort fins. Le reſte eſt orné de *Figures*, juſqu'à la corniche du *Dôme*, lequel eſt couvert de Moreſques d'or & d'azur fort épais. Dans le premier *Corps de Logis*, il n'y a point de *Figures*, mais dans tous les autres, il y en a ; & la plûpart ſont des nuditez, des jouïſſances, & les poſtures les plus laſcives ; ce qui paroît abſurde dans le *Serrail* d'un homme aveugle : mais on diroit que les aveugles de *Perſe* ont la vûe répandue dans les autres ſens, & ſur tout dans les doigts. Celui-ci dont je décris le *Palais* en a donné ſeul le deſſein, & ce *Palais* eſt, comme je l'ai dit, un des plus beaux & des plus ſomptueux de la *Perſe* ; ſur tout dans les meubles. Le Maître a eu moien de ſe meubler magnifiquement poſſedant plus de cinquante mile Ecus de revenu.

C'eſt une choſe incroiable que l'adreſſe & les talens de pluſieurs de ces *Princes Aveugles* de *Perſe*, dans les choſes de méchanique, & des Ouvrages à la main. Cette famille-ci en donne les plus merveilleux exemples. *Mirza Rezi* eſt ſavant dans les *Mathematiques*, ſur tout dans l'*Algebre*, dont il fait les figures & les ſuputations avec de petits bâtons. Il aime paſſionnément les montres & les horloges, & il s'y cónnoît auſſi bien qu'il les aime. Il m'en fit voir plus de deux cens. Il démonte & remonte la plus petite piéce, même quand les pié-

piéces de la montre font mêlées. Il y met une corde & fait tout cela fi vîte, & fi adroitement, qu'on ne pourroit jamais croire qu'il fût aveugle, fi l'on ne lui voioit le Bandeau devant les yeux. Ce Bandeau eft un petit mouchoir de foie, plié d'un doigt & demi de large, qu'il porte lié fur les paupieres, pour empêcher le hideux afpeČt que fait une tête fans yeux. Voici comme je l'ai vû faire quand il vouloit achetter une montre. Il prend la piéce, & la manie, pour juger de la boëte fi elle eft bien faite. Enfuite il la met droite entre fes doigts & manie la charniere & la beliere, puis en touchant l'aiguille il fait quelle heure il eft, & fi la montre va bien. Enfuitte en touchant au cordage, & portant la piéce à fon oreille il juge de la bonté de l'ouvrage. Je lui ai vû achetter des piéces d'horlogerie de cinquante piftoles fur fa propre connoiffance, quoi que le prix confiftât feulement dans la délicateffe de l'ouvrage. On ne comprend pas comment on peut avoir tant de connoiffance au bout des doigts. Je fis mêler une fois une Montre à boëte d'or émaillé, d'un ouvrage commun, avec d'autres dont la boëte étoit peinte des Batailles de *Tempefte*, d'un ouvrage fort délicat. Les gens non entendus auroient eu peine à y trouver de la difference, leurs deux yeux deffus; mais lui la connut fort bien, & mit dehors cette montre en difant: *pourquoi avez-vous mis cette montre-ci qui n'eft qu'ordinaire, avec les autres, qui font beaucoup plus belles.* Il connoit un mauvais mouvement entre une vintaine d'autres, tous montés, & allant enfemble, & il prend juftement le mauvais, fans fe tromper, & le met à quartier. Il eft auffi fort curieux de pierreries, & en a un grand amas. Je ne pouvois m'empêcher de rire en comparaifon de fa maniere de s'exprimer, dans le commencement que je fis connoiffance avec lui; car lors que je lui parlois de quelque chofe rare ou de prix, que j'avois en mon pouvoir, il me répondoit d'abord, *faites-la moi voir*; *Que je la voie*; *montrez-la moi*; & toûjours il s'énonçoit comme ceux qui ont le libre ufage de la vûë.

Mais je n'ai rien dit encore en comparaifon de la connoiffance & de l'adreffe de fes deux freres, qui ont fait tant de progrès dans les *Mathematiques*, qu'ils en compofent des Livres, & en donnent des Leçons. Je ne parlerai que de l'ainé, parce que c'eft affez loüer le Cadet que de dire qu'il eft prefque auffi habile & auffi adroit que fon frere. C'eft particulierement à l'*Aftronomie* qu'ils fe font attachez, comme étant la Science la plus cultivée, & la plus reverée en *Orient*. Ce mer-

*Tom. III.*

veilleux aveugle compte & calcule tous les mouvemens celeftes fort précifement, & fait les régles des trois Equations, auffi jufte que le plus grand *Aftronome* de l'*Europe*. Comme j'ai été fouvent l'admirateur de fes operations *Mathematiques*, & que j'ai affifté à fes Leçons, j'ai fort bien obfervé tout l'art avec lequel il lit & il écrit, par maniere de dire, du bout de fes doigts. Il prend devant lui une *Tablette* de vint cinq pouces de diametre, & met à côté de lui une Boëte pleine de petits *bâtons de cire molle*, gros comme un ferret d'aiguillette. S'il veut calculer un *Triangle Spherique*, ou former une *figure plane fpherique*, pour le *Probleme* qu'il a dans l'efprit, il pofe le pié du *Compas* ferme fur la planche, & de l'autre main il conduit l'autre pointe, marquant en même tems à la trace, avec fa cire molle, & ainfi il forme fon *Cercle*, comme un *Meridien* entier, après quoi il tire de même le *demi Cercle*, ou *demi-horifon*; & ainfi de fuite fes demi-cercles ou arcs, jufqu'à la perfection de fa *figure fpherique*, qui paroît auffi jufte & uniforme qu'on la puiffe tracer; mais fi c'eft pour calculer quelque *Longitude & Latitude de Planete*, il fe fait lire par fon Lecteur la *Table des Moïens Mouvemens*, il les marque fur la *Planche* avec fa *Cire* en figures *Aftronomiques* très bien formées, fignes par fignes, degrés, minutes; après quoi il repaffe du bout du doigt fur ces figures, & fait fon *addition*. Quand il a ce *Moïen Mouvement*, il dit à fon Lecteur de chercher aux *Tables d'équation* pour en tirer la *Proftaphereze*, ou *Equation additive*, ou *Souftractive*, qu'il marque avec fa cire, de même que nous faifons à nôtre maniere accoûtumée.

Le Cadet de ces admirables aveugles a encore un talent merveilleux, & même incomprehenfible dans un homme qui ne voit goute. Il taille en bois des *Figures* d'hommes, de chevaux, d'oifeaux, de fleurs, & copie toute forte de *figures en boffe*, imitant le modelle au toucher comme on feroit à la vûë. J'étois tout à fait furpris de le voir travailler fi adroitement, & des piéces que je voiois qu'il avoit faites. Il aime les Chats, & il en a toûjours nombre autour de lui, des plus beaux de la *Perfe*, & l'on peut dire de tout le monde, car il n'y a nulle part qui aient le poil fi long & fi fin qu'à *Ifpahan*. On voit en tout cela comment ces *Princes aveugles de la Perfe* paffent leur tems à des amufemens loüables, & que tous ne vivent pas comme des brutes avec leurs femmes & leurs Enfans.

J'obferverai encore deux chofes de *Mirza Rezi.*

I

*zi.* La premiere qu'il a le tour des paupieres tout cicatrizé, ce qui lui fait porter fon bandeau devant les yeux un peu plus large que les autres aveugles ; car d'ordinaire ce bandeau, qui eſt fait d'un mouchoir de foie en pluſieurs doubles, comme je l'ai remarqué, n'eſt large que d'un grand pouce ; & cela vient de ce qu'étant déja en âge, quand on lui fit cette barbare operation, il s'agitoit en y réſiſtant, & que l'Eunuque à qui on la fit faire étoit fort a-droit & tenoit mal ſon Poignard. La feconde, c'eſt que fans la mort du Roi *Abas fecond*, ce pauvre Prince alloit paſſer ſa vie dans la plus grande mifere du Monde, par l'aventure que je vais raconter. Il y a une fondation d'environ vint mille livres de rente dans ſa famille, que le Fondateur ordonne qui fera adminiſtrée par le plus capable & le plus fage de la famille. Celui qui en avoit l'adminiſtration étant venu à mourir, *Mirza Rezi*, comme le plus proche Parent, voulut s'en charger, mais le *Cedre*, ou *Pontife*, qui jugeoit qu'un aveugle n'étoit pas le ſujet le plus propre pour cet œconomat vouloit le donner à un autre. *Mirza-Rezi*, s'échauffant-là deſſus, diſoit : *comment ! n'ai je pas affés d'eſprit pour cela, quoi que je fois aveugle ? Je foutiens que je fuis précifément celui que la fondation preferit, car je fuis Molla, attaché à la Religion, & de plus je fuis du fang Royal.* L'affaire étant allée devant le Roi qui étoit en *Hyrcanie*, les parties de cet Illuſtre aveugle repreſenterent au Prince qu'il levoit fort la tête pour un aveugle, qu'il entretenoit plus de trois cens chevaux, & plus de quatre cens domeſtiques gagés, & qu'il s'ingeroit tous les jours dans les affaires d'autrui. Le Roi, pouſſé par les Miniſtres, qui avoient été gagnez par des préſens, ſe mit à dire, *comment ces aveugles veulent ſe mêler d'affaires, & s'appuient fur leur naiſſance ? Il y faut mettre ordre :* Quelques jours après, le *Vizir d'Iſpahan* vint de la part du Roi ſe faifir de ſes papiers, & de tous ſes biens, & le renferma dans un des *Corps de logis* de ſon *Serrail*, avec les femmes, ſous la garde de ſes principaux Eunuques, ne lui laiſſant de bien que ce qu'il falloit pour vivre petitement, & lui faifiſſant pour plus de quarante mille écus de revenu ; mais heureufement pour lui, *Abas* mourut au bout de deux mois, & ſon fucceſſeur lui rendit tout peu après. Il fit en reconnoiſſance un feſtin au Roi, à la Princeſſe Sa Mere, & aux principales Favorites, qui dura trois jours, & qui avec les prefens lui coûta la valeur d'une année de ſon revenu.

Joignant le *Palais de Mirza Rezi*, il y a une *Mofquée* qu'il a fait bâtir, & qui porte ſon nom. Elle eſt grande & belle contenant pluſieurs logemens à doubles étages, qui ſervent à des gens d'Eglife, & à des gens de Lettres. On y voit un grand *Baſſin* dans la *Cour*, au devant du chœur de la *Mofquée*, qui eſt l'endroit où l'on fait d'ordinaire la priere publique. Le *Portail* eſt grand & beau, fermé d'une *Chaine*, comme pluſieurs autres *Mofquées*. La *Chaine* pend à cinq pieds du bas, & eſt foûlevée par le milieu avec une autre chaîne penduë au fommet du *Portail*. On met ainfi des *Chaines* aux portes des *Mofquées*, de peur que par meprife il n'y entre quelque bête de charge comme cela pcut arriver fort facilement dans un païs où tout ſe voiture fur le dos des animaux, & où l'on n'a prefque pas l'ufage des charrettes. On releve la *Chaine* par le milieu afin que les hommes y paſſent plus aifément. A quelques pas delà vous trouvez une grande rüe des plus droites de la Ville, qui eſt terminée aux deux bouts par deux grands *Carrefours* couverts chacun d'un *Dôme*, foûtenu fur de gros *Pilaſtres* de brique, l'un s'appelle *le Carrefour du bois*, l'autre *le Carrefour d'Effendiar bec* : A la gauche de cette rüe eſt un *Canton*, qu'on appelle *Saleh abad*, qui contient outre les *rües* de traverſe cinq ou fix *rües* principales, lefquelles aboutiſſent à la *Riviere*. Les *Jardiniers* du Roi qu'on appelle en *Perfe les Bêcheurs du Roi*, demeurent dans ce Quartier-là, & ce qu'il y a de plus confiderable, c'eſt le *Palais de Kazi can*, & trois grands *Caravanferais*, où logeoient de mon tems tous les *Corafoniens*, qui font ceux qu'on appelloit autrefois *Bactriens*. La dévotion, plûtôt que les affaires du monde, les ameine à *Ifpahan*, où ils viennent à centaines une fois l'année, fous la conduite d'un Chef pour aller en Pelerinage *à Kerbela*, Place d'*Arabie* où *Aly* eſt enterré.

Le reſte du Quartier de *Cadjout* s'étend au côté gauche de la grande *Allée* ci-deſſus décrite, que j'ai dit qu'on peut appeller *le Cours d'Ifpahan*. Les Rües en font traverſées par de larges *Canaux* d'eau, bordez de grands arbres d'un & d'autre côté, comme dans les Villes de *Hollande*. Il n'y demeure gueres que des gens de qualité, & on n'y voit prefque que de grands *Hôtels*, avec des *Jardins* très-fpacieux. On y voit, entre les autres, le *Palais du Vakaneuvis* ou *l'Ecrivain des chofes cafuelles*, qui eſt un Secretaire d'Etat ; celui des *Muficiens Iadiens*, où logent tous ces Joueurs de

Cors,

Cors, & d'autres gros inſtrumens, qui ſont natifs des *Indes*. *Abas ſecond*, à la priſe de *Candahar*, ſur le *Grand Mogol*, en amena un grand nombre, qu'il logea dans ce *Palais* lequel étoit vuide. On voit tout proche celui de *Mirza Jaher*, Controlleur du *Nazir*, ou grand Surintendant: c'eſt un Officier qui ſert de ſecond au *Nazir*, & qui eſt établi pour veiller ſur ſa conduite, de peur qu'il ne faſſe tort au Roi, ou qu'il n'opprime ſes ſerviteurs & ſes ouvriers. Ce Seigneur eſt un homme grave, affable, fort dévôt, & fort bien inſtruit de ſa Religion, grand *Philoſophe* & grand *Mathematicien*. Je crois avoir obſervé en quelque lieu que le titre de *Mirza* eſt compoſé de *Mir*, qui eſt le nom du Soleil, & *zad*, qui ſignifie *engendré*: engendré *du Soleil* par métaphore, pour dire *le fils du Roi*, ou *Prince ſouverain*. Il y a encore dans ce quartier le *Palais de Mirkechi bec*, qui étoit Surintendant de toutes les Maiſons Roïales: le *Palais d'Aly Couliçan*, qui eſt mort Généraliſſime des Armées du Roi. Ce *Palais* n'a pas été achevé, autrement ce ſeroit le plus grand *Palais de Perſe*, excepté celui du Roi. Le Grand *Baſſin* d'eau, qu'on voit à demi fait, devoit avoir cent vint quatre pas de long. Ce *Palais* eſt au bout de *la rue des Chartiers*, qui ſont tous ramaſſés en cet endroit; car on retire-là les *Charettes* dans le *Fauxbourg*, parce qu'elles ſont trop larges pour tourner commodément dans les *rues* de la *Ville*, dont la plûpart ſont étroites. On ne ſe ſert pourtant pas d'autre machine, à porter les groſſes pierres de taille, mais c'eſt ordinairement la nuit qu'on les porte dans la *Ville*. Il y a un *Bain* dans cette *rue des Chartiers*, qu'on appelle *le Bain du Porte-pavillon*, c'eſt qu'il a été conſtruit par un homme qui gagna un fort grand bien à loüer de petites tentes aux Revendeurs dans les places de la *Ville*: Il n'en prenoit que deux Liards de loüage par jour, & il y gagna, dit-on, plus d'un million.

C'eſt-là ce qu'il y a de plus remarquable dans le Quartier appellé *le petit Cadjouc*: celui qu'on appelle *le grand Cadjouc* eſt au delà, & s'étend juſqu'à la Campagne. On y voit le *Palais* d'un Général des Mouſquetaires du tems d'*Abas le Grand*, qui aiant eu la tête tranchée, ſes biens furent confiſqués. On logea les *Capucins* dans ce *Palais* à leur arrivée à *Iſpahan*, il y a quelques quatre-vingt ans; le Roi les traitant en Ambaſſadeurs de *France*, comme je l'ai dit. Il eſt joignant le *Bazar* qu'on nomme de *Mouſtophy*, qui aboutit à une *Moſquée* du même nom, derriere laquelle il y

a des *Moulins à eau*. Il n'y a point de *Moulins à vent* à *Iſpahan*, ni en aucun endroit de *Perſe*; les *Moulins* ſont *à eau*, ou *à bras*, ou tirez *par des Animaux*. Proche ces *Moulins* eſt le *Kaſſal Khoné*, ou *le Lavoir Mortuaire*, auquel une moitié de la Ville va laver les corps morts du commun peuple, avant que de les enſevelir. On voit encore dans ce Quartier le *Palais* de *Cheic Baahdin Mahamed Gebet Amely*, c'eſt-à-dire, *l'Ancien*, *la gloire de la Religion*, *Mahamed*, *l'entaſſeur de Montagnes*, qui eſt ce fameux *Docteur Perſan* lequel compoſa l'*abregé du Droit Civil* & du *Droit Canon* en vingt livres, qu'on appelle *la Somme d'Abas*, parce que ce fut par ordre d'*Abas le Grand* qu'il le compoſa. On lui a donné ce ſurnom pompeux pour marquer l'excellence de ſes Ouvrages ſur la *Théologie Practique*, parmi leſquels on eſtime ſingulierement cette *Somme*. On lui en donne l'honneur, quoi qu'il n'en ait compoſé que les cinq premiers livres, ſon Diſciple aiant achevé le reſte, comme je l'ai obſervé dans un autre endroit; mais c'eſt qu'il avoit fait non ſeulement le plan & la diviſion de l'Ouvrage, mais auſſi le canevas, aiant compoſé les argumens des vint chapitres, ſi amplement que ces argumens en ſont comme des abrégés. Ce *Palais* eſt le dernier édifice du *Fauxbourg*. Il n'y a que des Campagnes au delà, juſqu'au *Village de Cheherestoon* d'un côté, & juſqu'au *Bocage de Mahamed Aly bec* de l'autre; que les *Europeans* appellent *l'Iſle*, parce que la *Riviere* y fait en ſerpentant pluſieurs petites *Iſles*, où l'on va ſe divertir à la pêche & à la chaſſe. Entre les arbriſſeaux de ce *Bocage*, il y en a qui portent un fruit, comme des *lambruches vertes*, qui étant meuries crévent, & donnent une maniere d'*Ouatte*, ou *Soye*, & il y en a d'autres qui ont l'écorce très-fine & luiſante, dont les feuilles découlent durant l'Eté une *Manne bâtarde*, douce & fort agréable au goût. Le *Village de Cheherestoon* eſt un des plus grands ſqu'on puiſſe rencontrer dans aucun Païs du monde. Il a près d'une lieüe de long, conſiſtant en *Jardins* fruitiers. Il eſt à l'*Orient* de la *Ville*, bâti ſur le fleuve qu'on paſſe ſur un *Pont* haut & étroit, à l'endroit duquel on voit grand nombre de ruïnes, ce qui donne lieu de croire qu'il y a eu anciennement beaucoup de grands édifices en ce lieu, & que c'étoit une *Ville*, comme l'hiſtoire le porte. On y montre entre les autres la *Maiſon* où naquit l'*Emir Gemla*, qui devint un des plus grands & plus fameux Princes des *Indes*, durant le ſiécle paſſé.

Le

Le *Fauxbourg* d'*Abas-Abad*, ou la *Colonie d'Abas*, commence à la *Porte Imperiale*. On l'appelle auſſi *le quartier des gens de Tauris*, parce qu'il a été premierement peuplé d'une Colonie que ce grand Prince amena de *Tauris*, Ville capitale de la *Medie*. C'eſt le plus grand *Fauxbourg d'Iſpahan*, s'étendant depuis le *Pont d'Iſpahan*, que j'ai décrit ci-deſſus, juſqu'au *Pont de Marenon*, qui en eſt à une grande demie lieuë à l'*Occident* : c'eſt auſſi le plus bel endroit de la Ville; car comme il eſt bâti de nouveau, les *édifices* en ſont plus magnifiques, & les *rues* en ſont larges & droites, au lieu que celles de la *Ville* ſont la plûpart tortues. Les principales *rues* de ce *Fauxbourg* ont au milieu des *Canaux* larges & profonds d'un bout à l'autre, & un double rang d'arbres, l'un contre les maiſons, l'autre ſur le bord du *Canal*. Il n'y a point auſſi d'endroit dans la Ville où il demeure tant de gens riches & de gens de qualité.

La premiere *ruë* qu'on rencontre, en entrant dans ce *Fauxbourg* par la *Porte Impériale*, eſt longue d'environ douze cens pas en droite ligne, aboutiſſant à la riviere. Les plus grandes *Maiſons* qu'on y trouve, ſont le *Palais de Mahamed Taber*, un des *Aſtrologues* du Roi, homme d'érudition ſinguliere pour ce Païs, & particulierement en *Geometrie*. Son *Palais* eſt compoſé de trois grands *Corps de Logis*, ſituez dans un *Jardin* ſpacieux, qui eſt entre-coupé de *Canaux* de Marbre qui portent l'eau en divers grands *Baſſins* de Marbre & de Porphyre. Quand je parle des *Palais des Seigneurs de Perſe*, je n'entens d'ordinaire que ce qui eſt deſtiné à recevoir le monde, quoi que c'en ſoit la moindre partie ; celle où les femmes habitent qui eſt proprement le logement du Maître & de ſes Enfans, comme je l'ai déja obſervé, ne ſe voïant point du tout, pas même le tour des édifices, les murailles qui les ſeparent étant élevées beaucoup plus haut. Je recueuillis ici ces ſentences :

> *Les bienfaits ne ſont jamais cachez, en quelque lieu que l'on les place, ni les bienfaiteurs inconnus en quelque lieu qu'ils ſe cachent.*
>
> *Reſſemblez à ces arbres couverts de feuilles, & chargez de fruits, qui donnent de l'ombre & des fruits à tous venans, & à ceux-là même qui en prennent à coups de pierre & de bâton ; imitez la mere perle qui donne ſa perle à celui qui lui ôte la vie.*

> *Quand on ſe voit le plus affligé, c'eſt alors qu'il faut eſperer le plus de conſolation. Le plus étroit du défilé, eſt le plus proche de la plaine.*
>
> *Le tems viendra bientôt que nous ſerons delivrez de toutes nos peines.*
>
> *Le remede eſt aſſuré, il n'y a qu'à avoir un peu de patience.*

Après on trouve le *Palais de Saroutaki*, ce premier Miniſtre Eunuque, dont j'ai fait l'hiſtoire au commencement de cette *Deſcription*, avec un *Bain* & un *Bazar*, qui portent ſon nom; & par delà on arrive à une ruë de traverſe, qu'on appelle le *Canal Roïal*, à cauſe de la largeur & de la profondeur du *Canal* qui coule au milieu. On le paſſe ſur deux petits *Ponts*, & l'on trouve au delà une *Moſquée*, qui porte le nom de *Melec bec le Tauriſien*, qui en eſt le fondateur : le *Palais de Mahamed Moumen Baagbon bachi*, qui eſt l'Office qu'on appelle en *Turquie*, *Boſtangibachi*, c'eſt-à-dire, *Capitaine des Gardes des Jardins du Roi*, par où l'on entend tout le *Palais* : le *Palais de Chelebi Stamboli*, comme qui diroit le *Gentilhomme Conſtantinopolitain*, qui eſt un gros Marchand qui négocie en ce Païs-là, lequel a fait bâtir joignant ſon *Hôtel* un *Bain*, un *Bazar*, & une *Moſquée*, qui portent ſon nom. Des gens tirent l'Etymologie de *Tchelebi*, de *Tcheleb*, un des noms de *Dieu* en *Turc* ; en effet ce titre eſt proprement *Turquesque*, d'autres la tirent d'un terme qui ſignifie *précoce, mûr avant le tems*. Auſſi ne donne-t-on gueres ce titre avant l'age viril. Et pour ce qui eſt du nom de *Stambol*, pour denoter *Conſtantinople* duquel on ſe ſert generalement en *Orient*, il eſt compoſé de deux termes *Grecs*, dont l'un ſignifie *aller*, l'autre ſignifie *ville*. Comme les *Turcs* entendoient toûjours les *Grecs* dire entr'eux *eſtanpolin*, allons à la ville, la ville par excellence, ils crurent que *Stanpolin* en étoit le nom, & ils ne le voulurent pas changer. On trouve enſuite le *Palais* du Chef des Orfévres, & celui de *Mirkaſſem bec*, Grand Prévôt d'*Iſpahan*, bâti par *Ruſtan can*, Prince Souverain de *Georgie*, qu'*Abas le Grand*, par une politique qui apparemment ne ſeroit pas d'uſage dans nos Païs, fit Gouverneur de la Ville Capitale de ſon Empire, après l'avoir dépouillé de ſes Etats.

Joignant ce *Palais*, il y a un beau & magnifique *Edifice* qu'on appelle la *Maiſon du fils de Azys-alla*, qui étoit un grand Joüaillier,

lier, qui mourut aux *Indes* en faisant son négoce. L'entrée en est petite, & l'on ne jugeroit jamais qu'elle meneroit dans un si beau & si vaste *Logis* : mais ces petites *Portes* sont devenues fort à la mode en *Perse* depuis quelques années, desorte qu'à present on ne fait presque plus de *Portail* aux *Palais* ; ou bien si l'on en fait, on ne l'orne point afin qu'il ne paroisse pas, ou même on le bouche au bout de quelque tems, & l'on ne se sert plus que d'une petite *Porte* faite auprès, ou à un autre endroit. C'est une coutume fort ordinaire en *Perse* que quand le *Palais* d'un grand Seigneur est achevé de bâtir, il y traite le Roi, & les Grands, durant plusieurs jours. Alors le grand *Portail* est ouvert ; mais quand ces Fêtes sont passées, on le ferme pour toûjours. J'ai ouï dire que la même chose se pratique au *Japon*. Je me souviens, à propos de ce *Palais*, de n'avoir pas observé dans la premiere partie de ce livre, qu'on ne craint pas en *Perse* de demeurer dans des *Maisons* nouvellement bâties ; au contraire, on s'y loge dès qu'il y a du couvert, & l'on y demeure au milieu des Maçons, des Menuisiers, & des Peintres ; c'est que l'air est si sec, & si bon en ce Païs-là, qu'on ne craint ni l'humidité ni la senteur des materiaux.

Pour revenir au *Logis* de ce riche Joüaillier, on y trouve deux grands *Corps de Logis*, outre les *Offices*, qui sont à l'entrée, sur les Ailes, & outre le *Serrail* que je n'ai pas vû, mais qu'on dit être fort beau. Le premier de ces deux *Corps* consiste en deux *Salles*, hautes de quarante-cinq à cinquante pieds, larges de vint-quatre pas, & profondes de seize. La premiere est de deux marches plus haute que la seconde, dont elle est separée par un *Balustre* de bois doré, & par des *chassis* de cristal aux côtez. Ces *Salles* sont couvertes, l'une d'un *Dôme*, l'autre d'un *Plat fonds* à la Mosaïque, du plus curieux ouvrage de raportqu'on puisse voir, fait de bois de senteur & des pierres les plus rares & les plus fines qu'on emploie aux édifices, ou aux gros meubles. A chaque côté des *Salles*, il y a deux autres *Salles*, l'une dans l'autre, celle du fonds est élevée de six pouces par dessus l'autre. Les couvertures en sont aussi differentes, celles des unes étant en *Arcades*, celles des autres en Dôme plat & écrasé, & dans les coins il y a dix, tant *Chambres*, que *Cabinets*, tous couverts differemment. Ces logemens ne sont pour la plûpart separez l'un de l'autre que par des carreaux de cristal, de toutes couleurs, & de differentes façons. Les Murs sont peints

de Moresques d'or & d'azur. Quelques-uns des petites reduits sont peints aussi de figures, parmi lesquelles on voit de tous côtez des vers & des sentences, sur des cartouches d'or & d'azur, fort joliment faits. Les six grandes *Salles*, & partie des chambres, ont chacune un *Bassin* de marbre ou de porphyre de differente figure & de differente grandeur, selon la proportion du lieu ; & pour les *Meubles* il ne se peut rien voir de plus magnifique ; car les *Tapis* sont la plûpart de soie & d'or : les *Carreaux* sont du plus riche brocard, & de la plus épaisse broderie du monde, & les petits *Lits* le long des Murs, pour s'asseoir, sont tous piquez d'or & de soie d'un travail fort délicat, avec des pommes d'argent pour les tenir aux coins & aux bords, & avec des crachoirs d'argent par tout. On voit en quelques-unes des chambres des bois de lit des *Indes*, admirables pour le travail, & pour la dorure, couverts de matelats & de Courte-pointes, brochées d'or, & fort artistement travaillées. Le Corps du *Logis* est tendu de *Pavillons* par dehors, aux trois côtez où le Soleil a coutume de donner, doublez en dedans de tabit, & tenus par des cordes de soie. Les *Jardins* tout à l'entour sont ornez de *Canaux* & de *Bassins*, dont les bords sont de Marbre & de Jaspe, dans lesquels l'eau court & joüe partout : rien n'est plus gai & plus magnifique tout ensemble. Entre les vers & les sentences qu'on lit sur les murs de ce beau *Logis*, j'observai celles-ci, qui sont à la loüange de ceux qui vont chercher fortune dans des Voyages de long cours, comme le Maître de ce *Logis* a fait.

*Un homme reclus & renfermé dans son Logis, est comme un mort renfermé dans son sepulcre.*

*Continuë donc toûjours de courir après la vertu, & après les biens.*

*Car un sabre ne coupe point, tandis qu'il est dans son fourreau ;*

*Et le feu ne découvre son activité, qu'en s'élançant hors du foyer.*

*N'étoit l'amour de voyager, la Perle ne monteroit pas de la mer au col des Dames.*

*L'or sur le bord de ses mines se jette comme la terre ;*

*Et le bois d'Aloes au Païs où il croit est du bois commun.*

*Le Jeune homme bien élevé, est comme l'or fin,*

*Qui a cours par tout, en quelque lieu que ce soit :*

*L'en-*

*L'enfant gâté est comme la monoye de cuir,*
*Qui n'a point de cours en Pais Etranger.*

*Tant que tu seras accroupi au coin de ton feu,*
*O homme simple, tu ne deviendras jamais homme.*
*Va-t-en donc dans le monde, & le parcours,*
*Avant que le tems vienne qu'il t'en faille sortir.*

*Il vaut mieux courir le monde que de le manger.*

J'oublióis à dire qu'il y a à cét *Edifice*, de même qu'à plusieurs autres de ce *Fauxbourg*, des *Tours à vent*, faites pour rafraichir le *Logis* durant l'été. Les *Persans* les appellent *Bad-guir*, c'est-à-dire *preneur de vent*. Ce sont des *Tuyaux*, qui sortent hors du toit, comme les tuyaux des cheminées, mais beaucoup plus hauts & plus gros. Ils sont quarrez d'ordinaire, comme vous le voiez dans le dessein qui est à côté, conduisant l'air dans la chambre, au dessus du toit de laquelle ils s'élevent, & si peu qu'il y ait d'air, un lieu en est tout rafraichi. Ces *Tuyaux* sont fermez l'hyver, en telle sorte qu'on ne s'aperçoit en aucun endroit du *Logis* qu'il y en ait. On ne voit point de bonne maison dans la *Caramanie* deserte, sans un ou deux de ces *Tuyaux à vent*.

Le Pere de cet *Azys alla*, à qui apartient cette belle *Maison*, étoit un Joüaillier qui avoit fait une fortune considerable aux *Indes*, comme je l'ai remarqué. Il avoit plusieurs fois entendu dire que dans les montagnes qui separent les *Indes* de la haute *Tartarie*, du côté du grand *Tibet*, vers le *Septentrion*, fort au de-là de *Patna* & de *Boutan*, il y avoit un Prince Souverain qui avoit les plus gros Diamans du monde, & de l'eau la plus vive, soit qu'il y en eût des mines en son Païs ou non; mais que personne ne se hazardoit d'y aller, parce qu'on disoit que l'air y étoit fort mauvais. Il se resolut de tenter fortune. Il prit quarante hommes de défense avec lui, outre ses gens, à qui il donnoit triple paie, & fit provision d'eau & de vivres, parce qu'il falloit passer de grandes montagnes & des plaines steriles, où il n'y a pas même d'eau, & porta cent mille écus en Or pour faire son négoce. Il le fit fort heureusement, mais il ne joüit pas long-tems de ce bonheur; car la maladie l'aiant attaqué, & toute sa suite, peu après être arrivé à la Cour de ce riche Prince, il

perdit premierement ses quarante hommes d'escorte, & puis ses Domestiques, à la reserve de deux: ce que ce Prince aiant apris, il le fit reconduire jusqu'à la frontiere du *Mogol*, où ces deux valets qui lui étoient restez finirent leurs jours; de maniere que ce riche Marchand revint seul & fort malade à *Agrala*, capitale des *Indes*, & y mourut lui même peu après son retour. Le *Grand Mogol* aiant apris cette histoire fit rassembler tous ses effets dans un lieu, bijoux, argent, papiers, meubles, & y fit apposer le sceau, faisant dire aux Négocians *Persans*, d'avertir les héritiers du défunt de venir retirer la succession. Le fils, encore jeune, qui est celui dont nous parlons, se rendit à la Cour du *Grand Mogol*, & retira tout sans peine & sans beaucoup de frais. Le *Grand Mogol* demanda à voir les pierreries en particulier, & en achetta une partie, du provenu de laquelle ce jeune homme aporta en *Perse* plus de sept cens mille livres en étoffes des *Indes*. Il publia que c'étoit toute la succession de son pere, & on le croïoit, parce que c'étoit un gros bien; mais aiant voulu vendre de gros Diamans en secret, il fut découvert. Le Roi le pressa de lui montrer ce qu'il avoit, & sur cela il fit paroître trois Diamans qui valoient bien cinq cens mille livres. On croïoit à *Ispahan* qu'il en avoit pour plus de deux millions, tout cela provenu de cent mille écus.

Ce *Palais* est près de la grande *Place* du *Fauxbourg*, où se tient le *Marché*. C'est une *Place* ronde, couverte d'un seul *Dôme*, qui tient aux quatre *ruës* qui y aboutissent. Je ne croi pas qu'on puisse voir en lieu du monde un plus grand morceau d'*Architecture* de cette sorte; mais c'est ce que les *Architectes Persans* savent faire particulierement. On voit à l'un des côtez de cette *Place* un haut *Pavillon* quarré, au sommet duquel on joüe des instrumens au coucher du Soleil & à minuit; comme dans la *Place Royale*, ce qui est le privilege des grandes *villes* seulement. *Abas premier* le donna à ce *Fauxbourg* pour y attirer plus d'habitans, & il vouloit donner ce même privilege à *Julfa*, *Bourg* des *Chrétiens*, qui se bâtissoit en même tems que ce *Fauxbourg*, & vis-à-vis; mais les *Armeniens* le refuserent, par la crainte de la dépense que cela leur pourroit causer. Près de la *Place* est un Cimetiere nommé *cha chamion*, où l'on voit une *Chapelle* bâtie sur le *Tombeau* d'un *Saint*, dont le nom est inconnu. Plus loin, on trouve le *College*, qui porte le nom de *la Mere du Roi*, à cause que la mere d'*Abas second*

cond en est la Fondatrice. C'est le plus grand *College* de ce *Fauxbourg.* Il sert aussi de *Mosquée,* la *Chapelle,* qui est à côté, étant fort grande. On trouve ensuite le *Palais* d'un *Seigneur* aveugle, qu'on nomme *le fils de Daoudcan,* à qui le Roi *Sephi premier* envoia arracher les yeux hors de la tête, parce que ce Roi s'étant emporté de fureur contre lui, & l'aiant fait mourir, sans que pour cela son courroux fût appaisé, il commanda d'arracher les yeux à tous ses enfans mâles. Puis l'on trouve *la Mosquée de Lombon,* le *Palais de Mir Massoum,* où l'on voit des *Portes* de talc, tout d'une piéce, hautes de dix pieds, & larges de six. Ce *Mir Massoum* étoit le *Douadar,* ou le *Garde Ecritoire* du Grand Vizir *Califé Sulton;* cet office est comme celui de premier Secretaire dans nôtre Païs; car il presente les papiers à sceller, à même tems que l'écritoire pour frotter le sceau d'encre, afin de l'apliquer, & ainsi toutes les affaires lui passent par les mains. Vers le bout de la rue, il y a deux *Bains* proches l'un de l'autre, & le *Palais* du *Melec el toujar,* c'est-à-dire *le Roi des Marchands,* dont l'office est pareil à celui des *Consuls* dans les villes où il y en a d'établis. Comme on ne connoît point d'autre grandeur en *Orient,* que celle qui naît de la puissance des emplois, ou de celle des richesses, on donne le nom de *Palais* à toutes les *grandes Maisons* de quelque qualité que soient les gens à qui elles apartiennent.

Les autres principales *ruës* du *Fauxbourg d'Abas abad,* sont *la rue du pié de l'ormeau,* qui aboutit au *Cimetiere* dit *Setti Fatme; la rue des Briquiers,* où se voit le *Palais d'Ogour loubec,* premier President du *Divan,* à qui *Abas second* ôta la vûë par la faction de *Mahamed Bec,* son Grand Vizir; le *Palais de Negef couliber,* Ambassadeur aux *Indes* l'an 1664. Le Roi l'y avoit envoié seulement pour donner avis au *Grand Mogol* de l'heureuse arrivée de son Ambassadeur *Terviet can* en *Perse,* & pour lui porter par occasion un present de melons, & d'autres fruits exquis, (car il y a des melons en *Perse* qu'on garde six mois; & j'en ai mangé aux *Indes* aportés de trois mois de chemin.) Le *Grand Mogol* le reçut fort bien & le renvoïa avec de beaux presens; mais les nouvelles étant venues deux jours après son départ du traitement fier & méprisant que le Roi de *Perse* faisoit à cet Ambassadeur *Terviet can,* le *Mogol* fit ramener *Negef couli can,* & fit jetter dans la Cour

du *Palais,* où il l'avoit logé, pour marque de mépris & d'indignation les fruits & autres regals qu'il avoit apportez. On trouve encore dans cette *rue le Palais de Mirza can bec,* grand Marchand qu'*Abas premier* emploïoit souvent en des affaires secretes dans les Païs Etrangers, où il alloit pour son commerce; le *Palais* d'un autre Négociant, nommé *Kemalbec;* & enfin *la rue de Baguer Divoné,* ou le fou, où il y a un grand Hôtel, & une *Mosquée* de même nom. *Divoné* veut dire aussi *le temeraire, l'intrepide.* Il y a encore dans cette *rue* un fort grand *Palais* divisé en plusieurs corps de Logis, & en plusieurs *Jardins,* où *Abas premier* relegua l'an vintiéme du siécle passé grand nombre d'Eunuques inutiles à son service, & qui accabloient le *Serrail.* *Abas second,* voïant trente ans après qu'ils ne mouroient pas assez vîte, en fit tuer dans une nuit les moins âgez, qu'on enterra sans bruit dans les Jardins. Il n'en restoit plus que quinze à seize l'an 1667. quand je faisois cette *Description.*

C'est-là ce qui se voit de plus considerable dans ce grand & beau *Fauxbourg d'Abas abad,* qui contient avec ses dépendances au-dessus de deux mille *Maisons,* non compris les *Edifices* publics, qui consistent en douze *Mosquées,* dix-neuf *Bains,* vint-quatre *Caravanserais,* & cinq *Colleges.* Ce nom d'*Abas abad* qu'il porte, signifie mot pour mot *Habitation d'Abas;* & ce mot d'*Abad* marque un lieu nouvellement habité.

Après ce *Fauxbourg,* qui est le plus grand & le plus beau d'*Ispahan,* les principaux sont le *Fauxbourg de Chems-abad,* & le *Fauxbourg de Cheic-Sabana,* qui s'étendent comme l'autre le long de la Riviere. Le nom de *Chems abad* signifie *le séjour du Soleil;* & ce *Fauxbourg,* ainsi nommé, contient six cens onze *Maisons,* étant situé à la droite d'*Abas abad.* On le divise en *Chems abad vieux* & *Chems abad nouveau.* Il ne demeure presque pas un homme de qualité dans le premier canton, parce qu'il est trop éloigné du commerce du Monde, & du *Palais Royal:* L'autre est un nouveau *Quartier,* bâti depuis cinquante ans seulement. Les *ruës* en sont ornées d'Arbres & de Canaux. On n'y voit cependant rien de remarquable que deux *Cimetieres,* & la Maison de plaisance d'*Ogourli bec,* premier President de Justice sous le régne d'*Abas second,* qui le fit aveugler, de laquelle les *Jardins* sont spacieux & larges.

Le *Fauxbourg de Cheic Sabana* commence, pour ainsi dire, au cœur de la *Ville,* é-
tant

tant situé à la gauche du *Fauxbourg de Cad-jouc*, tirant à l'*Orient*. Il a pris son nom de *Cheic Youſouf Benna*, c'eſt-à-dire *l'ancien Joſef maçon*, qui y eſt enterré dans un beau Sepulcre. C'étoit le fameux *Architecte*, qui conduiſit le bâtiment de la vieille *Moſquée d'Iſpahan*, lequel vint finir ſes jours dans ce quartier, qui étoit alors inhabité, & un vrai lieu de retraite, & y mourut en odeur de ſainteté, à ce que porte l'Hiſtoire d'*Iſpahan*. *Abas le Grand* mit dans ce *Fauxbourg* les *Chrétiens* qu'il tranſporta de la haute *Arme-nie* & de la *Medie*. Ils y habiterent durant quelques ſoixante ans, au bout deſquels *Abas ſecond* les envoia loger tous au *Bourg de Julfa* au delà de la *Riviere d'Iſpahan* avec les au-tres *Chrétiens*, parce que les *Mahometans* al-loient nuit & jour s'enyvrer chez eux, d'où naiſſoient de continuels deſordres. Ce *Faux-bourg* de *Cheic Sabana* contient deux cens ſept *Maiſons*, deux *Moſquées*, trois *Caravanſerais*, deux *Bazars*, & deux *Colleges*, l'un nommé *la gloire du Païs*, l'autre *Mahamed Saleh Bec*, chacun aiant un *Bain* tout joignant, qui en dépend. Au bout du *Fauxbourg* eſt un *Cime-tiere* des *Juifs* ſur le bord de l'eau, proche d'un *Moulin* nommé *les quatre meules*, par-ce qu'une roüe y fait aller *quatre meules*. Les *Meules* de *Moulin* ne ſont pas grandes en *Perſe*, comme en nos païs; elles n'ont que deux pieds ou deux pieds & demi de diametre. Parmi les grands *Edifices* de ce *Fauxbourg*, on remarque le *Mauſolée* du fameux *Saroutaki*, ce grand Vizir qui étoit Eunuque; le *Palais* d'un vieillard celebre pour ſa Science, pour ſa ſageſſe, & pour ſon integrité, nommé *Mirza achref*, Vizir de *Mahamed Mehdy*, qui étoit grand Vizir à la mort d'*Abas ſecond*; & un autre *Palais*, où le Roi avoit logé l'*Am-baſſade de Holſtein* l'an 1637. dont *Olearius*, qui en étoit le Secretaire, a fait la *Rélation*, mais ſans en dire le deſſein, parce que c'é-toit un ſecret qu'il devoit d'autant plus gar-der, que le ſuccès en fut honteux comme je le vai rapporter. Le Chef de cette *Ambaſſa-de* étoit un *Marchand Hambourgeois*, nommé *Brucman*, lequel avoit fait mal ſes affaires. Il s'étoit mis en tête que les grands profits que faiſoit la *Compagnie des Indes Orientales de Hollande* venoient des ſoies qu'elle aportoit de *Perſe* en *Europe*; & là deſſus il s'imagi-noit que cette ſoie croiſſant le long de la *Mer Caſpienne*, vis-à-vis la *Moſcovie*, ſi on l'aportoit en *Europe* par cette voie de *Moſcovie*, au lieu de l'aporter par le *Sein Perſique* & par la *Mer des Indes*, on épargneroit bien du

tems, des frais, & des fatigues, & on feroit ainſi un tout autre profit ſur ces marchan-diſes que les *Hollandois* ne pouvoient faire. Le pauvre homme étoit bien mal-informé, car la *Compagnie Hollandoiſe* ne fait point de profit ſur la ſoie de *Perſe*; bien loin delà, c'eſt par néceſſité qu'elle s'en charge; mais elle eſt obligée d'en prendre du Roi une cer-taine quantité, toutes les années, à un prix reglé, pour & en retour des Doüanes qu'il leur donne franches ſur tout le negoce qu'ils font dans ſon Empire. *Brucman* communi-qua ſa penſée aux Négocians de *Hambourg*, qui trouvant la choſe plauſible & attraiante, donnerent dedans ſans s'informer davantage; & aïant intereſſé le Gouvernement dans l'af-faire, il fut reſolu, qu'on feroit une *Compa-gnie de Hambourg* pour négocier en *Perſe* par la *Moſcovie*, & qu'on en feroit demander par une *Ambaſſade* la liberté au *Roi de Perſe*. Il ſe preſenta d'abord un gros inconvenient, c'eſt que la ville de *Hambourg* ne ſe tenoit pas aſſez puiſſante pour envoier une Ambaſſade au *Roi de Perſe*. Elle ſollicita *le Duc de Holſtein* d'en-trer dans l'entrepriſe, & de prêter ſon nom aux conditions qui furent accordées entr'eux; ce qui aïant été fait *Brucman* & un aſſocié à l'Ambaſſade, que le *Duc d'Holſtein* lui donna, paſſerent en *Moſcovie*, où ils traiterent avec le *Grand Duc* pour les droits du tranſport des ſoies, ce qu'ils firent à des conditions ſi one-reuſes, que cela même ruinoit déja leur pro-jet. Ils entrerent en *Perſe* par les *Portes Caſpien-nes*, qui eſt juſtement le païs de la ſoie, comme je l'ai dit; & aïant-là ſuputé à loiſir les frais du tranſport, ils trouverent, que quand on leur donneroit la ſoie à moitié prix, les Droits & le tranſport ſeulement monteroient à plus qu'ils ne la pourroient vendre dans leur Païs. Voiant leurs meſures ſi fauſſes, & ne ſachant com-ment cacher leur bévüe, ils prirent la réſolu-tion de changer leur *Ambaſſade de Négoce* en une *Ambaſſade de Politique*. Ils ſe rendirent à *Iſpahan*, avec leur ſuite, qui étoit de cent trente perſonnes, & avec de magnifiques pre-ſens; & quand on vint à parler d'affaires ils propoſerent une guerre contre le *Turc*, & de faire aller par la voie de *Hambourg* le négoce qui ſe faiſoit de *Perſe* en *Italie*, au lieu de le faire aller par la voie de *Turquie*; & encore propoſoient-ils cela avec tant de confuſion & d'embarras, que *Sefi premier*, conſiderant l'ab-ſurdité de leurs propoſitions, demandoit ſou-vent, *mais n'y a-t-il pas moien de ſavoir au vrai pourquoi ces Ambaſſadeurs ſont venus, car je voudrois bien les obliger?* Ce Monarque n'en
pût

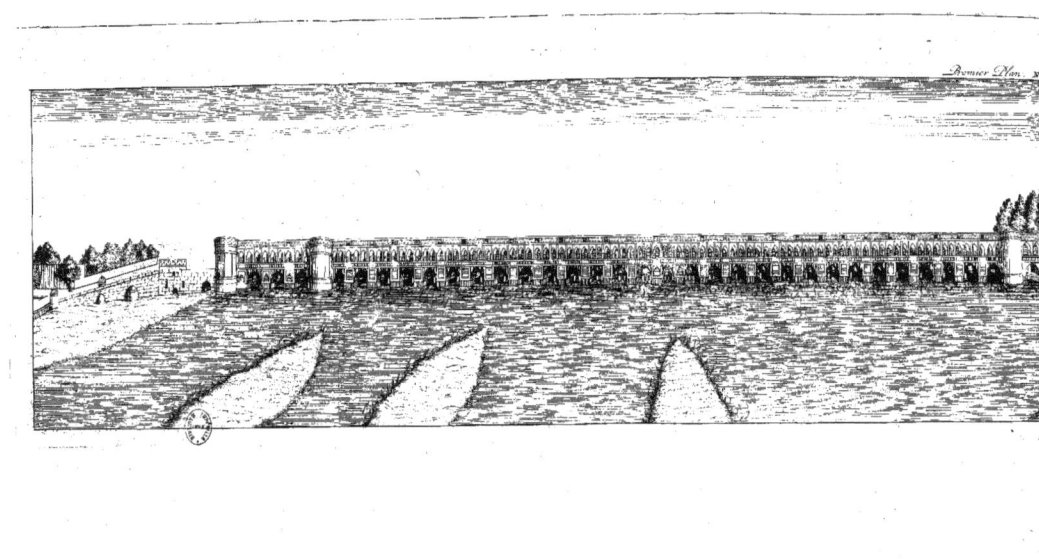

pût aprendre autre chofe; & eux, pour mieux feindre & couvrir le myftere, demanderent en partant, qu'on enfermât dans quelque prifon fecrete les Interpretes dont ils s'étoient fervis, afin que leur négociation ne s'éventât pas. Le Roi leur fit à leur départ de beaux prefens, & aïant apris qu'ils avoient dépenfé tout leur argent, il leur en donna affez pour s'en retourner en leur Païs. Il les entretint auffi toûjours à fes dépens, & même avec magnificence, tant qu'ils eurent le pied dans fon Roiaume.

Il leur arriva une facheufe avanture pendant qu'ils étoient à Ifpahan. Ce fut un fanglant démêlé entr'eux & un grand Ambaffadeur des Indes qui y étoit en même tems, avec une fuite de quatre mille hommes logé dans leur voifinage. Un de ces fots Indiens, qui n'avoit jamais vû d'Europeans dans fes habits, s'étant arrêté un jour à confiderer un des gens de l'Ambaffade Allemande, qui étoit fur la porte du logis, la tête enfoncée dans le chapeau, l'Allemand lui fit figne de fe retirer, ce que l'Indien n'entendant pas & s'arrêtant toûjours à le regarder, l'Allemand brutal & furieux fut prendre un Piftolet & le jetta mort à terre. Cela produifit un grand tumulte : l'Ambaffadeur des Indes vouloit qu'on lui remît le Meurtrier, ceux de Holftein, n'en vouloient rien faire. On mit l'épée à la main de part & d'autre, & il y eût affez de carnage ; mais enfin les Perfans firent retirer les Indiens dans leur Quartier. Le droit des Ambaffadeurs eft fort grand en Perfe. Le Roi fe contentoit de s'entremettre entre les Parties, étant bien aife de voir mortifier ce grand Ambaffadeur des Indes, par la Jaloufie extrême qu'il y a entre les deux nations. Cet Ambaffadeur fut prêt un jour de donner l'affaut à la maifon des Allemands, qui de leur côté avoient braqué deux coulevrines à l'entrée de leur Palais, chargées à bale, avec quoi ils auroient fait une grande tuerie de ces Indiens ; mais le Prevôt des Armeniens en aïant eu le vent, il détourna le coup, que l'Indien remit à une autrefois. Pour cela, il prit fon tems que l'Ambaffadeur Allemand étoit en feftin dans le voifinage, avec toute fa fuite. Huit mille Indiens entourerent la Maifon & la pillerent en un inftant; car il n'y avoit pas dix hommes dedans, capables de défenfe. Cet Ambaffadeur Brucman, étant de retour en fon Païs, eut la tête tranchée, pour peine, à ce que portoit fon procès, de fa vie débordée en Perfe ; mais au fonds c'étoit pour le punir d'avoir engagé la Ville de Hambourg & le Duc de

Tom. III.

Holftein, dans une fi folle entreprife.

Près de ce Fauxbourg eft le Pont de Babarouc, qui n'eft pas moins beau que celui que j'ai décrit, quoi qu'il ne foit pas fi grand, à caufe que le lit du fleuve eft plus étroit en cet endroit. En voici à côté le plan, pris des deux côtez, & vû d'embas. Ces côtez ne font pas également beaux, & cela vient de ce que la face N°. I. donnant fur le Serrail d'une Maifon de Plaifance du Roi, dont je parlerai ci-deffous, du dedans duquel feulement on peut voir cette face, on ne l'a pas embellie comme l'autre qui eft expofée à la vûe de tout le Monde. Ce Pont a cent foixante fix pas de long, & vint quatre de large, avec des chauffées au bout, en talus, de vint-cinq pas, flanquées de Murs de pierre, & terminées par deux gros pilliers de marbre brute. Le Pont eft bâti fur un fondement de grandes pierres de taille, lequel eft une fois plus large que le Pont, & fi haut, que durant tout l'été l'eau ne fauroit monter au-deffus pour couler fous les Arches, mais paffe par de grands foupiraux fait à ce fondement, d'où elle tombe en Cafcade dans fon lit accoutumé ; ce qui furprend merveilleufement, & produit un murmure tout à fait agréable, fur tout lors que l'on fe promene fur ce fondement, d'où l'on voit & l'on entend l'eau couler fous fes pieds. Les Arches font percées en long, d'un bout à l'autre du pont, à fix pieds au-deffus du fondement, & entre les Arches il y a des pierres de fix pieds de haut, difpofées comme on le voit dans le plan, de maniere qu'on peut traverfer le Pont par deffous, même quand l'eau coule à fix pieds de hauteur fur le fondement. Le deffus du Pont n'eft pas moins beau que le deffous. Les Murs, ou Parapets, qui font hauts de plus de douze pieds, font bâtis en Arcades, & font percez d'un bout à l'autre dans leur longueur, par une ouverture affez large, pour qu'un homme s'y puiffe promener fort à l'aife. Ces Murs font revêtus de carreaux d'émail dedans & dehors. Le deffus eft en Terraffe munie d'un double Parapet, façonné en jaloufies, & fi large auffi, que trois hommes s'y peuvent promener fort aifément. Aux bouts du Pont il y a quatre beaux Pavillons, & au milieu il y en a deux plus grands qui forment une place Hexagone couverte d'un riche Platfond, le deffus étant fait en Terraffe, par laquelle on va d'un côté du Pont à l'autre. Le dedans de ces Pavillons eft orné de riches Peintures & Dorures de haut en bas, avec des cartouches qui offrent aux yeux de fages Proverbes en vers & en profe. Voici le fens d'un qui eft en profe.

K

Le

*Le Monde est un vrai Pont, achevé de le passer.*

*Mesure, pese, tout ce qui se trouve sur le passage; le mal par tout environne le bien, & le surpasse.*

Le nom de *Babarouc* qu'on donne à ce *Pont-là*, est le nom d'un *Cimetiere* des plus grands & des plus fameux *d'Ispahan*, & ce nom vient d'un ancien *Derviche* reputé saint, qui est enterré dans un beau *Mausolée* de Marbre élevé dans ce *Cimetiere.* Ce *Mausolée* est couvert d'un *Dôme*, qu'on a revêtu dedans & dehors de carreaux d'émail : on l'appelle *Babarouceldin*, c'est-à-dire, *Pere Angle de la Loi. Abas premier* fit bâtir ce tombeau pour plaire au peuple *d'Ispahan*, qui a toûjours été fort affectionné à ce *Saint.* Il paroît de fort loin comme un grand *Cone*, quand on vient de *Chiras* à *Ispahan.* Tirant delà à gauche, vers le bourg de *Cheher-estoon*, on trouve le *Cimetiere* des *Gentils Indiens*, si l'on peut appeller ainsi la place où ils brûlent les morts, laquelle est toûjours sur le bord de l'eau, afin de pouvoir plus aisément les laver selon que leur Religion le prescrit, & afin que le vent en jette à la fin les cendres en l'eau. En revenant sur ses pas, on rencontre deux *Maisons Royales*, qu'on nomme le *Palais des Esclaves du Roi*, & le *Palais des Vignes* avec des *Caravanserais*, des *Bains*, un *Bazar*, & une *Mosquée* qui en dépendent. On assure que tous ces *Edifices* furent construits dans huit jours, aux frais & par les soins *d'Effendiar Bec*, Favori *d'Abas le Grand*, & un de ses plus braves Generaux. Son Prince prenant garde qu'il ne faisoit point bâtir *d'Edifice Public* comme les autres Seigneurs de la Cour, pour l'ornement de la ville Capitale, il lui en dit un mot, surquoi le Favori aiant assemblé autant de *Maçons* & de *Jardiniers* qu'il pût, en leur donnant double salaire, il leur fit faire ce Quartier, où il traita le Roi huit jours après lui avoir parlé. Le Roi avoit peine à croire ce qu'il voioit. On fait remarquer dans l'un de ces *Jardins* un gros *Sapin*, qu'on dit être vieux de plusieurs centaines d'années, qu'on appelle *Kal arack*, comme qui diroit *enseigne*, ou *montre de la Province des Parthes.* Au de-là sont des campagnes qui portent le nom de *Hassen abad*, & des *Esclaves du Roi.*

C'est-là ce qui est à la gauche du *Cimetiere de Babarouk.* On voit à la droite une *Maison de plaisance* édifiée par un Premier Ministre, laquelle est appellée le *Jardin de Goucheron.* C'est un des plus beaux & des mieux

entretenus du Païs ; & plus avant, on rencontre un *Hermitage* qui porte le nom de *Molla Mahamed Lurry*, surnommé *'Zekre*, comme qui diroit *celui qui raconte les Oeuvres de Dieu.* Ce *Molla*, ou *Docteur*, aiant été accusé de sorcelerie sous le regne de *Sefi premier*, & n'aiant pû s'en bien justifier, ce Prince le fit mettre à mort, & confisqua son *Hermitage*, qu'il donna à un autre célebre *Molla* retiré du Monde, & vivant dans la solitude. Les devises que j'ai trouvé les plus justes sont celles-ci.

*Les Bigots vivent en jeûnant : les Devots jeûnent en vivant.*

*Le fidele ne doit s'emploier aux œuvres de surerogation, qu'après avoir fait les œuvres de son obligation.*

Proche de cet *Hermitage*, il y en a un autre beaucoup plus grand nommé *Baba legat*, du nom du fondateur, qui y est enterré. Les *Soufys* y font leurs Assemblées, & il y va tous les jours grand nombre de *Derviches* & de *Fakirs*, qui font des Mandians, chercher la nourriture qu'on y distribue par aumône. Cette fondation a entr'autres dix mille mans de froment par an, qui font près de six vint mille pesant. Il y a proche de cette maniere d'Hôpital un grand *Hôtel*, une *Citerne*, un *Lavoir* ou *Piscine*, & un *Jardin* qui portent le nom de *Mir Moneze Soufy*, un Seigneur de la créance des *Soufis*, lequel leur a legué tous ces biens.

Ces *Hermitages* sont au delà de la *Riviere*, & par conséquent au delà des *Fauxbourgs*, qui ne s'étendent que jusqu'à la *Riviere.* Tirant delà aux montagnes, qui n'en sont qu'à demi-lieuë, on passe pardevant le *Mil des Chaters*, c'est-à-dire, la *Tour des valets de pied*, parce que les *Chaters*, ou *Valets de pied*, qui aspirent à entrer au service du Roi, doivent comme pour chef d'œuvre aller de la porte du *Palais Roial* prendre douze fleches à cette *Tour* l'une après l'autre, entre deux Soleils. On compte une lieuë & demie du *Palais* à la *Tour*, de maniere que c'est trente-six lieuës Persanes qu'il leur faut faire en quatorze heures ; mais par grace on les laisse commencer à l'aube du jour, afin de se pouvoir reposer à midi, & j'en ai vû qui commençoient leur course dès deux heures du matin. A la gauche de cette *Tour*, est un grand *Sepulcre* sous un haut *Dôme* rond, nommé *Gombeze Lala*, comme qui diroit le *Dôme élevé.* Là on apperçoit de loin le *Cimetiere des Guebres* ou

*Igni*

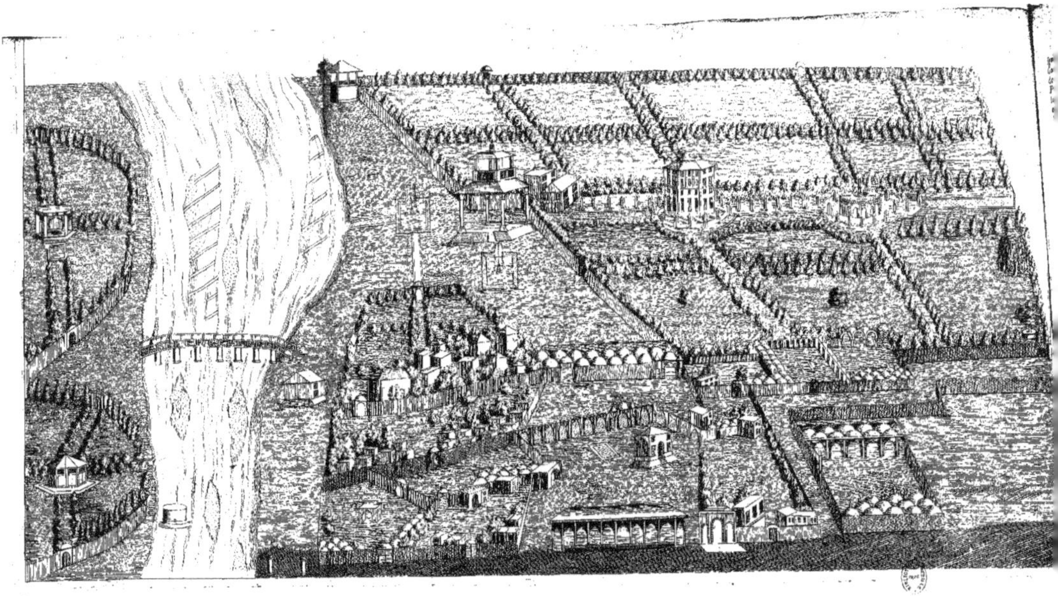

*Ignicoles*, que les *Perfes* appellent *Dakme Guebron*, lequel paroît comme un gros baftion de pierres brutes. Ce *Cimetiere* n'a point de Porte pour y entrer, mais au dedans il y a le long du mur en tournant, de groffes pierres enfoncées, à quatre pieds de diftance l'une de l'autre, par où les Prêtres de cette Religion defcendent dans le fepulcre, après s'être guindez fur le haut du Mur par une très-longue échelle. Dans le milieu du *Sepulcre*, il y a une *Foffe* ronde, fort large, autour de laquelle ils étendent les corps morts tout habillez fur un petit lit fait d'un matelas, & d'un couffin, dans laquelle on ramaffe les os & les haillons des morts, à mefure que les corps fe diffolvent: j'ai fait plus amplement dans un autre endroit la Defcription de ce Sepulcre.

Il y a divers bâtimens confiderables au dehors d'Ifpahan de ce côté-là, comme entr'autres la belle *Maifon Royale* qu'*Abas fecond* fit bâtir, qu'on appelle *le petit mille arpens*, à caufe de fa grandeur extraordinaire, & de fes *Jardins* faits fur le modele de cette autre *Maifon de Plaifance*, qui eft au bout de l'*Allée d'Ifpahan* qu'on appelle *le grand mille arpens*, comme je l'ai obfervé. Cette *Maifon* a quatre entrées principales, chacune par un grand *Portail*. C'étoit auparavant le lieu où l'on égorgeoit toutes les bêtes qu'on vend à la boucherie. Il y a enfuite le *Tombeau d'Allaverdi Bec*, favori d'*Abas fecond*, où eft une fondation deftinée à donner à dîner tous les jours à cent pauvres Paffans. La dépenfe fe tire du revenu des *Bains*, des *Moulins*, & des *Marchez* qui font proches du *Maufolée*. On lit au Frontifpice un Diftique dont le fens eft tel:

*Une chemife fous une robe, de l'eau à boire, & du pain à manger:*
*C'eft affez à donner à un paffant; c'eft beaucoup pour qui doit mourir.*

Après on trouve le *Tombeau de Mahamed Aly Bec, Nazir*, ou Surintendant general de la *Maifon du Roi*, célébre pour avoir exercé cet office durant le régne des trois Rois precedens. Ce *Tombeau* joint la *Mofquée* & le Bazar qu'il avoit fait bâtir, & il eft fitué comme l'autre *Tombeau* au milieu d'un grand *Jardin*, avec des logemens à l'entour, pour les *Derviches*, qui font des gens retirez du monde, qui paffent leur vie au culte de Dieu. Il y a tout autour de ces *Tombeaux* divers *Hôtels* & divers *Jardins*, & deux grandes *Glacieres*, au delà defquelles on entre dans le Canton de *Takte poulad*, comme qui diroit

*le Trône d'Airain*, ou *d'Acier*, à caufe d'un célébre Capitaine, que fes exploits firent nommer *Bras d'Acier*, qui y faifoit fa demeure. Ce *Canton* finit à l'endroit qu'on appelle *Mofelle*, & auffi *Corban gae, la place du facrifice*, parce que c'eft où l'on immole un Chameau tous les ans, en mémoire du facrifice d'*Abraham*. On voit fur les côtez deux grandes *Maifons*, qui font bien remplies de Peuple durant l'action de ce facrifice, & une *Chaire* de bois au devant de chacune, haute de huit pieds où l'on prêche à certains jours de fête. Il paffe-là un petit fleuve qu'on appelle *l'eau de deux cens, à cinquante*, parce qu'on tient cette eau plus legere que celle de la Riviere, & celle des puits, à la proportion d'un fur cinq. Au delà eft la *Plaine de hazarderré*, comme qui diroit *mille fentes*. Cette *Plaine*, felon la *Legende fabuleufe*, eft le théatre des évenemens heroïques des premiers tems, qui font la matiere des *Romans Perfans*. Elle eft aride & feiche; & cela vient, dit la *Legende*, de ce que c'étoit un repaire de Dragons, de Serpens, & de toute forte de bêtes venimeufes, qui s'étoient amaffées-là en fi grand nombre, qu'on n'ofoit en aprocher, ni demeurer au voifinage. Elle ajoûte qu'un *Ruftan Pehelvan*, comme qui diroit *un Amadis Lutteur*, les affomma toutes, & que leur venin a deffeiché la terre en cet endroit pour toûjours.

Outre les *Fauxbourgs d'Ifpahan*, que je viens de décrire, il y en a deux autres, qui font de l'autre côté de la Riviere & bâtis fur fes bords, tenant à la *Ville* par les *Ponts* que j'ai décrits. Ce font deux beaux & grands *Bourgs* nommez, l'un *Seadet Abas*, le fejour de la felicité, & *Julfa*, qui eft l'habitation des *Chrêtiens Armeniens*; celui-là fitué à l'*Orient* de la Ville, l'autre au *midi*. On appelloit auparavant ce Bourg de la felicité, le *Bourg des Guebres*, qui font les *Ignicoles*, parce qu'ils y étoient tous ramaffez. On les en a mis dehors pour faire de ce *Bourg* un lieu de plaifance; car outre les *Bazars*, les *Bains* néceffaires, & une *Mofquée*, on n'y voit que des *Palais* de Grands Seigneurs. Celui que le Roi y a fait bâtir eft d'une merveilleufe grandeur, car il a avec les *Jardins* plus d'une lieuë de tour: la *Riviere* les traverfe. Le quartier des hommes eft d'un côté de l'eau, & celui des Femmes de l'autre, un *Pont* de bois en faifant la communication. Le deffein qui eft à côté, fait en plan Geometrique, repréfente le quartier des femmes, qui eft le *Serrail* de cette grande & belle *Maifon*. Il a été tiré fur le deffein d'un *Peintre Perfan*, ce qui eft caufe que la

K 2                                                *Perf-*

*Perspective* n'y est pas gardée. Je ne pus jamais y faire entrer mon *Peintre*, on me refusoit toûjours à la porte en disant qu'il y avoit du monde. Quand les *Eaux* jouent dans ce délicieux *Palais*, on croit être dans un lieu enchanté ; car on ne voit que *jets-d'eau*, tout autour de soi, & tant que la vûë peut s'étendre. On remarque entr'autres édifices un grand *Pavillon* octogone, à deux étages, où l'eau tombe de dessus la *Terrasse* tout à l'entour, en sorte qu'en avançant la main hors des fenêtres, l'eau la couvre à l'instant. Le *Pont* de bois, qui fait la communication des deux Quartiers est bâti sur des pilastres de pierre. Mais pour donner mieux l'idée de la grandeur de ce *Palais*, je n'ai qu'à dire que le grand *Bassin* d'eau a un quart de lieuë de longueur, la moitié autant de largeur, & dix toises de profondeur : les bords en sont de marbre & de jaspe ; la riviere passe au travers. Lors que le Roi vient passer quelque-tems dans ce *Palais*, ce *Bassin* est plein jusqu'aux bords ; mais dans les autres tems, on ne se soucie pas d'y retenir l'eau. Les principaux *Palais de Perse* ont de ces grands *Bassins* d'eau. Ils les appellent *Deriacha*, comme qui diroit *petite Mer*. Les *Jardins* de ce somptueux *Palais* consistent en *allées* de grands arbres ; & en *Parterres* remplis de fleurs. Il faut se souvenir combien l'air de *Perse* est sec & combien les couleurs y sont éclatantes, pour mieux concevoir quels peuvent être les délices de ces *Jardins* si remplis d'eaux de tous côtez. Ce fut *Abas second* qui fit bâtir ce magnifique *Bourg*, après en avoir transporté les *Guebres*, ou anciens *Ignicoles*, qui y demeuroient auparavant comme je l'ai dit, & lesquels il logea au bout du bourg de *Julfa*. Ce Prince faisoit-là ses grandes fêtes, & prenoit plaisir à y étaler la Pompe de sa Cour. La raison qu'il en avoit, c'est qu'aimant fort à voir des feux d'artifice joüer de loin, il les faisoit joüer dans ce lieu-ci de l'autre côté de sa petite Mer, y joignant des illuminations dans les Sales, entourées de jets & de chutes d'eau, dont le spectacle le divertissoit merveilleusement. J'ai vû ce *Palais* préparé pour une fête que le Roi régnant y donnoit à ses Favorites, & c'est ce que j'ai vû de plus charmant & de plus divertissant en *Perse*. Les *Maisons Royales* ne sont pas meublées à demeure en ce Païs-là, de même que dans les nôtres. Comme les meubles n'en consistent qu'en choses fort aisées à remuer, comme des tapis de pied, des petits lits qu'on étend dessus, avec des carreaux autour, pour s'appuier, & des rideaux

devant les chassis, cela est bientôt mis & bientôt ôté.

Le *Bourg* de *Julfa* est peut-être le plus gros *Bourg* du monde. Il s'étend le long de la riviere *Sur*, près d'une lieuë de terrain, & a plus d'une lieuë de traverse.

On le divise en *vieille* & *nouvelle Colonie* ; la *vieille*, qui est l'ouvrage d'*Abas le Grand*, fondée il y a près de six vingts ans, & la *nouvelle*, qui est l'ouvrage d'*Abas second*, il n'y en a pas soixante. Dans la *nouvelle Colonie* les rües sont plus larges & plus droites, & sont toutes plantées d'arbres, mais les logis n'en sont pas si beaux que dans la *vieille Colonie*, à cause que les Habitans n'en étoient pas si riches, ni si considerez & si caressez par le gouvernement. L'eau court l'hyver dans toutes les rües de ce *Bourg* nuit & jour, mais pendant l'été l'eau y passe seulement quelques jours de la semaine. Tout ce gros *Bourg* de *Julfa*, tant le *vieux*, que le *nouveau*, consiste en cinq grandes *rües* paralleles, qui tirent Orient & Occident de la Riviere à la Montagne, & en plusieurs autres *rües* de traverse, avec des *Bazars*, des *Places* de marché, des *Bains* & deux petits *Caravanserais*. Il y a onze *Eglises*, un *Monastere*, & une autre *Maison* assez petite, & mal bâtie, qu'on appelle *Kousé vane*, c'est-à-dire *le Couvent des Filles*, où il y avoit de mon tems environ trente pauvres veuves ou filles, laides & mal faites, qui alloient çà & là chercher leur vie, comme n'étant pas obligées à la clôture ; pour lesquelles le Peuple n'a ni égard ni charité, disant que c'est leur infortune & non pas leur pieté qui les porte à ce train de vie. Le *Monastere* apartient à des *Vertabiettes*, comme les *Armeniens* les appellent, qui sont des *Moines de St. Basile*, le seul Ordre de *Moines* qui ait jamais été parmi ces *Chrétiens*-là. L'Evêque de *Julfa* y fait toûjours sa résidence, étant *Moine* de l'Ordre ; car il faut observer que les *Evêques Armeniens* sont toûjours pris d'entre les *Moines*, & que l'*Episcopat* ne les dispense de rien de ce qu'ils pratiquoient auparavant. L'*Evêque David*, qui tenoit ce siege il y a cinquante ans, a fait bâtir ce *Monastere* dont l'*Eglise* est assez grande, & assez belle.

Il y avoit alors seize à dix-huit *Moines* dans ce *Couvent*, qui me paroissoient assez gens de bien, menant une vie austere & mortifiée, tant les *Moines* que l'*Evêque*. Ils vont vêtus de noir fort simplement, l'*Evêque* comme les autres. Pour les *Prêtres* ils vont habillez presque comme les Seculiers, à la reserve d'une longue robe qu'ils portent sur leurs habits.

Ceux

Ceux de ce *Bourg* étoient au nombre de cent à fix vint, gens pauvres & ignorans, pris la plûpart de la lie du peuple, & engagez dans la *Prêtrife*, faute de moiens de fe pouffer au négoce. Il y a trois mille quatre à cinq cens *Maifons* à *Julfa*; les plus belles font le long de l'eau, & il y en a de très-richement dorées & azurées, qu'on peut appeller des *Palais*. Les Rois *Abas le Grand* & *Sofy premier* qui étoient bien aifes que les *Armeniens* s'accommodaffent en ces Païs-là, & y fiffent de la dépenfe, les engageoient à bâtir de belles *Maifons*, & les careffoient, allant même en feftin chez eux, & les protegeoient fortement; conduite qui aidoit fi fort à l'agrandiffement de ce Peuple, qu'il y avoit alors parmi eux des Marchands riches de deux ou trois millions; ce qui eft fort changé à prefent, quoiqu'il y ait encore des familles qui poffedent plus d'un million de bien.

Pour ce qui eft de la *nouvelle Colonie* de *Julfa*, elle contient quatre *Cantons*. Le plus éloigné eft celui des *Ignicoles* ou *Guebres*, qu'on appelle *Guebre-Abad*, comme qui diroit *l'habitation des Infidèles*. Les trois autres font habitez de *Chrétiens*, l'un nommé *les Cheic-Sabana*, & l'autre *les Chams-Abad*, parce qu'ils ont été tirez des *Fauxbourgs d'Ifpahan*, ainfi nommez, où ils habitoient auparavant; & le troifiéme font les *Erivanlou*, parce qu'il eft habité principalement de *Chrétiens*, originaires d'*Irivan*, la ville capitale de l'*Armenie Majeure* & du Païs d'alentour. Les *Europeans* demeurent dans ce Canton des *Erivaniens*, & les *Jefuites* y ont leur *Hofpice*, n'aiant pû obtenir de maifon à la ville, comme les autres *Miffionnaires Romains*, quelque effort qu'ils aient fait pour cela.

Pour revenir à la fondation du *Bourg*, de *Julfa*, il la faut raporter à *Abas le Grand*, comme je l'ai déja obfervé, & en voici le motif. Ce Prince vaillant & fage, confiderant que les grandes Armées du *Turc*, qui fe jettoient tous les ans dans fes Etats, fubfiftoient particulierement fur les terres des *Armeniens*, il alla avec fon armée enlever tous les *Armeniens d'Irivan*, de *Nacchivan*, de *Julfa*, ville fur le fleuve *Araxe*, & de toute la *haute Armenie*, afin de dépeupler entierement ce Païs-là, & il les amena dans fa ville Capitale, comme des fujets les plus propres pour exercer le Trafic, foit avec les *Turcs*, foit avec les *Chrétiens*; n'étant pas fi haïs de ceux-là que les *Perfans* le font, & étant de même Religion que ceux-ci. *Abas* avoit alors fortement en tête l'établiffement du Commerce,

comme l'unique voie d'enrichir & faire fleurir fon Etat. Il leur donna premierement le terrain pour s'établir, & leur fournit outre cela les fecours dont ils avoient befoin; mais il fit bien davantage, c'eft qu'il donna à tous ceux qui en vouloient des fonds en argent, ou en marchandife, pour aller négocier aux *Indes* & en *Europe*, en quoi ce Grand Prince eût un fi merveilleux fuccès, qu'à fa mort on comptoit plufieurs Marchands dans ce *Bourg*, riches de deux millions, comme je viens de l'obferver. Ils nommerent cette nouvelle ville *Julfa la nouvelle*, du nom de cette *Julfa*, fur le fleuve *Araxe*, leur Patrie & ancienne habitation. *Abas le Grand* avoit auffi amené à *Ifpahan* les *Armeniens* & les *Guebres*, qui font à prefent dans la *nouvelle Colonie*, mais il les avoit logez fur les dehors de la ville, en déçà du fleuve, parce que c'étoient des *Artifans*. Ces *Armeniens* avoient été ramaffez de *Medie*, d'*Ifberie*, & de la *baffe Armenie*, & les *Guebres* des Provinces dont *Kirman*, & *Yezde* font les villes Capitales: il en avoit amené plus de quinze cens familles de *Guebres*, mais partie s'en retourna peu après fa mort. Leur *Canton* prefentement n'eft que de trois cens *Maifons*, partie de Laboureurs, partie d'ouvriers en poil de chevre & en laine, dont ils font des draps foulez & une maniere de chapeaux à leur ufage.

Il ne faut pas oublier ici qu'un des principaux moiens dont *Abas le Grand* fe fervit pour la fondation de *Julfa*; c'eft qu'il ne mit que la plus legere taxe fur cette *Colonie*. Les *Habitans* ne paierent durant fon regne que neuf mille francs pour tout generalement. Sous le regne de fon fucceffeur, leur taxe fut mife à treize mille; & ainfi par degrez à deux mille piftoles, qui furent affignées pour la chauffure de la mere du Roi, felon la maniere d'*Orient*, où les impôts font toûjours deftinez à quelque ufage particulier. Quand j'arrivai en *Perfe*, ce *Bourg* levoit environ cinq mille piftoles en tout, pour fournir tant à la taxe qu'aux prefens qu'il faut faire aux Miniftres d'Etat & à leurs propres Magiftrats, qui font un *Daroga*, ou Gouverneur particulier, un *Vizir*, ou Receveur, qui font toûjours *Mahometans*, & un *Calonter*, qui eft comme un Prevôt, ou un Maire, qui eft pris du corps de leur Nation, & fans lequel le Gouverneur, ni le *Vizir*, ne peuvent agir: mais depuis la mort du Roi *Abas fecond* il y a environ quarante ans, les chofes ont fort changé. Ces pauvres *Chrétiens* ont été chargez d'avanies, & on leur a fait paier des taxes de cinquante mille écus tout à la fois. Ils levent leurs taxes eux-mêmes, en faisant la distribution entr'eux, comme ils le trouvent à propos, & ils le font avec beaucoup d'humanité & beaucoup d'égards pour les Pauvres ; y aiant des familles qui ne sont chargées que de quatre francs ou cent sols par an, au lieu qu'il y en a d'autres qui paient quatre vint à cent écus. On régle la taxe selon l'étenduë du commerce que chacun fait. Il ne demeure point de *Mahometan* dans ce *Bourg*, tant parce qu'il ne leur est pas permis, que parce que la *Religion Mahometane* enseigne que le culte divin ne sauroit être pratiqué purement parmi les *Chrétiens*, comme étant gens impurs & souillez. Un Bigot parmi eux n'y voudroit pas seulement mettre le pied. Au reste ce lieu est fort déchû de son Opulence & de la multitude de Peuple qu'il y avoit durant les Régnes précédens. J'observerai encore que les enfans de ce lieu jusqu'à l'âge de neuf & dix ans sont les plus beaux du monde ; mais ensuite leur visage devient couperosé & se couvre de bourgeons. Le teint des filles, comme des garçons, se charge d'élevûres & les femmes après vint cinq ans se passent & deviennent ridées & fort laides.

Au de-là de ces *Cantons de Chrétiens* & d'*Ignicoles*, sont leurs *Cimetieres*, parmi lesquels les *Europeans*, jusqu'aux *Moscovites*, ont aussi les leurs, chaque Nation à part. L'on y voit nombre de *Tombeaux*, bâtis à la maniere *Orientale* ; c'est une assise de pierres ou de briques de sept ou huit pieds en quarré, haute de quinze à seize pouces, couverte d'un *Dôme*, où l'on va prier Dieu certains jours, manger & s'entretenir en memoire des Morts. Parmi ces *Tombeaux* il y en a un d'un Horloger nommé *Rodolphe*, Allemand, Protestant, qu'on peut dire qui souffrit le *Martyre*, sous le regne de *Sefi premier* ; car quoiqu'on le fit mourir parce qu'il avoit tué un homme en se défendant, le Roi ne laissa pas de lui faire offrir avec tant d'empressement durant un si long-tems la vie, & toute sorte de biens & d'honneurs, s'il vouloit se faire *Mahometan*, qu'on ne lui peut refuser le glorieux titre de *Martyr*. Les *Armeniens* vont tous les jours à son sepulcre brûler de l'encens & des bougies, casser des pots & jetter le sort. Ils sont assez superstitieux pour croire que si quelqu'un attaqué de fievres casse le pot dans lequel il a coutume de boire sur la fosse d'un homme mis à mort injustement, il guerira peu après, & ils ne doutent pas que

cet *Allemand* n'ait été traité ainsi, puisque celui qu'il avoit tué l'attaquoit le sabre à la main, pour lui ôter la vie. Ces gens jettent le sort, en laissant tomber cinq petits cailloux sur la fosse, & s'ils tombent rangez en croix, c'est un bon augure. Ils croient que le merite du *Martyr*, ou de tout autre saint personnage sur la fosse duquel ils cherchent à s'éclaircir de leurs doutes les y fait parvenir & les tire de la peine où ils se trouvent.

Ces *Cimetieres* ne sont pas loin des *Montagnes d'Ispaban*, qu'on appelle *Kou-Sopha*, *Takt Ruslan*, & *Takt-pers*, c'est-à-dire *Mont en terrassé*, *Throne d'Hercules*, & *Throne des Pantheres*, à cause, dit-on, qu'il y avoit-là un si grand nombre de ces bêtes feroces, qu'on n'osoit en aprocher. A demi hauteur de *Kou-sopha*, après avoir monté environ mille pas, on trouve un hermitage sur la pente de la montagne, où l'on a bâti de petits *Pavillons*, auxquels on a donné le nom de *Throne de Salomon*, parce qu'ils furent construits par son ordre. Il y avoit auparavant une espece de *Caverne*, de l'eau courante, & quelques vieux arbres, où l'on alloit respirer le frais, qui y est tout à fait agréable. Le Roi trouvant cet endroit charmant, s'avisa de dire au *Nazir*, ou Grand maître, que ce seroit un chef d'œuvre pour un *Architecte* de bâtir des Logemens en cét endroit, & qu'il voudroit pouvoir montrer de-là la ville à sa mere. Le *Nazir* prenant l'affaire à cœur fit venir trois à quatre mille ouvriers, picqueurs de roc, maçons & autres, & dans six jours, fit faire-là un agréable bâtiment. On y travailloit avec la même précipitation qu'on eût fait pour éteindre le feu. Le Peuple entendant parler de l'entreprise, & comme elle avançoit, y couroit en foule pour le voir ; mais le *Nazir*, la Cane à la main, leur faisoit porter des materiaux sans distinction de qualité, criant : *par la tête du Roi, vous travaillerez comme je fais : c'est pour son plaisir, & par son ordre ; qui de vous autres seroit si perfide de n'y pas prêter la main ?* Il fit aussi accommoder le chemin en chaussées tournantes, avec des repos, pour prendre haleine, enforte qu'à present on y peut monter à cheval, au lieu qu'auparavant on n'y pouvoit aller qu'à pied, & même avec beaucoup de peine.

Sur la pente de ces *Montagnes*, & sur le haut, on voit en divers endroits des ruines de *Châteaux* & d'autres *Edifices*, qui étoient faits de pierre de taille. C'étoit-là où les Peuples du Païs retiroient leurs biens & leurs familles, durant les guerres, tant civiles, qu'étrangeres,

res, dont le Roiaume fut ravagé dans l'on-ziéme & le douziéme fiécle, & d'où ils fai-foient fignal par des feux à ceux qui travail-loient à la Campagne.

C'eft-là tout ce qu'il y a à remarquer au de-hors d'Ispahan, entre l'Orient & l'Occident. Il n'y a pas tant de chofes à voir de l'autre cô-té, quoi qu'il y ait bien plus de Fauxbourgs. Le premier eft celui de Kherron, qui com-prend deux Mofquées, un Hermitage tout joi-gnant qu'on appelle le bon homme Loup, deux Caravanferais, deux Cimetieres, & vint-huit Maifons, parmi lefquelles on voit des Pape-teries, bâties fur un gros Ruiffeau, qu'on ap-pelle Pierre chaude. Je vis fur la face d'une des Mofquées une Infcription affez remarquable qui fait allufion au lieu écarté où elles font bâties.

*L'Eglife ne confifte pas en multitude de peuple. Quiconque a la verité avec lui, eft la Congre-gation des fideles, encore qu'il foit feul.*
*L'homme favant & religieux compofe l'Eglife, encore qu'il foit feul dans la Mofquée; & que la Mofquée foit bâtie fur la croupe d'une mon-tagne.*

Le nom de Kherron, qu'on donne à ce Faux-bourg, fignifie Sourds. La raifon qu'on a euë d'appeller ainfi ce Fauxbourg fe trouve dans les Legendes Perfanes, où il eft écrit, que lors que Nembroth, Empereur de Babylone, eut refolu de faire brûler vif le Prophete Abraham, parce qu'il ne vouloit pas fervir les Idoles,& qu'il enfeignoit une autre Religion, il manda à tous les Peuples de fon Empire d'envoier des Députez pour affifter à l'execution. Le jour venu, les Députez de Perfe aïant reçu com-mandement comme les autres d'aporter du bois pour le bucher, ils contrefirent les Sourds. Nembroth dit qu'il falloit les renvoier & leur fit donner un Chameau chargé de préfens, & un autre chargé de vivres. Abraham, qui fa-voit la verité, leur cria : O vrais croians de Dieu ! Vous êtes benits, de n'avoir pas voulu adherer à Nembroth dans fon deffein facrilege. Allez vous-en avec la benediction du Ciel. Les vivres ne manqueront point fur le Chameau, jufqu'à ce que vous foiez de retour dans vos mai-fons, & alors facrifiez le Chameau en action de graces. Cela arriva ainfi, & les provifions ne manquerent qu'à l'endroit où eft ce Fauxbourg, qui fut depuis nommé le Fauxbourg des fourds, en mémoire de cet évenement.

On voit enfuite le Fauxbourg de Seid Abme-dion, ainfi dit d'Ahmed le Noble, un des def-cendans d'Aly, dont la Legende conte que c'étoit un des plus braves & des plus ardens Capitaines dans la guerre des Partifans d'Aly, contre ceux d'Omer, les premiers fucceffeurs de Mahamed, lequel pour toutes armes fe fer-voit d'une Sarbatane, avec quoi il tiroit fi jufte qu'il donnoit dans la tête à chaque coup. Elle porte qu'il tiroit avec des bâles d'or, qui pefoient fept gros, fur lefquelles étoit mar-qué le poids de la bâle, & le nom de Seid Ahmed, & qu'il y a environ deux cens ans, qu'on trouva proche de Chyras un crane, a-vec une de ces bâles dedans, qui étoit mar-quée de cette maniere. Le Fauxbourg eft de cent cinquante huit Maifons, entre lefquelles il y a quatre Bazars, & deux Mofquées, dont l'une eft grande & belle, & entourée de Jar-dins, avec deux grands Logis pour les Paf-fans, & un beau Puits foûterrain, où l'on defcend pour prendre le frais. Un des Eu-nuques du Serrail a fait cette fondation. Au delà on trouve un Cimetiere, fort fpa-cieux.

Après le Fauxbourg de Seid Ahmedion, fuit celui de Tokchi, qui contient quatre vint Mai-fons, & quatre Bazars. On aperçoit au delà, à quelques cinq-cens pas, une Maifon du Roi, qu'on appelle le Jardin des Oifeaux de Proye, parce que l'on y en entretient un grand nombre. À côté eft un hermitage qui porte le nom de Hagi Mirza can, qui l'a-voit fondé pour les gens retirez du Monde; car de ces Hermitages de Perfe, les uns font faits pour la retraite du Fondateur même, d'autres font deftinez au public. On voit à l'entour plufieurs Caravanferais, & un en-tr'autres qui n'eft pas achevé, & qui devoit fervir pour les Pelerins qui vont d'Ispahan à Metched, en attendant la Caravane. De ce Fauxbourg on entre dans un gros Canton qu'on appelle La contrée de Fulfutchi, & auffi La fource de Niliguer, à caufe d'un petit Fleuve ainfi nommé, fur les bords duquel ce Canton eft bâti. Il eft gros de cent cin-quante Maifons, parmi lefquelles on voit deux Mofquées, quatre Bazars & un grand Logis, apartenant à ce Hagi Hadayet, Colonel, fa-meux, pour le bon ordre qu'il aporta l'an 1669. fur toute la Milice, dans le tems d'une fi grande cherté qu'on pouvoit l'appeller une famine.

De ce Fauxbourg, on paffe dans celui de Deredechte, qui ne contient que quatre-vingt-cinq Maifons, deux Bazars, & deux Mof-quées. Il eft terminé par un grand Cimetiere, qui porte le nom de Cheic Maffaoud un Saint
des

des *Mahometans*, lequel y eſt enterré ſous un grand *Mauſolée*, qui a deux tours faites comme des *Clochers*. Les *Perſans* enſeignent que ces *Saints* ſont inveſtis de deux prerogatives incommunicables, ſavoir d'être *Prophetes* en ce monde, & Interceſſeurs en l'autre. Il y a des ſentences inſcrites à ce *Mauſolée* dont l'une a rapport au *Saint* que j'ai nommé.

*Logez vous dans le voiſinage des gens de bien,*
*Et ſoyez leur voiſin s'il ſe peut dans le tombeau.*
*Qui ſe loge ainſi parmi les gens Saints*
*Ne court riſque d'aucune infection.*
*Seigneur, fai moi miſericorde au jour du Jugement, ou ſi tu veux m'y punir, fai moi reſſuſciter aveugle; que je n'aie pas la confuſion de me trouver parmi ces gens de bien ici.*

Il y a tout proche un autre *Tombeau* dans un grand *Jardin*, entouré de hautes Muráilles, avec de petits *Corps de Logis* en trois endroits, & une *Cave* ſouterraine qu'on appelle *la foſſe des Prieres*, où les Dames de qualité *Mahometanes* vont pleurer & gemir en particulier, ſans être vûës des Paſſans. Tout proche encore, il y a un autre *Tombeau* de marbre, dans un lieu ſeparé auſſi & clos de Murs, qu'on appelle *le Tombeau d'Apheſe*, un de leurs anciens *Auteurs*, des plus doctes & célébres, ſur tout pour la *Poëſie*.

On montre particulierement dans ce *Fauxbourg* la *Maiſon* de *Kel anayet*, comme d'un perſonnage fort fameux. C'étoit le bouffon d'*Abas le Grand*. On raconte des choſes merveilleuſes de la poſture, & de l'air plaiſant & burleſque de ce perſonnage, qui ſavoit faire rire quand il vouloit par le ſimple geſte de ſon corps, & dont l'eſprit étoit tout à fait vif & ſenſé. Voici quelques-unes de ſes reparties. *Abas le Grand*, apprenant le funeſte effet que produiſoit la décoction de Pavot, défendit ſur de ſeveres peines les Cabarets où on la debitoit. Cette décoction, qui n'eſt que le ſuc de Pavot cuit, réjouït fort ſur le champ, rend gai & de bonne humeur; mais quand elle a fait ſon operation, on eſt plus morne & plus défait qu'auparavant; deſorte qu'à la longue l'on en devient lâche, peſant & étourdi, & qu'enfin on en meurt. Mais cette drogue a ceci de funeſte, que quand on s'y eſt accoûtumé, on ne ſauroit plus la quitter; & ſi l'on tâche de le faire, il y va de la vie. Bien des gens en mouroient par la défenſe du Roi: grand nombre languiſſoient, & tout le monde

en étoit très fâché; mais le Roi s'étoit déclaré, on couroit riſque de la vie à lui repreſenter les fâcheuſes ſuites de ſon Edit, & perſonne n'oſoit lui en parler. *Kel anayet*, voiant la peine que cela faiſoit, ſe chargea de la commiſſion, & dit que la premiere fois que le Roi ſortiroit, il le lui diroit nettement. Deux jours après, le Roi allant à la Chaſſe, *Kel anayet* s'en fut auſſi-tôt dreſſer tout contre la porte du *Serrail*, par où le Roi devoit rentrer, une *Boutique* qu'il remplit de pieces de cette groſſe toile dont on fait les Suaires des Morts. Il prit avec lui deux ou trois de ſes gens, & ordonna à quatre ou cinq autres de venir à l'heure du retour du Roi demander de la toile, & de contrefaire les gens bien empreſſez. Dès qu'il vit le Roi approcher, il ſe mit à meſurer & à couper de la toile avec ſes gens, criant à l'un, *portez tant d'aunes chez un tel Seigneur*; à l'autre, *vous portez-en tant chez tel autre*. Quand le Roi fut vis-à-vis, il ſe mit à crier encore plus fort, & comme ſi on l'eût bien tourmenté, *attendez, attendez, par le nom de Dieu, vous aurez tous de la toile tant qu'elle durera*. Le Roi ému de ce bruit, & fort étonné de voir une *Boutique* à la porte du *Serrail*, demanda tout indigné, en s'arrêtant, qui étoit ſi inſolent de ſe venir planter-là. *Kel anayet* ſe montre, l'aune à la main, avec ſa mine bouffone, qui fit fort rire le Roi, qui lui dit: *He quoi! Es-tu devenu vendeur de toile? Eſt-ce pour cela que je ne t'ai vû de la ſemaine? Sire*, repartit ſerieuſement le Bouffon, *je ne ſuis plus homme de Cour, je ſuis Marchand de toile. Comment!* répondit le Roi, *Eſt-ce quelque choſe de plus lucratif que mon ſervice? Ah! Sire*, repartit l'autre, *par le nom de Dieu, vous ne ſavez gueres les nouvelles. Depuis que vous avez défendu le Cocquenar* (c'eſt ainſi qu'on appelle cette décoction de Pavot.) *ces pauvres Cocquenaires meurent à centaines, la toile à enſevelir eſt rencherie de moitié: j'en viens d'envoier tant chez un tel Seigneur; tant chez cet autre, qui ſont tous morts.*) (Nommant de ſuite les gens éminens qui ſouffroient le plus de cette défenſe.) *Tant qu'on ne boira plus de Cockenar, je ne ferai point d'autre métier.* La plaiſanterie eût ſon effet, le Roi connut qu'on ne pouvoit deshabituer le monde du breuvage du Pavot; & il en permit les Cabarets comme auparavant.

Le Roi appelloit cet eſprit bouffon *Ketchel anayet*, c'eſt-à-dire, *anayet le teigneux*, au lieu de *Kel anayet*, qui étoit ſon nom. Il lui tomba une fluxion ſur la vûë, qui après lui avoir fait garder la Maiſon quelques jours, l'obligea

de

de porter un mouchoir devant les yeux. Le Roi le voyant ainſi accommodé s'éclata de rire, en lui diſant: *Quoi! gardes-tu la maiſon pour un petit mal aux yeux? Que ne viens-tu à moi pour les faire panſer? Ne ſais tu pas que je ſuis un bon bakim?* (ce mot ſignifie Medecin) *Prens un peu de chaux, de vert de gris, de ſel ammoniac, mets les en poudre, & les applique ſur tes yeux, tu ſeras tout auſſi-tôt gueri.* Anayet, qui n'avoit pas alors envie de rire, répondit. *Bonne recepte! par Dieu! Sire, vous êtes un excellent Beytaar.* (ce mot ſignifie Medecin de Bêtes) *Je m'étonne comment vous n'avez-pas gueri les yeux de vôtre Pere bigle & chaſſieux.* Il parloit de *Codabende*, pere d'*Abas le Grand*, à qui on avoit fait paſſer une lame ardente devant les yeux, pour lui ôter la vûë. Il en avoit échapé, mais ſes yeux lui coulerent durant toute ſa vie. On peut juger par la liberté que prenoit ce Bouffon, de quel bon naturel étoit ce grand & magnanime Prince, ſon maître.

Ce Monarque avoit un *Faucon* blanc, qu'on lui avoit envoié du *Mont Caucaſe*, qu'il aimoit beaucoup. Le Roi voulant un jour le faire voler, il le trouva malade. Il appella le Grand Fauconnier, nommé *Hoſſein bec*, & lui dit: *Prenez garde à ce Faucon, car quiconque me viendra dire qu'il eſt mort, je lui ferai ouvrir le ventre.* Cependant le *Faucon* mourut au bout de huit jours. *Hoſſein bec*, étant au deſeſpoir, vit paſſer *Anayet* devant la Fauconnerie, qui alloit à la Cour. Il lui conta la choſe, le conjurant avec larmes de le ſauver de la mort. Anayet, touché de ſon malheur: *Bien*, dit-il, *laiſſez moi faire; ſi le Roi fait mourir quelqu'un pour lui dire que le Faucon eſt mort, ce ſera lui-même qu'il fera mourir.* Il ſuit ſon chemin, & trouva heureuſement le Roi qui achevoit de dîner, & étoit de belle humeur. *Teigneux*, lui dit-il, *d'où viens-tu?* Anayet prenant l'air le plus gai, lui répondit, *Sire, je viens de vôtre Fauconnerie, écoutez moi bien, car je veux vous raconter la choſe la plus curieuſe & la plus extraordinaire qu'on ait jamais vûë. J'ai trouvé Hoſſein bec, le balai à la main, qui balaioit une place en quarré, au devant de la voliere dorée. Il l'a arroſée enſuite, & après il a étendu deſſus un petit Tapis de ſoye, qu'il a ſemé de fleurs. Après il a été querir vôtre Faucon blanc, & pleurant à chaudes larmes, il l'a couché ſur le dos. Le Faucon étoit étendu-là, les ailes déploiées, le bec en haut, les Jambes ſerrées, les yeux fermez.* Le Roi ſurpris du recit, l'interrompit en s'écriant; *comment donc! mon Oiſeau eſt mort? Sire*, repartit A-

Tom. III.

nayet, *que vôtre tête ſoit ſauve: c'eſt vous-même qui l'avez dit.*

Au bout du *Fauxbourg de Deredechte*, on trouve la porte d'*Abas*, qui eſt une *Porte* nouvelle, que la ſuperſtition a fait faire l'an 1669. pour ſervir à la place d'une autre tout proche, qui eſt fermée qu'on appelloit *Dervazé Kathy*, qui veut dire *Porte de la diſette*. Le Peuple reduit au deſeſpoir par la famine qui arriva l'an 1669. n'oſant s'en prendre au Gouvernement, ſe mit à crier qu'il falloit condamner cette *Porte de la diſette*. Leur ſens étoit que la plûpart des proviſions, & des vivres, & ſur tout le bled, avoient toûjours accoûtumé d'entrer par-là dans la Ville, & que n'en venant plus, il falloit s'en prendre à la *Porte*, & on la ferma pour les appaiſer. On voit, joignant cette *Porte d'Abas*, le *Palais de Hagi bec Chirachi*, ou chef du Gobelet, & le *Palais de Zeinel begum*, fille du Roi *Tahmas*, & Tante d'*Abas le Grand*. C'étoit une très-belle femme, dont *Abas* étoit éperdûment amoureux, & la vouloit épouſer. Pluſieurs *Mollas* un très fameux entr'autres, nommé *Mir baguer*, en donnoient le *Fetfa*, comme qui diroit approuver la choſe, ou declarer qu'elle eſt licite; mais les autres *Molla*, en bien plus grand nombre, indignez du deſſein d'un tel inceſte, furent un jour en grande foule armez d'épées, de bâtons & d'autres armes jetter de grands cris à la porte du *Serrail*, en demandant *Juſtice*. C'eſt la coûtume d'en uſer ainſi dans les grands malheurs & dans les rudes oppreſſions. *Abas*, étant venu à la porte, leur demanda ce qu'ils vouloient. Ils répondirent *qu'ils demandoient la tête d'un chien, d'un Infidéle, d'un Renegat Mirbaguer, qui renverſoit la Loi de Dieu, & les livres des Prophetes, en permettant au Roi d'épouſer ſa Tante; ce qui étoit un peché ſi execrable, qu'il n'étoit encore monté dans l'eſprit d'aucun Infidel.* Abas le Grand ſe rendit à leur exhortation, & n'épouſa point cette Dame quelque paſſion qu'il eût pour elle. La Porte d'*Abas* meine à un gros *Canton* tout joignant, qu'on appelle *Bide abad*, lequel contient huit cens quatre-vint trois *Maiſons*, huit *Moſquées*, onze *Caravanſerais*, cinq *Bazars*, & quatre *Bains*.

Proche de la *Porte d'Abas*, l'on en trouve une autre, qui a été faite par un même eſprit de ſuperſtition. On l'appelle *Dervaze deulet*, la *Porte Imperiale*, ou *la Porte de la grandeur*, ou *des richeſſes*, & ce terme de *Deulet* eſt une des plus nobles épithetes de la Langue Perſane; & celle qu'on donne ordinairement au

L                                          Pa-

Palais *Royal* en l'appellant *Deulet cané*, la *Maison des richeſſes*, ou *de la Grandeur*. Cétte *Porte Imperiale* a été bâtie pour ſervir à la placé d'une autre tout proche, qu'on appelle *la Porte de la mort*, qui eſt condamnée depuis près de deux cens ans, à cauſe d'une grande Peſte dont la Ville *d'Iſpahan* avoit été affligée, que le Peuple diſoit être venuë de la contrée de *Guendamon*, qui eſt à dix lieuës delà au *Septentrion*, & être entrée par cette *Porte*. D'autres diſent que c'eſt parce qu'on portoit en terre par cette *Porte* ceux qui mouroient de ce fleau. Quoi qu'il en ſoit, le peuple la fit fermer par ſuperſtition, & il ſe croiroit perdu ſi on la r'ouvroit, s'imaginant que la Peſte reviendroit tout auſſi-tôt. Ainſi, lorſqu'*Abas le Grand*, quatre cens ans après, eut fait deſſein de tranſporter ſon Siege Royal à *Iſpahan*, & qu'il eût choiſi ce Quartier pour ſa demeure, il ne voulut pas faire r'ouvrir cette *Porte de la mort*; mais tout proche, il fit faire cette *Porte de la Grandeur*, ou *Imperiale*. C'eſt la *Porte* qui eſt à l'entrée de cette belle *Allée d'Iſpahan*, que j'ai décrite.

A la gauche, eſt le *Palais d'Ahmed Bec Yuzbachi*, ou Capitaine des *Eunuques blancs*, & un grand *Portail*, qui fait une des entrées du *Serrail* du Roi, par une longue *Allée d'Arbres*, qui aboutit à un des *Jardins du Palais*, qu'on appelle le *Jardin des Amandiers*. On y voit toûjours une garde d'*Eunuques blancs*, qui ſont Mouſquetaires, & la Garde du Corps. Ils ont là leur Quartier, & dans lés *Logis* à l'entour du *Jardin des Amandiers*. Il n'y a que le Roi ſeul qui puiſſe paſſer par cet endroit à Cheval, tout le monde y va à pied. J'entens ceux qui ont à faire au *Serrail*. J'y ai été pluſieurs fois, & c'eſt une fort belle promenade. Ces *Eunuques blancs* ſont la principale Garde du Roi hors du *Serrail*, mais ils n'entrent point dedans. On ne veut pas qu'il y entre d'autres *Eunuques* que des *Noirs*, & encore des plus laids, & des plus affreux pour ne pas faire naître de mauvais deſirs dans le cœur des belles femmes qui y ſont renfermées.

C'eſt-là le détail de la Ville *d'Iſpahan*, qui eſt la plus grande & la plus belle Ville de tout l'*Orient*. Les *Perſans* pour en repreſenter mieux la grandeur font ce petit conte, que l'Eſclave d'un Marchand aiant gagné du bien à ſon ſervice, il s'enfuit avec tout ce qu'il avoit, & ſe retira en un *Canton de la Ville* le plus éloigné, où il leva Boutique de même negoce, & il y fut dix ans, avant que ſon Maître en découvrît rien. Il y a en cette grande *Ville* des habitans de toutes *Religions*, *Chrétiens*, *Juifs*, *Mahometans*, *Gentils*, *Igni-*

coles, & l'on y voit des Négocians de toute la terre. C'eſt auſſi la plus docte *Ville* de tout l'*Orient*, & d'où la ſcience ſe répand dans tout l'*Orient*, particulierement dans les *Indes*. Mes *Memoires* portent qu'il y a dans l'enceinte de ſes Murailles

      162. *Moſquées*.
       48. *Colleges*.
    1802. *Caravanſerais*.
     273. *Bains*.
      12. *Cimetieres*.

Surquoi il faut remarquer qu'en *Perſe* les Cimetieres ſont pour la plûpart hors de la Ville.

Ils portent auſſi qu'il ſe tuë tous les jours deux mille *Moutons* dans la *ville*, & quinze cens dans les *Fauxbourgs*; non compris ce qu'on en tuë pour la Cuiſine du Roi, qui va à quatre vint dix par jour, ce qui n'eſt pas beaucoup pour un Païs où l'on ne mange pas d'autre groſſe viande que le mouton.

La *Latitude* de cette puiſſante *Ville* eſt de *trente deux Degrez, quarante minutes*. La *Longitude* de quatre vint quatre Degrez, dix huit minutes, aiant le plus long jour de quatorze heures neuf minutes, trente ſix ſecondes. Le Climat en eſt le plus ſain qu'en aucun endroit du monde où j'aie été; d'où l'on dit en commun proverbe *que qui vient ſain à Iſpahan, n'y ſauroit tomber malade; mais que qui y vient malade, ne ſauroit y recouvrer la ſanté*. C'eſt à cauſe de l'air qui y eſt ſec, & ſubtil au dernier degré. Il eſt ſi ſec, même la nuit, auſſi bien que le jour, que ſi l'on met le ſoir une feuille de papier à l'air, on la retrouve le matin tout auſſi ſeiche qu'on l'y a miſe. Le froid, & le chaud, y ſont rudes & perçans dans leurs ſaiſons; mais le froid n'y dure pas plus de trois mois. Il y neige, & il y pleut peu. La pluye la plus abondante eſt en Mars, & en Avril, produite, je penſe, des vapeurs des neiges fondues. Un vent d'*Occident* y regne doucement tout l'été. Il ſe léve au coucher du ſoleil, & eſt ſi frais la nuit, qu'on prend ſouvent la robe fourrée, & qu'il ſe faut toûjours bien couvrir. Le Printems y commence au mois de Fevrier, qui rend l'air fort ſerain, & la terre admirablement belle; car dès la fin du mois, tous les *Jardins* ſont couverts de fleurs, les arbres ſont en fleurs, particulierement les Amandiers. La ſeichereſſe de l'air de ce Païs ſe remarque particulierement en ce qui arrive tant aux hommes, qu'aux bêtes, une heure après la mort. L'air entrant dans ces Corps repouſſe l'humidité, qui ſe reſſerre entre cuir & chair, & fait enfler le corps exceſſivement. Il en
naît

naît encore un autre accident fort commun; c'eſt qu'à la fin des maladies, il vient une enflure aux Jambes, qui ne ſe diſſipe qu'au bout de quelques ſemaines; mais en général le climat eſt excellent, comme je l'ai dit, & les maladies qu'on y contracte, ne ſont ni douloureuſes, ni longues. Celle qu'on appelle *Venerienne*, qui y eſt fort répanduë, ne s'y aperçoit pas ſur la peau, l'air diſſipant tous les épanchemens de ce Venin, qui en ſont les ſignes dans les autres Païs. La rouïlle non plus ne gâte jamais rien à *Iſpahan*, elle n'y eſt pas même connuë. Cette *Ville* eſt encore à couvert d'un autre grand fleau qui eſt le feu. Comme ſes Edifices ſont de terre, on n'entend jamais dire que le feu s'y mette, & quand il ſeroit dans une maiſon, le voiſin n'en auroit pas de peur, car le feu s'arrêtant après avoir brûlé la boiſerie, les Murs qui ſont tous de terre mettent la maiſon voiſine à couvert de l'incendie. Ce qu'il y a de fort admirable dans une ſi grande *ville*, & ſi peuplée, c'eſt qu'elle ſubſiſte avec abondance & opulence, ſans Mer, & ſans Rivieres. Tout ſans exception y eſt aporté ſur le corps des bêtes, & il n'y a rien qui ne s'y aporte, les Chameaux portant des fardeaux de huit cens peſant. Les *Perſans* appellent ces animaux *les Navires de terre*; mais ce qui paroît incroïable, c'eſt que cette *ville* tire la plûpart de ſes vivres, excepté le bétail, de dix lieuës à l'entour. On compte dans cét eſpace quinze cens *Villages*, &, à dire le vrai, la plûpart de ſes environs ſont incomparables en beauté & en fertilité. Il faut ſe ſouvenir en cet endroit de la frugalité des *Orientaux*, parmi leſquels les *Perſans* particulierement ſont à eſtimer, mangeant beaucoup moins que les *Turcs*; car d'ailleurs, ſi on couvroit les tables à *Iſpahan*, comme à *Londres*, ou à *Paris*, il faudroit bien faire venir des proviſions de plus loin. Les *Perſans* ne mangent de la viande que le ſoir, & n'en mangent qu'avec du ris & auſſi des legumes. J'ai obſervé ailleurs combien leurs chairs ſont pleines de ſuc; de manière qu'on peut dire en général, qu'il ne ſe fait que la dixiéme partie de la conſommation de chair en *Perſe*, qu'il ſe fait en nos Païs par proportion.

Je viens à l'origine de la *Ville d'Iſpahan* à preſent le ſiége de l'Empire de *Perſe*. Les *Auteurs Européans* veulent que ce ſoit la celebre *Hecatompyle*, la *ville à cent Portes*, fondée par les *Grecs*, parce que *Hecatompyle* étoit la Capitale du Païs des *Parthes*; mais comment *Hecatompyle*, qui ſelon *Ptolomée*,

& les autres *Geographes* anciens, étoit à trente ſept degrez cinquante minutes du *Pole*, pouvoit-elle être *Iſpahan*, qui n'en eſt qu'à trente deux degrez quarante minutes? J'obſerverai là-deſſus qu'il faut que *Ptolomée*, ou ſes Copiſtes, ſe ſoient mépris au ſujet d'*Hecatompyle*; car il n'y a point de *Villes* au Païs des *Parthes*, qui ſoit à trente ſept degrez du *Pole*. D'ailleurs les anciens ont placé *Hecatompyle* à trois journées de l'*Hyrcanie*, & *Iſpahan* en eſt à douze journées. *Quinte Curce* dit expreſſément qu'*Alexandre alla en trois jours d'Hecatompyle en Hyrcanie*. On pourroit pourtant concilier cette contradiction apparente en diſant, que la Province d'*Hyrcanie* s'étendoit autrefois du côté d'*Iſpahan* plus qu'elle ne fait, comme elle s'étendoit juſqu'à la *Meſopotamie*. J'ai remarqué une choſe dans ces Empires d'*Orient*, dont l'étenduë eſt ſi vaſte; c'eſt qu'on étend & qu'on reſſerre les *Gouvernemens*, ſelon le bon plaiſir du Souverain; & alors, la Province dont ils portent le nom, eſt conſiderée comme plus grande, ou plus petite, ſelon que s'étend la juriſdiction du Gouverneur; mais j'ai obſervé auſſi une autre choſe ſur ce ſujet, c'eſt que la nature a fait en *Perſe* la diviſion de la plûpart des Provinces, ſoit par des hautes montagnes, ſoit par de vaſtes plaines, ſoit par la qualité du Terroir & du Climat. *Niger* ſe méprend bien davantage en prétendant qu'*Iſpahan* eſt *Ecbatane*. Il n'y a pas d'aparence non plus que ce ſoit l'*Aſpa*, que *Ptolomée*, *Pline*, & *Strabon* mettent en *Parthide*, à trente ſix degrez, parce, qu'*Iſpahan* ne s'étend pas tant au *Nord*. Mais il y a aſſez d'aparence que ce ſoit l'*Aſpadana* de ces Illuſtres *Geographes*, qu'ils placent à trente trois degrez; ce qui ne differe que de quarante minutes d'avec la vraïe ſituation.

Les *Auteurs Perſans* & *Arabes* ont auſſi de fort differens ſentimens ſur l'origine de cette *Ville*. Quelques uns la croyent fondée par *Houcheng*, petit-fils de *Noé*, qu'ils appellent *Adam ſecond*. D'autres diſent que ce *Houchend* eſt le ſecond Roi de *Perſe*, & la Neuviéme generation de *Noé*. D'autres en attribuent la fondation à *Juda*, un des douze Patriarches, ce qu'ils apuyent ſur ce qu'on trouve que cette *Ville* s'appelloit anciennement *Dar el Youda*, c'eſt-à-dire, *Colonie de Juda*. Mais *Aboulpharagh* Auteur de l'*Hiſtoire des Arabes*, qui étoit natif d'*Iſpahan*, donne une autre raiſon beaucoup plus aparente de cette dénomination-là. Il dit qu'autrefois *Iſpahan* ſe diviſoit en *Vieille*, & *Nouvelle Ville*, la *vieille* nommé *Hay*,

don

dont *Alexandre le Grand* étoit le fondateur; la *Nouvelle* appellée *Elye houdié*, comme qui diroit *la Judée*, parce qu'elle avoit été fondée par les *Juifs*, que *Nabucadnezar* emmena captifs en *Perse*. Cette *Histoire* nomme *Nabucadnezar Baktnasr*, comme qui diroit *heureux aspect*. Les *Juifs*, dit cet Auteur, étoient la plûpart des *Artisans*, *qui aiant trouvé l'air, l'eau & le terroir de cette ville fort semblables à celui de la Judée*, *s'y arrêterent & y bâtirent une Ville, qu'ils appellerent du nom de leur Païs*. Mais enfin selon la plus commune opinion, *Ispahan* dans son origine étoit deux Villages, ainsi que je l'ai observé au commencement de ce Livre, lesquels à force de s'agrandir se joignirent, & devinrent enfin une grande *Ville*. Comme tous les *Auteurs Orientaux* sont fort exacts à raporter l'"*Horoscope des Villes*, ils marquent la naissance d'*Ispahan* sous l'ascendant du *Sagitaire*. Ils l'ont representé pour cela sur le *Frontispice du Château*, & au *Marché Imperial*; mais ils ne le peignent pas comme nous par une figure moitié homme, moitié Cheval; mais moitié homme moitié Tygre, dont la queuë est un gros serpent, dans la bouche duquel le Sagitaire tire une fleche. Quoi qu'il en soit de tout ce que nous avons rapporté, il ne paroît pas dans les *Histoires* du Païs, qu'*Ispahan* ait été celebre avant le regne de *Tamerlan*: on voit seulement qu'elle fut subjuguée par les *Arabes* sous le Califat d'*Omar* dans le septiéme siécle, & que deux cens ans après une grande Peste aiant désolé la *Ville*, les habitans furent s'établir tout proche sur le bord de la Riviere, au *Village* qui porte le nom de *Chehereston*, c'est-à-dire *lieu de Ville*; qui est ce beau & grand Village dont j'ai parlé, où l'on voit des ruines d'anciens édifices. On y montre entr'autres la place où fut enterré le *Calife Alrachid*, qui aiant été déposé du Califat, choisit ce lieu pour sa retraite, & y finit ses jours l'an 531. de l'Ere *Mahometane*. On trouve encore dans ces *Histoires*, que l'an quatre cens vint de cette Epoque, *Aladed-Daulet* Viceroi de *Perse*, sous les *Califes de*

*Babylone*, tenoit sa Cour à *Ispahan*. *Tamerlan* la prit en allant à la conquête d'*Asie*, & la trouvant revoltée à son retour, il la reprit une seconde fois, & y exerça alors d'horribles cruautez. Il commanda entr'autres à son armée en aprochant de la *Ville*, que chaque soldat eût à lui aporter la tête d'un habitant d'*Ispahan*; mais comme la plûpart avoient pris la fuite, on dit que les soldats ne trouvant plus d'habitans, s'entretuoient pour avoir une tête à porter. On conte la même chose de *Cotza*, Roi de *Perse*, environ l'an mil quatre cens cinquante de nôtre compte. Ces grandes défaites avoient fort diminué *la Ville*, & ce qui lui fut encore plus funeste, c'est que les descendans de *Cheik Sephy*, Prince d'*Hyrcanie*, étant montez sur le Trône, ils établirent leur séjour à *Casbin*, jusqu'au tems d'*Abas le Grand*, qui étant homme de cœur & de tête, entreprit de reconquerir l'*Empire de Perse*, dont ses ancêtres avoient été presqu'entierement dépouillez; & comme *Ispahan* lui parut dans une bien plus belle situation que *Casbin*, & dans un Climat plus temperé, & d'ailleurs plus proche des Provinces que ce Monarque avoit en tête de conquerir des premieres, comme la Province de *Perse*, & les bords du *Golphe Persique* du côté de l'*Occident*, il transporta sa Cour à *Ispahan*, qu'on peut dire qu'il édifia à mesure qu'il conquit son Empire. Ce grand Prince fit plus; car afin que la *Ville* eût plus grande abondance d'eau, il fit fendre avec une incroyable dépense une grande montagne à trois journées de Chemin, pour donner passage à un fleuve & le faire couler dans celui de *Zenderoud*, qui est le Fleuve d'*Ispahan*.

Le nom que cette *Ville* porte, est tiré d'*Aspacan* par tous les *Etymologistes*. *Asp* signifie *Cheval* en *Persan*, & *Can*, ou *Han*, en Langue *Arabe* signifie *un grand Hôtel*, & en *Tartare un lieu à recevoir les Caravanes*, comme qui diroit Lieu ou *Assemblée de Cavalerie*; & l'on a donné ce nom à cette *Ville* soit à cause de son grand peuple, soit parce que c'étoit le rendezvous général de l'Armée *Persane*.

# VOYAGES

## DE MONSIEUR

## LE CHEVALIER CHARDIN,

### Contenant

## Le premier Voyage de l'Auteur d'*Ispahan* à *Bandar-Abassi*, & son retour à *Ispahan*.

E Journal de mon *Voyage de Paris à Ispahan*, qui compose le premier Volume de mes *Relations*, finit avec l'année 1673. Je commençai la suivante 1674. en la compagnie des *Protestans François* qui sont établis en cette Ville-là. Nous fîmes nos dévotions ensemble, & je rendis graces à *Dieu*, de toutes les affections de mon ame, de sa protection puissante, qui par mer, & par terre, me garentissoit de tout mal depuis vint ans, & qui m'avoit gardé l'année passée sur la *Mer Noire*, & en *Mingrelie*, des plus grands dangers où l'on puisse tomber ; desquels je suis très-persuadé que ni prudence, ni hasard, ne m'auroient sçu tirer. J'implorai son soin paternel sur moi durant la nouvelle Année, afin que je la pusse passer en sa crainte, & ressentir durant tout son cours cette même protection à qui je devois ma vie & mon bonheur.

Le soir je fus dire adieu à un Neveu du *Grand Vizir*, qui devoit partir le lendemain pour la Cour. Il m'aprit qu'il en étoit venu un Exprès, le jour précédent, avec la nouvelle que le Roi, au lieu de continuer son Voyage à *Casbin*, ville du Païs des *Parthes*, par la route droite & ordinaire, avoit pris à *Com* un grand détour, & étoit allé passer le *Ramazan*, qui est le mois de *Jeûne des Mahometans*, à *Theran*, petite ville du Païs, que les Anciens *Geographes* appellent la *Comisene*, entre la *Parthide*, l'*Hyrcanie* & la *Sogdiane*.

La raison de ce changement venoit du Calcul des *Astrologues*, qui firent acroire au Roi que son Voyage étoit regardé par de malignes influences ; que c'étoit à cela qu'il falloit raporter les maladies qui régnoient dans sa Cour, dont plusieurs Seigneurs venoient de mourir : & que pour changer ces influences, il falloit changer de dessein & de route. Les *Medecins* sont les plus heureuses gens du monde en *Perse*. Dès que la mort fait à la Cour quelques ravages extraordinaires, que leur Art ne peut arrêter, ils en rejettent promtement la cause sur les Astres, & sur les Constellations, & ils accusent les *Astrologues* de ne pas bien découvrir ces mauvais aspects, & de ne pas rechercher ce qu'il faut faire pour en detourner les effets funestes.

Le 4. un Ambassadeur de *Balke*, Païs à l'*Orient* de la *Mer Caspienne*, que nous appellons la *Petite Tartarie*, & que les *Orientaux* appellent *Yuz-bec*, c'est-à-dire, *Cent Seigneurs*, du grand nombre des Principautez en quoi ce Païs-là est partagé. Cet Ambassadeur, dis-je, me fit l'honneur de me rendre visite. Il avoit apporté de son Païs pour environ vint mille écus de Marchandises, presque tout *Rhubarbe*, & *Lapis Lazuli*, qu'il vouloit me troquer contre des bijoux ; mais nous ne pûmes convenir de prix. Il me faisoit depuis quelques jours de grandes instances d'aller avec lui en *Tartarie*, me promettant que le Prince de *Balke*, son Maître, me feroit beaucoup d'honneur & de caresses ; & m'achetteroit pour bien de l'argent. Je lui dis que la *Tartarie* étoit en réputation de mal-

traiter

traiter les Etrangers, fur tout ceux qui n'é-
toient pas de la Religion du Païs. L'Ambaffadeur me répondit que les *Perfans* faifoient
courir ces bruits pour diminuer le Négoce des
*Tartares*, mais qu'il étoit très-faux. Qu'au
refte, il me donneroit caution dans *Ifpahan*
de ma perfonne, de mes gens, & de tout
mon bien, pour autant que je le defirerois. Il
me fit d'autres offres encore plus belles, que
ma curiofité faifoit affez valoir. Je dis à l'Ambaffadeur que j'y penferois ; & en effet, les
jours fuivans je confultai plufieurs Seigneurs
& plufieurs grands Marchands de la Ville;
mais il n'y en eût aucun qui ne me détournât
de ce long Voyage. On me conta, entre les
autres chofes, que depuis peu d'années des
Marchands *Armeniens* étant allez à *Balke*,
fous la bonne foi d'un paffeport du Prince,
ils avoient été affaffinez, & que l'on n'avoit
pû encore recouvrer leurs effets. On me conta auffi des chofes prefque prodigieufes de la
fterilité & de la difette de ce Païs-là, de leurs
vilaines mœurs, & de la falleté qu'il y a dans
leurs Logis, dans leurs vêtemens, & dans leur
nourriture. Je crus tout ce qu'on m'en dit,
d'autant plus aifément que j'en découvrois des
marques en la perfonne de cet Ambaffadeur,
& dans fon train. C'étoient la plûpart des gens
de mauvaife mine, qui avoient tout l'air de
brigans. Ils étoient fi mal vêtus, & ils fe tenoient fi falement dans le *Palais* où on les
avoit logez, que cela n'eft pas croïable. A la
referve de la chambre de l'Ambaffadeur, tout
étoit plein d'ordures, & faifant mal au cœur.
C'étoit la même chofe dans leur vivre. Ils
égorgeoient les bêtes en quelque endroit que
ce fût, & prefque à la porte de leurs apartemens, y laiffant l'ordure des inteftins, lefquels
ils mangent, comme beaucoup d'autres chofes que nous en jettons. On diroit, à voir
leur cuifine, que c'eft une caverne de bêtes
feroces. Ils affaifonnent auffi leurs viandes
fort mal, leur donnant une fenteur d'ail,
*d'affa fœtida*, & d'herbes fortes, qui fait foule-
ver le cœur. En un mot, ils font encore pi-
res que les *Mofcovites*. J'ai fort obfervé ces
*Petits Tartares* en *Perfe*, & aux *Indes*, en
divers lieux, & à diverfes fois. Leur taille eft
communément plus petite de quatre pouces,
que la nôtre, & plus groffe à proportion.
Leur teint eft rouge & bazané, leurs vifages
font plats, larges & quarrés. Ils ont le nez
écrafé, & les yeux petits. Or comme ce font-
là tout à fait tout les traits des habitans de la *Chine*, j'ai trouvé, après avoir bien obfervé la
chofe durant mes Voyages, qu'il y a la même

configuration de vifage, & de taille, comme
on parle, dans tous les Peuples qui font à
l'*Orient* & au *Septentrion* de la *Mer Cafpien-
ne*, & à l'*Orient* de la prefque-Ifle de *Malla-
ca*; ce qui depuis m'a fait croire que ces divers Peuples fortent tous d'une même fou-
che, quoi qu'il paroiffe des differentes dans
leur teint, & dans leurs mœurs. Car pour ce
qui eft du teint, la difference vient de la qualité du Climat, & de celle des alimens, Et à
l'égard des mœurs, la difference en vient auffi de la nature du Terroir, & de l'opulence
plus ou moins grande. Les richeffes produifent toûjours dans un Païs la douceur dans
les manieres, & la juftice dans le commerce
de la vie, de même qu'elles produifent les
Sciences & les beaux Arts.

Le 6. Mrs. *Sarhat*, les plus riches Marchands
*Armeniens* de la *Perfe*, m'inviterent à un grand
feftin. Leur famille paffe pour la plus ancienne de celles de leur nation. Ils étoient cinq
freres, tous riches de quatre à cinq cens mille livres chacun, tous bien établis, habiles
négocians, & fort fameux. Les familles des
*Chrétiens Orientaux* font très-nombreufes. Il
y en a d'*Armeniens* à *Ifpahan*, qui comptent
plus de cinq cens perfonnes dans leur parenté; ce qui vient de ce qu'ils fe marient tous,
& qu'ils ont de l'horreur pour le célibat, &
pour la fterilité. Les enfans y coutent peu à
élever, & font bien-tôt utiles. Les Filles font
mariées avec un trouffeau pour toute dot;
& hors les veuves, qui ne fe remarient pas
communément, tout le monde eft marié:
auffi leurs familles durent-elles des fiécles en-
tiers. La durée en fait la Nobleffe, & le
nombre y contribue auffi, chacun néanmoins
ne laiffant pas de s'occuper au labeur des
terres, ou au Commerce. Le feftin fe faifoit au logis de l'ainé. L'Agent *Anglois*, &
toute fa famille, y étoit invité. C'étoit pour
lui que la fête fe faifoit, & pour l'engager
dans une affaire où les *Armeniens* efperoient
de gagner beaucoup. Les autres Invitez, au
nombre de vint ou vint quatre, étoient des
plus confiderables Parens de la maifon. J'arrivai au feftin fur les onze heures; & je trouvai qu'on avoit déja fervi. La Compagnie
étoit dans un grand Salon hexagone, ouvert fur un jardin, au milieu duquel il eft
bâti. Un Dôme le couvre, fuporté par quatre ceintres, élevez fur un comble rond, lequel eft pofé fur quatre femblables; le tout
peint, doré, & azuré, à la Morefque, d'un
travail fort guai, comme on le fait très bien
faire en ce Païs-là. Les côtez du haut en
bas

bas étoient tous ornez de petites Niches, faites dans l'épaisseur des Murs, & garnies de vases d'argent & de porcelaine, remplis de fleurs. Le plancher étoit couvert de Tapis fins, avec des carreaux de brocard d'or tout autour. Derriere le Salon, on entroit dans un grand Vestibule orné & meublé de même, ouvert de trois côtez sur des Jardins, aïant au milieu deux beaux bassins de marbre, & des jets d'eau, qui vont jour & nuit. On m'avoit gardé une place à la gauche du Maître du Logis, qui étoit assis au haut bout à la place d'honneur, aïant l'Agent à sa droite. C'est la coutume de l'*Orient*, parmi les *Chrétiens*, que le Maître du festin, quand c'est un homme d'âge & grave, se mette au haut bout, & que ses fils & ses freres servent. Le Couvert étoit sur deux grandes napes de brocard d'or, à fond rouge & bleu, doublées de taffetas vert. Le buffet étoit au bas de la sale sur un tapis de cuir doré, consistant en trois ou quatre douzaines de bouteilles d'un verre fin & clair comme le Cristal. Ces bouteilles, qui tiennent chacune environ trois chopines, ont le corps rond un peu affaissé, le col long de huit à neuf pouces. Les unes sont unies, les autres sont à goderons, d'autres à pointes de diamans. Il y en a de cent figures & façons. Celles-ci étoient pleines de diverses sortes de vin, & avoient chacune au lieu de bouchon un bouquet de fleurs; car en *Perse*, où l'air est si sec & si pur, & où les vins sont si faits, on n'a pas peur qu'ils s'éventent faute de bouchon. Parmi ce grand nombre de toutes sortes de bouteilles, on voioit des vases de fleurs, entremêlez de coupes de Cristal de roche, d'argent, de vermeil doré, de verre, de porcelaine; & au devant, il y avoit deux grands bassins pleins de morceaux de glace, claire & nette comme des goûtes d'eau. C'est comme l'on s'en sert en *Perse*; on en met un morceau dans le verre, & puis on le presente, & on verse le vin dessus. Ce buffet faisoit plaisir à voir, c'est un régal que les *Orientaux* ont par dessus nous dans leurs festins, que la vuë de leurs vins excellens, dont la couleur est vive & incomparable. J'ai dit qu'on avoit déja mis le premier service, lors que j'arrivai. Il étoit dans des bassins ronds & quarrez, de bois peint, doré, & vernissé, pleins chacun de seize à dix huit petites porcelaines de confitures seiches & liquides, propres pour la plûpart à donner de l'apetit; car c'étoit du gingembre, des noix communes & de Muscade, du Cardamome, des mirobolans de diverses sortes, des écorces

de citron & d'Orange, & d'autres fruits de même qualité, avec du Massepain, du biscuit, du pain d'épice. Chacun des Conviez avoit devant soi un bassin. Deux jeunes garçons, proprement vêtus, & bien faits, versoient de l'eau de vie de *Moscou*, & de *France*, & du *Rossoly* d'*Italie* à la ronde. On fut une heure sur ce service, comme pour se mettre en goût. On parloit peu, chacun gardoit la bienseance. Un nombre d'instrumens, & de voix, placez dans le vestibule, divertissoient la Compagnie. Les concerts des *Persans* ne sont pas accordez & fins, comme en *Europe*; mais ils sont gais, enjouez, & libres.

A midi, on desservit les Confitures & les napes de brocard: on en étendit d'autre de très-fines Indiennes doubles & fort larges, & on mit dessus devant chacun des conviez une Serviette, deux assietes d'argent l'une sur l'autre, avec la cueillere, le couteau, la Fourchette, une salliere, & un poivrier. C'étoit proprement pour nous *Europeans* qu'on mettoit ainsi le couvert; car ni les *Armeniens*, ni les *Persans*, ni tous les *Orientaux*, ne se servent pas de ces choses-là à table. Les mets leur paroissent toûjours bien assaisonnez, ils mangent vite & sans parler; & ils le font si proprement, que sans s'essuyer du tout les mains durant le repas, comme nous faisons, ils se levent de table aussi propres qu'ils s'y sont mis: ce que j'entends des *Mahometans*, & non des *Chrétiens*, qui sont plus grands bûveurs & mangeurs que les *Mahometans*. A la verité, on donne des cueilleres à la table des *Mahometans*, mais c'est seulement quand on leur donne du bouillon, & la cueillere est mise dans l'écuelle, aïant un manche long d'un pied pour pouvoir atteindre de loin. On nous servit d'abord les Salades dans des assietes d'argent: C'étoit une petite porcelaine d'ail, de raisin, de pommes, & d'autres fruits confits avec le sucre & le vinaigre, au milieu de l'assiette, & autour des raves, de petits citrons, des ciboules, de l'estragon, du baume, & d'autres herbes fortes pour exciter l'apetit. On mit une de ces assietes devant chacun des Conviez: ensuite on presenta le pain, qui étoit de plusieurs façons. Il y en avoit de mince, comme des feuilles de papier, d'épais comme le doigt, & d'autre qui l'étoit encore davantage. Après le pain, on aporta deux grands Bassins d'argent, dont l'un étoit rempli d'œufs durs, l'autre de petit rôti, comme ils l'appellent: Ce sont des morceaux de foye & de rognon d'agneau, imbibez de vinaigre, & de suc d'oignon, tout à fait de haut goût, & appe-

tis-

tiſſant , qu'ils font rôtir avec de petites bro-
chettes de bois, comme on fait une douzaine
d'allouëtes. On porte ces Baſſins aux Conviez,
l'un après l'autre à la ronde, chacun en prend
ce qu'il veut ; & c'eſt la coutume des *Chrétiens
Orientaux* de commencer les feſtins par des
œufs durs, dont la raiſon eſt qu'aïant de longs
& frequens jeûnes, auſquels les œufs leur font
interdits comme la viande , c'eſt le plus ſouvent une nouveauté pour eux. Quelques-uns
m'ont dit que c'eſt auſſi parce que les œufs
durs empêchoient le vin d'aller ſi-tôt à la tête.
Un moment après que ces Baſſins eurent paſſé, l'on en aporta deux autres encore plus grands,
dans l'un deſquels il y avoit trois douzaines de
bons gros pigeons rotis , dans l'autre dix-huit
petites éclanches de mouton roties, une pour
chaque Convié. Ces Baſſins s'apportoient dans
la ſalle , couverts de ce pain en feuille , &
d'une nape en quatre doubles par deſſus, à
peu près comme on ſert les œufs frais & les
marons en ces Païs-ci. On les preſentoit d'a-
bord au Maître de la maiſon, qui les décou-
vroit, & en prenoit une piéce ; on les aportoit après à l'Agent *Anglois*, puis à moi, puis
aux autres Conviez , ſelon le rang où chacun
étoit aſſis. Ce n'eſt point une incivilité parmi eux de choiſir au plat la piéce qu'on veut
prendre, ou même, ſi l'on a pris un pigeon,
ou une éclanche, ou quelque autre piéce qui
ne plaiſe pas , de faire revenir le plat pour
changer ſa piéce. Un quart d'heure après
l'on ſervit des chapons rôtis , & des œufs
frais, dans de grands Baſſins , & tout de la
même maniere que ce qui avoit paſſé ; & autant de tems après, on ſervit le bouilli. On
l'aportoit dans des vaſes de porcelaine , faits
en terrine , & qui tiennent autant que des
marmites, poſez ſur de grands Baſſins plats,
quelques-uns étant couverts de cloches d'argent, ou de cuivre étamé. Ces Terrines é-
toient pleines , l'une de bouillon d'un gout
aigrelet ; l'autre de bouillon, & de morceaux
de mouton ; une autre de Conſommé ; une
autre de groſſes volailles ; d'autres de bœuf
frais & ſalé, froid & chaud ; d'autres de hachis mêlez de poids & d'herbes à la créme,
de hachis cuits dans des feuilles de vignes, de
concombres farcis, & d'autres ragouts dont
on ne fit que ſervir & deſſervir durant plus
de deux heures. On aportoit un Baſſin après
l'autre , & derriere chaque mets on portoit
dans un de ces Baſſins de bois verniſſez,
deux douzaines d'aſſiettes de porcelaine en pile, & on mettoit cela ſur la nape au milieu
de la ſalle vis-à-vis du Maître , devant deux

Ecuyers tranchans , aſſis ſur leurs genoux,
chacun un grand couteau à la main, aiant à
côté d'eux une cueuillere d'argent creuſe , &
une plate à long manche. Ces Ecuyers tranchans aiant les yeux ſur le Maître recevoient
le ſignal de ſervir d'une viande , ce qu'ils faiſoient auſſi-tôt dans ces aſſiettes de porcelaine, que de jeunes garçons portoient aux Conviez. On auroit peine à croire avec quel ordre, & avec quel ſilence merveilleux cela ſe
fait ; on n'entend pas un mot, point de bruit
d'aſſiettes ; & comme on entre déchauſſé dans
ces ſalles , à cauſe qu'elles ſont coûvertes de
tapis, on n'entend pas marcher non-plus. Le
Maître de la maiſon avoit toûjours l'œil ſur
ces Ecuyers tranchans , pour prendre garde
qu'on portât des portions plus grandes aux
perſonnes plus conſiderables qu'aux autres.
Après toutes ces viandes, on mit devant chacun des Conviez deux porcelaines de ſorbet
aigre-doux, chacune d'un goût different, avec
une cueuillere de bois dedans, dont le manche
étoit long d'un pied & demi, & le cueuilleron
creux & ſi grand qu'il y tenoit des cueuillerées
ordinaires. Ces ſorbets ſont la boiſſon des
*Orientaux* dans leurs repas , où l'on ne demande jamais à boire. Je parle des *Mahometans* ; car pour les *Chrétiens*, leur commerce
avec l'*Europe* , & leur affe−tion pour le vin,
les accoutume à boire en mangeant comme
nous faiſons. Enfin, on ſervit les *Pilò* en dix
grands Baſſins , dont un homme en portoit
un à peine. Le *Pilò* eſt le manger ordinaire
& délicieux de toute l'*Aſie*, juſqu'aux *Indes*,
& de tous les *Mahometans* du monde. C'eſt
un mets dont le principal ingrédient eſt le
ris. J'en ai fait la deſcription au long , en
traitant du manger des *Perſans* ; & j'ai dit,
entre les autres choſes, que c'eſt toûjours le
dernier ſervice , & par où le repas finit. Il
deſenyvre, il remplit, & nourrit à merveille.
L'on en mange tant , qu'on croit qu'on va
étouffer, mais au bout de demi-heure, vous
ne ſavez ce que cela eſt devenu , vous n'en
ſentez point l'eſtomach chargé. Les *Pilò* de
ce feſtin étoient de toutes les couleurs, & de
tous les gouts ; du blanc ſimple, avec de petits poulets de grain , du blanc mêlé de fe-
nouil à l'agneau ; d'autre jaune au ſucre & au
ſafran ; d'autre rouge au jus de grenade ; de
violet au jus de meure , d'autre couvert de
poiſſon ſalé, de hachis. Pluſieurs baſſins avoient
de trois & quatre ſortes de *Pilò* , & la plûpart étoient faits de ce fin ris des *Indes*,
qu'on appelle *ris parfumé* , parce qu'il a une
ſenteur odoriferante qui embaume , & qui
étant

étant bien aprêté vaut tous les ragoûts du monde. On servit tant de viandes, que j'avois à la fin, quelques trente assiettes & écuelles devant moi. On appelleroit cela en terme de Couvent des pitances, ou des portions & effectivement les Régles des *Moines*, non seulement dans le manger mais aussi dans le reste, tiennent si fort de la manière des *Orientaux*, qu'il n'y a pas de peine à reconnoître qu'elles en ont tiré leur origine. Ils sont à table tous d'un même côté, & les uns auprès des autres, rangez en long, sans personne vis à vis. On les sert dans des assiettes l'une après l'autre. Chacun a son service seul & separé. L'on ne parle point à table ; mais l'on est entretenu en mangeant par une lecture, ou simple ou musicale, si l'on peut apeller ainsi ces recits qu'on chante dans les festins des *Orientaux*, presque comme on fait aux *Opera*. Le service se fait sans bruit, & l'on ne vous laisse occasion de rien demander. La raison de cette conformité entre les *Moines d'Europe* & les peuples *Orientaux*, c'est que les *Moines de l'Europe* se sont réglez sur les *Moines de l'Orient*, qui ont été les premiers *Cenobites*. Mais il est arrivé en cela que les *Moines* ont affecté des manieres fort differentes de ce qui se pratique parmi ceux avec qui ils vivent, en pretendant imiter des hommes qui suivoient constamment parmi eux la coutume de leur Païs dans leur vivre, aussi bien que dans leur logement, & dans leurs habits, sans affecter aucune singularité, ni prétendre se distinguer de leurs concitoiens. C'est au reste un témoignage honorable en faveur des manieres *Orientales*, que de les voir suivies parmi nous par les gens de la vie la plus reguliere. Quand on a goûté la maniere de vivre du *Refectoire*, ou de l'*Orient*, car c'est presque la même chose, on trouve que c'est la plus commode & la plus agréable. J'avoué que les tables de l'*Europe*, sont plus réjouïssantes pour ceux qui aiment la grande vivacité & le fracas. On y fait aussi meilleure chere, si vous voulez ; mais aux tables des *Orientaux* on se porte mieux, & l'on n'en sort pas si enyvré de boire ou de manger.

Pour revenir à nôtre Festin, le service en étoit magnifique, car c'étoit tout vaisselle d'argent, ou de porcelaine, qui est beaucoup plus précieuse que l'argent. Il y avoit de la porcelaine verte, dont les grands plâts valent des quatre à cinq cens écus. Il n'y a rien de plus propre que de manger dans de la porcelaine, la vaisselle étant toûjours comme neuve : Mais nous ne saurions avoir

*Tom. III.*

commodément ce régal en *Europe*, parce que nôtre air étant trop froid, les viandes se refroidiroient trop tôt dans de la porcelaine ; outre qu'il nous faut des vases surquoi nous puissions couper les viandes, au lieu que celles des *Orientaux* sont servies toutes prêtes à porter à la bouche, étant si cuites qu'on les met en morceaux avec les doigts, de sorte qu'ils ne se servent jamais de couteau. A trois heures, le Maître de la maison étant assuré qu'on avoit bien mangé & bien bû, nous mena dans le vestibule. Le vin avoit excité la gayeté à tout le monde, & la conversation s'étoit si bien mise en train, qu'on n'entendoit plus la musique : on la fit cesser. Nous trouvâmes-là dedans un dessert servi sur des napes de brocard d'or & de soie. Il consistoit en plus de deux cens cinquante assiettes de fruits secs & frais, de confitures, de Cahviar, de poisson salé de la *Mer Caspienne*, & du *Sein Persique*, de beurre, de laitages, de petits patez & d'autres piéces de four. Il y avoit de plusieurs sortes de pommes & poires, de cinq ou six sortes de raisin, des melons verds, rouges, jaunes, & blancs, très-excellens. On garde les fruits en *Perse* dans des Caves souterraines, où l'on entretient deux ou trois petites lampes ardentes suivant la grandeur du lieu. Cela les empêche de se geler.

On commença à boire avec du vin pour les Santés de Rois, des Compagnies de Négoce, & de nos plus grands amis, aussi longtems qu'on eût la force d'ouvrir la bouche ; après quoi chacun se sauva comme il put. Je m'échapai à sept heures, & m'en allai coucher chez un de mes amis, qui demeuroit dans ce quartier-là ; car le maître du logis, pour nous retenir davantage, avoit fait mettre nos Chevaux dans son écurie, & nos valets dans une sale, où il les traita avec profusion. Je n'ai point raporté comment le Sallon & le Vestibule étoient échauffés, lorsque j'en ai fait la description ; c'étoit avec de grands *Brasiers*. Les *Persans* ne se servent pas ordinairement de *Cheminées* ; & là où ils en font, elles sont trop petites. Ils ont des manieres de *Poêles* ; & dans les grandes assemblées ils se servent de *Brasiers*.

Le 8. on aperçut la nouvelle Lune qui faisoit le premier jour du mois de *Chalval*. Les *Persans* en eurent une grande joie, parce qu'elle annonçoit la fin de leur Carême, qu'ils appellent le *Rahmazan*.

Le 2. Fevrier je partis d'*Ispahan* pour me rendre

M

dre

dre à *Bander-Abaſſi*, le plus celebre Port de *Perſe*. Tous les *Europeans*, & pluſieurs *Armeniens*, me firent l'honneur de me conduire hors la ville, à une maiſon de plaiſance nommée *Bag Koullou pad cha*, c'eſt-à-dire *le Jardin des Eſclaves du Roi*, où nous demeurames ſi long-tems à table, que je ne pus partir qu'à Soleil couché. On ſort d'*Iſpahan* par le Quartier de *Kerron*, c'eſt-à-dire des *Sourds*, quand on en part pour *Bander-Abaſſi*. On va traverſer tout le Fauxbourg de *Cheik-Sabanna*, puis on paſſe la Riviere au Pont de *Cher-eſton*, qui eſt un autre Fauxbourg long d'un mille plein de beaux Jardins. Là on prend à droite, par de belles & grandes plaines, laiſſant à gauche un village nommé *Spahanek*, ou le *petit Iſpahan*, à cauſe de ſa grandeur, qui eſt de plus d'un mille d'étenduë. Il abonde en fruits & en grains; & l'on y voit les ruines d'un Fort de terre qui eſt à preſent tout en piéces.

Après cinq lieuës de marche par la plaine d'*Iſpahan*, j'arrivai à la *Montagne* qu'on apelle *Koutel hurt chiny*, c'eſt-à-dire le *Mont du degré*, parce que le chemin qui paſſe au travers eſt étroit, va en tournant, & eſt taillé par degrez dans le Roc, comme l'Eſcalier d'un Hôtel; *Hurt chin* en Langue Perſane ſignifiant *degré de pierre*. Cette *Montagne* n'eſt pas fort haute, mais elle eſt roide & âpre, ſur tout pour les bêtes de charge. Avant d'y arriver, on paſſe devant un *Bureau* de *Rahdars*, ou *Gardes des chemins*, qui ſont des gens établis originairement pour la ſeureté des voyageurs. Ils prennent pour leur entretien un droit ſur les Marchandiſes qu'on tranſporte, ſavoir par charge de Mule, de Cheval, ou de Chameau, quoi qu'il y puiſſe avoir dedans; ce qu'il ne leur eſt pas permis de regarder, à moins d'un juſte ſoupçon de contrebande; car les balles de Marchandiſes ne s'ouvrent jamais en *Perſe* qu'aux Frontieres, & c'eſt aſſurément un Païs très-libre. Les *Europeans*, & ſur tout les Compagnies de Commerce, & ceux qui ont les paſſeports du Roi, comme je les avois, ſont exempts de ces droits. Cependant il ne laiſſe pas d'en coûter toûjours; ces Gardes ſe faiſant donner par honnêteté ce qu'ils ne peuvent exiger de droit. Ils vous aportent de petits preſens de fruits, & d'autres rafraichiſſemens, ils vous accompagnent quelque eſpace de chemin par honneur, ils veillent la nuit à la porte de vôtre Logement, avec quoi ils s'attirent des preſens qui ſont plus conſiderables que leur droit.

Il n'y avoit, avant le régne des deux der-niers Rois de *Perſe* nuls autres impôts pour le Roi dans tout le Roiaume qu'à l'entrée & à la ſortie du Roiaume, tout le reſte n'étoit que de petits droits pour les Prevôts des grands Chemins; mais cela a fort changé, & empire de jour à autre; car on prend des droits des marchandiſes à la ſortie d'*Iſpahan*, & c'eſt au paſſage de cette *Montagne*, & à la premiere traite qu'on examine ce qui s'emporte. La viſite en eſt ſevere, à cauſe de l'or dont le tranſport eſt grand d'*Iſpahan* aux *Indes*, & le droit auſſi qui eſt d'un & demi pour cent. Les *Gardes des chemins* ſont auſſi les viſiteurs de ce qui ſe tranſporte, prenant garde ſi chacun a ſon acquit, où s'il n'emporte rien qui en requiere.

La *Plaine* où eſt *Iſpahan*, eſt entourée de *Montagnes* du côté du *Midi*, à diſtances inégales. Après qu'on a paſſé celle d'*Hurt cheni*, on rentre dans une *Plaine* de deux lieuës de large, où après avoir fait trois lieuës, on trouve le bourg de *Mayar*, qui eſt à neuf lieuës de la ville, & qui eſt la premiere traite du voyage. J'y arrivai à trois heures après minuit.

*Mayar* eſt un Village gros de trois cens maiſons, ſitué entre deux *Montagnes*, s'étendant de l'une à l'autre, de ſorte qu'il ſeroit impoſſible de ne paſſer pas par dedans, quand on le voudroit. Cette avantageuſe ſituation me pourroit bien faire croire le raport que font les gens du Païs, que ce village étoit une bonne ville il y a ſix cens ans. On y trouve un grand *Caravanſerai* à l'entrée, mais qui eſt ſi vieux que les Paſſans n'y peuvent plus loger proprement. Les gens conſiderables logent dans des maiſons particulieres, dont il y a un grand nombre, qui leur ſont volontiers ouvertes par les habitans pour le profit qu'ils en retirent. Près du *Caravanſerai* on voit les ruines d'un petit Fort de terre. Le Terroir d'alentour eſt ſec & ſterile, ſans arbres ni aucune verdure, ce qui provient de la diſette d'eau qui y eſt grande tout l'été. Cela n'empêche pas que le Village ne ſoit agréable & abondant en toutes choſes, qu'il n'ait des marchez couverts, comme dans les Bourgs, & nombre de Jardins.

Le 3. je fis cinq lieuës par un chemin uni, mais un peu pierreux, entre des *Montagnes*, comme le jour précedent, & les jours ſuivans. Il faut compter que depuis *Iſpahan*, juſqu'au *Sein Perſique*, on a toûjours des *Montagnes* à droite, & à gauche, éloignées l'une de l'autre diverſement. Elles s'élargiſſent dès qu'on eſt hors de *Mayar*; & quand on

on a fait trois lieuës , on détourne à droite, au coin de la *montagne* , & on entre dans de vaſtes & de belles Plaines , larges de cinq à ſix lieuës , les plus fertiles qu'on puiſſe voir. Je les ai traverſées neuf fois en ma vie, aiant fait cinq fois le Voyage d'*Iſpahan* au *Golphe Perſique* ; & j'ai toûjours pris grand plaiſir à traverſer ces *Plaines*, qui ménent ſeize lieuës durant , juſqu'à la Frontiere de la Province de *Perſe*. Elles ſont couvertes depuis la mi-Mars, juſqu'à la mi-Novembre , de fleurs, de troupeaux, de grains, de fruits, de legumes & des autres biens de la Terre. Ma traite s'acheva à *Comicha* : c'eſt une villace , qui eſt fort grande, à la verité, car elle a plus de trois milles de tour; mais qui reſſemble plus à un village qu'à une ville. Vous le pouvez voir au Plan qui eſt à côté. On lui donne pourtant le nom de Ville, parce que c'en étoit une fort grande, & fort conſiderable autrefois, comme ſes ruines le montrent encore. Ce qu'il y a de plus beau à *Comicha* ſont ces hauts Colombiers , que vous voyez dans le Plan. L'on en entretient beaucoup en *Perſe*, pour en tirer du fumier plus que pour autre choſe. C'eſt avec quoi on fume les melons , & ce qui les fait venir ſi bons & ſi gros. Il y a auſſi nombre de *Caravanſerais* bâtis en divers endroits , mais qui ſont tous aſſez petits. On tient que *Comicha* eſt la ville que *Ptolomée* apelle *Orebatis*, à cauſe de ſa ſituation , qui eſt aux Confins de la *Place* , & proche de la *Parthide*.

A une portée de Canon, du côté d'*Iſpahan*, il y a une *Chapelle* qu'on appelle *Cha Reza*, c'eſt-à-dire, le *Roi Reza*, qui eſt un petit-fils d'*Imam*, de la race d'*Haſſein*, décédé il y a ſept cens quarante ans, à ce que le *Molla* de la Chapelle aſſuroit. La Moſquée de ſon *Tombeau* eſt faite en Octogone, & eſt couverte d'un Dôme. La *Tombe* qui eſt haute de trois pieds , & qu'on a couvert de deux Poêles, dont celui de deſſus eſt fait de brocard d'or, eſt entourée d'un Baluſtre de bois repercé, auquel ſont attachez grand nombre d'offrandes , conſiſtant en feuilles de papier , & de parchemin, écrites des deux côtez,en des grains de Chapelets , & en des Palets de terre.

Dans la Cour de la *Moſquée* il y a deux *Reſervoirs*, ou *Baſſins* d'eau, à vingt pas l'un de l'autre, pleins de Poiſſons, dont quelques-uns ont au nez des anneaux de cuivre, d'argent, & d'or. Il y a un de ces Baſſins qui eſt à fonds de Cuve, & fort poiſſoneux, mais on n'oſe y pêcher, les gens du lieu diſant confidemment, que ſi l'on touchoit à ce poiſſon, le

Saint à qui il eſt conſacré feroit mourir ſubitement le Sacrilege; mais ils ne s'en fient pas tant à leurs contes, qu'il n'y ait toûjours-là des gens pour le garder. Je croïois que c'étoit par ornement que ces Poiſſons avoient des boucles au nez, mais on m'a apris que c'étoit en ſigne de conſecration. Toutes les femmes en *Perſe*, & celles des anciens *Ignicoles*, comme les autres, portent une Boucle à la Narine gauche, grande comme une bague, avec trois pierres precieuſes , ou perles, qui y ſont enfilées. C'eſt la marque de la ſujetion & dependance, comme l'étoit chez les *Juifs* l'oreille percée. La Boucle de nez a été priſe de la maniere induſtrieuſe de mener les Chameaux, & les Bœufs , par les Narines , en y paſſant une corde, avec laquelle on les retient, & on les conduit. Un des ornemens des Palais aux *Indes*, & de tous les Païs par delà, en y comprenant la *Chine* , & le *Japon*, c'eſt d'avoir des ronds ou baſſins d'eau pleins de Poiſſons, avec des boucles de pierreries au nez; & le plus grand honneur qu'on puiſſe faire à un Prince Etranger, c'eſt d'en mettre dans les reſervoirs du Palais où on le loge. C'eſt comme pour dire qu'il eſt le Maître des animaux du Païs, & que les biens du Païs ſont à ſon commandement. On m'a conté aux *Indes*, que lors que le *Grand Mogol* d'à preſent, n'étant encore que Viceroi de la Province de *Decan*, alla à *Colconda*, viſiter *Kotop Cha* qui en étoit Roi, où il épouſa ſa fille, il y a quelque cinquante ans , ce fut-là un des principaux honneurs qu'on lui fit. J'ai vû le Palais où il fut logé. Il y avoit encore tout plein de ces Poiſſons dans les Baſſins , & dans les Etangs.

Il arriva du tems du feu Roi, qu'un *Armenien* étant en cette *Moſquée de Comicha*, penſant n'être vû de perſonne , ſe hazarda de prendre de ces Poiſſons ſacrez; mais un *Perſan* l'aiant aperçu, pouſſé d'un zéle furieux, courut à lui le poignard à la main & le tua ſur la place. Il croïoit que c'étoit bien fait de vanger ainſi le Sacrilege commis ſur des choſes que ſa Religion tient pour Saintes. Le *Cedre*, qui eſt le Grand Pontife de *Perſe*, à qui il alla demander l'abſolution du meurtre, crut la même choſe, & la lui donna pour une legere ſomme d'argent, prétendant que l'*Armenien* avoit été tué à bon droit; mais le Roi, Prince juſte, aiant été informé du fait, ſe moqua du raiſonnement impertinent des Eccleſiaſtiques , que prendre du Poiſſon conſacré fût un crime digne d'être tué ſur la place par le premier venu : il fit de ſeveres repriman-

des

Lucian. De Dea Syria.
p. 1073.

Tom. 2. p. 53.
Iſa. 3. 2X. Prou. 11. 22.

des au Pontife, le condamna à une amende applicable à la famille de l'*Armenien*, qui avoit été tué, & fit punir le *Persan* meurtrier.

Le 5. je fis six petites lieuës par le beau Païs que j'ai representé, qui est tout couvert de ruisseaux, & de villages. On en traverse un à moitié chemin, appellé *Mirza-Kut-chec*, c'est-à-dire, *petit Prince*, lequel durant l'Eté est un des agréables Lieux qu'on puisse voir, & durant l'autonne, celui où l'on mange les meilleurs melons. Sa principale beauté vient des Jardins, & des Bâtimens qui y ont été faits par ce Seigneur, de qui il porte le Nom, qui étoit *Cedre*, ou Grand Pontife, du tems d'*Abas le Grand*, de qui il épousa une fille, à cause de quoi on lui donna le nom de *Petit Prince*. Ma traite se termina à un joli Village, nommé *Maxud Bequi*, du nom du feu Grand Maître d'Hôtel de *Perse*, à qui il appartenoit, qui s'appelloit *Maxud Bec*. Il y faisoit la nuit un aussi rude froid que j'en aie senti de ma vie. Comme l'air est fort sec en *Perse*, le froid est pénétrant & vif, mais il n'est pas dangereux pour la santé; car il n'engendre ni catarres, ni fluxions; & par dessus cela, dès qu'il est jour, le froid diminue, parce que le Soleil ne manque point à paroître, & le Soleil est toûjours chaud en *Perse*.

Le 6. je fis encore six petites lieuës par un chemin aussi beau, & aussi aisé, que celui du jour précédent. Après trois lieuës de marche, je traversai un grand Village, nommé *Amnabaat*, c'est-à-dire, *Habitation seure*, à cause d'une maison forte, en maniere de Château, qui y fut bâtie il y a six-vingts ans par *Daoud Kan*, frere du fameux *Imam Koulikan*, le Generalissime d'*Abas le Grand*; pour servir à chasser du Païs des Compagnies de Voleurs, qui s'étoient renduës si formidables, qu'il n'y avoit ni Caravanes de Marchands, ni train de Prince, qui pussent passer par-là sans être volez, & souvent avec grand meurtre; à quoi *Daoud Kan* donna promptement si bon remede, que ce lieu qui étoit auparavant un coupegorge, devint très-assuré. On voit ce Château sur le grand chemin; mais le dedans en est presque ruïné. Il fait face à un *Caravanserai*, qui est des plus grands & des mieux bâtis du Roïaume.

Je logeai à *Yesdecast*, Château & Bourg, situez dans une *Vallée* longue de vingt lieuës, sept à l'*Orient* du Château, & treize à l'*Occident*, & large de demi lieuë, presque par tout. C'est un des plus fertiles endroits de la *Perse*. Elle abonde en bêtail, en grain, en fruits; &,

ce qui est-là fort considerable, en bonnes eaux, qui courent au travers d'un bout à l'autre, & qui paroissent comme un gros Fleuve, lors que les Néges fondent. Le Château est bâti sur la cime d'un haut Rocher, qui est au milieu de la *Vallée*, à l'endroit du grand chemin d'*Ispahan* à *Chiras*, & au *Sein Persique*. La figure du Rocher est longue ovale, & la matiere du Château est toute de terre. On ne sauroit rencontrer de plus laide & plus diforme masse, comme on le peut voir au dessein qui est ici à côté. On y entre par deux méchantes portes, qui sont aux deux bouts; l'une à l'*Orient*, & l'autre au *Septentrion*; celleci aiant un petit Pont levis. Ce Château a six étages au dedans, l'un au-dessus de l'autre, qui comprennent bien deux cens Maisons, mais qui sont toutes si petites, si sales, & si sombres, qu'elles ressemblent plûtôt à des tannieres, qu'à des logis habitez. Les bas étages n'ont de jour que par les fenêtres, de maniere qu'il faut continuellement se servir de lumiere artificielle dans la ruë: ces logis sont pourtant tous habitez; & c'est assurément un spectacle nouveau & rare, que d'aller dans des ruës à étages, c'est-à-dire au-dessus desquelles il y en a quatre ou cinq autres, & où il faut de la lumiere en plein midi. On y trouve du reste toutes sortes de commoditez à achetter. Il y a un Puits profond de trente brasses, dont l'eau sert principalement pour le bain qui est bâti à l'entrée.

Il y a des Auteurs qui tiennent que ce Château a été bâti dans le premier siecle du *Mahometisme*, lors que les *Arabes* commencerent à conquerir la *Perse*, qui est le tems du dernier Roi de Perse; & que c'est de ce Prince, qui s'appelloit *Yez dagird*, qu'il a été dénommé. Mais la plus commune opinion est que son nom est composé de deux mots qui signifient *Dieu a voulu. Yezd*, en la langue des *Guebres*, ou *Ignicolles*, qui sont les Anciens *Perses*; signifie *Dieu*; & *Cast*, est le preterit du verbe qui signifie *vouloir*. Observez que quoi qu'on écrive *Yezd-cast*, on prononce *Yezd-cas*.

A trois cens pas de ce Château, au *Midi*, il y a une petite *Mosquée* dans laquelle est le sepulcre d'un des Saints des *Persans*, nommé *Cha Resourg*, neveu du fameux *Reza*, l'un des douze *Imans*, à ce que le Gardien du lieu me dit. Le *Tombeau*, qui est sous le Dôme, est haut de quatre pieds, couvert d'un taffetas rouge à fleurs d'or, entouré d'un baluftre de bois reperçé, de demi pied plus haut que la Tombe. Le tour de la *Mosquée* est tendu de pieces

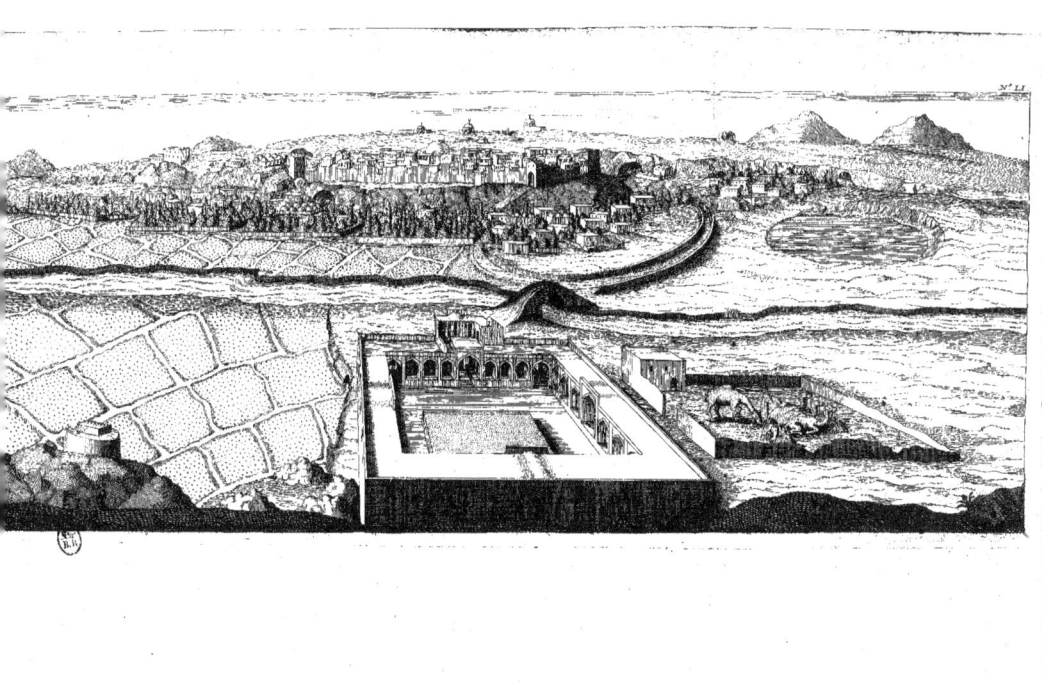

pièces de soye & d'or, à dix pieds de hauteur de la muraille. Il y a sur la Tombe un Turban, & des Armes, qui representent celles du prétendu Saint. Les *Persans* font de tous les descendans des *Imans* autant de Soldats déterminez, assurant qu'ils ont combattu toute leur vie pour le Thrône que les Pontifes de *Babylone* avoient usurpé sur eux, & qu'ils font tous morts dans cette querelle.

Le Bourg de *Yez de cas* est gros de cent maisons, situé sur le bas de la Roche, au pied du Château. Le *Caravanserai*, qui est vis-à-vis, est grand, & de belle apparence, consistant en quatre grands portiques aux quatre faces, & en quatre petits aux côtez des grands. Il y a aussi une belle Chambre, & deux plus petites, à droite & à gauche, au-dessus du Portail, avec une large Terrasse au devant, qui avance sur la Cour comme vous le pouvez voir dans le Plan du Lieu. On mange dans ce Bourg-là le meilleur pain de toute la *Perse*, où il passe aussi en Proverbe parmi les gens de bon goût. Ils disent que pour faire Chere entiere, il faut avoir *Bain de Yez-de cas, vin de Chiras, & Femme de Yezd*. Le Proverbe doit être ancien, & fait avant qu'on connût la *Georgie*, la *Circassie*, & les autres Païs à l'entour, qui sont la pepiniere des belles femmes de *Perse*, contre lesquelles celles de *Yezd*, si estimées autrefois en *Perse*, ne sauroient disputer de beauté.

La *Vallée* de *Yez de cas* separe en cet endroit la Province d'*Arak agem*, qui est la *Parthide*, ou l'ancien Païs des *Parthes*, dont elle est dépendante, d'avec la Province de *Perse*, laquelle dans nos livres de *Geographie* & d'*Histoire* donne le nom à tout l'Empire; mais ce n'est pas la même chose dans l'*Orient*; car les *Persans*, & leurs Voisins, appellent leur Empire *Iron*, ou *Gran*; & pour cette Province-là, ils l'appellent *Fars*, ou *Farsistaan*, c'est-à-dire, *le Païs de Fars*; mot d'où les *Grecs*, & ceux qui se font instruits dans leurs Ecoles, ont formé celui de *Perse*, duquel ils ont prétendu que l'étymologie venoit d'un Heros de leurs Fables, nommé *Persée*. Cette Province, qui est la seconde du Roïaume de *Perse* en rang, est assurément la premiere en étenduë, & en fertilité. Elle est aussi grande que la *France*; & avant l'an trente du siécle passé elle l'étoit presque une fois autant. Ses limites font, du côté de l'*Orient*, la Province de *Kirmon*, dite la *Caramanie*; du côté du *Midi* la Province dite *Kret-Chéboncaré*, qui comprend partie de la *Caramanie deserte*, appellée aussi *Gedrosie*, & tout l'ancien Roïau-

me de *Laar*; du côté d'*Occident* le *Golphe Persique*, & au *Nord* le Païs des *Parthes*, qui est la Province d'*Arakajem*. Sa longueur qui est de l'*Orient* à l'*Occident*, prend de la frontiere de *Kirmonat* à *Bender Rick*, derniere Place sur le Golphe, & fait un espace de cent cinquante lieuës *Persanes*. Sa largeur en fait un de cent vingt, depuis la Frontiere de *Yezd* à la *Caramanie deserte*, tirant *Nord* & *Sud* obliquement.

Les anciennes *Geographies* de *Perse* donnent à cette Province une bien plus grande étenduë; car elles la poussent du côté du *Nord* jusqu'aux Deserts de la *Bactriane*, & du côté du *Midi*, jusqu'au Fleuve *Indus*; & elles portent qu'il y a des endroits dans cette Province où le grand froid empêche qu'il n'y croisse rien, & d'autres où le chaud est si insupportable que les Oiseaux n'y sauroient vivre; ce qui étant vrai des Païs qui sont à l'*Orient* d'*Ormuz*, & de ceux qui sont au *Nord* du *Corasson*, il faut croire que du tems que ces *Geographies* furent composées, ce qui doit être arrivé dans les premiers siécles du *Mahometisme*, la Province de *Perse* embrassoit tout ce qui dépendoit de l'*Empire Persan*, tant à l'*Orient*, qu'au *Midi*, au de-là du quatre-vingt cinquiéme degré de longitude, & du trente-troisiéme, ou trente-quatriéme de latitude; de même que la Province de *Parthide* contenoit tous les Païs à l'*Occident*, jusqu'à la *Medie*. Les *Geographies Modernes*, qui reduisent cette Province à de moindres espaces, la renfermant entre le *Kirmonat*, & le *Golphe*, comme je l'ai rapporté ci-dessus, la divisent en cinq Cantons ou détroits, qu'ils appellent *Coureh* & aussi *Joureh*; savoir le Canton d'*Ardechir*, qui est la partie Méridionale dont *Chiras* est la ville Capitale; Le Canton d'*Estakre*, qui est Occidental, dont la Capitale étoit *Phirous-abad*, ou *Persepolis*, de laquelle les environs portent encore ce nom d'*Estakre*; Le Canton de *Darab guinde*, qui est Oriental, dont la ville Capitale porte le même nom: Le Canton de *Chapour*, qui est la partie maritime, dont *Cazeron* est la ville Capitale; & le Canton de *Ko-bad*, qui est le côté Septentrional, dont la Capitale est *Mehroujou*. C'est sans comprendre les Iles dépendantes de ces Cantons. Vous observerez que les noms de ces Lieux viennent tous des anciens Rois de *Perse*, qui régnerent dans les premiers tems de la Monarchie; ce qui me fait croire avec raison que cette Province est la plus ancienne de la *Perse*, c'est-à-dire la premiere habitée & peuplée, & que c'est celle qui a été le centre, & le fondement de la *Mo-*

*narchie.*

narchie *Perfane*. *Abas le Grand* l'avoit comme rétablie dans fon ancienne étenduë, après en avoir fait la Conquête ; car il y joignit non-feulement le Roïaume de *Lar*, & celui d'*Ormuz*, mais encore tout ce qu'il conquit au *Midi* au delà d'*Ormuz*, qui alloit fort loin. Il étendoit continuellement cette Province fort au delà de la mefure d'un Gouvernement, en faveur de fon Favori, & Compagnon de Victoires, le celebre *Imam Goulican*, qui en étoit Gouverneur, lequel fe pouvoit vanter d'avoir le plus grand Gouvernement dont on ait ouï parler dans un Roiaume ; mais après la mort d'*Abas le Grand*, ce Gouvernement immenfe a été mis en quatre ou cinq piéces, qu'on a depuis continuellement ou agrandies, ou appetiffées, felon qu'on vouloit favorifer les Gouverneurs. A prefent, la Province de *Perfe* eft reduite à l'étenduë que j'ai marquée, laquelle comprenant un païs fort fertile, le Roi l'a incorporée dans fon domaine, & la fait gouverner par un *Vizir*, ou *Afef*, qui eft un Intendant, ou Receveur général, dont la refidence eft à *Chiras*.

La fignification du nom de *Fars* n'eft pas bien certaine. Des Auteurs le font venir de *Fares*, qui fignifie *Intelligent, Penetrant*. D'autres le font venir de *Peres*, mot *Hebreu*, ou de *Farfin*, mot *Chaldaïque*, qui fignifient l'un & l'autre *Divifion*: parce, dit-on, que *Cyrus*, Roi de *Perfe*, divifa l'*Empire d'Affyrie* entre les *Perfes* & les *Medes*. Il faut-ici fe fouvenir du dernier mot de la courte, mais rude, fentence qui fe trouve dans le *Prophete Daniel* contre *Belfatffar*. C'eft *Peres*, en *Hebreu*, & *Ufarfin*, en *Chaldaïque*, qui font interprêtez l'un & l'autre par *divifé*, & auffi par *baillé aux Perfes*. Et on dit aujourdhui en *Perfan*, *Feres* d'une divifion Methodique, comme en *Logique*, & en *Rethorique*. D'autres font venir le mot de *Fars*, de *Feres*, ou *Fares*, qui fignifie *Cheval*. Il eft vrai qu'on appelle ainfi un *Cheval* en divers endroits du Royaume, d'où eft venu le mot de *Farrach*, pour dire un *Palefrenier* ; & l'on pouroit bien avoir donné ce nom à cette Province, ou parce que c'eft la plus abondante de toute l'*Afie* en *Chevaux*, & où l'on éleve les plus beaux, ou parce que c'eft le Païs où l'on s'en eft premierement fervi. Les *Perfans* tiennent pour cette derniere étymologie, difant que *Fars* veut dire *un Cavalier* : mais fi l'on examine bien les deux étymologies, que j'ai rapportées, on trouvera peut-être qu'elles reviennent à une & que le mot *Peres*, *Hebraïque*, & le mot *Fars Perfan*, ne font qu'un même mot. Ce que je puis af-

furer fur le fujet, c'eft qu'on prononce indifferemment *Fars*, & *Pars*, & auffi *Farfi*, & *Parfi* pour dire un *ancien habitant de Perfe*, de ceux qu'on appelle *Ignicolles*, ou rendant un Culte au feu. Il y a pareillement dans des traits dans la Fable de *Perfe*, qui peuvent faire croire que la *Perfe* a été ainfi nommée de fes *Cavaliers* ; parce que ce fut par leur *Cavalerie* qu'ils fe firent premieremeut connoître, & juftement au tems de *Cyrus*, avant les Conquêtes duquel il eft certain qu'on n'avoit gueres ouï parler des *Perfes* ; auffi ne trouve-t-on pas même leur nom dans les *Livres Sacrez*, ni ailleurs, à la naiffance de ce Conquerant. Le fabuleux *Perfé* des *Grecs* eft vrai-femblablement le *Firous* des *Perfes*, qui étoit un de leurs principaux Rois de la feconde race. Les *Géographies* modernes du Païs portent, que la Province dont nous traitons eft fertile & abondante, qu'elle eft bien peuplée, que l'air y eft très-fain, que le Peuple y a l'efprit bon, le jugement droit, & la complexion vigoureufe. Elles portent auffi que c'eft le Peuple de cette Province qui a fait le premier des Conquêtes fameufes, & étendu fa Domination.

L'*Hiftoire*, intitulée *Teduiné*, porte ces mots fur le fujet de cette Province. ,, On ,, raconte que les Anciens *Perfes* ont régné ,, & gouverné dans le Monde durant quatre ,, mille ans. Le premier de leurs Rois aïant ,, été nommé *Kiomers*, & le dernier *Yezdi-* ,, *gerd*, fils de *Chehriar*. Ces Rois ont fon- ,, dé des Villes, enrichi & accrû les Peu- ,, ples, & leur merveilleufe conduite fait le ,, plus bel ornement des Livres. Les grandes & ,, anciennes villes de *Perfe* ont été conftrui- ,, tes par eux, & elles portent leurs noms la ,, plûpart. Entre les Grands hommes de cette ,, Nation, il y a dix Heros qu'on celebre com- ,, me les *Phenix* de leurs fiécles, & comme ,, des hommes incomparables. Le premier eft ,, *Fereidoun*, fils de *Keicobad*, fils de *Gemchid*, ,, qui a dominé fur toute la terre, qui y éta- ,, blit la Juftice, & qui la remplit de bien- ,, faits, au lieu qu'elle étoit auparavant pleine ,, de violence, qu'avoit introduite *El Dohac*, ,, fils de *Zouraft*. Quelques Auteurs ont ,, avancé que ce *Fereidoun* eft *Alexandre* le ,, Prophete, dont il eft parlé dans l'*Alcoran*, ,, parce qu'il étoit Roi d'*Orient*, & d'*Occident*, ,, & qu'il a commandé d'adorer le Dieu très- ,, haut. Le fecond eft *Alexandre* fils de *Da-* ,, *rab*, fils de *Bahmen*, qui étoit un Grand ,, Roi, fage & favant, poffédant la Science des ,, vertus

„ vertus des fimples. Il avoit été Difciple
„ d'*Ariftote*, qu'il fit fon Confeiller d'Etat,
„ dont il tint les Principes, & à qui il fit écri-
„ re l'*Hiftoire Naturelle* dans toutes fes par-
„ ties. Il fe rendit Maître de la *Grece*, de la
„ *Chine*, de la *Tartarie*, & des *Indes*. ( C'eft
d'*Alexandre le Grand* que l'Auteur veut
parler, & duquel je rapporterai dans mon
*Hiftoire des anciens Rois de Perfe* ce que les
*Perfans* en racontent, & qui eft fi different
des *Hiftoires Grecques.* ) „ Le troifiéme eft
„ *Nouchirevon*, fils de *Cobad*, fils de *Firous*,
„ dont les Troupes étoient innombrables, & le
„ Roiaume très grand, lequel fe rendit redou-
„ table aux Rois de la *Chine*, de la *Grece*, des
„ *Indes*, & des *Tartaries*. Le quatriéme eft
„ *Behram*, fils d'*Yezdegird*, furnommé *Beh-*
„ *ram djour*, qui étoit le plus adroit des hom-
„ mes à tirer de la flèche, en quoi nul Archer
„ ne fe pouvoit comparer à lui. Le cinquié-
„ me eft *Ruftem*, fils de *Zal*, qui étoit le plus
„ généreux Cavalier du Monde. Le fixiéme
„ eft *Hamaft*, l'Aftrologue, ou Devin, qui
„ étoit Grand Vizir de *Kefafub*, fils de *Kehra-*
„ *fub*. C'eft lui qui prédit l'*Alcoran*, & les
„ autres évenemens qui font arrivez par la
„ venüe des Prophetes, la deftruction de la
„ Loi Idolatre, & le Regne des *Turcs* & des
„ *Perfans*. Le feptiéme eft *Berzed Gemohor*,
„ fils de *Baktegan*, Grand Vizir de *Cofroes*
„ homme doüé d'une incomprehenfible Scien-
„ ce, d'Efprit, de Jugement, de grande fubti-
„ lité, & bien verfé fur tout dans la Logi-
„ que. Le huitiéme eft *Bulhid*, le Muficien,
„ qui donna un nouvel efprit à tous les hom-
„ mes en leur enfeignant la Mufique. Il étoit
„ Chantre de *Cofroez Abroues*, & avec fa mé-
„ lodie il gueriffoit les Malades. Le neuvié-
„ me eft *Chey-derber*, dont le genie étoit d'une
„ incomparable fubtilité. Le dixiéme eft *Ferhed*,
„ qui creufa le Canal du Ruiffeau qui paffe dans
„ le roc au Palais de la Reine *Chirin*, qui fe
„ voit encore aujourd'hui vers l'*Affyrie*, &
„ qui avoit entrepris de percer le mont *Bife-*
„ *toun*, qui eft auffi vers ce Païs-là.

Cette Province a beaucoup plus de traces
d'antiquité qu'aucune autre de Perfe, parce
qu'elle n'a pas été fi fouvent pillée & facagée
que les autres; de quoi la raifon eft évidente,
favoir qu'elle eft fituée à l'écart du chemin que
les *Arabes*, & puis les *Tartares* tenoient naturellement dans leurs incurfions, & dans leurs
Conquêtes.

Le 7. je partis de *Yez de cas*, à cinq heures
du matin, par un tems auffi rude qu'il s'en
puiffe voir, & je fus douze heures à Cheval,

à faire huit lieues, à caufe de la neige, & de
l'âpreté du Chemin. On paffe une Montagne
qui n'eft pas fort haute, mais qui eft rude, &
qui fait beaucoup de peine à traverfer. On
l'appelle pour cela *Koutel Nalt che Keny*, c'eft-
à-dire *montagne qui arrache les fers des Chevaux*.
On paffe à mi-chemin un Château de terre,
flanqué de quatre tours, qui n'eft pas fort ruiné, quoi qu'il foit tout abandonné. On l'appelle *Gombes lala*, parce qu'il eft vis-à-vis d'u-
ne Sepulture de Saint, qui eft fous un Dôme; & l'on appelle un Dôme *Gombes*, en
*Perfan*. J'arrivai de nuit à *Déguerdou*, fans
avoir débridé de tout le jour. Mon bagage
étoit fur quatre Mules vigoureufes, & j'é-
tois bien monté. Je n'euffe pû autrement faire de fi rudes traites par le tems qu'il faifoit.
J'ai obfervé ci-deffus qu'en *Orient*, on ne fait
qu'une traite par jour; de maniere que leurs
journées font comme les marches des armées;
ce qui vient principalement de ce que n'y
aiant pas d'Hôtelleries fur le chemin, il faut
porter tout avec foi, & faire fa cuifine foi-
même. *Déguerdou* fignifie *village de noix*. C'eft
un petit village, mais où l'on trouve toutes
fortes de commoditez néceffaires, & où les
eaux font les plus belles & les meilleures du
Monde.

Le 8. je fis fept lieuës, & comme c'é-
toit par des belles Plaines, où le chemin
eft fort uni, ma traite fut bien plus courte,
& moins rude, que le jour précedent. Après
quatre lieues de marche, je paffai fur un
petit Pont de pierre une Riviere étroite,
mais profonde en tous tems, nommée *Po-
lichiokou*; & après avoir fait les trois autres
lieuës, j'arrivai à *Keuch Kezar*, qui eft un
village de deux cens maifons, environné d'eaux de tous côtez. *Keuch Kezar*,
veut dire *Pavillon d'or*; & ce nom a été
donné à ce village, à caufe de deux grands
*Tombeaux* bien ornez, qu'on y voit, dont,
le premier, qui eft tout joignant le village,
& fur le grand chemin, contient les Cendres d'un celebre *Derviche*, ou *Hermite*,
nommé *Cheik Gulendon*. Son *Tombeau* eft
fous un Dôme doré, au milieu d'une grande Chapelle, qui a des Sacrifties à côté, &
des Jardins tout autour, où l'on reçoit &
loge les gens de confideration. Le fecond
*Tombeau* eft celui d'*Iman Zadé Ifmaël*, fils
de *Moufa Kafem*, le fixiéme *Imam*, ou Suc-
ceffeur de *Mahammed*. Il eft à une lieue de
l'autre, au pied de la Montagne qu'il faut
traverfer, en continuant la route. Ce dernier *Tombeau* eft un lieu de Pelerinage, &

de

de grande dévotion. Les eaux me penserent emporter en chemin, tant elles étoient hautes & rapides. On les trouve si basses en Eté, qu'on ne s'attend pas d'y courir risque d'y être noyé l'hyver. Le Caravanserai de ce village est grand, & bien entretenu.

Le 9. je me mis en chemin au point du jour, & je fis cinq lieuës. Quand j'en eus fait deux, je laissai sur la gauche, le chemin qu'on apele Mader dochter, qui meine à Chiras, par une route autre que l'ordinaire, & plus courte de deux lieuës, mais qui est beaucoup plus rude, plus difficile, & plus dangereuse aussi, comme étant moins frequentée. On l'apelle Mader Dochter, c'est-à-dire le chemin des meres & des filles, parce que les Grands font aller leurs Femmes par-là, pour être plus hors de la rencontre des hommes. Après quatre lieuës de marche, on passe une haute Montagne, au bas de laquelle on arrive à Haspas, qui est un village bâti sur une éminence, gros de trois cens maisons, comme Keush Kezar, entouré de marais & d'eaux courantes, couvert d'arbres & bien peuplé. On y voit les ruïnes d'un fort de Terre. Je logeai chez un Païsan, parce que le Caravanserai n'étoit plus logeable, & tomboit en ruine, moins par la Vieillesse du bâtiment, que faute de reparation; mais c'est la coutume de Perse de ne pas réparer les bâtimens publics, ni les autres non plus. Ils en font scrupule par une sorte de superstition, disant que les Edifices sont des choses transitoires, & de la nature de toutes celles de cette vie, qu'il faut laisser passer en les abandonnant à leur propre cours sans le retenir. Ils pratiquent cette morale semblablement pour leurs maisons; & pour ce qui est des Edifices publics, il y a une raison particuliere qui contribue beaucoup à leur destruction précipitée; c'est qu'étant des Fondations pieuses, faites la plûpart par des gens d'âge qui meurent peu de tems après, il ne succede personne qui en prenne soin, parce que personne ne veut faire de la dépense sur le fonds d'autrui, & à l'entretien d'un édifice qui porte un autre nom que le sien. Les Enfans, ou les Heritiers des Fondateurs ne s'en mettent non plus en peine que les autres; & c'est ce qui fait que tous les Edifices publics, & sur tout les Caravanserais des grands chemins, ne durent pas la moitié de ce qu'ils pourroient faire.

La plûpart des habitans de Haspas étoient autrefois Chrétiens. Ils sont originaires de Circassie, de Georgie & d'Iberie, aiant été ame-

nez dans cette Province il y a plus de cent cinquante ans par les Rois Tahmas & Ismaël, & depuis par Abas, dans les Conquêtes qu'ils firent en ces Païs Septentrionaux. Comme les Persans voioient que ces Peuples belliqueux & mutins secoüoient le joug dès que les Armées Persanes s'étoient retirées de dessus leurs Terres, ils ne trouverent point d'autre voie pour les contenir, que de les dépaïser. Ils en transporterent de grosses Colonies en Hircanie, en Medie, en Parthide, & dans ces parties de la Perse. Il y en a depuis Yez de cas, jusqu'à Main, Bourg à vingt lieuës dici, mais ils se sont faits presque tous Mahometans peu à peu, pour s'exempter des tailles, & pour vivre plus à l'aise. Le peu qu'il en reste de Chrétiens n'ont retenu de leur Religion que l'habitude du vin. Ils en font de fort excellent. Il y a aussi dans les Villages sur cette route plusieurs Indiens, Gentils, ou Idolatres, qui s'y sont allez habituer, & qui s'y tiennent durant la meilleure partie de l'année, à cause de la bonté du Climat, & de la fertilité de la terre, & à cause aussi de l'abondance d'eaux, qui est ce qu'ils recherchent sur tout pour faire leurs Purifications quotidiennes. Il ne faut pas oublier que l'on trouve dans tous ces environs grand nombre de ces Sarazins, ou habitans des campagnes, qui conduisent des Troupeaux de plusieurs milliers de Brebis, & d'autres bêtes.

Le 10. je partis de Haspas, & après quatre lieuës de chemin, que je ne fis qu'en six heures, quoi que j'allasse bon train, & que le chemin fût plein & uni, j'arrivai à Ujon, village de cinquante maisons, situées sur le bord d'une Riviere, qui est fort grosse & fort rapide durant l'hyver, & dangereuse à passer, à cause des Inondations qu'elle fait de tous côtez. On voit au bout Méridional, une petite Mosquée quarrée avec des Jardins à l'entour, dans laquelle est le Tombeau de Sultan Sahied Ahmed, frere du Roi Ismaël Sephy, comme me le dirent tous les gens du lieu. La Tombe est de trois pieds de haut, tendue d'un lez de velours verd, pendant sur le plancher, qui est couvert de beaux tapis. La Frise étoit inscrite de passages & de sentences: j'y remarquai celle-ci.

Six choses rendent un homme illustre.

1. La Justice qui doit régner, sur tout dans la personne des Rois.

2. La charité qui est éminente, sur tout entre les riches.

3. La patience qui doit faire la principale qualité des pauvres.

4. La

4. La chasteté qui brille particulierement dans les jeunes gens.

5. Le mépris du monde si naturel aux sages.

6. La pudeur indispensable dans les femmes.

Sur la Porte de la *Mosquée* il y a une Gallerie, où le soir & le matin l'on sonne de la flute & des tymbales à l'honneur du Prince Royal qui y est enterré, comme pour marquer la noblesse de son extraction.

Le 11. je fus treize heures en chemin à faire dix lieuës. Les lieuës de *Perse* sont grandes en plusieurs endroits, & si grandes que l'on n'en doit pas mettre plus de treize à un degré. Ce qui rend cette traite si rude, outre sa longueur, c'est l'âpreté & l'inégalité du chemin; car il faut passer une fort haute montagne, la plus haute qu'il y ait d'*Ispahan* à *Chiras*. Elle est couverte d'arbres qui jettent de la gomme & du mastic commun, en si grande quantité qu'on ne daigne pas le recueuillir, mais le mastic blanc, qui là est très-bon, & en quantité aussi, on le reserve avec beaucoup de soin. Il y a des années qu'on en recueuille jusqu'à cent cinquante *Batmans*, ce qui revient à dix-huit quintaux de nôtre poids. L'Arbre qui le porte est grand comme le Poirier, & presque semblable en feuilles & en bois. Cette Montagne s'apelle la Montagne d'*Ujon*, à cause du village qui en est proche, & aussi la Montagne d'*Iman Zadé*, à cause d'un *Tombeau* d'un fils d'*Iman*, qui est enterré dans un autre village au bas de la montagne. Ce *Tombeau* est au milieu d'une grande *Mosquée* entourée de beaucoup de bâtimens fort ornez, & de Jardins.

Le Saint qui y est enterré s'apelle *Ismail*, & est fils de l'*Iman Jafer*. Il est très-expressément défendu à aucun *Chrétien*, *Juif*, & *Idolatre*, de mettre le pied dans la *Mosquée*. Cependant, à la faveur de l'habit *Persan*, & de la langue *Persane*, j'y suis toûjours entré, tant que j'ai voulu, comme dans tous les autres Lieux Sacrez de *Perse*. Il y a sur le Portail de ce *Tombeau* une Inscription en marbre qui sert comme d'Epitaphe au défunt, dont voici les termes en *François*.

,, Très-certainement Dieu est connoissant & savant de toutes choses.

,, *Ismail*, fils de *Japher* le Juste, est mort ,, Dieu lui pardonne ses pechez, & passe par ,, dessus ses iniquitez; car il a rendu témoi- ,, gnage à la verité, en attestant qu'il n'y a ,, point de Dieu que Dieu, & que Dieu est ,, environné d'Esprits qui sont remplis de *Tom. III.*

,, Science, & qui brillent de Lumiere, qu'il ,, est attaché aux choses justes, & qu'il n'y a ,, point de Dieu que Dieu qui soit tout sage ,, & tout adorable.

,, Il est mort la nuit de la quatriéme ferie ,, du mois *Murdat* au dixiéme jour, l'an tren- ,, te deuxiéme de l'Hegire Sainte & Benite.

Le mois *Murdat* est le premier mois, au compte des anciens *Persans*, ou *Ignicoles*, lequel commençoit à l'Equinoxe du Printems.

Ce village d'*Iman Zadé* est à trois lieuës de *Mayn*, qu'il faut faire entre de hautes *Montagnes* escarpées & droites, où il y a trois défilez à la tête de trois Plaines longues d'un mille, & larges de cinq à six cens pas. Ces défilez sont longs de quelques cent cinquante pas, & si étroits qu'il n'y peut passer que trois Chevaux de front au plus, & encore n'est-ce pas par tout. Ce chemin est une des avenues de *Persepolis* dont il nous faudra bien-tôt parler; & c'est une chose merveilleuse & tout à fait remarquable comment les avenues de cette ville celebre sont naturellement si fortes de tous côtez au *Nord* & à l'*Occident*, qui sont les seuls endroits par où les *Grecs* pouvoient y arriver : mais c'est une chose encore plus admirable, comment ces avenues étant si aisées à garder l'Armée d'*Alexandre*, & des autres Conquerans, ait pû s'en rendre maître. La chose paroît tout autrement inconcevable lors qu'on est sur le lieu, que quand on lit leurs *Histoires*.

*Mayn* est un gros Bourg de trois cens Maisons. C'a été autrefois une grosse ville, & il en a encore le titre dans les *Géographies Persanes*. Le nom de *Mayn* signifie *Poisson* à cause qu'il y en a en abondance durant certains tems de l'année. C'est un fort délicieux endroit. Il y coule des Ruisseaux de la plus belle & de la meilleure eau du monde, & en telle quantité que le lieu en est comme inondé durant sept ou huit mois, & son Territoire à plus de deux lieuës à l'entour. Il est rempli de Jardins qui portent les plus excellens fruits, & sur tout des raisins, & des grenades, dont les gens du lieu m'ont quelquefois donné d'aussi grosses que la tête d'un enfant. Leur pointe douce & aigre, leur couleur rouge & vermeille, & leur bonne odeur est un regale que nous ne connoissons point en *Europe*. Je n'ai point vû en lieu du Monde de plus belles & meilleures Grenades. Elles sont tardives à *Mayn*, comme tous les autres fruits, de trois mois plus qu'à *Ispahan*, & de quatre mois plus qu'à *Cachan*, ville à quatre journées d'*Ispahan*. Le *Caravanserai*

dé

de ce bourg-là est grand , bien bâti, & commode, ayant une fontaine profonde de huit degrez en terre, où l'eau sort par un robinet de même qu'en *Europe* , ce qui est rare en *Perse.* Il y a aussi deux Sepultures de fils d'*Imams* en ce lieu-là , mais elles sont si mal bâties , & si pauvrement entretenues qu'elles ne valent pas la peine d'en parler.

C'est auprès de ce Bourg que quelques Auteurs *Persans* tiennent qu'étoit le Païs & la demeure de *Job* , & où il endura cette rude tentation qui est devenue un des plus notables exemples de patience. Cela ne me paroît pas absurde : il y a en abondance des Moutons, des Chevaux , des Bœufs, & des ânes, en quoi consistoient principalement les grands biens de *Job*, au raport de son *Histoire* , ce qui ne se trouve pas de même également dans tous les autres endroits qu'on prétend être le païs de *Hus.*

Le 12. je partis de *Mayn*, & après trois lieuës de chemin, je quittai le chemin de *Chiras*, & je pris sur la gauche pour me rendre à *Persepolis*, où je n'arrivai que le lendemain au soir ; mais comme il est à propos de décrire la route d'*Ispahan* à *Chiras*, je continuerai de le faire jusqu'au bout, l'aiant faite diverses fois, & puis je reviendrai à celle que je fis de *Mayn* à *Chelminar.*

Il y a quinze lieuës de *Mayn* à *Chiras*, par la route ordinaire, dont les huit premieres sont par les plaines de *Persepolis.* On y entre au sortir de *Mayn* ; & au bout de trois lieuës on passe le Fleuve *Araxe*, après avoir passé un autre gros Fleuve, qu'on apelle *Chabaroum* , & un autre plus petit qui est sans nom.

Ce Fleuve d'*Araxe* est le fameux Fleuve que les Anciens appelloient *le petit Araxe*, pour le distinguer du grand *Araxe* qui sépare la haute *Armenie de la Medie. Quinte Curce, Diodore de Sicile, Strabon*, & d'autres Auteurs de pareille Antiquité, disent que le premier a sa source dans les *Montagnes des Uxiens*, Peuples renommez par la vigoureuse défense qu'ils firent contre *Alexandre le Grand,* dans sa marche de *Suse à Persepolis. Ces Montagnes*, qui sont dans le Païs des *Parthes*, à l'Occident d'*Ispahan*, font partie du Mont *Taurus*, tirant au Nord de *Persepolis* ; mais pour le petit *Araxe*, que les *Géographies Persanes* font naître dans le *Corasson*, qui est la *Bactriane* des Anciens, proche d'un lieu nommé *Concourah*, il tire d'ici au *Midi* & va se décharger dans la Mer, à trois journées en deçà d'*Ormuz*, traversant le grand chemin qui

y meine, à un lieu nommé *Kureston*, dont je parlerai dans la suite. Ce Fleuve d'*Araxe* est nommé *Kervan* dans les Anciens Auteurs *Arabes*, & communément on l'appelle *Bend-Emir*, de *Bend*, mot *Persan*, qui signifie *lien, barriere*, digue, & d'*Emir*, mot *Arabe*, qui signifie *Capitaine, Gouverneur, Regent , Chef*, & qui répond à celui d'*Emin*, tant de fois employé dans les Livres de *Moise*, lequel les *Bibles Françoises* traduisent par le mot de *Duc.* Ce nom d'*Emir* est encore aujourd'hui en usage parmi les *Arabes*, parmi les peuples Maritimes d'*Afrique*, qu'on appelle *Barbaresques*, & géneralement parmi tous les *Mahometans* dans la même signification. *Bend-Emir* est donc comme qui diroit *Digue de Prince* : ce nom lui aiant été donné à cause qu'*Ezzed deulet* comme qui diroit l'*honneur du Trône*, Prince de la race des *Deilmites*, qui régnoit au sixième siécle de l'*Ere-Mahometane* dans cette partie de l'*Empire de Perse*, où est situé *Persepolis*, fit faire proche de ce lieu une longue & forte *Digue* pour retenir ses eaux, parce qu'étant grossies des pluies & des neiges, elles inondoient souvent les Païs voisins, & entre les autres la belle *Plaine de Persepolis.*

Ce grand Fleuve de *Bend-Emir* court en cet endroit-ci avec une extrème rapidité dans des roches profondes & affreuses, & avec un bruit effroïable. On n'a pas l'assurance de le regarder fixément de dessus le Pont, qui est à quelques quinze toises au-dessus, l'oreille en étant étourdie, autant que la vuë éblouïe & frapée. Ce Pont est de Pierre de taille, haut élevé, fait en dos d'âne, comme la plûpart des Ponts de *Perse*, qui sont sur les grands chemins, de maniere que pour les passer il faut toûjours monter & descendre. La grande Arche du Pont est creuse ; il y a une Chambre pour prendre le frais , & pour regarder le Fleuve, ce qui se voit à presque tous les grands Ponts de la *Perse.* Celui ci s'appelle *Pulineu*, c'est-à-dire, le *Pont-neuf.* Un Marchand des *Indes*, qui avoit gagné beaucoup de bien dans ses Voyages , le fit bâtir. Il est bon d'observer, que le commun Peuple, appelle le *Bend-Emir* en cet endroit *abpulneu*, c'est-à-dire, *le Fleuve du Pont-neuf* ; qu'on ne l'appelle par son nom de *Bend-Emir* , que proche de la *Digue*, qui lui a fait donner ce nom, qui est à dix lieuës de ce Pont, entre l'*Orient* & le *Midi* ; & qu'avant d'entrer dans la Mer, on lui donne divers autres noms, pris des Lieux où il passe ; chose qui fait illusion à ceux qui ne demeurent pas assez dans le Païs pour apprenprendre le genie du Peuple, & la verité des chofes. A'une lieuë & demie de ce Pont, nous paffames de belles fources d'eau, couvertes de grands arbres, vis-à-vis defquelles il y a des Caravanferais. On appelle ces fources *abguerm*, c'eft-à-dire, *Eau chaude*, à caufe qu'il y a, dit-on, de l'eau chaude parmi les autres. A deux lieuës & demie delà, on fe trouve dans une grande Plaine, à perte de vûë, la plus belle, la plus gaie, la plus graffe, & la plus fertile qu'on puiffe voir, toute coupée de Fleuves, & de Ruiffeaux, & toûjours verte en quelque Saifon que ce foit.

Dès l'entrée de cette charmante Plaine, jufqu'à un *Caravanferai*, qui y eft bâti à une lieuë de diftance, il y a une Digue entrecoupée en endroits par des Ponts, qui y tiennent, le tout fait de pierre haute & large autant qu'il le faut pour un grand chemin; c'eft à caufe des eaux qui courent dans cette Plaine, lefquelles durant l'Eté, & durant l'Automne, fe refferrent dans leurs lits; de maniere qu'il les faut traverfer fur les Ponts, mais qui dans l'Hyver, & dans le Printemps, inondent fi fort cette Plaine, qu'on ne la pourroit paffer fans cette Digue. On la nomme *Puligourc*, c'eft-à-dire le *Pont des Loups*, parce qu'il y en a quantité dans le voifinage. Elle aboutit à un *Caravanferai*, qui eft des plus magnifiques & des plus grands de la *Perfe*; cinq cens perfonnes y pourroient loger avec leur équipage. On l'appelle le *Caravanferai de Puligourc*, comme la Digue, & auffi le *Caravanferai de l'Affef*, de la qualité de celui qui le fit bâtir qui étoit l'*Affef*, ou le *Vizir*, c'eft-à-dire, l'*Intendant de Chiras*, du tems de *Sefi premier*, il y a quelques foixante ans.

De *Puligourc*, on va à *Bagiga*, qui en eft à quatre lieuës & demi, dont partie fe fait par des Plaines, & partie par des Montagnes. *Bagiga* veut dire *Lieu de Tribut*, parce que c'eft le lieu où les Rois de *Chiras* tenoient la Douane, avant que leur Etat eût été réüni à la *Monarchie Perfane* par *Abas le Grand* durant le Siécle paffé. Les *Rahdars* de *Chiras* s'y tiennent & s'y font paier leur droit. Il n'y a qu'un *Caravanferai* vieux & demi ufé, fitué au pied d'une Montagne, qui a trois lieuës de traverfe, & qui aboutit à la Porte de *Chiras*. Quand on a fait une de ces trois lieuës, on rencontre un gros ruiffeau qui vous meine à la Ville & qui fe rend dans un autre gros ruiffeau d'eau courante, nommé *Ruknedeulet*, c'eft-à-dire, *riche veine*, ou *filet*, parce que les Lieux qui en font arrofez font fertiles; & auffi par la même raifon *Ruknenabat*,

c'eft-à-dire, *veine*, ou *filet de fuite*.

Je n'ai point voulu marquer par le compas la route que je tenois jour par jour d'*Ifpahan*, à *Chiras*; car c'eft prefque la même chofe chaque jour, on tire au *Midi* un peu vers l'*Eft*; & c'eft-là la route conftante, autant que les Montagnes & les Rivieres permettent de la tenir.

Je reviens maintenant à *Mayn* pour dire la route de ce Bourg à *Perfepolis*. Il en eft a dix lieuës, dont les quatre premieres fe font fur des Montagnes, où le chemin eft fort rude & fort pierreux, & les fix autres dans la belle *Plaine de Perfepolis*. J'y arrivai le 13. Février. Les eaux, qui étoient débordées en plufieurs endroits, m'aiant contraint de prendre de longs détours en trois ou quatre endroits. C'étoit pour la troifiéme fois que j'y allois, & la feconde fois que j'y menois un Peintre. J'en avois un avec moi dans mon premier Voyage, l'année mille fix cens foixante-fix, mais je n'étois pas fatisfait de fes deffeins. Je vais donner la *Relation* de ce fameux *Monument*, après avoir dit qu'il y a un autre Chemin d'*Ifpahan* à *Perfepolis*, qui eft à l'*Orient* de celui que j'ai décrit, & qui s'en fepare au Château de *Yez de gas*, prenant à gauche. Je l'ai fait; c'eft celui que l'on tient lors que le chemin ordinaire eft trop couvert de neige. Il eft plus uni & plain. On y paffe moins de Montagnes, mais il eft de deux jours plus long, ce qui eft la raifon qu'on ne le prend que par néceffité. Il tire droit à *Perfepolis*, & c'eft, à mon avis, la route que tint *Alexandre le Grand* en venant de la *Sufiane* par *Cachan*; car il n'y en a point d'autre.

Il n'y a rien qu'il foit plus facile de connoître dans les Defcriptions d'*Arrian*, de *Quinte Curce*, & de *Diodore de Sicile*, que la fituation de *Perfepolis*; & c'eft un fort grand plaifir que de parcourir ce païs les Anciens Auteurs à la main. La Plaine où cette fuperbe ville étoit bâtie eft effectivement une des plus belles qu'on puiffe voir. Elle eft longue de dix-huit à dix-neuf lieuës, & large en divers endroits de deux à trois, & jufqu'à fix. On y nourrit les plus beaux chevaux de la *Perfe*. On y fait le plus excellent vin. On en tire les meilleurs fruits, & le plus gras bétail. Le Fleuve *Araxe*, la petite Riviere de *Pulouar*, & mille Ruiffeaux l'arrofent, prefque par tout, d'un bout à l'autre.

L'entrée de cette Plaine du côté de l'*Occident* eft auffi telle que les Anciens nous la reprefentent, c'eft-à-dire, un boiau de Montagnes de roche vive, efcarpées & fort hautes.

Il est long de quatre lieuës, & large de deux milles, & il y a aux deux bouts, & au milieu, des buttes d'une hauteur prodigieuse, dont le sommet est plat, & uni, qui forment des défilez étroits. On croiroit qu'elles ont été faites exprès, & que ce sont de vraies Terrasses, si l'on n'y voïoit par tout le Roc vif, & si leur tour & leur grande élevation ne faisoit penser qu'il n'y a que la nature seule qui ait pû les former ainsi. C'étoit infailliblement sur ces hautes buttes qu'étoient posez les Corps de Garde avancez de *Persepolis*, dont toutes les *Histoires* font mention, avec ces Châteaux qui en défendoient l'accès. En un mot, c'étoient ces places fortes des *Perses*, dont *Alexandre* eut tant de peine à se rendre Maître. On n'en sauroit voir les ruïnes parce que les buttes sont trop hautes, mais on découvre deçà & delà, à droit & à gauche, celles de plusieurs Edifices situez sur les Montagnes, qui forment cette entrée, ou cette gorge, que nous venons de décrire.

J'ai observé, en décrivant la route d'*Ujon* à *Mayn*, que tous les abords de *Persepolis* du côté d'*Occident* & du *Septentrion* sont munis de pareils défilez, & de pareilles buttes prodigieuses par leur hauteur, & admirables par leur figure droite. Je ne me souviens pas d'en avoir vû de semblables en aucun lieu du Monde.

Quand on est entré dans la plaine, on prend à gauche vers l'*Orient*, le long des Montagnes, qui sont par tout de Roche vive, & assez hautes; & après cinq-lieuës de marche, on arrive aux plus superbes & plus fameuses masures de l'antiquité, que l'on appelle *les Ruines de Persepolis*. Ces magnifiques restes paroissent de loin comme une espece d'amphitheatre, parce que la Montagne s'enfonce en demi-lune comme pour l'embrasser. En voici deux *Plans* tirez avec toute l'application & toute l'exactitude possible, & sur deux vuës opposées. Le point de vuë du premier *Plan*, marqué A. est le côté Septentrional qui regarde le devant de l'Edifice & la Montagne. Le second, marqué B. est le côté opposé, qui découvre tout le derriere de l'Edifice & la plaine. J'ai joint à ces *Perspectives un Plan Geometrique*. C'est la figure nombre V. dont l'échelle est fort exacte. L'Edifice est situé sur un pan de la Montagne, qu'on a aplani en *Terrasses*, ou *Platte-formes*, à vingt quatre pieds du rez-de-chaussée. Quoi que ces *Platte formes* soient toutes differentes entr'elles en hauteur & en dimension, & sans aucune régularité, l'on peut dire néanmoins que cet

auguste *Edifice* est divisé en trois parties, élevées l'une sur l'autre, comme les étages des Amphitheatres. Un *mur* de vingt quatre pieds de hauteur soûtient le devant de la *Platte-forme* avec une partie des côtez, & presente une admirable *Courtine* de douze cens pieds de longueur au *Nord* & au *Sud*, sur seize cens quatre-vingt-dix de profondeur à l'*Est*, & à l'*Ouest*. Ce *Mur*, ou cette *Courtine* est de figure irreguliere, formant des angles au nombre de vingt deux, tous de grandeur different. Il a en tout seize cens soixante pas de tour, de deux pieds & demi, ou trente pouces, chacun; mais il s'étend davantage, & enferme plus d'espace, du côté du *Sud*, que de celui du *Nord*, parce que la Montagne est plus avancée, & qu'elle a plus de saillie de ce côté-là que de l'autre. La *Montagne*, à l'endroit où le *Mur* finit, est un peu en talus, mais toutefois si roide & si escarpée, qu'on n'y sauroit monter. Elle s'ouvre en forme de Croissant, qui embrasse, & qui contient environ le tiers de la *Platte-forme*. A l'égard de la hauteur du *Mur*, que j'ai dit être de vingt quatre pieds, il faut remarquer qu'elle n'est pas égale par tout, soit que le vent ait chassé & ramassé la terre contre quelques pans du mur, soit que quelques endroits se soient enfoncez par leur propre poids dans le cours de tant de siécles. Il faut faire en contemplant ce precieux monument, ce qu'on fait en regardant de belles personnes, que l'âge, ou les infirmitez, ont extenuées; il faut, par cela même qu'on voit qu'elles sont encore, s'imaginer ce qu'elles ont été autrefois. Les Pierres du mur sont noires, plus dures que le marbre, quelques-unes très-polies, & toutes d'une si merveilleuse grandeur qu'il y a de la peine à concevoir comment on a pû remuer, élever, & placer de si lourdes masses; car il y en a de cinquante deux pieds de longueur; & les plus communes sont entre trente & cinquante pieds de table, & entre quatre & six pieds de hauteur, la pluspart quarrées, & si proprement jointes, que depuis quatre mille ans, ou environ, qu'elles sont là, on n'en sauroit presque encore reconnoître les jointures. Voilà à peu près quels sont les dehors de cet *Edifice*, qui apparemment n'étoit autre chose qu'un grand & magnifique *Temple*.

J'ai déja remarqué qu'au dedans il paroît separé en trois *Parties* distinctes, l'une plus élevée que l'autre & separée par un *Mur* avec une communication de l'une à l'autre,

par

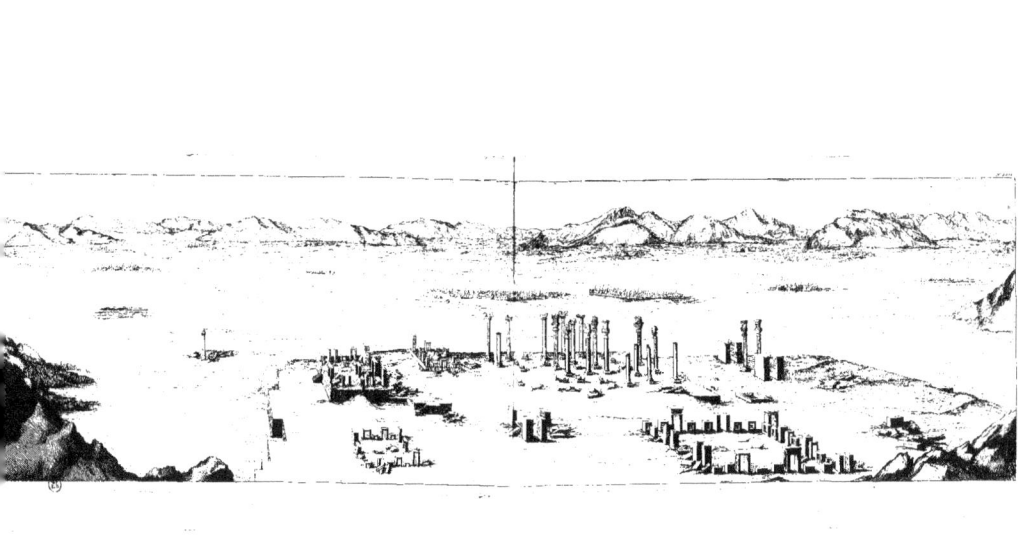

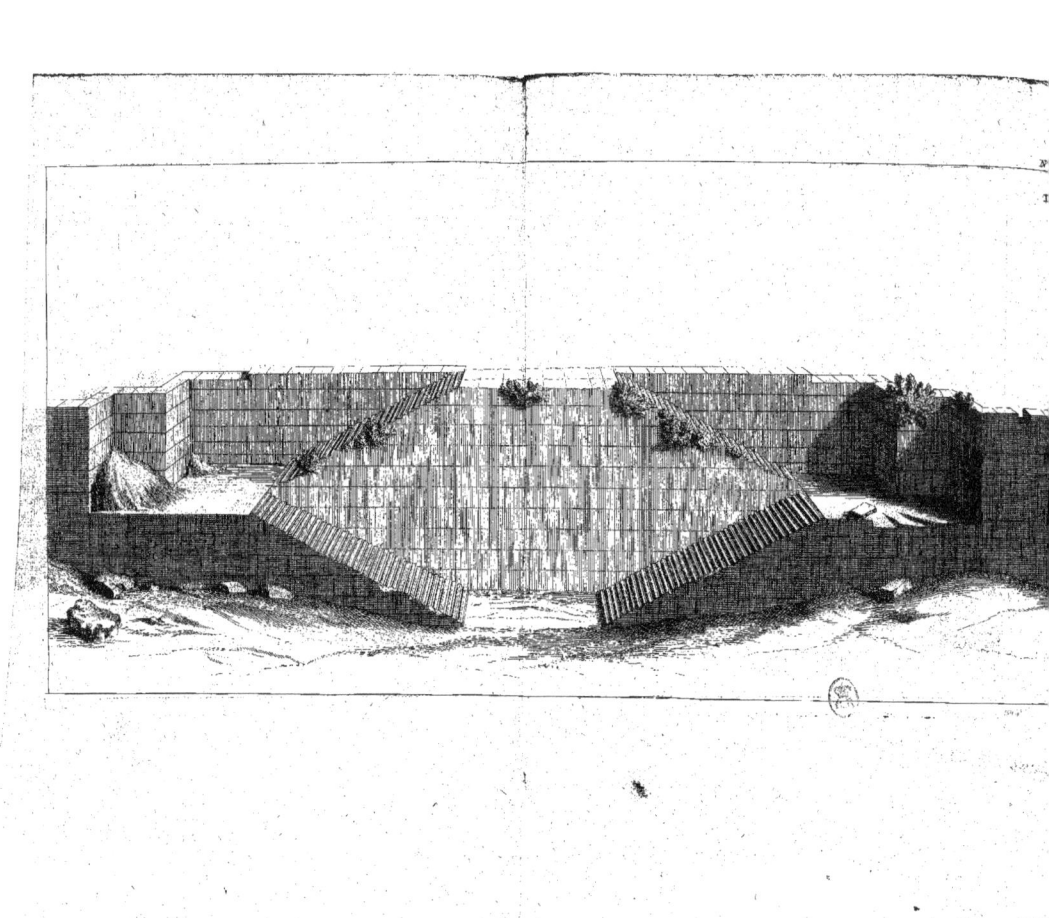

par des *efcaliers*. Remarquez maintenant que la partie du milieu, qu'on peut appeller le *Chœur du Temple*, a bien du rapport avec le *Lieu Saint* du *Temple Mofaique*. C'eft ce vafte efpace, qui comprend toutes les *Colomnes*, & qui a cent quarante-huit pas de largeur, fur cent douze de profondeur. Lors qu'on aura exactement confideré les *Plans* & la *Defcription* entiere de cet incomparable *Monument*, on jugera mieux fi ma comparaifon eft jufte, ou fi elle eft chimerique.

Le premier & le principal *Efcalier* n'eft pas placé au milieu de la façade, mais plus proche du bout que du milieu, vers le côté *Septentrional*. Le fecond, qui regarde le *Midi*, eft un petit *Degré* dérobé de trente hautes marches, fait d'une feule *Pierre*, laquelle eft prefentement fenduë & brifée en plufieurs endroits. Il ne paroît pas qu'il y ait eu plus d'*Efcaliers*, mais il y a bien de l'apparence qu'il y en avoit encore un autre petit au *Septentrion*, comme celui qui eft au *Midi*. Le grand *Efcalier* eft double, ou à deux rampes, qui du bas s'éloignent l'une de l'autre jufqu'au milieu, & qui fe raprochent du milieu en haut. Je ne m'arrêterai pas à en décrire plus exactement la figure, parce que la Planche D. la fera mieux concevoir, que la plus exacte *Defcription*. Cette magnifique Piéce eft de cette même pierre noirâtre dont j'ai parlé, qui eft plus dure que le marbre, & très-polie. Cet *Efcalier* a en ligne droite vingt deux pieds & quelques pouces de hauteur, & il eft compofé de cent trois marches ou degrez: la partie d'en bas en a quarante fix: celle d'en haut cinquante fept. Le *Pallier* ou *Perron*, qui eft entre ces deux parties, eft quarré, fpacieux, & proportionné à la largeur de l'*Efcalier*, laquelle eft de vingt deux pieds, depuis le *Mur* au *Parapet*. La profondeur des degrez eft de quinze pouces, & leur hauteur d'un peu plus de deux. Toutes les pierres font fi grandes qu'elles font chacune dix ou douze marches, & quelques unes dix-fept ou dixhuit. Leur largeur eft de fept pieds quelques pouces. Les Jointures font en quelques endroits fi ferrées, qu'il faut un Microfcope pour les apercevoir; & je ne doute point que l'*Efcalier* n'ait paru être tout d'une piéce, durant plufieurs fiécles, puis que prefentement il paroit d'abord être taillé dans le roc. Dix Chevaux de front y monteraient fort à l'aife. Il aboutit par le haut à un *Perron* de vingt fix pas de diametre, qui fe termine à une entrée, ou paffage entre des *Pilaftres* & des

*Colomnes*, qui a feulement feize pieds d'ouverture, & de longueur près de cent cinquante. Il eft difficile de déterminer fi ce Paffage étoit un *Portique*, mais il y a pourtant affez d'aparence qu'en étoit un, & que c'étoit-là l'entrée qui conduifoit dans le *Temple*. Ce que l'on en voit aujourd'hui fur pied, font quatre grands *Pilaftres*, & deux *Colomnes*. Les *Pilaftres* qui font face à l'*Efcalier* ont huit pas de profondeur, & les *Colomnes* en font à neuf pas: les deux autres à vingt-deux; & dans l'efpace qui eft entre les premiers & les derniers *Pilaftres*, comme par de-là fur la même ligne, l'on voit des *Colomnes* renverfées & à demi enterrées, ce qui fait croire que ce *Portique* avoit bien plus de foixante pas de long, qui eft toute la longueur qu'il a aujourd'hui. Le fond eft couvert de tables de marbre de cette admirable grandeur dont je les ai reprefentées.

Les quatre *Pilaftres* font chacun épais de quatre pieds, hauts de vingt quatre à vingt cinq, & profonds de vingt ou à peu près: La bafe a cinq pieds de haut. Pour ce qui eft des ornemens, ou de la façon de l'*architrave*, on n'en fauroit juger, parce qu'elle eft toute brifée auffi bien que la *Corniche*, de façon qu'il n'en refte feulement que ce qu'il faut pour faire apercevoir qu'il y avoit une *Architrave* & une *Corniche*. Ce morceau eft tout d'une piéce, comme le *Pilaftre*, & quoi que cela paroiffe incroiable, il n'eft pourtant rien de plus vrai. J'y ai regardé, & beaucoup de gens avec moi, d'auffi près, & auffi attentivement qu'il fe peut faire, tenant la chofe comme impoffible; mais j'ai reconnu affurément que c'étoit une même maffe, & toute de ce même marbre noirâtre dur & poli dont j'ai parlé.

Au devant de chaque *Pilaftre* il y a une *Figure* en demi-relief de monftrueufe grandeur, dont la tête & les pieds font en faillie, & font le devant du *Pilaftre*. Le relief en eft épais de deux pouces. Les *Figures* qui regardent la plaine ont la face fi gatée qu'on ne peut connoître fi elles reprefentoient des *Chevaux*, des *Lions*, des *Rhinoceros*, ou des *Elephants*, parce qu'elles ont des traits qui peuvent convenir à ces divers animaux, ainfi qu'on le peut voir dans la *Perfpective du Portique* qui eft marqué E. chacun leur donne le nom qu'il trouve le plus propre. Les autres *Figures*, qui regardent la Montagne font plus entieres, & reprefentent des *Figures* monftrueufes, dont le corps fera, par exemple, d'un *cheval aiflé*, & la tête d'un *homme* couvert d'un haut bonnet.

net couronné. Ces *Statues* ont l'air fier & assuré, & chacune semble plier sous le faix du gros *Pilastre* qu'elle porte, & qui paroît être posé sur son dos. Je ne décrirai point les divers ornemens de ces *Statues*; la Planche F. en donne d'un seul regard une pleine connoissance. Je remarquerai seulement que ce n'est pas le tems qui a gâté ainsi la face des premiers Animaux, mais plûtôt le marteau de quelques furieux *Mahometans*, & peut-être de ces premiers *Arabes* qui conquirent la *Perse* dans le septiéme siécle.

Au haut des premiers *Pilastres*, & sous le *Chapiteau*, il y a des *Inscriptions* de cet ancien *Caractere*, qui depuis tant de siécles est demeuré inconnu, & qui devoit être celui dont on se servoit du tems que ce superbe Edifice fut élevé. Nous en donnerons des *Eétypes*, & en dirons quelque chose plus bas. Remarquez cependant que ces *Pilastres* ne portent rien, & qu'aparemment ils n'ont jamais rien porté.

Les *Colomnes* entre les *Pilastres* sont de marbre blanc, & cannelées, comme toutes les autres de ce monument, de quoi nous parlerons aussi plus amplement dans la suite. On croit qu'il y en avoit deux autres à ce *Portique*, parce que les deux qui restent font une fois plus éloignés des *Pilastres* de derriere que de ceux de devant.

A la gauche du *Portique*, du côté du *Septentrion*, il n'y a rien d'entier. Ce ne sont que ruïnes, que morceaux de Marbre, ou d'Albatre, diversement cizelez, que pieces de Colomnes brisées & renversées çà & là en confusion. De l'autre côté, c'est-à-dire à la droite du *Portique*, il y a un espace de soixante-six pas, aboutissant à une *Terrasse*, qui n'est aussi remplie que de ruïnes, excepté un *Bassin* de pierre grise, qui est long, lequel a seize pieds de longueur, douze de largeur, trois de hauteur ou profondeur, un pied trois pouces d'epaisseur, & qui paroît être fait d'une seule pierre, quoi qu'il soit fendu en divers endroits. Il est inégalement enfoncé en terre, & il en est presque rempli.

La *Terrasse* est soutenuë d'un *Mur* de Marbre noir, de cent quinze pas de face, dont la hauteur est inégale. Le côté *Occidental* a dix pieds de haut: l'opposé n'en a que six. Le tems ou la violence des hommes doivent avoir produit cette irregularité. L'on y monte par trois *Escaliers*, un à chaque bout, & un au milieu. Le premier, qui est celui du bout *Occidental*, a vingt-cinq degrez: l'autre n'en a que douze; celui du milieu n'est ni si large,

ni si aisé que le premier; mais il y a cela de particulier, qu'il avance vingt pas hors de la *Terrasse*, avec un degré de chaque côté, ce qui fait un *Escalier* double, ou deux rampes, comme le grand *Escalier* de la premiere *Terrasse*. Il est terminé par un grand *Perron* de vingt-huit pas de face, dont le degré *Occidental* a vingt-neuf marches, au lieu que l'autre n'en a que dix-huit. Tous ces quatre degrez sont de marbre noir: ils ont sept pas de largeur; & du reste ils ont toutes les beautez du grand & principal *Escalier*. On voit, à ces étranges disproportions, que tout cela est fort ruiné, aussi-bien que le *Mur* de la *Terrasse*, qui l'est sans doute beaucoup; car il paroît par les *Figures*, qui sont taillées dessus, que des assises entieres de pierres en ont été abatues, & qu'il s'est affaissé, ou que la Terrasse s'est enfoncée.

La partie *Occidentale* de ce *Mur*, qui comprend la façade entre le *Perron* & le petit *Degré*, est le plus grand morceau, & le plus sain, de ce précieux monument: Vous y trouvez deux rangs de *Bas reliefs*, & un rang de *demi-Figures*, tout en leur entier. Voici dans la Planche G. un dessein exact de ce beau morceau, & de la rampe jusqu'au *Perron*. La Planche H. est le dessein de l'autre partie de la façade. Les Figures que vous y voiez ont un peu moins de quatre pieds de haut, & près d'un pouce & demi de saillie ou de relief. L'ouvrage en est encore si entier, & si net, qu'il semble qu'il ne fasse que de sortir des mains du Sculpteur. On voit clairement au rang des *demi-figures*, qui sont representées de la ceinture en bas, que toute une assise de pierre manque à ce mur; mais il est fort croïable qu'il y manque encore d'autres rangs de pierres, & que cette *Terrasse* en avoit plus de trois; autrement le *Mur* de la *Terrasse* n'auroit été élevé par-dessus le rez de chaussée que de deux pieds seulement. La grande destruction du *Mur* est arrivée à la partie *Orientale* de la *Terrasse*. Il s'est entierement affaissé. Un grand pan comprenant l'angle s'est écroulé: la façade est presque renversée; & il n'y a plus rien d'entier que ce rang d'*Hommes* que vous voiez representez en la Planche G. mais tout y est aussi net & aussi parfait qu'à l'autre partie.

Ces deux Desseins, & particulierement le premier, representent une *Procession*, & vraisemblablement, celle qui se faisoit aux Sacrifices Solemnels. Ce qui me le fait croire, c'est que les *Figures* menent ou portent toutes chacune quelque chose qui entroit dans les Sacrifices